DONGSUH MYSTERY BOOKS 129

THE WRECK OF THE MARY DEARE

난파선 메리디어 호

하몬드 이네스/이태주 옮김

동서문화사

옮긴이 이태주(李泰柱)
서울대문리대와 서울대대학원 영문과 졸업. 미국 하와이대학 및 조지타운대학에서 수학. 숭전대·덕성여대·단국대 영문과 교수 역임. 옮긴책 벤틀리《트렌트 마지막 사건》지은책《현대영미희곡집》등이 있다.

DONGSUH MYSTERY BOOKS 129

난파선 메리디어 호
하몬드 이네스 지음/이태주 옮김
초판 발행/1977년 12월 1일
중판 발행/2003년 10월 1일
발행인 고정일/발행처 동서문화사
창업 1956. 12. 12. 등록 16-345(윤)
서울강남구신사동540-22 ☎ 546-0331~6 (FAX) 545-0331
www.epascal.co.kr

*

이 책의 출판권은 동서문화사(동판)가 소유합니다.
의장권 제호권 편집권은 저작권 법에 의해 보호를 받는 출판물이므로
무단전재와 무단복제를 금합니다.

편찬·필름·제작 일체 「동판」 자본으로 이루어짐에 따라
출판권 소유권자 「동판」에서 제조출판판매 세무일체를 전담합니다.
사업자등록번호 211-90-02201
ISBN 89-497-0225-8 04840
ISBN 89-497-0081-6 (세트)

난파선 메리디어 호
차례

제1부 난파선
1 별안간 녹색 등불이 …… 11
2 수수께끼를 지닌 한 명의 생존자 …… 43
3 마의 암초 …… 78
4 육지에서도 이는 증오와 의혹의 소용돌이 …… 101

제2부 심판
1 강 속에 또 한 척의 회사 소유의 선박이 …… 135
2 되살아난 죽은 자와 파선 …… 158
3 미스터리한 화재와 침수 …… 214

제3부 밍키 암초
1 비정한 조수와 암초 …… 250

청춘을 위한 멋진 해양모험미스터리 …… 355

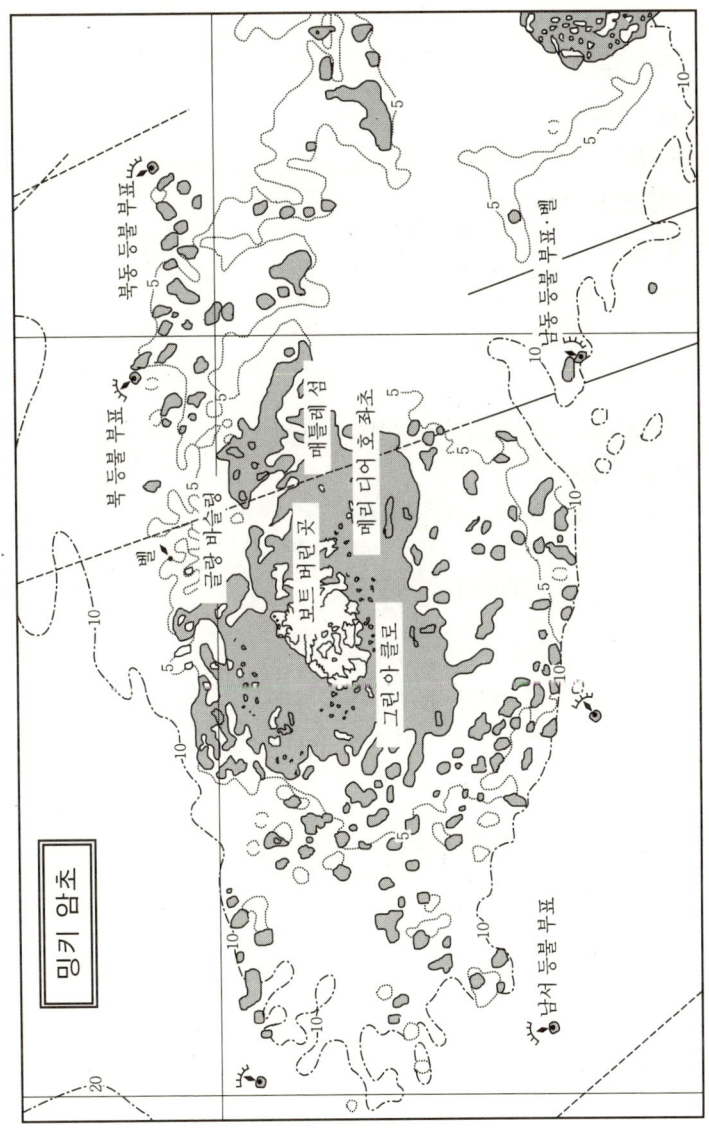

등장인물

기디언 패치 메리디어 호 선장

존 샌스 시 위치 호 선장

마이크 덩컨 ⎫
헐 로덴 ⎭ 샌스의 친구

제임스 태거트 메리디어 호 전임 선장

재니트 태거트 선장 딸

델리메어 ⎫
군데르센 ⎬ 델리메어 상선회사 중역
페트리 부인 ⎭

히긴스 메리디어 호 일등항해사

버로스 ⎫
율스 ⎭ 메리디어 호 승무원

스네터튼 보험회사 직원

바우엔 로지 메리디어 호 조난사건 심판장

라이오넬 폴시트 경 보험 회사 보좌인(변호사)

펜튼 패치 보좌인

제1부 난파선

1 별안간 녹색 등불이

나는 지쳐 있었고 아주 추웠다. 조금 무섭기도 했다. 빨간색과 녹색 항해등이 기분 나쁜 빛을 던지며 돛을 통째로 물들이고 있었다. 그 너머에는 아무것도 없었다. 바다만이 은은하게 소리내어 파도치며 안전한 암흑의 허공을 이루고 있을 뿐이었다. 나는 입 속에서 보리사탕(보리 삶은 물로 설탕을 조려서 만든 엿의 한 종류)을 우물거리면서 거북한 다리를 편하게 했다. '시위치(바다의 마녀)' 호가 몸부림치며 나아감에 따라 머리 위의 돛이 펄럭거리며 활처럼 휘어 앞뒤로 팽팽해졌다. 바람은 배가 가까스로 파도를 헤쳐 나갈 수 있을 정도밖에 안 되었지만, 그래도 3월의 돌풍에 출렁거리는 파도가 여전한 기세로 밀려들고 있어 지금은 강풍이 잠시 쉬고 있을 뿐이라는 것을 나의 둔한 머리로도 의식할 수 있었다.

6시 일기예보는 불길했다. 거친 강풍이 로콜과 샤논과 솔과 피니스텔레 해역 일대에 불어 닥치고 있다고 알렸다. 내 앞 나침반 상자의 등불 너머 저쪽에 그림자 같은 선체의 윤곽이 뻗어 있고, 차갑고 축축한 밤의 어둠 속으로 뱃머리가 사라졌다. 이 순간을 몇 번이나 꿈

속에서 그려보았던가! 그러나 영국해협을 나온 지 벌써 열다섯 시간이나 지났는데다 3월인데도 날씨가 추워서 내 배를 갖게 된 흥분도 완전히 식어버렸다.

무너져 내리는 파도가 반짝이며 어둠 속에서 나타나 배꼬리 돌출부에 부딪쳐 내 얼굴에 물보라를 뿌리고는 흰 거품과 소리를 남기고 비스듬히 뒤쪽의 캄캄한 어둠 속으로 사라져갔다. 빌어먹을! 춥다! 춥고 축축하다. 하늘에는 별 하나 보이지 않았다.

해도실(海圖室) 문이 요란하게 열리면서 불이 켜진 식당이 보였다. 그것을 배경으로 기름 먹인 무명으로 만든 옷을 입고 두 손에 김이 오르는 컵을 든 마이크 덩컨과 그의 그림자가 보였다. 다시 쾅 하고 문이 닫히며 아래 밝은 세계――거주구역은 모두 갑판 밑에 있다――가 사라지고 어둠과 바다가 다시 밀어닥쳤다.

"수프 들겠나?"

쾌활한 마이크의 주근깨투성이 얼굴이 어둠 속에서 느닷없이 불쑥 나타나며 나침반 불빛을 받아 몸뚱이가 없는 머리처럼 떠올랐다. 나에게 컵을 건네주면서 배러크래버 전투모(양털로 만든 야전용 큰 모자) 주름 속의 얼굴이 빙긋 웃었다.

"조리실에서 이리로 올라오니 생기가 도는군."

그러나 다음 순간 그의 얼굴에서 미소가 사라졌다.

"아니, 저게 뭐지!"

그는 내 왼쪽 어깨 너머 뱃전의 배꼬리 쪽으로 눈길을 보내고 있었다.

"설마 달은 아니겠지?"

나는 얼른 뒤돌아보았다. 시야 끝쪽에 차가운 녹색 반투명체가 보였다. 사람의 영혼 같은 희미한 빛이었다. 옛날 뱃사람이 항해 도중 보았다는 갖가지 기분 나쁜 이야기들이 한꺼번에 머릿속을 스쳐지나갔다. 나는 갑자기 무서운 생각이 들어 숨을 죽였다.

 빛은 차츰 밝아지며 파르스름하니 이 세상 것 같지 않았다. 커다랗고 살찐 반딧불같았으며, 기분 나쁜 빛이었다. 이윽고 그것이 한데 뭉치며 굳어지더니 바늘로 찌른 구멍처럼 녹색의 한 점이 되었으므로 나는 급히 마이크에게 소리쳤다.

 "발광신호, 빨리!"

 그것은 큰 기선의 오른쪽 뱃전 등불로, 기선은 똑바로 이쪽을 향해 오고 있었다. 이제 누르스름한 배 안의 등불이 희미하게 보이기 시작했다. 배 안의 엔진 소리가 북을 조용히 두드리듯 낮게 맥박 치는 것처럼 들려왔다.

 어느새 바다안개가 슬그머니 몰려와 있었다. 뱃전의 등불이 어둠을 꿰뚫고 우리를 둘러싼 두꺼운 안개에 강하게 반사되어 눈이 부셨다. 그 불빛을 받아서 기선 뱃머리에서 갈라지는 파도가 희미하게 보였다. 그 순간 뱃머리 윤곽이 드러났다. 그리고 배 앞부분이 보였다. 그것은 안개 속에서 불쑥 나타난 유령선과도 같았는데, 내가 얼른 키를 돌림과 동시에 살라낸 늣한 뱃머리가 벌써 우리 머리 위에 우뚝 솟아 있었다.

 삼각돛이 반대로 펼쳐지며——바람이 부는 방향에서 볼 때——바람을 안고 뱃머리를 돌려 시 위치 호가 방향전환하기를 기다리는 동안이 몇 십 년이나 되는 것처럼 느껴졌다. 그 동안에도 계속 기선 뱃머리에서 갈라지는 파도 소리가 가까이에서 들려왔다.

 "마구 덤비며 들어오는군! 빌어먹을! 마구 덤벼들어와!"

 어둠 속에서 마이크가 지른 날카롭고 높은 외침 소리가 지금도 귀에 쟁쟁하다. 그는 발광신호 불빛을 기선의 브리지(船橋)를 향해 똑바로 비추고 있었다. 기선의 상부 구조가 훤히 비쳐 보이며, 모든 유리창에서 불빛이 반사되었다. 그러나 우뚝 솟은 거대한 기선의 그림자는 계속 접근해 왔다. 우리를 알아차린 듯한 기척도 없고, 방향을 바꾸는 것 같지도 않았으며, 8노트는 넉넉히 됨직한 속력으로 요란스럽게 덮쳐들어왔다.

큰 돛과 작은 돛의 활죽이 무서운 소리를 내며 흔들렸다. 삼각돛은 지금 안돛(바람의 위치나 배의 방향이 갑자기 바뀌어 돛이 돛대에 가 부딪치는 현상)이 되어 있었다. 나는 뱃머리가 바람 부는 쪽으로 향하는 것을 지켜보며 잠시 그대로 내버려두었다. 시 위치 호의 기다란 가로돛대(뱃머리에서 쭉 내밀어진 돛대 같은 제목) 끝에서부터 큰 돛대 꼭대기까지의 여러 가지 세세한 부분이 지금 머리 위로 높이 덮쳐온 기선의 오른쪽 뱃전에서 새어나오는 녹색 불빛에 훤히 드러나보였다. 나는 오른쪽 뱃전의 돛을 잡아당기면서 왼쪽 삼각돛을 놓아주었다. 돛이 바람을 받는 것을 보는 순간 마이크가 새된 소리를 질렀다.

"위험하다! 꽉 잡아!"

굉장히 큰 소리가 나며 산더미 같은 흰 파도가 덮쳤다. 파도는 배꼬리의 오목(凹)갑판 위로 떨어지면서 나를 붕 떠오르게 했으며 키를 잡고 있는 내 손을 잡아떼려고 했다. 돛은 모두 미쳐 날뛰는 활처럼 팽팽해져 있었다. 너무도 팽팽하여 큰 돛 활죽과 돛의 일부가 한순간 파도의 산더미에 가려졌다. 그 사이 수십 톤의 바닷물이 갑판 옆구리에서 치고들어왔다. 그 순간 기선이 우리의 뱃전을 스치며 지나가는데 마치 절벽이 움직이는 것 같았다.

치고들어온 파도가 흰 거품으로 부서지면서 시 위치 호는 서서히 자세를 바로잡기 시작했다. 나는 여전히 키에 매달려 있었다. 마이크는 목청껏 상스러운 욕을 퍼부으며 뒷버팀줄(돛대에서 비스듬히 아래 뒤쪽의 양뱃전으로 친 밧줄)의 도르래에 매달려 있었다. 그의 말소리가 기선 엔진의 묵직한 고동 소리에 묻혀 희미하게 들려왔다. 그때 다른 소리가 밤 깊숙이서 다가왔다. 일부를 물 위로 드러낸 기선의 나선 추진기가 물을 두들기는 소리였다. 나는 마이크에게 소리쳤다. 그는 이미 위험을 깨닫고 다시 발광신호등의 스위치를 넣었다. 그 강한 불빛을 받아 녹슬어 곰보가 된 바깥쪽 외판과, 해면보다 훨씬 높으며 해초가 달라붙어 있는 만재흘수표 (배 옆 중간에 흰 페인트로 줄과 동그라미를 그린 표지)가 보였다. 이윽고 외판의 선이 위로 굽어 배꼬리가 되고, 그 아래에서 나선 추진기가 물결을 휘저으며 소리높이 바다를 두들겨 거품 이는 소용돌이를 만드는 것이 보였다.

시 위치 호는 돛을 늦추고 떨었다. 기선이 파도 저쪽으로 미끄러져 내려가고, 나선 추진기에 말려드는 물줄기에 우리도 말려들고 있음을 깨달은 순간 나선 추진기가 우리 배 왼쪽 뱃전을 스칠 듯이 돌아 흰 물결을 선실 지붕 위로 덮어씌워 큰 돛대에까지 튀어오르게 했다.

한순간 그런 모습으로 있다가 이윽고 기선은 우리 배의 가로돛대 저쪽 어둠 속으로 멀어져갔다. 우리는 기선이 지나간 자리의 와글거리는 파도 사이에서 앞뒤로 흔들리며 뒤에 남겨졌다. 발광신호등의 빛이 배 이름을 비추었다. '메리디어 호――사우샘프턴'. 배꼬리가 그림자처럼 되어 사라질 때까지 우리는 녹슬어 얼룩진 글자를 멍하니 바라보고 있었다. 이제 엔진의 고동 소리만 남고, 그것도 이내 조용히 맥박치며 차츰 밤 서쪽으로 사라져갔다. 뭔가 타는 듯한 냄새가 어렴풋이 젖은 밤공기 속에 잠시 흘러들었다.

마이크가 갑자기 제 목소리를 되찾아 떠들어댔다.

"멍청한 녀석들! 멍청이 같은 녀석들!"

그는 이 말을 몇 번이나 되풀이했다.

해도실 문이 소리없이 열리며 사람 그림자가 불쑥 나타났다. 헐이었다.

"두 사람 다 무사한가?" 목소리는 조용하고 경쾌했으나 조금 떨리고 있었다.

"지금 그 배를 보았나, 헐?" 마이크가 큰 소리로 물었다.

"보았네."

"그들도 우리를 본 것이 틀림없어. 브리지에 발광신호를 비춰 주었으니까. 만일 그들이 제대로 감시하고 있었다면……."

"감시하지 않았던 것 같아. 브리지에 아무도 없었거든……."

헐의 말투가 너무 조용했으므로 나는 얼른 그 말뜻을 알아차리지 못했다.

나는 그에게 물었다.

"무슨 뜻인가, 헐? 브리지에 아무도 없었다니……."

그러자 헐이 갑판으로 나왔다.

"뱃머리에 파도가 덮쳐오기 직전이었지. 나는 뭔가 이상하다 싶어 해도실로 갔었네. 무심코 창 너머로 발광신호가 비치고 있는 쪽을 바라보았지. 불빛은 똑바로 브리지를 비추고 있었네. 그런데 아무도 없었어. 아무도 보이지 않았어."

"바보같이! 자네 지금 제정신으로 그런 말을 하는 건가?"

나는 핀잔을 주었다.

"아, 물론 제정신이지." 그의 말투는 반박을 허락치 않는다는 듯이 단호했으며 얼마쯤 군대식이었다. "이상하지 않은가? 안 그래?"

헐은 그런 식으로 사물을 단정짓는 사람이 아니었다. H.A. 로덴──친구들은 모두 헐이라 부르고 있었다──은 포병 퇴역대령으로 여름에는 거의 외양 레이스(먼 바다에서 펼치는 보트 경기)로 시간을 보내고 있었다. 따라서 바다 경험이 풍부했다.

"그럼, 아무도 배를 조종하는 사람이 없었단 말인가?" 마이크가 여우에 홀린 듯이 물었다.

"글쎄…… 설마 그럴 리는 없다고 생각하지만…… 그러나 한순간 브리지 안이 훤히 보였었는데, 내가 본 한에서는 아무도 없었네. 그렇게밖에 말할 수 없어."

우리는 잠시 아무 말도 하지 않았다. 너무나도 어이가 없어 말을 할 수가 없었다. 큰 배가 키잡이도 세우지 않고 암초투성이의 프랑스 연해를 누비고 지나가다니…… 생각만 해도 기가 막혔다.

마이크의 목소리가 갑자기 현실적인 울림을 띠고 침묵을 깨뜨렸다.

"수프를 담은 컵은 어떻게 했나?"

발광신호등이 켜지며 배꼬리 쪽 오목 갑판 바닥의 30센티미터 남짓 괸 물 속에 나동그라져 있는 컵을 비춰냈다.

"다시 담아와야겠군." 마이크는 헐 쪽을 돌아보며 말했다.

헐은 이미 옷을 갈아입고 해도실에 기대서 있었다.

"어떤가, 헐? 수프를 마시겠나?"

헐은 고개를 끄덕였다. "수프라면 좋지." 그는 마이크가 아래로 모습을 감출 때까지 바라보고 있다가 나에게로 몸을 돌렸다.

"우리끼리 얘기지만, 방금 한 배의 조종은 참으로 서툴렀네. 어떻게 그런 식으로 상대방 기선의 정면을 달리게 했나?"

기선이 바람 아래쪽에 있었기 때문에 엔진 소리가 들리지 않았던 탓이라고 나는 설명했다.

"맨 처음 발견한 것은 안개 속에서 이쪽으로 향해 오는 오른쪽 뱃전의 녹색 등불이었지."

"무중(霧中)신호 (안개, 눈 등으로 앞이 보이지 않을 때 배의 사고를 피하기 위해 울리는 신호)도 없이 말인가?"

"아무튼 이쪽에는 아무 소리도 들리지 않았네."

"이상한데……." 헐은 잠시 왼쪽 뱃전의 빨간 등불을 뒤로 하고 큰 그림자처럼 서 있었는데, 이윽고 배꼬리로 와서 내가 있는 조타석 옆의 가장자리에 앉으며 물었다.

"키를 잡고 있는 동안에 기압계를 보았나?"

"아니. 어떻던가?"

"내려가 있더군." 그는 긴 팔로 선원풍의 저지(몸에 꼭 맞는 메리야스 스웨터)를 끌어 안듯 몸을 감쌌다.

제1부 난파선 17

"내가 아래로 내려간 뒤부터 기압이 상당히 내려갔네." 헐은 잠시 입을 다물었다. 이윽고 그는 다시 말했다. "알고 있겠지만, 이 저기압은 상당한 속도로 이쪽을 향해 접근해 올 것 같네."

내가 아무 말도 하지 않자 그는 파이프를 꺼내어 담배를 피우기 시작했다.

"분명히 말하지만 존, 이건 좋지 못한 결과를 가져올걸세."

낮게 가라앉은 말투가 그의 생각이 옳음을 강조하는 것처럼 들렸다.

"만일 일기예보가 맞아서 바람이 북서풍이 되면 이 배는 바람부는 쪽 해안으로 밀려가게 될 걸세. 나는 강한 바람도 싫지만, 바람 부는 쪽 해안으로 떠내려가는 것도 싫네. 더구나 그 해안이 해협제도(영국해협에 있는 영국령 제도)라면 말일세."

헐은 프랑스 해안으로 되돌아가고 싶어하는구나 하고 나는 생각했다. 약간 무서운 생각이 들었으나 나는 가만히 앉아 꿋꿋한 태도로 나침반 글자를 지켜보고 있었다.

"저 키커(마력이 낮은 가솔린 엔진)가 아깝게 됐군. 만일 저 키커가 고장만 나지 않았다면……."

헐이 중얼거리듯 말했다.

이 배에서 고장 난 것은 그것뿐이었다.

"무슨 말을 하는 거지? 엔진 같은 건 아무래도 좋다고 늘 말하지 않았나?"

헐의 파란 눈이 나침반 불빛을 받으며 가만히 나를 노려보았다. 그가 조용히 말했다.

"지금 말한 뜻은, 만일 키커가 못쓰게 되지 않았다면 지금쯤 해협을 반쯤 건너갔을 테고, 그러면 사정이 전혀 달라졌으리라는 걸세."

"아무튼 나는 돌아가지 않겠네."

헐은 뭔가 말하려는 듯 파이프를 입에서 떼었다. 그러나 잠시 뒤 파이프를 고쳐 물며 잠자코 깜박이지 않는 파란 눈으로 나를 지켜보았다.

내가 말했다.

"가장 곤란한 것은, 바다에서의 레이스에 알맞게 만들어지지 않은 배를 돛으로 달리게 하는 기술에 자네가 익숙하지 못한 점일세."

나는 이런 말을 할 생각은 없었다. 그러나 화가 치밀어오른데다 아까 그 뜻하지 않은 기선 사건으로 신경이 날카로워져 있었다.

어색한 침묵이 두 사람 사이에 흘렀다. 마침내 그는 담배피우는 것을 중지했다.

"나는 다만 어딘가에 가닿고 싶다고 말한 것뿐일세. 배의 장비가 녹슬고 로프는 썩은데다 돛은……."

"그런 건 모를레에서 완전히 점검했네." 나는 힘있게 말했다. "시위치 호보다 나쁜 상태에서 해협을 횡단한 요트도 얼마든지 있어."

"그러나 폭풍주의보가 내려져 있는 3월은 아니겠지. 그리고 엔진도 있었을 테고."

헐은 일어나서 뱃머리의 돛대 쪽으로 가더니 몸을 굽혀 무언가를 끌어당겼다. 나무 쪼개지는 소리가 나는 것 같았다. 그는 되돌아와 블루워크(뱃전을 둘러싼, 파도를 막는 낮은 옆벽)의 깨진 조각 하나를 내 발 밑에 던졌다.

"아까 그 파도에 얻어맞은 덕분이지." 그는 다시 내 옆에 앉았다. "상태가 그리 좋지 않네, 존. 검사는 끝나지 않았고, 아마 선체도 장비도 썩어 있을 걸세. 2년 동안이나 프랑스의 진흙 둑에 내팽개쳐져 있었으니까."

"선체는 문제없네." 나는 장담했다. 아까보다 침착해져 있었다. "갈아달 두꺼운 판자가 두 장쯤 있네. 전체에 물이 새지 않도록 해둘 필요가 있지만, 그뿐일세. 사기 전에 칼로 구석구석 찔러보며 점검했지. 나무로 만든 부분은 조금도 상하지 않았어."

"그럼, 안전기구는 어떻게 되었나?" 헐의 오른쪽 눈썹이 약간 치켜 올라갔다. "안전기구가 좋은지 나쁜지는 검사관밖에 모를 테니까……."

"그러니까 말하지 않았나, 리밍턴에 도착하면 곧 검사시킬 생각이라고."

"그 말은 이미 들었지만, 지금 당장은 쓸모가 없지 않나. 만일 폭풍우가 갑자기 밀어닥친다면…… 나는 신중한 뱃사람일세. 바다를 좋아하지만, 그리 만만히 볼 상대가 아니라고 생각하네."

"아무튼 나로서는 돌다리를 두들겨보고 건널 여유가 없네, 당장은."

마이크와 나는 조그마한 해난구조회사를 갓 설립하여, 이 배를 다시 꾸미기 위해 영국으로 가지고 가는 중이었다. 도착이 하루 늦어지면 잠수하는 계절이 하루 짧아지는 셈이다. 헐도 그것을 알고 있었다.

"나는 다만 직선 항로에서 1점(11도 15분) 벗어나서 침로를 잡으면 어떻겠느냐고 말하는 것뿐일세. 돛을 최소한으로 하면 건지 섬의 레 아노아를 살짝 피해 갈 수 있지. 그 위치라면 바람이 불어올 때 그것을 이용해 세인트 피터 포트 섬으로 피난할 수 있을걸세."

물론 그렇다. 나는 두 눈을 비볐다. 그가 말하려던 것쯤은 벌써 짐작했어야 옳았다. 그러나 나는 지쳐 있었고, 그 기선이 별안간 나타난 사건으로 멍해 있었다. 배가 그런 식으로 들이닥치는 것은 처음 겪는 일이었다.

"이 배를 산산조각으로 만들어서야 자네들의 해난구조 사업에 조금도 도움이 되지 않을걸세."

헐의 목소리가 내 생각을 중단시켰다. 그는 내 침묵을 거부의 뜻으로 받아들였다.

"장비에 대해서는 제쳐두더라도, 이 배의 승무원은 그리 강하지 못해."

틀림없이 그 말이 옳다. 우리 세 사람밖에 없다. 네 사람째 승무원인 이언 비어드는 이 배가 모를레를 출범했을 때부터 멀미를 앓고 있었다. 그리고 이 배는 40톤급 요트라서 셋이서 다루기에는 너무 크다.

"괜찮겠지. 건지 섬 쪽으로 침로를 돌리기로 하세."

헐은 처음부터 알고 있었다는 듯이 고개를 끄덕였다.

"그럼, 북65도 동으로 키를 잡을 필요가 있겠군."

나는 키바퀴를 돌려 오른쪽 키를 잡고, 나침반 글자가 새로운 침로를 가리키는 것을 지켜보았다. 헐은 그 기선이 밀어닥쳐오기 직전 해도실에서 항로를 계산하고 있었던 게 틀림없다.

"거리도 계산했겠지?"

"약 87킬로미터. 이 속력이라면 해가 진 뒤에 도착하겠지."

침착성 없는 침묵이 두 사람 사이에 흘렀다. 그가 빈 파이프를 빨아들이는 소리가 들렸으나 나는 나침반에 눈을 돌린 채 그 쪽을 보지 않았다. 화가 치밀었다. 세인트 피터 포트 섬으로 향하는 일쯤 나 스스로 생각해 낼 수도 있었을 텐데! 그러나 모를레에서의 항해 준비가 너무 바빴었다. 출범할 때까지 거의 꼼짝할 수가 없었다.

"아까 그 기선 말일세." 헐의 목소리가 한 옆 어둠 속에서 들렸다. 그는 좀 망설이며 나의 침묵을 뚫고 중얼거렸다. "정말 기묘한 일이었네, 존. 만일 정말로 아무도 타고 있지 않았다고 한다면……." 그는 내 눈치를 살피더니 반쯤 농담 비슷하게 덧붙였다. "조그만 해난구조 일이 생겨 자네 이름이 영원히 세상에 알려지게 될 텐데 말일세!"
그가 진심으로 말하고 있는 듯한 느낌이 들어 나는 흘끗 눈을 돌렸다. 그는 어깨를 으쓱해 보이며 웃었다.
"그럼, 이만 자기로 할까?"
그는 자리에서 일어났으나, 잘 자라는 인사를 한 것은 어두운 창문 밖에서였다.

그리고 나서 곧 마이크가 뜨거운 수프를 컵에 담아들고 왔다. 그는 곁에 서서 내가 수프를 마시는 동안 메리디어 호에 대해 멋대로 짐작하면서 이야기를 했다. 이윽고 그도 자러 가고 밤의 어둠이 나를 둘러쌌다. 브리지에 아무도 없었다니…… 과연 그런 일이 있을 수 있을까? 영불해협을 무턱대고 달리는 무인선, 도무지 있을 법하지 않은 이야기다. 그러나 머리 위에 펼쳐진 돛의 파르스름한 밝은 빛과, 기분 나쁜 안개가 돛폭에 이슬로 맺혀 물방울이 되어 떨어지는 아래에 싸늘하게 혼자 남겨지자 무슨 일이든 있을 수 있는 것처럼 생각되었다.

3시에 헐과 교대하였다. 나는 잔뜩 녹이 슨 깎아지른 듯한 뱃머리가 우리 배 위에 덮쳐 천천히 끝없이 계속 뒤집히는 꿈을 꾸면서 2시간 동안 잤다. 땀을 흘리고 추위를 느껴 깜짝 놀라 잠이 깨었다. 나는 잠시 동안 헐이 말한 것을 생각하며 누워 있었다. 개업도 하기 전에 배를 구조하면 이상한 일이 되겠지…… 그러나 그 생각이 미처 머릿속을 스쳐 지나가기도 전에 나는 다시 잠에 빠져들었다. 그리고 어느새 헐이 나를 흔들어 깨웠고, 나는 동트기 전의 아직 흐릿한 머리로 비틀비틀 조타석으로 갔다. 심한 추위로 메리디어 호의 기억도 완전히 사라지고 말았다.

차츰 날이 밝았다. 서서히 밝아오는 새벽, 천천히 부풀어 오르는 거무튀튀하니 음산한 물결. 높게 이는 물이랑 사이로 날카롭게 부서지는 파도가 보이기 시작했다. 북쪽에서 벌써 바람이 불어오고 있었으나 아직 조용했다. 그리고 배는 밤사이에 어느덧 돛을 반대로 열고 달려 한 구역을 다 지났다.

6시 50분에 헐과 나는 해도실로 들어가 기상통보를 기다렸다. 기상통보는 먼저 영국해협 서부에 대한 강풍주의보로 시작되었다. 우리가 목표로 삼는 포틀랜드 해역의 예보는 '처음 북풍이 조용히 불다가 곧 북서풍으로 바뀌며 차츰 강풍이 될 것 같다'는 것이었다. 헐은 나를 흘끗 쳐다보았으나 아무 말도 하지 않았다. 말할 필요도 없었다. 나는 현재의 위치를 확인하고 나서 마이크에게 세인트 피터 포트 섬으로 가는 침로를 지시했다.

이상한 아침이었다. 비구름이 많았다. 아침 식사가 끝났을 무렵에는 구름이 꽤 빠른 속도로 하늘을 가로질러 갔다. 그런데도 해면 가까이에는 거의 바람이 없어 큰 돛과 작은 돛을 활짝 펴고, 큰 양키 삼각돛까지 폈다. 우리 배는 느릿느릿 옆으로 뒤뚱거리며 겨우 3노트의 빠르기로 물결을 가르며 나아가고 있었다. 여전히 안개가 끼어 시계는 3킬로미터 안팎이었다.

우리는 별로 말이 없었다. 세 사람 모두 바다의 위협을 지나치게 의식하고 있는 것 같았다. 세인트 피터 포트 섬까지는 아직도 48킬로미터 남짓한 바닷길을 더 가야 했다. 침묵 때문에 그리고 바람마저 제대로 불지 않아서 마음이 무거웠다. 나는 다시 한 번 위치를 확인하고 오겠다고 말했다. 헐이 자기도 그렇게 생각하고 있었던 참이라는 듯 고개를 끄덕였다.

해도를 정신없이 들여다보고 있었으나 도움이 되지는 않았다. 내가 아는 한 우리 배는 로슈 도블(해협제도 맨 서쪽의 바위와 암초가 어지럽게 모여 있는 곳)의 북북서 10킬로미터 정도 떨어진 지점에 있었다. 그러나 확실한 것은 알 수 없었다. 나의 배 위치 추산은 조류(潮流)와 풍압각(뱃머리 방향과 배가 나아가는 방향이 이루는 각도)을 지나치게 의식했기 때문이다. 바로 이때 마이크의 목소리가 나의 계산을 깨뜨려버렸다.

"오른쪽 뱃머리 2점(22도 30분) 근처에 바위가 있군. 바다 위로 드러난 엄청나게 큰 놈이야."

나는 쌍안경을 집어 들고 해도실에서 뛰어나왔다.

"어디?"

갑자기 입이 바싹 말랐다. 만일 그것이 로슈 도블이라면 우리 배는 내가 생각했던 위치보다 상당히 떠내려가 있음에 틀림없다. 그것이 다른 바위일 리는 없다. 로슈 도블과 건지 섬 사이의 바다에는 바위도 암초도 없기 때문이다.

"어디?" 나는 되풀이해 소리쳤다.

"저기!" 마이크가 가리켰다.

나는 눈을 가늘게 떴다. 그러나 아무것도 보이지 않았다. 한순간 구름이 엷어지며 희미한 해가 기름을 부은 듯한 바다 위에 반사되어 안개낀 대기와 함께 녹아 붙어 있었다. 수평선이 보이지 않았다. 눈에 보이는 한 바다와 하늘이 한데 붙어 있었다. 나는 쌍안경을 들여다보며 찾았다. "보이지 않는걸. 거리가 어느 정도인가?"

"모르겠는데. 놓쳐버렸어. 1.6킬로미터 안팎일 텐데."

"틀림없이 바위였나?"

"그렇게 생각하네. 달리 생각할 만한 게 없잖나?" 마이크는 눈을 가늘게 뜨고 눈부시게 반짝이는 안개 속을 바라보았다. "중간쯤에 작은 뾰족탑 같은 것이 있었지. 엄청나게 큰 바위였네."

로슈 도블 등대다! 나는 배꼬리 좌석에 앉아 있는 헐을 흘끗 돌아보며 말했다. "항로를 바꾸는 게 좋겠군. 조류가 약 2노트 속력으로 이 배를 떠내려 보내고 있네."

마음속 긴장이 목소리에 깃들었다. 만일 그것이 정말 로슈 도블이고, 바람이 지금보다 조금이라도 약해지면 이 배는 무턱대고 그 바위 쪽으로 밀려갈 것이다.

헐이 고개를 끄덕이며 키바퀴를 돌렸다. "그럼, 자네 추산과 8킬로미터의 오차가 생긴 셈인가?"

"그렇네."

헐은 얼굴을 찌푸렸다. 폭풍우용 모자를 벗고 있었기 때문에 회색 머리카락이 휘날려 올라가 깜짝 놀란 작은 악마 같은 표정이었다.

"자네는 항해자로서의 자신의 능력을 너무 낮게 평가하고 있는 것 같군. 자네는 선장일세. 자, 침로를 얼마로 잡을까?"

"적어도 2점."

"전해 내려오는 옛말에도 있지." 헐은 나지막하게 중얼거렸다. "조심성 많은 선원은 길을 잃으면 자신의 추측항법을 옳다고 믿어 의심치 않는다고 말일세."

헐은 이제 어떻게 할까 묻는 듯 밉살스럽게 눈썹을 치켜올리며 나를 바라보았다. "건지 섬을 놓치고 싶지 않기 때문일세."

꺼림치한 생각이 나를 사로잡았다. 어쩌면 지난밤의 피로감에 지나지 않을지도 모른다. 아무튼 나는 어떻게 하는 것이 가장 좋을지 결단내릴 수가 없었다. 나는 헐에게 물었다. "자네도 보았나?"

"아니."

나는 마이크를 돌아다보며 그가 본 것이 분명 바위였는지 다시 한 번 물었다.

"이런 광선으로는 정확한 것을 말할 수 없지."

"그러나 뭔가를 본 것은 틀림없겠지?"

"물론 틀림없네. 그리고 분명 탑 같은 것이 서 있었네."

엷은 해가 젖은 대기를 뚫고 배꼬리 좌석에 희미한 빛을 던졌다.

"그럼, 로슈 도블이 틀림없군." 나는 나직이 중얼거렸다.

"보게!" 이때 마이크가 갑작스럽게 외쳤다. "저기 있네. 저기!"

나는 그가 가리키는 방향을 눈으로 더듬어갔다. 시야 끝 쪽에 엷은 해를 받아 한가운데에 등대가 서 있는 평범한 바위의 윤곽이 보였다. 나는 곧 쌍안경을 돌려댔으나, 그것은 다만 몽롱하게 흐려진 모습, 금빛 안개를 뚫고 보일락말락하는 불그레한 테두리에 지나지 않았다. 나는 해도실로 뛰어가서 해도를 끌어당겨 로슈 도블의 바위 모양을 들여다보았다. 해도에는 높이 28미터의 등대에서 북서쪽으로 꼬박 1.6킬로미터에 걸쳐 간조 때 드러나는 간출암(干出岩)의 바위머리가 점점이 그려져 있었다. 이 배는 무턱대고 그 바위 가장자리로 다가가고 있음에 틀림없다.

"북쪽으로 침로를 잡게!" 나는 헐에게 소리쳤다. "될 수 있는 한 거리를 두고 돌아가는 걸세."

"알았네, 선장!"

헐은 돛을 정리하여 바람을 잘 받도록 하라고 마이크에게 소리치면서 재빨리 키바퀴를 돌렸다. 내가 해도실을 나오자 그는 어깨 너머로 로슈 도블 등대를 돌아다보고 있는 참이었다.

"존, 좀 이상한데. 나는 로슈 도블을 실제로 본 일은 없지만 해협 제도는 잘 알고 있지. 저처럼 빨갛게 보이는 바위는 한 번도 본 적이 없네."

나는 해도실에 몸을 기대어 마음을 가라앉힌 다음 다시 쌍안경의 초점을 맞추었다. 햇살이 아까보다 강했다. 시야가 차츰 밝아지고 있었다. 분명히 보였기 때문에 나는 마음이 놓였다. 웃음이 터져 나올 듯했다.

"저건 바위가 아니라 배일세."

이미 의심할 여지가 없었다. 잔뜩 녹슨 선체가 이제 뚜렷이 선명하게 보였으며, 아까 등대라고 생각했던 것은 그 배의 굴뚝이었다.

우리는 본디 항로로 되돌아가면서 모두 마음이 놓여 웃었다.
"그러고 보니 저 배는 마치 제자리걸음을 하고 있는 것 같군." 마이크가 큰 돛줄 잡아당기기를 중지하고 큰 돛을 감아 내리기 시작하면서 말했다.

틀림없이 그런 느낌이었다. 왜냐하면 우리 배는 본디 항로로 되돌아가 있었는데, 그 배는 전혀 움직이지 않는 것처럼 보였기 때문이다. 그 배는 바람에 밀려가고 있는 듯 이쪽으로 옆면을 보이며 가로놓여 있었다. 우리 배가 다시 접근하여 좀더 분명하게 볼 수 있게 되자 그 배가 파도에 흔들리며 멈춰서 있는 것을 알 수 있었다. 우리 배의 항로는 그 기선 오른쪽 뱃전에서 약 800미터 되는 곳을 지나가게 되어 있었다. 나는 쌍안경으로 손을 뻗었다. 그 배에는 뭔가가 있었다…… 배 그림자와 잔뜩 녹슨 선체와 뱃머리가 조금 숙여진 모습이 어쩐지 주의를 끌었다.

"빌지(뱃바닥에 괴는 더러운 물)를 펌프로 퍼내고 있겠지?"

헐이 당황한 듯 더듬거리며 말했다.

쌍안경의 초점을 맞추자 기선의 겉모습이 확 달려 들어왔다. 그것은 뱃머리가 직립형이며, 뱃전이 예쁘고 완만하게 곡선을 그리는 옛날식 배였다. 쑥 내밀어진 구식 배꼬리, 각 돛대의 밑 부분 쪽에서 사방으로 팔을 뻗치고 있는 데릭 기중기, 잔뜩 실려 있는 상부 구조, 하나뿐인 굴뚝은 돛대와 마찬가지로 곧추서 있었다. 본디는 검정칠을 했던 모양이나 지금은 녹이 잔뜩 슬어 있었다. 그 안에 사람 모습이 없는 듯하여 나는 쌍안경을 눈에서 떼지 않았다. 바로 그때 그 구명 보트가 눈에 띈 것이다.

"저 기선을 향해 똑바로 가봐야겠네, 헐." 나는 말했다.

"뭐가 이상한가?" 그는 내 목소리의 심상치 않은 울림에 곧 반응을 보이며 되물었다.

"구명보트 한 척이 대빗(닻을 끌어 올리거나 배 옆에 보트를 달아 올리고 내리기 위한 기둥)에 수직으로 매달려 있네."

그러나 다른 대빗에는 보트가 매달려 있지 않았다. 나는 쌍안경을 헐에게 내밀었다.

"안쪽 대빗을 보게나." 내 목소리가 조금 떨렸다. 이상하게 흥분이 되어 목소리에 묻어난 것이다.

이윽고 비어 있는 대빗과 밧줄에 매달려서 늘어져 있는 단 한 척의 구명보트를 맨눈으로 볼 수 있었다.

마이크가 말했다.

"무인선 같군. 그리고 뱃머리가 상당히 잠겨 있네. 어쩌면……."

그는 말끝을 흐렸다. 모두 똑같은 생각을 하고 있는 것 같았다.

우리는 선체 중앙부로 접근해 갔다. 뱃머리에 씌어진 배 이름은 녹이 슬어 전혀 읽을 수가 없었다. 옆에서 본 그 배의 모습은 너무도 비참했다. 녹슨 뱃머리 부분의 외판이 다 낡아빠지고 상부 구조는 파손되었으며, 뱃머리의 흘수(물에 잠기는 부분)가 물에 깊이 잠겨 꼬리가 높이 들려올라간데다 나선 추진기 끝이 물 위로 드러나 있었다. 비꼬인 쇠줄이 각 돛대의 데릭 기중기에서 늘어져 있었다. 배는 화물선으로, 여지없이 두들겨 맞은 모습이었다.

우리는 닻줄 안쪽까지 가까이 갔다. 나는 메가폰으로 외쳐댔다. 목소리가 바다의 정적 속으로 빨려 들어갔다. 아무 대답도 없었다. 들리는 것이라고는 배 옆을 스치는 파도 소리뿐이었다.

우리는 서둘러 접근하여 헐이 키를 잡고 배꼬리 바로 밑을 지나갔다. 모두들 배 이름을 보려고 눈을 크게 뜨고 있었던 모양이다. 그때 갑자기 머리 위 높은 곳에 지난밤에 본 것과 똑같은 녹슬어 얼룩진 글자가 눈에 띄었다. '메리디어 호——사우샘프턴'.

굉장히 큰 기선으로, 적어도 6천 톤은 됨직했다. 이런 식으로 버려졌다면 해난구조선이 따르고, 그밖에도 몇 척의 배가 감시하고 있었을 것이다. 그러나 다른 배의 모습은 보이지 않았다. 그것은 프랑스 해안에서 32킬로미터 떨어진 곳의 안쪽에 동그마니 인기척 없는 모습을 드러내고 있었다. 우리 배가 배꼬리 밑을 지나갈 때 나는 흘끗 오른쪽 뱃전 옆을 살펴보았다. 두 개의 대빗이 텅 비어 있고, 구명보트는 한 척도 없었다.

"역시 자네 말대로군." 마이크가 헐을 향해 긴장된 목소리로 말했다. "어제 저녁 브리지에는 아무도 없었던 걸세."

우리는 이상한 느낌이 들어 겁을 먹고 슬그머니 배 곁에서 떨어져 아무 말없이 쳐다보았다. 텅 빈 대빗에 보트를 매달았던 밧줄이 늘어져 있었다. 앞뒤가 맞지 않는 이야기지만, 한 줄기 엷은 연기가 굴뚝에서 흘러나왔다. 그 배에서 사람의 기척을 느끼게 하는 것은 그것뿐이었다.

나는 말했다.

"틀림없이 어제 저녁 우리 배와 부딪칠 뻔하기 직전에 모두들 배에서 대피한 걸세."

"그러나 그때 배는 전속력으로 달리고 있었지." 헐이 우리에게 말한다기보다 혼잣말처럼 중얼거렸다. "엔진을 전속력으로 전진하게 해놓고 배에서 내리는 일은 없네. 게다가 어째서 조난신호를 보내지 않았지?"

나는 어제 저녁 헐이 반농담처럼 던진 말을 생각하고 있었다. 만일 정말 아무도 타고 있지 않았다면…… 나는 난간을 두 손으로 움켜잡고 긴장하며 뭔가 생명의 흔적이 없을까 더듬으면서 그 배를 바라보고 서 있었다. 그러나 아무것도 없었다. 굴뚝에서 흘러나오는 엷은 연기뿐이었다. 해난구조! 버려져 떠돌아다니는 6천 톤의 화물선. 만일 이 배를 우리 힘으로 항구로 끌고 갈 수 있다면…… 나는 헐을 돌아보았다.

"어떻게 좀더 가까이 다가갈 수 없을까. 내가 저 늘어진 밧줄을 잡을 수 있을 만큼?"

"터무니없는 말 하지 말게. 아직 상당한 파도가 밀려오고 있네. 우리 배가 부서질지도 모르고, 또 만일 세찬 바람이……"

그러나 나는 이미 그의 경고에 귀를 기울일 생각이 없었다. 나는 외쳤다.

"위쪽으로 돌 준비(배를 돌려 돛을 반대로 열 준비를 하라는 뜻)! 바람을 타고 흐르도록!"

우리 배는 돛을 반대로 열어 한 간 꺾어 돌았다. 나는 마이크에게 아래로 내려가서 이언을 깨워 데리고 오라고 일렀다. 그리고 나서 헐에게 말했다.

"최소한으로 돛을 열어 서서히 다가가게. 우리 배가 도는 순간 로프로 뛰어들 테니까."

"미친 짓일세!" 헐이 말했다. "갑판까지 엄청난 높이를 기어 올라가야 하네. 그리고 바람이라도 세게 불면 자네가 되돌아올 수 없게 될지도……"

"바람 같은 건 조금도 무섭지 않네! 내가 이런 기회를 그냥 지나칠 것 같은가? 저 배를 버려둔 채 가버린 가엾은 녀석들이야 어찌 되었든 마이크와 나에게는 일생에 다시없는 기회일세."

헐은 잠시 나를 바라보더니 이윽고 고개를 끄덕였다.

"괜찮겠지. 자네 배니까 마음대로 하게."

우리 배는 다시 난파선 쪽으로 뱃머리를 돌렸다.

"저 배 밑쪽으로 살짝 돌면 바람을 꽤 잘 막아주겠지. 힘은 들겠지만."

헐은 입을 다물고 흘끗 배꼬리에서 펄럭이는 깃발을 쳐다보았다.

나도 깃발을 쳐다보았다──그 순간 우리 배에 대해 다른 감정이 생겼기 때문이다. 우리 배는 뱃머리 쪽에서 물소리를 내며 물보라로 앞갑판을 적시는 파도와 함께 움직였다. 깃발은 오른쪽 뱃전에서 펄럭이며 나부끼고 있었다. 나는 나침반을 들여다보았다.

"저 배에서 떨어져 있으면 위험은 없네. 지금 바람은 북서풍일세."

헐은 고개를 끄덕이며 돛을 쳐다보았다.

"그래도 올라갈 생각인가?"

"물론."

"오래 있지 않은 게 좋을 걸세. 바람이 점점 심해지니까."

"될 수 있으면 빨리 돌아오겠네. 나를 부르고 싶거든 무중신호를 울리게."

우리 배는 4노트의 속력으로 다가갔으므로 화물선이 가까워졌다. 나는 해도실로 가서 마이크에게 소리쳤다. 곧 그가 달려왔다. 자다 일어나 땀에 젖은 창백한 얼굴의 이언이 그 뒤를 따라왔다. 나는 이언에게 보트 혹(갈고리장대)을 건네주고, 뱃머리에 서서 배를 떠밀 준비를 하고 있도록 일렀다.

"접촉하기 직전에 도는 거야. 그러면 배 옆에서 떠날 수 있을 테니까. 그 다음에는 되도록 멀리 떨어져 있게."

나는 기름 먹인 무명옷을 벗었다. 벌써 메리디어 호의 뱃전이 머리 위에 우뚝 솟아 있었다. 기어오르기에는 엄청난 높이로 보였다.

"위쪽으로 돌 준비가 되었나?"

헐이 대답했다.

"준비 됐네."

그는 키를 재빨리 돌렸다. 시 위치 호는 천천히, 아주 천천히 뱃머리를 바람 아래로 돌리기 시작했다. 순간 기다란 가로돛대가 기선의 녹슨 외판에 부딪칠 뻔했다. 그러나 이윽고 뱃머리가 돌며 돛의 아래 활죽이 흔들려 돌아오자마자 나는 오른쪽 뱃전의 밧줄을 매었다. 우리 배는 메리디어 호의 바로 밑에 다가붙어 있었으므로 바람이 거의 없었다. 돛이 지루한 듯이 펄럭였다. 우리 배가 파도를 타고 흔들리자 돛대의 아래활죽이 옆을 스칠 듯이 되었다. 나는 손전등을 들고 돛대로 달려가 오른쪽 뱃전 난간으로 기어 올라갔다. 두 발을 블루워크에 걸치고, 두 손으로 슐라우드(돛의 머리부분과 양쪽 뱃전을 잇는 밧줄)를 붙잡고 몸의 균형을 잡으며 섰다. 우리 배가 전진하며 화물선 앞쪽 대빗에 늘어진 밧줄 앞을 지나갔다. 나와 뱃전 사이에는 아직 몇 미터의 물길이 펼쳐져 있었다. 나는 몸을 앞으로 내밀고 뒤쪽 대빗에 늘어진 밧줄이 이쪽으로 다가오는 것을 지켜보았다. 돛대의 위활죽 끝이 머리 위의 뱃전을 문지르며 드르륵 소리를 냈다. 밧줄이 한 가닥 내 옆으로 다가왔다. 나는 때를 놓치지 않고 재빨리 몸을 앞으로 내밀었으나, 한껏 뻗친 손가락 끝에서 아직 30센티미터는 충분히 떨어져 있었다.

"이번에는 꼭 잡게!" 헐이 소리쳤다.

활죽이 또 뱃전을 드르륵 하고 스쳐 지났다. 나는 잡고 있는 밧줄을 통해 그 충격을 느꼈다. 다음 순간 나는 한쪽 손으로 늘어진 밧줄을 잡고 흔들이처럼 튀어나가 뱃전에 부딪쳤다. 파도가 솟아올라 무릎까지 적셨다.

"됐다!" 나는 소리쳤다.

헐이 이언에게 밀어내라고 소리쳤다. 기를 쓰며 보트 훅을 내밀고 있는 이언의 모습이 보였다. 그때 활죽 끝이 어깨뼈에 닿아 하마터면 밧줄을 놓칠 뻔했다. 혹시 고물이 흔들려 뱃전에 발을 부딪쳐 부러지지나 않을까 겁이 나서 나는 있는 힘을 다해 몸을 당겨 올렸다. 발밑에서 나무 부딪치는 소리가 나고 우리 배가 뱃전을 떠나 멀어지는 것이 보였다.

"오래 있지 말게!" 헐이 소리쳤다.

우리 배는 벌써 바람을 받아 기우뚱거렸다. 속력을 더해감에 따라 뱃머리가 크림 빛 파도를 가르고, 고물이 흰 물길을 남겼다.

"될 수 있는 한 서두르지." 나는 큰 소리로 대답하고 기선에 기어오르기 시작했다.

끝이 없는 것처럼 생각되었다. 메리디어 호가 끊임없이 흔들거리고 있었으므로 몸이 바다 위로 내던져지는가 하면 이번에는 뱃전 철판에 부딪쳐졌다. 오르지 못할지도 모른다는 생각이 몇 번이나 들었는지 모른다. 이윽고 간신히 윗갑판에 올랐을 때, 시 위치 호는 헐이 바람을 향해 이물을 세우고 돛이 파들파들 떨 정도로 바람 위로 잔뜩 죄어 붙이고 있는데도 벌써 800미터나 저쪽에 가 있었다.

바다는 이제 기름을 부은 듯 조용하지 않았다. 파도 봉우리에 작은 물결이 일고, 그것이 무너지며 흰 무늬를 만들었다. 나는 시간이 얼마 없다는 것을 알았다. 두 손을 입에 대고 커다랗게 소리쳤다.

"메리디어! 여어! 누가 있나?"

갈매기 한 마리가 환기통 위에서 불안한 듯 발의 위치를 옮기면서 유리구슬 같은 눈으로 나를 지켜보고 있었다. 아무 대답이 없었다. 뒷갑판의 거주구역으로 들어가는 문이 메트로놈처럼 규칙적으로 열렸다닫혔다하는 소리와, 아까의 그 구명보트가 오른쪽 뱃전에서 덜컹덜컹 부딪치는 소리 말고는 아무것도 들리지 않았다. 배 안에 인기척이 없는 것은 분명했다. 승무원이 배에서 내린 증거와 흔적이 갑판 위 여기저기에 눈에 띄었다. 늘어진 매다는 밧줄, 흩어진 컵들, 배수구에 굴러 떨어진 빵덩어리, 갑판에 짓밟힌 치즈 조각, 나일론 옷가지와 궐련과 방수화가 비어져 나오려 하고 있는 반쯤 열린 여행 가방. 승무원이 무척 당황하여 밤에 배에서 내린 증거였다.

그러나 무엇 때문이었을까?

한순간 불안이 나를 사로잡았다――모든 수수께끼를 간직하고 살아 있으면서 죽음의 정적을 담은 채 버려진 배――나는 침입자 같은 기분이 들어 얼른 시 위치 호를 흘끗 돌아보았다. 지금 시 위치 호는 넓은 바다와 하늘의 납빛 벌판 위에 외따로 떠 있는 장난감 요트에 지나지 않았다. 바람이 텅 빈 배 안을 울부짖으며 지나가기 시작했다. 서둘러야 한다, 서둘러야 한다!

재빠르게 수색하고 과감하게 행동해야 한다. 나는 뱃머리 쪽으로 달려가 단숨에 쇠사다리를 뛰어올라 브리지로 갔다. 조타실은 텅 비어 있었다. 이상하게도 나는 그 사실에 충격을 받았다. 그곳은 모든 것이 완전히 여느 때 그대로의 모습이었다. 벽 선반에 때 묻은 찻잔이 두 개, 재떨이에 조심스럽게 놓여 있는 파이프, 선장용 의자 덮개에 얹혀 있는 쌍안경 그리고 '전진전속으로'에 놓인 기관실 전령기. 마치 금방이라도 조타수가 이곳으로 돌아올 것만 같았다. 그러나 조타실 밖은 폭풍을 만난 흔적이 역력했다. 브리지 오른쪽 뱃전의 쑥 내밀어진 곳은 완전히 부서져 있었다. 승강사다리는 휘어져 비꼬이고, 내려다보이는 오목갑판에서는 앞쪽 각 창고의 덮개가 물결에 거의 벗겨져 있었으며 굵은 밧줄이 풀어져 꿈틀거리고 있었다. 그러나 그것도 배가 버려진 상태라는 것을 말해 주지는 않았다. 다른 타폴린(타르 칠을 한 방수포) 덮개가 한쪽에 덮여 있고, 새로운 재목이 주위에 놓여져 있어 마치 당직승무원이 방금 한잔하러 간 것 같았다.

조타실 뒤 해도실에도 이 수수께끼를 풀 단서는 없었다. 항해일지의 마지막 페이지가 펼쳐진 채 놓여 있었다——'20·46시. 레 오스 등대를 향해 가고 있음. 114도, 19킬로미터로 항진. 남동풍, 풍력 2. 파도 조용. 시야 양호. 니들즈 제도를 향해 침로를 바꿈——북 33도 동'.

날짜는 3월 18일로, 메리디어 호가 시 위치 호를 향해 돌진해 오기 1시간 45분 전에 기록된 것이었다. 항해일지는 1시간마다 기록하는 것이므로, 부득이 배에서 내리게 된 사고가 무엇인지는 모르지만 그것은 어젯밤 9시에서 10시 사이, 어쩌면 안개가 끼기 시작했던 바로 그 시각에 일어난 것이리라.

항해일지의 뒷부분을 읽어보아도, 이 배를 버려야 했던 까닭을 암시하는 것은 전혀 없었다. 계속 강풍이 불어쳐 거센 파도에 몹시 시달린 모양이지만, 단지 그것뿐이었다.

'파도는 때로 브리지까지 올라와 부서졌음. 위험하기 때문에 피항법을 써서 한때 멈춰 있었음. 1번 선실 쪽이 물에 침수. 펌프가 충분히 능력을 발휘하지 못함.'

3월 16일 기록이 가장 심했다. 강풍이 꼬박 12시간 동안 계속되었고, 풍력 11이라고 기록되어 있었다. 이 배가 지중해에서 지브롤터 해협을 지나온 뒤로 한 번도 풍력 7, 즉 '강풍' 이하로 떨어진 일이 없었고, 몇 차례나 풍력 10, 즉 '전강풍(全强風)'을 기록했다. 그동안 곳곳의 펌프들이 계속 돌아가고 있었다.

만일 승무원들이 3월 16일의 강풍으로 배를 내렸다면 이해할 수도 있다. 그러나 항해일지에 따르면 그들은 3월 18일 아침 물결이 잔잔하고 풍력 3인 좋은 날씨에 아샹트(프랑스 북서부 바다의 섬)를 돌아간 것이다. 비고란까지 기록되어 있었다——'펌프 배수 잘 진행됨. 피해화물을 정리하고, 1번 창고 해치 덮개를 수리.'

이러니 도무지 까닭을 알 수 없었다. 해치는 윗갑판과 보트 갑판으로 이어져 있었다. 선장실 문이 열려 있었다. 방 안은 깨끗하고, 모든 것이 잘 정돈되어 있었다. 당황해서 배에서 내린 흔적은 없었다. 책상에 놓인 커다란 은빛 액자 속의 소녀가 나에게 미소를 던졌다. 예쁜 금발이 빛을 받아 반짝거렸다. 사진 아래에는 그녀의 필적인 듯 갈겨쓴 글씨로 '파파에게——안전항해를 빕니다. 빨리 돌아오세요, 사랑을 담아서——재니트'라고 적혀 있었다. 석탄가루가 액자틀에 묻어 있었다. 책상 위에는 더 많이 묻어 있었다.

배에 실은 짐의 목록같이 보이는 서류철이 온통 더러워져 있었다. 그 서류에 따르면, 메리디어 호는 1월 13일 양곤(미얀마 수도)에서 원면(原棉)을 싣고 앤트워프(벨기에 북쪽 항구도시)로 항해중이었다. 서류가 가득 든 칸막이상자 맨 위에 펜나이프로 뜯은 항공우편엽서가 대여섯 통 얹혀 있었다. '런던' 소인이 찍힌 것들로, 수신인은 '아덴(아라비아 남 서부 항구) 기착, 기선 메리디어 호, 제임스 태거트 선장'으로 되어 있었다. 필적은 사진 밑에 씌어진 것과 같은 가지런하지 못하고 약간 동그스름한 글씨였다. 그리고 편지 아래 두툼한 서류에 섞여서 작고 얌전한 필적으로 '제임스 태거트'라고 서명한 보고서가 있었다. 그러나 그 보고서에도 양곤에서 아덴까지의 항해에 대한 것만 씌어져 있었다. 책상 위의 서류 분류상자 옆에 봉함한 편지 한 통이 있었다. 겉봉에는 '런던 우편구 1, 런던 시, 가위 거리, 대학 기숙사 안. 재니트 태거트'라고 씌어 있었다. 그러나 다른 사람의 필적이었으며, 봉투에 우표도 붙어 있지 않았다.

이런 사소한 일들, 이런 사소한 가정적인 자잘한 일——어떻게 표현해야 좋을지는 모르지만——을 한데 합쳐 생각하자, 어쩐지 좋지 못한 일이 일어날 것만 같았다. 선장실에는 이 배를 통솔하고 이끌어 온 결연한 힘이 지금도 그 분위기 속에 감돌았으며, 말할 수 없이 조용했다. 배 전체가 무덤처럼 침묵하고 있었다. 이때 문득 문에 걸려 있는 레인코트가 눈에 띄었다. 상선 승무원의 푸른색 레인코트가 두 벌 나란히 걸려 있었는데, 한 벌이 다른 한 벌보다 훨씬 컸다.

나는 밖으로 나와 등 뒤로 힘차게 문을 닫았다. 마치 그 문을 닫음으로써 이유도 없이 갑작스럽게 덮쳐온 공포를 떨쳐버릴 수 있다는 듯.

"여어, 누구 없나?"

흥분되고 쉰 내 목소리가 배 안의 통로 구석구석으로 메아리쳤다.

갑판에서 바람이 신음하는 듯한 소리를 냈다. 서둘러야 한다! 서두르지 않으면 안 된다. 이제는 빨리 엔진을 점검하여 이 배를 움직일 수 있는지 어떤지 알아보기만 하면 된다.

나는 손전등 빛에 의지하여 통로의 어두운 층계를 더듬더듬 내려가 열려 있는 승무원 식당 문에 서서 이리저리 안쪽을 손전등으로 비춰 보았다. 아직 차려진 채 그대로 있는 식탁과 급히 밀어붙인 듯한 몇 개의 의자가 보였다. 무언가 타는 냄새가 은은하게 곰팡내 나는 공기 속에 섞여 있었다. 그러나 그것은 조리장에서 나오는 냄새가 아니었다. 조리장은 불이 꺼져 있었고, 가스레인지도 식어 있었다. 손전등 불빛 끝에 식탁에 놓인 반쯤 빈 쇠고기 통조림통이 보였다. 버터, 치즈, 거죽에 완전히 석탄가루를 덮어쓴 빵 한 덩어리. 석탄가루는 빵 자르는 나이프에도 방바닥에도 흩어져 있었다.

"누구 있나?" 나는 소리쳤다. "여어, 누구 있나?"

대답이 없었다. 나는 왼쪽 뱃전의 선체 중앙부까지 이어져 있는 가운데갑판 통로로 되돌아왔다. 그곳은 광산의 갱도처럼 조용하고 어두웠다. 나는 그곳을 걷다가 이윽고 걸음을 멈추었다. 또 그 소리가 났다. 아까부터 신경이 쓰이기는 했으나 그다지 마음에 두지 않았던 소리──자갈을 옮기는 것 같은 소리──였다. 그 소리는 바다 밑 어딘가에서 철판이 미끄러지고 있는 것처럼 선체 내부에 메아리쳐 울렸다. 이상하고 기분 나쁜 소리였다. 그러나 내가 통로를 걷기 시작하자 딱 멈췄기 때문에, 정신이 까마득해지는 듯한 갑작스러운 정적 속에서 다시 바람이 울부짖기 시작했다.

통로 맨 끝의 문이 선체가 흔들릴 때마다 활짝 열리며 눈부신 바깥 빛이 흘러들었다. 나는 그쪽으로 걷기 시작했다. 코를 찌르는 타는 내음이 강해지며 다른 냄새──탄 기름 냄새와 썩기 시작한 요리냄새, 그리고 화물선 가운데갑판에는 으레 스며들어오기 마련인 가슴을 치받는 듯한 습기 찬 바닷바람 냄새——를 말끔히 없앴다는 생각을 했다.

 소화 호스 하나가 기관실 출입구 옆의 소화전에 꽂혀 있었는데, 여기저기 물웅덩이를 지나 고물 쪽으로 뱀처럼 꾸불꾸불 이어지며 열려 있는 문을 빠져나가 끝은 보이지 않았으나 바깥의 오목갑판으로 내려간 것 같았다. 나는 소화 호스를 따라갔다. 바깥으로 나가자 3번 해치는 반은 불에 타버리고 반은 새까맣게 되어 있었으며, 4번 해치는 일부가 열려 있었다. 많은 소화 호스가 꾸불꾸불 갑판 위를 기어 3번 해치의 열려진 검사용 해치 속으로 사라졌다. 나는 해치 속의 직선사다리를 몇 단 내려가 손전등을 비춰보았다. 그러나 연기도 불빛도 없었다. 확 치밀어오는 수증기에는 축축하고 쉰 냄새에 독한 화학약품 냄새가 섞여 있었다. 빈 포말소화기가 칸막이벽 강철판에 부딪치며 덜그렁덜그렁 울렸다. 까맣게 된 채 물에 잠긴, 원면이 높이 쌓여 있는 어두운 배 밑바닥이 눈에 띄었다. 주위로 물이 새어 들어오는 소리가 들렸다.

 화재는 완전히 진화되어 연기 한 줄기 나지 않았다. 그런데 배는 버려져 있다. 도무지 이해되지 않는 일이었다. 나는 지난밤의 일을 생각해 보았다——이 배가 스치고 지나간 다음 안개 속에 타는 냄새가 섞여 들었던 것을. 그리고 선장실 책상 위와 조리장에 석탄가루가 있었다. 이 화재는 누군가가 끈 것이 틀림없다. 나는 자갈을 옮기는 듯 덜그럭거리던 소리를 생각해 내고 기관실 문 쪽으로 달려갔다. 그것은 석탄이 아니었을까? 누군가가 보일러실에 있다! 배 안 어디선가 해치 뚜껑이 탕 하고 울렸다. 아니, 어쩌면 문이었는지도 모른다. 나는 기관실로 들어가 강철발판과 직선사다리가 가로세로 교차하는 깜깜하고 바닥을 알 수 없는 구멍 위에 걸쳐진 좁은 통로에 섰다.

 "여이!" 나는 계속 소리쳤다. "여이!"

그러나 대답이 없었다. 손전등을 비추자 그림자처럼 보이는 갖가지 기계모양 속에서 놋쇠가 반짝반짝 빛나고, 광을 낸 강철이 둔하게 번쩍였다. 움직이는 기척은 전혀 없었다. 선체가 좌우로 흔들려 물이 넘칠 때마다 주르륵주르륵 물소리가 들릴 뿐이었다.

나는 일종의 공포감에 사로잡혀 보일러실로 내려갈까 어쩔까 망설였다. 그 소리를 들은 것은 바로 그때였다.

그 발자국 소리는 오른쪽 뱃전의 통로를 따라 옮겨갔다. 구두가 강철바닥을 밟아 딱딱하고 텅 빈 소리를 냈다. 무겁게 질질 끄는 듯한 발소리가 기관실 문 쪽을 지나 브리지 쪽을 향해 이물 방향으로 옮겨갔다. 발소리는 점점 멀어져 저 아래 뱃바닥에서 부딪치는 물소리에 섞여 사라졌다.

내가 그 자리에 서 있었던 것은 겨우 20초 정도였을 것이다. 나는 얼른 문으로 뛰어가 잡아당겨 열고 통로로 뛰쳐나갔다. 당황했기 때문에 문턱에 걸려 손전등을 떨어뜨렸다. 그러나 나는 맞은편 벽 쪽으로 손을 내밀어 스스로가 생각해봐도 놀랄 만한 힘으로 몸을 버티었다. 손전등은 녹슨 빛깔의 물웅덩이에 굴러 떨어져 어둠 속에서 야광충처럼 빛나고 있었다. 나는 몸을 굽혀 손전등을 집어 들고 통로 저쪽을 비추었다.

거기에는 아무도 없었다. 빛줄기가 갑판으로 통하는 사닥다리의 어두컴컴한 구석 끝까지 가닿았으나 통로는 텅 비어 있었다. 나는 큰 소리로 외쳤지만 아무도 대답하지 않았다. 나무 삐걱거리는 소리와 물 튀기는 소리에 섞여 선체가 좌우로 흔들리고 있었다. 그리고 머리 위에서 약해지기는 했으나 뒤쪽 선실로 들어가는 문의 율동적인 소리가 들렸다. 그때 멀리서 희미한 소리——뭔가 절박한 느낌의 소리——가 들렸다. 나에게 돌아오라는 신호를 보내는 우리 배의 기적 소리였다.

비틀비틀 이물 쪽으로 걸어가 갑판으로 통하는 사다리로 가까이 감에 따라 그 소리에 섞여 상부 구조를 스쳐 지나는 바람 소리가 들렸다. 빨리! 빨리! 신호의 절박한 느낌은 아까보다 더 다급해졌다. 바람 소리와 기적 소리에 담긴 절박한 울림.

나는 승강사다리까지 가서 위로 눈길을 모았다. 그때 그가 보였다! 그는 내 손전등의 흔들리는 빛줄기를 받아 한순간 윤곽을 드러냈다. 문 안쪽에 가만히 서 있는 허깨비 같은 사람의 그림자, 눈만 하얗게 빛나는 검은 그림자.

나는 움찔 놀라 그 자리에 우뚝 서서 숨을 죽였다. 정적, 죽은 배의 소름끼치는 정적에 나는 숨이 막혔다. 나는 손전등을 움직여 그의 온 몸을 비췄다. 그는 승무원용 겹자락 윗옷에 방수화를 신은 몸집 큰 사나이였다. 온 얼굴에 땀이 줄줄 흐르고, 실컷 울고 난 사람처럼 그을린 얼굴이 얼룩얼룩했으며, 이마가 희미하게 빛나고 있었다. 턱 오른쪽은 상처를 입어 피가 말라붙어 있었다.

그는 갑자기 아주 재빠른 동작으로 나를 향해 내려왔다. 그가 후려치자 손전등이 내 손에서 떨어졌다. 쉰 땀내를 풍기며 그의 억센 손가락이 내 두 어깨를 움켜잡고 어린아이처럼 내 몸을 빙글 돌리더니 사다리 위에서 비쳐드는 차가운 햇빛 쪽으로 내 머리를 비틀어 돌렸다.

"무슨 일이지?" 그는 거칠고 메마른 목소리로 캐물었다. "여기서 뭘 하고 있는 거야. 너는 누구냐?"

마치 그렇게 하면 진실을 들을 수 있다고 생각하는 듯 그는 무섭게 나를 흔들어댔다.

나는 숨을 헐떡이면서 말했다.

"나는 샌스, 존 샌스요. 이 배의 상태를 보러……."

"어떻게 올라왔지?" 그의 삐걱거리는 듯한 목소리에는 거친 느낌과 함께 위협하는 울림이 있었다.

"밧줄을 타고…… 메리디어 호가 표류해 있는 것을 발견하고 와보니 구명보트가 없기에 배를 바짝 대어 늘어진 밧줄을 타고 올라와 조사하던 참이오."

"조사!" 그가 노려보았다. "조사할 건 아무것도 없어." 그는 여전히 나를 움켜잡은 채 빠른 말투로 물었다. "히긴스와 같이 있나? 그를 건져냈나? 그래서 이리로 온 건가?"

"히긴스?" 나는 그를 바라보며 되물었다.

"그렇다, 히긴스!" '히긴스'라고 말하는 그의 말투에 어딘지 광포한 울림이 담겨 있었다. "그 녀석이 없었으면 지금쯤 이 배는 무사히 사우샘프턴에 입항했을 텐데…… 만일 히긴스와 같이 있다면……."

그가 갑자기 입을 다물고 고개를 갸웃하며 귀를 기울였다. 기적 소리가 이번에는 좀더 가까이 들렸다. 마이크가 외쳐대고 있었다.

"부르고 있군!" 그는 내 어깨를 움켜잡은 손가락 끝에 발작을 하듯 힘을 주었다. "너의 배는 뭐지? 어떻게 생긴 거야?"

"요트." 그리고 나는 덤벼들 듯이 덧붙였다. "당신은 어제 저녁 하마터면 우리를 들이받을 뻔했었소."

"요트!" 그는 조그맣게 안도의 숨을 내쉬며 나를 놓았다. "그럼, 돌아가는 게 좋겠군. 바람이 세어지고 있어."

"그렇소, 둘 다 서둘러야 하오."

"둘 다?"

그는 눈썹을 찡그렸다.

"물론이오, 당신을 데리고 가서 우리 배가 세인트 피터 포트 섬에 닿으면……."

"안돼!" 그의 입술이 폭발했다. "안돼! 나는 이 배에 남아야 해!"

"당신은 선장이지요?"

"그렇소."

그는 몸을 굽혀 내 손전등을 집어 나에게 주었다. 마이크의 목소리가 희미하게 들려왔다. 기묘하게도 육신을 떠난 바깥세계로부터 들리는 소리 같았다. 낮게 가라앉은 목소리였다.

"서두르는 게 좋을 거요." 선장이 말했다.

"그럼, 어서!" 나는 말을 받았다.

설마 남아 있을 정도로 어리석으리라고는 생각되지 않았다——결국 아무것도 할 수 없을 테니까.

"아니, 나는 이 배를 떠나지 않겠소." 마치 호통을 쳐야 알아듣는 외국인을 다루듯 약간 거친 말투로 그는 되풀이했다. "나는 이 배를 떠나지 않을 거요!"

"멍청한 말은 그만두시오. 여기 혼자 있어봐야 무슨 소용 있소. 우리는 세인트 피터 포트 섬으로 가는 중이오. 2, 3시간이면 그곳에 닿을 수 있을 거요. 그 뒤에는 당신 좋을 대로……."

그는 쫓기는 동물처럼 머리를 세게 내두르며 가라는 신호인지 나를 내쫓는 듯한 손짓을 했다.

"폭풍이 다가오고 있소!" 나는 말했다.

"알고 있소."

"그럼, 꽤 꾸물거리지요? 도망칠 기회는 더 이상 없소."

그는 선장이다. 자기 배에 대해 애착을 갖는 것이 당연하다.

나는 다시 말했다.

"그것이 이 배를 위하는 일이오. 만일 당신이 예인선을 불러오지 않으면, 이 배는 고스란히 해협제도로 떠내려갈 것이오. 나와 함께 가는 것이 훨씬 이익이오."

"이 배에서 나가!" 그는 갑자기 몸을 떨기 시작했다. "나가라는

데 들리지 않나? 내가 해야 할 일은 내가 더 잘 알고 있어!"

 그의 목소리가 거칠어지고 태도도 갑자기 위협적으로 바뀌었다. 나는 그래도 좀더 기다렸다.

 "구조대가 오기로 되어 있소?"

 그러나 그가 알아듣지 못한 것 같았으므로 다시 고쳐 물었다.

 "무선으로 구조를 청했소?"

 한순간 망설이더니 그가 대답했다.

 "그렇소, 무선으로 구조를 청했소. 자, 빨리 내려가시오!"

 나는 잠시 머뭇거렸다. 그러나 달리 할 말도 없었고, 또 그가 굳이 배를 떠날 생각이 없다면…… 나는 사다리 중간에서 멈춰 섰다.

 "자, 다시 한 번 부탁하니 생각을 바꿔주시오."

 그의 얼굴이 발 아래 어두운 곳에서 보였다. 늠름한 군인다운 얼굴이었다. 아직 젊은 듯했으나 깊이 주름이 팼고, 심한 피로 때문에 그것이 한층 더 깊어보였다. 불굴의 의지가 담긴 얼굴이었으며 묘하게 애수를 띠고 있었다.

 "자, 갑시다. 기회가 있을 때."

 그러나 그는 대답하지 않았다. 몸을 휙 돌려 나를 그곳에 남겨둔 채 가버렸다. 그리하여 나는 다시 사다리를 오르기 시작하여 갑판으로 나왔다. 순간 맹렬하게 불어대는 바람의 압력을 받았다. 바다는 온통 흰 물결로 뒤덮여 있었다. 370미터 저편에서 시 위치 호가 앞뒤로 크게 흔들리고 있었다.

2 수수께끼를 지닌 한 명의 생존자

 나는 너무 오래 있었다. 우리 배가 나를 데려가기 위해 침로를 돌린 순간 그것을 깨달았다. 시 위치 호는 바람부는 쪽으로 무섭게 마구 달려왔다. 큰 삼각돛이 바람으로 주름이 잡히고, 이물을 바다 속에 깊숙이 들이밀었으며 양쪽의 기다란 가로돛대가 산더미 같은 파도를 찔러 꿰뚫고 용솟음치는 물보라에 휩싸이면서 빠져나왔다. 헐의 말이 옳았다. 나는 이 배에 올라오지 말았어야 했다. 나는 내 제안을 거절한 그 까닭모를 미치광이를 저주하면서 늘어진 구명보트 줄로 달려갔다. 만일 그가 함께 가는 거라면 그래도 뜻있는 일일 텐데…….

헐이 키와 씨름을 하고, 모든 돛이 미친 듯 펄럭였다. 바람을 뚫고 배를 돌리자 시 위치 호는 불어 닥치는 바람을 받아 크게 기울어졌다. 큰 삼각돛이 바람을 안으며 권총 쏘는 듯한 소리를 냈다. 해초가 붙은 흘수선부의 도장된 부분이 완전히 물 속에 잠길 때까지 선체가 기울었다. 그러자 다음 순간 강풍이 불어닥쳐서 그 큰 삼각돛이 단숨에 갈라지며 순식간에 갈기갈기 찢어졌다. 미리 돛을 오므려두었어야 했는데, 그들 세 사람으로서는 힘든 일이었다. 저런 상태에서 이 배로 다가오는 것은 미친 짓이다. 나는 이처럼 순식간에 거칠어지는 바다는 처음 보았다.

그러나 마이크는 바람 아래쪽을 가리키며 나에게 손을 흔들어보였다. 헐은 키에 매달려 시 위치 호를 이쪽 뱃전 쪽으로 비스듬히 다가 붙이고 있었다. 큰 돛은 바람을 안고서 떨고, 갈기갈기 찢긴 삼각돛은 앞 버팀줄에서 따로따로 펄럭이고 있었다. 나는 늘어진 밧줄 하나를 잡고 바다 위로 몸을 던졌다. 두 손으로 번갈아 잡으며 밀려오는 물결이 허리를 적시는 곳까지 타고 내려 거기서 되돌아보니 녹투성이 기선 외판이 절벽처럼 높이 솟아 있었다.

시 위치 호의 소리가 들려왔다. 뱃머리가 물결을 두들기며 헤쳐 오는 소리였다. 외침소리도 들렸다. 어깨 너머로 돌아보니 이물을 바람 쪽으로 세우고, 아니, 바람 아래로 숙이고서 가로돛대를 기선 뱃전에 닿을 듯이 하여 다가오는 시 위치 호가 바로 가까이에 보였다. 한 차례의 바람이 나를 치고 큰 돛의 활죽을 마구 흔들었다. 각 돛이 갑자기 바람을 안고 내가 메스꺼워하며 허공에 매달려 흔들리고 있는 곳에서 넉넉히 18미터는 떨어진 저쪽으로 휙 지나갔다. 헐이 나에게 소리치고 있었다.
 "바람이…… 세다…… 배가 돈다!"
 그것밖에 알아듣지 못했다. 그러나 내 바로 가까이에 있었으므로 그의 기름 먹인 무명 옷에서 물방울이 떨어지는 것과, 폭풍우용 모자 밑에서 파란 눈을 크게 뜨고 겁에 질린 눈초리를 하고 있는 것이 보였다.
 마이크가 돛을 늦추었다. 배는 소리높이 몰아치는 바람을 타고 아래로 멀어졌다. 나는 뱃전에 부서지는 파도 봉우리에서 내뿜어지는 바닷물을 그대로 뒤집어썼다. 그렇게 매달려 있으면서도 녹슨 뱃전으로 나를 밀어붙이는 풍압의 강도를 느끼고 있었다. 좌우로 흔들릴 때마다 몸이 뱃전에 부딪칠 때의 충격에 대비하여 긴장해야 했다. 나는 차츰 상황을 파악할 수 있었다. 바람이 메리디어 호의 뱃전에 정면으로 불어닥쳐 배를 마구 뒤흔들고 있었으며, 나는 그 바람 위쪽에서 불어 닥치는 강풍의 온갖 충격에 몸을 내맡기고 있는 것이었다.
 시 위치 호가 다시 돌아왔다. 나는 헐을 향해 어리석은 짓 하지 말라고, 해봐야 결국 아무 소용 없다고 외치고 싶었다. 메리디어 호가 마구 흔들리기 시작했으니만큼, 그 뱃전에 불어치는 바람의 방향으로 요트를 대는 것은 위험했다. 그러나 나는 오로지 그가 잘해주기를 비는 수밖에 없었다. 너무 오래 매달려 있을 수 없다는 것을 이제 알았기 때문이다. 밧줄이 바닷물에 젖어 미끈거렸고 몹시 차가웠다.
 헐이 배를 어떻게 조종했는지 뱃머리를 돌리는 데 필요한 앞돛(뱃머리의 작은 돛)이 없는데도 내가 매달려 있는 곳에서 돌을 던지면 닿을 만큼 가까이로 돌렸다. 그리고 나서 기선 밑으로 다가왔다. 그것은 정말 훌륭한 조종기술이었다. 고물에 내 손이 닿을 듯한 순간이 있었다.

제1부 난파선 45

나는 건너뛸 수 있을 것 같다고 생각했다. 그 찰나 메리디어 호가 출렁거려서 나는 뱃전으로 날아가 축축하고 차가운 선체에 완전히 밀어붙여지고 말았다. 그 사이에 헐은 충돌해서 배가 부서지는 것을 피하기 위해 다시 시 위치 호를 달리게 했으므로 고물을 스치며 지나가버렸다.

"틀렸어…… 도저히…… 너무 위험해…… 세인트 피터 포트 섬……."

길게 끄는 토막난 외침 소리가 바람을 타고 와 닿을 때 나는 뱃전에서 바다 위로 흔들려나와 바로 몇 초 전 시 위치 호의 고물이 스쳐 지나간 바로 그 위에 있었다. 나는 헐에게 다시 한 번, 다시 한 번만 해봐달라고 외치고 싶었다. 그러나 그것은 요트를, 그리고 그들의 생명까지도 위험하게 만드는 일이었다.

"좋아!" 나는 외쳤다. "세인트 피터 포트 섬으로 가라! 행운을 빈다!"

헐이 뭐라고 외쳐댔으나 무슨 말인지 알아들을 수가 없었다. 시 위치 호는 재빨리 기선 이물 저쪽으로 사라져갔다. 돛을 모두 늦추고, 큰 돛의 돛면을 펄럭이며 빠른 속도로 달려갔다. 나는 머리 위에 솟아 있는 기선의 절벽 같은 바깥벽을 흘끗 바라보았다. 아직 좀 기운이 남아 있는 동안 타고 오르자고 마음을 먹었다.

그러나 선체가 출렁일 때마다 나는 뱃전에 부딪쳤다. 녹슨 외판에 찰싹 밀어붙여진 덕분에 생각지 않은 발판을 얻게 되기도 했지만, 세게 부딪쳐 숨이 끊어질 정도로 깜짝 놀라는 일도 있었다. 그리고 심하게 흔들릴 때마다 발붙일 곳을 잃고 아래로 떨어질 것만 같았다. 왜냐하면 추위로 손가락이 둔해졌고, 너무 오래 매달려 있었으므로 팔과 무릎이 지쳐 떨렸기 때문이다. 파도가 부서져 얼음처럼 찬 물보라가 나를 둘러싸고, 때로는 녹색물이 뱃전을 타고 튀어 올라와 내

허리 근처를 잡고 떨어질 듯이 아래로 잡아당겼다.

　나는 1미터도 채 올라가지 못하고서 결국 멈추고 말았다. 더 이상 올라갈 수가 없었다. 나는 뱃전에 달라붙어 떨리는 다리로 밧줄을 잡아 누르고, 한쪽 손을 놓아 아래로 드리워진 밧줄을 잡아 다리 사이로 끌어올려서 어깨에 감아 붙였다. 덕분에 두 팔의 피로가 풀렸다. 그러나 갑판으로 기어 올라갈 수 있을 정도는 아니었다. 마침내 나는 소리치기 시작했다. 목소리는 바람에 날려 산산조각으로 부서졌다. 이 배의 선장에게는 도저히 들리지 않으리라는 것을 알면서도 나는 선장이 와주기를 빌면서 계속 외쳐댔다. 그는 지금 내가 희망을 거는 유일한 줄이었다. 그러나 나는 외치는 것을 그만두었다. 숨이 차서 계속할 수가 없었다. 나는 금방 소란스러운 파도에 흔들려 나갔는가 생각되면 다음 순간 뱃전에 쾅 하고 부딪쳐 깜짝 놀랐다. 온 몸이 상처투성이가 되어 마침내 이것이 마지막이구나 하는 생각이 서서히 가슴으로 파고들었다.

　피할 수 없는 일을 두려워하는 것은 우스운 일이다. 운명이라 생각하고 단념하면 그뿐이다. 그러나 그때 문득 얼마나 냉소적인 일인가 하는 생각이 들었던 것을 지금도 기억하고 있다――그때까지 바다는 나에게 조용하고 뒤흔들리는 일이 없는 물의 세계였다. 녹색의 통로를 내려가 보다 어두운 심해로 이끌려가서, 바다의 눈부신 빛 속에 천변만화하는 선명한 색채를 지닌 고기들과 함께 높은 산호초 곁을 지나 따개비가 달라붙어 있는 난파선의 허깨비 같은 뱃그늘로 내려가기 위한 입구였다. 그런데 지금 바다는 뒷발을 딛고 일어나 거품을 토하며 나를 향해 성이 나서 몸부림치며 덮치는 거인의 모습이 되었다.

　바로 그때 녹슨 외판에 별안간 손이 닿아 갑자기 희망이 솟았다. 나는 손등에서 피가 작은 방울이 되어 번져 나오는 것도 아랑곳없이,

파도의 물거품에 눈코 뜰 수 없이 온 몸을 씻도록 맡겨둔 채, 끌려올라가는 내 몸에 스쳐 외판의 얇은 녹조각이 벗겨져 떨어지는 것을 멍청히 바라보았다. 위는 보지 않았다. 몸도 움직일 수 없었다. 왜냐하면 내가 끌려올라가는 듯한 착각을 일으키고 있는 게 아닌가 두려웠기 때문이다. 그러나 물결이 바깥벽에 부딪쳐 요란하게 부서져도 이제 나에게까지 와 닿지 않았으므로 착각이 아니라는 것을 알았다. 나는 위를 쳐다보았다. 대빗이 뱃전 안으로 돌려져 있고, 밧줄이 팽팽하게 당겨지며 난간 위쪽으로 끌려올라가고 있었다.

천천히 한 번에 30센티미터씩 끌려올라갔다. 이윽고 얼굴이 갑판 높이에 이르자 메리디어 호 선장의 소름끼칠 정도로 여윈 얼굴과 광기어린 어두운 눈이 코끝에서 보였다. 그가 뱃전에서 나를 끌어올렸다. 나는 갑판에 쓰러졌다. 이때까지 쇠갑판이 이처럼 기분 좋은 누울 자리인 줄 몰랐었다.

"마른 옷으로 갈아입는 게 좋겠군."

선장이 나를 일으켜 세웠다. 나는 인사를 하려고 그 자리에 섰다. 그러나 너무도 지치고 추위에 얼어붙어 말을 할 수가 없었다. 이가 덜덜 떨리며 부딪치는 소리를 냈다. 그는 내 팔을 자기 목에 두르고 반쯤 끌듯이 하며 갑판(보트 갑판, 윗갑판보다 더 위쪽)을 걸어 한 승무원의 방으로 내려갔다.

"먹고 싶은 것은 사양 말고 먹으시오." 그는 나를 침대에 내려놓으며 말했다. "식량이 당신 키만큼이나 있으니까."

그는 잠시 나를 들여다보았다. 마치 급히 해결해야 할 귀찮은 문제라도 대하듯 눈썹을 찡그리고서. 그러나 이윽고 그는 방을 나갔다.

나는 침대에 똑바로 누웠다. 심한 피로가 눈꺼풀을 무겁게 하고 의식을 몽롱하게 만들었다. 그러나 내 몸은 몹시 차가웠다. 젖은 옷이 차갑게 달라붙어 나는 몸을 잡아끌 듯이 하고 일어나, 벌거벗고 수건으로 몸을 닦았다. 서랍을 여니 마른 옷가지가 있었으므로 꺼내 입었다. 털 속옷, 셔츠, 바지, 스웨터. 기분 좋은 만족감이 온 몸에 번지며 이 부딪치는 소리도 내지 않게 되었다. 나는 책상 위 담뱃갑에서 한 개비 뽑아 불을 붙여 침대로 돌아가 눈을 감고 누워 만족한 기분으로 가슴 가득히 빨아들였다. 기분이 좋아졌다. 나 자신에 대해서보다도 시 위치 호의 일이 더 걱정되었다. 부디 무사히 세인트 피터 포트 섬에 도착해 주기를 하느님께 빌었다.

금방 몸이 따뜻해지며 졸음이 몰려왔다. 선실은 바람이 통하지 않아 땀 냄새가 났다. 담배가 손가락 사이로 자꾸만 미끄러졌다. 그때 아주 먼 곳에서 "일어나 이걸 드시오" 하는 말소리가 들렸다. 눈을 뜨니 김이 오르는 찻잔을 들고 선장이 나를 들여다보고 있었다. 그것은 럼주를 섞은 홍차였다. 내가 고맙다는 인사를 하려 하자, 그가 재빨리 성난 듯한 손짓으로 가로막았다. 그는 아무 말도 않고 앞에 서서 우울한 얼굴로 내가 마시는 것을 지켜보았다. 말없는 그의 태도에는 뭔가 이상한 적의가 담겨 있었다.

배는 지금 크게 흔들리고 있다. 열린 문을 통해 갑판을 스치고 지나가는 바람 소리가 들렸다. 강풍이 불면 메리디어 호를 끌어가는 일이 어렵게 될 것이다. 밧줄을 건네는 것마저 불가능할지도 모른다. 바람 부는 쪽 해안이 해협제도라고 하던 헐의 말을 생각해 냈다. 따뜻한 홍차가 내 몸 속에 새로운 생기를 불어넣었다. 외딴 섬 같은 메리디어 호에 버려진 자신의 처지를 조용히 생각할 만한 여유가 생겼다. 내 앞에 서 있는 사나이를 쳐다보며 나는 어째서 그가 배에서 떠나기를 거절했을까 생각해 보았다.

"구조대가 올 때까지 얼마나 걸릴까요?"

"구조대는 오지 않소. 무전을 치지 않았으니까."

그가 갑자기 내 쪽으로 몸을 숙였다. 주먹을 쥐고, 현창(舷窓)에서 비쳐드는 희끄무레한 빛 속에 쑥 내밀어진 턱이 단단하게 굳어져 있는 게 보였다.

"대체 왜 당신 요트에 얌전히 있지 않았소?"

그는 홱 등을 돌려 문 쪽으로 향했다. 그가 문을 나가려 했을 때 나는 소리쳤다.

"태거트!"

나는 재빨리 침대에서 다리를 내려디뎠다. 그는 마치 내가 등을 때리기라도 한 것처럼 얼른 뒤돌아보더니 문 앞에서 되돌아왔다.

"나는 태거트가 아니오. 어째서 내가 태거트라고 생각했소?"

"당신이 직접 선장이라고 말했잖소?"

"그렇지, 그러나 내 이름은 패치요." 그는 비스듬한 빛 속에 어두운 그림자가 되어 다시 내 위에 가로막고 서 있었다. "태거트에 대해 어떻게 알고 있소? 당신은 배 임자와 관계 있는 사람이오? 그래서 이런 바다에까지 나온 거요?"

난폭한 울림이 깃든 목소리였다.

그는 석탄가루로 더러워진 얼굴을 힘차게 문질렀다. 그리고 잠시 나를 바라보더니 어깨를 으쓱했다.

"아니, 그럴 리가 없지! 그 일에 대해서는 다음에 이야기합시다. 지금은 좀 자는 것이 좋겠소."

그는 홱 돌아서서 빠른 걸음으로 나갔다.

잠! 5분 전에는 그것이 이 세상에서 가장 필요했었다. 그러나 지금은 잠이 완전히 달아나 버렸다. 겁을 먹고 있었던 것은 아니다. 무서운 것은 없었다. 다만 불안할 뿐이었다. 그 사나이의 거동이 이상하다고 해서 놀랄 건 없다. 그는 배 안에서 12시간이나 혼자 있었다. 오직 혼자서 불을 끄고, 말할 수 없이 지칠 때까지 보일러에 계속 불을 때고 있었다. 지옥의 12시간——누구나 다 머리가 이상해지리라.

그런데 그가 선장이라면 어째서 태거트가 아니란 말인가? 그리고 이 배는 어째서 긴급구조신호를 보내지 않았을까?

나는 맥없이 일어나서 침대를 떠나 책상 아래 있는 방수화를 신고 비틀거리며 통로로 나갔다. 배 위에서는 이미 여러 가지 움직임이 시작되고 있었다. 파도가 정면 옆으로 몰아쳐서 배가 크게 흔들리고 있었다. 차가운 바람이 불어치며 여기저기 마구 두들겨대는 소리가 났다. 나는 똑바로 브리지로 올라갔다. 비가 오고 있어 약 2킬로미터 안의 것밖에 보이지 않았다. 바다 전체가 부서지는 흰 파도의 더러운 한 가지 빛으로 가득 차고, 파도 봉우리마다 연기처럼 피어오르는 물보라가 바람에 휘날렸다. 불어치는 바람은 강풍이었다.

나침반은 배가 북쪽으로 뱃머리를 돌리고 있음을 보여주었다. 그러면 바람은 지금 서풍이다. 세인트 피터 포트 섬을 향해 거의 정면으로 불어치고 있는 것이다. 나는 그런 생각에 잠겨 강풍의 울부짖음을 듣고 소란스러운 물의 황량한 벌판을 바라보며 우두커니 서 있었다. 만일 헐이 무사히 건지 섬 바람을 뚫고 세인트 피터 포트 섬에 가닿으면…… 그러나 그때까지는 대여섯 시간이 걸릴 것이다. 그리고 그는 이 배가 긴급구조신호를 발신하지 않은 것을 금방 눈치채지 못할지도 모른다. 비록 알아차렸다 하더라도 구조선은 여기까지 이 폭풍우와 싸우며 와야 한다. 적어도 6시간은 걸릴 터이며, 그때쯤에는 어두워져 있을 것이다. 이처럼 거친 날씨에 어둠 속에서 우리를 발견할 수는 없겠지…….

나는 급히 몸을 돌려 해도실로 들어갔다. 배의 새로운 위치가 해도에 기입되어 있었다. 로슈 도블 암초의 북동 3.2킬로미터 지점에 작은 십자가가 그려져 있고 연필로 '11·06'이라고 덧붙여 씌어 있었다. 지금은 11시 15분이다. 나는 평행자로 표류 항로를 추측해 보았다. 만일 이대로 서풍이 계속된다면 '밍키 암초'를 향해 떠내려갈 것이다.

그도 이것을 알아차린 모양이다. 그 증거로써 해도에 희미하게 연필선이 그어져 있고, 그의 손가락이 누르고 있었던 암초지대에 꺼먼 자국이 나 있었다.

그렇다면 그는 적어도 위험을 예측할 수 있을 만큼은 제정신인 것이다. 나는 선 채 해도를 바라보며 위험의 뜻을 생각했다. 기분 좋은 생각은 아니었다. 저지 섬 바위절벽에 부딪치는 것만도 꽤 위험한 일인데, '밍키 암초'라니…… 나는 해도 테이블 위의 책꽂이로 손을 뻗어 《영국해협 수로지》 제2권을 찾았다. 없었다. 그러나 곤란할 건 그다지 없었다. 그 암초에 대해서는 이야기로 들어 알고 있었다——뱃사람들이 '밍키 암초'라고 부르며, 드러난 바위와 숨은 바위투성이의, 좋지 않은 일이 자주 일어나는 바다 지점이다. 나는 그 암초를 머릿속에 떠올리며, 그처럼 숨은 바위투성이의 큰 소용돌이 속에서 부딪쳐 부서지는 배에 타고 있는 기분이 어떨까 생각해 보았다. 그때 해도실 뒤쪽에 'W/T'라는 표지가 찍힌 문이 있는 것을 알았다. 위쪽에 문이 없는 수직사다리가 있었으므로, 그것을 올라가 무전실로 들어간 순간 긴급조난신호를 보내지 않은 까닭을 알았다. 그 안에 불이 나서 다 타버렸던 것이다.

깜짝 놀라 나는 문 앞에 우뚝 서 있었다. 선실 화재. 그리고 지금이 무전실 화재. 그러나 이곳은 오래된 화재였다. 탄 내음도 나지 않았고, 두꺼운 새 나무판자가 천장과 벽이 타서 떨어진 새까만 구멍을 막고 못질되어 있었다. 그러나 타버린 잡동사니를 치우려 한 흔적은 없었다. 비상용 축전지가 타버린 천장에서 떨어진 채 바닥에 나뒹굴어져 있었다. 그 한 개는 새까맣게 탄 테이블 위로 떨어져 반쯤 녹은 송신장치의 잔해를 찌부러뜨리고 있었다. 침대와 의자는 거의 본디 모습을 알아볼 수 없을 정도로 새까맣게 탄 나무 해골 같았다. 벽에 설치된 무선장치는 알아볼 수 없을 만큼 비틀려 있고, 핸더가 녹아서 흘러내려 굳어진 곳은 금속 종유석처럼 꽃그물 모양으로 이어져 있었다. 새까맣게 탄 나무 잡동사니에 섞여 여러 가지 장치가 검게 비틀어진 금속 파편이 되어 바닥에 쓰러져 있었다. 화재의 원인이 무엇이었든 굉장한 불길이었던 모양이다. 벽마다 구멍으로 물이 새어 들어와 검게 탄 나무에 얼룩을 만들었다. 바람이 브리지 근처에서 울부짖을 때마다 물에 젖은 재티를 불어 올리며 부서지기 쉬운 뼈대를 뒤흔들었다.

 나는 천천히 사다리를 내려와서 해도실로 돌아왔다. 항해일지를 읽으면 뭔가 알 수 있을 것 같았다. 그러나 일지는 이미 책상 위에 없었다. 그곳을 나와 조타실로 들어갔는데, 왼편 뱃머리 쪽의 희미한 어둠 속에서 밀려오는 파도가 털을 곤두세운 듯 물보라를 파도머리에 불어 올리면서 일어서는 것을 보고 한순간 우두커니 서 있었다. 파도가 높이 솟아 철판으로 된 배의 바깥벽을 넘어 몰아쳐들어와, 앞쪽은 돛대와 데릭 기중기만 남기고 모두 용솟음치는 흰 거품 속에 가려졌다. 뱃머리가 다시 나타나고, 뱃전의 어렴풋한 윤곽이 마지못해 바다 위로 나와 느릿느릿 떠오를 때까지가 오랜 세월처럼 느껴졌다.

 나는 급히 통로로 나와서 곧장 선장실로 향했다. 그러나 그는 거기에 없었다. 나는 승무원 식당과 조리실을 들여다보고 나서, 그는 분명히 기관실에 또 내려가 있다고 짐작했다.

 무엇을 할 것인가? 내 생각은 정해져 있었다——펌프를 준비해야 한다. 그러나 기관실은 컴컴했고, 석탄을 퍼서 아궁이에 던지는 소리도 나지 않았다. 나는 좁은 통로에서 소리쳐 보았으나 대답이 없었다. 내 목소리의 메아리가 되돌아올 뿐——그것도 뱃전을 두들기는 파도 소리와 배 밑에서 소용돌이치는 물소리에 묻힌 작은 메아리였다.

 나는 갑자기 암담한 생각이 들었다. 나 혼자라서 쓸쓸하다는 어린

아이 같은 기분이 되었다. 아무도 없는 배에 혼자 있고 싶지는 않았다. 나는 급히 선실로 되돌아갔다. 그를 찾아내야 할 필요가 점점 절박해졌다. 선실은 아까와 마찬가지로 텅 비어 있었다. 뒤쪽에서 금속 부딪는 소리가 들려와 급히 문을 지나서 보트 갑판으로 가보니 거기에 그가 있었다. 심한 피로로 비틀거리며 눈빛이 착 가라앉은 모습이었다. 땀과 석탄가루를 닦아낸 곳만 흰 살이 보이는 얼굴로 이쪽으로 오고 있는 중이었다. 옷이 석탄가루로 온통 시커매져 있었고, 삽을 갑판에 질질 끌고 있었다.

"어디에 있었소? 찾아도 보이지 않던데. 지금까지 뭘 하고 있었지요?"

"지나친 수고를 하는군."

그는 지쳐 분명하지 않은 목소리로 중얼거리며 나를 밀어붙이고 선실로 들어갔다. 나도 뒤따라 들어가며 물었다.

"침수된 곳의 위치는? 어느 정도 침수돼 있지요? 파도가 뱃머리를 치고들어오던데."

그는 고개를 끄덕이며 고집스럽고 힘찬 말투로 말했다.

"이런 상태가 얼마 동안 계속되겠지──해치 뚜껑으로 물이 들이칠 때까지. 그런 다음 우리와 바다 밑 사이에는 받침대로 떠받들고 있는 칸막이벽 한 장만 남아 있게 되지."

그는 아무래도 좋은 것 같았다. 어쩌면 체념하고 있는지도 모른다.

"그러나 펌프를 설치하면······." 흥미를 보이지 않는 그의 태도에 나는 말이 막혔다. "아, 그렇군. 내가 여기에 올라왔을 때, 당신이 하고 있던 일은 그것이었군. 맞았어."

"내가 무얼 하고 있었는지 어떻게 알았소?" 갑자기 화가 치민 듯 그의 눈이 광포하게 굳은 분노의 빛을 띠었다. 그는 내 팔을 콱 움켜잡았다. "어떻게 알았소?"

"굴뚝에서 옅은 연기가 피어올랐었지요." 나는 빠른 말투로 설명했다. "그러고 보니 그 석탄가루로군. 당신도 석탄가루투성이였소."

무엇이 그를 화나게 만들었는지 알 수가 없었다.

"당신은 불 때는 방에 내려가 있었던 게 틀림없소."

"불 때는 방?" 그는 천천히 고개를 끄덕였다. "그렇소."

그는 내 팔을 놓았다. 그의 몸에서 차츰 긴장이 풀리며 힘이 빠졌다.

"만(비스케 만)을 지나오는 동안 펌프의 힘으로 떠 있었다고 하면……."

"그때는 승무원도 있었고 증기압력도 충분했지." 그의 어깨가 축 늘어졌다. "그리고 그때는 앞쪽 창고에 지금처럼 물이 들어와 있지도 않았소."

"구멍이 뚫렸소? 그것이 사고의 원인이오?"

"구멍이 뚫렸느냐고?" 그는 나를 빤히 바라보았다. "어째서 그런 말을……."

그는 머리를 긁어 올리고 그 손으로 얼굴을 내리 문질렀다. 검댕 아래의 살은 황백색이었다. 선체가 갑자기 기우뚱하며 사나운 파도의 습격을 받아 부르르 떨었다. 마치 선장 자신의 몸이 얻어맞아 쓰러진 것처럼 근육이 경련을 일으키는 게 보였다.

"오래 가지 못해……."

나는 갑자기 속이 치받쳐 오르며 가슴이 텅 비어버리는 듯한 느낌이 들었다. 이 사람은 희망을 버리고 말았다. 어깨를 축 늘어뜨린 모습에서 그것이 엿보였고, 한결같은 목소리에서 그것을 읽을 수 있었다. 지쳐서 무감각해진 것이다.

"해치 뚜껑 때문이오?"

그가 고개를 끄덕였다.

"그럼, 어떻게 되지요? 배 밑바닥 가득히 물이 들어와도 떠 있을 수 있겠소?"
"어쩌면 가능하오, 보일러실 칸막이벽이 그대로 있다면."
그 말투는 차갑고 냉정했다.
배 밑바닥은 벌써 전부터 물이 차 있었다. 안개 속에서 이 배를 발견했을 때 이미 이물이 가라앉아 있었다. 그리고 어제 저녁, 고물의 흘수표가 수면보다 훨씬 올라와 나선 추진기 날개가 물결 위로 드러나 있었던 것을 나는 생각해 냈다. 그에게는 체념하고 절망적인 상태에 익숙해질 만큼 시간이 있었다.
그러나 나는 도저히 가만히 앉아 마지막 시간을 기다릴 수는 없었다.
"펌프를 움직일 수 있을 때까지 증기압력을 올리는데 어느 정도 시간이 걸리지요?" 하고 나는 물었다.
내가 물었지만 그에게는 들리지 않았던 모양이다. 그는 눈을 반쯤 감고 책상에 기대서 있었다. 나는 그의 팔을 붙잡고 최면상태에서 깨어나게 하려고 마구 흔들었다. 나는 소리쳤다.
"펌프! 방법을 가르쳐주면 내가 불을 때겠소."
그의 눈꺼풀이 꿈틀꿈틀거리며 열리더니 나를 바라보았다. 그는 아무 말도 하지 않았다.
"당신은 완전히 지쳐버렸소. 좀 자야 하오. 그러나 그전에 아궁이 다루는 방법을 가르쳐주시오."
그는 잠시 머뭇거렸으나 이윽고 어깨를 움츠리며 중얼거렸다.
"괜찮겠지."
그는 기운을 내 방을 나와서 승강사다리를 통해 주갑판으로 내려갔다.
강한 바람이 왼쪽 뱃전에서 계속 몰아쳐 선체를 크게 오른쪽으로 기울게 만들었다. 이런 상태에서 선체는 가끔 갑작스럽게 균형이 잡히지 않는 이상한 움직임을 보이며 귀찮은 듯 뒤뚱거렸다.
 그는 발을 질질 끌며 어둡고 울리는 통로를 걸어갔다. 현기증이 이는지 가끔 몸의 균형을 제대로 잡지 못했다.
 우리는 방향을 돌려 기관실 문으로 들어가 좁은 가설통로를 지나서 기관실의 어두운 밑바닥으로 통하는 쇠사다리를 내려갔다. 두 사람의 손전등 빛이 거대한 그림자를 드리우고 있는 기계장치를 여기저기 비쳐댔으나, 모든 것이 정지된 죽은 물건으로 변해 있었다. 다시 작은 기계장치들 사이를 누비고 뱃머리 쪽으로 나가자, 쇠바닥이 밟히는 텅 빈 금속성의 소리가 울렸다. 쏴쏴 하는 물소리가 나고, 덜거덕덜거덕하는 무거운 소리가 추진기의 샤프트 터널(軸路) 속에서 메아리쳤다.
 우리는 브리지로부터 오는 전령중계기가 몇 개나 붙은 주제어장치 옆을 지나 이윽고 보일러실로 통하는 문에 이르렀다. 문은 양쪽 모두 열려 있고, 그 저쪽에 크고 당당한 보일러들이 여러 개 희미하게 떠올랐으며, 열기는 없었다.
 그는 한순간 머뭇거렸으나 마침내 그 앞으로 나아갔다. 그리고 세 개의 보일러 가운데 왼쪽 뱃전 쪽의 것을 가리키며 말했다.
 "이거요!"
 활기 없는 빨간 불빛이 아궁이 가에 선을 두르고 있었다.
 "그리고 석탄도 있지."
 그는 채탄구에서 넘쳐 나온 검은 산더미로 손전등을 돌려댔다.
 그는 반쯤 몸을 움직여 등을 아궁이 쪽으로 돌린 채 가만히 넋 나간 듯 석탄을 바라보고 있었다.
 "2시간씩 교대합시다." 그는 손목시계를 흘끗 보면서 빠른 어조로 말했다. "지금이 12시 조금 전이니까. 2시에 교대하러 오겠소."

그리고 그는 갑자기 서둘러 떠나려고 했다.

"잠깐, 아궁이 다루는 방법은?" 나는 물었다. 그는 온도계와 그 밑의 아궁이와 재받이를 조작하는 지레가 붙은 보일러를 지겨운 듯이 흘끗 돌아보았다.

"아주 간단하오. 곧 그 요령을 알게 될 거요." 그는 어느새 또 등을 돌리려고 했다. 그리고 중얼거렸다. "조금 자고 오겠소." 그는 말을 마치자마자 나를 남겨두고 가버렸다.

나는 다시 부르려고 입을 열었다. 그러나 공연한 짓이라는 생각이 들었다. 아마 곧 요령을 알게 되겠지. 그는 몹시 자고 싶어하는 것이다. 그가 보일러실 문을 나가려는 순간 그의 모습이 들고 있는 손전등 빛에 뚜렷이 떠올랐다. 나는 그 자리에 우두커니 서서 기관실 쇠사다리를 오르는 그의 발소리를 들으며, 그가 든 손전등의 가냘픈 빛이 열린 문을 비춰내는 것을 바라보고 있었다.

이윽고 불빛은 사라지고 나는 혼자 남게 되었다. 나를 둘러싼 갖가지 소음이 갑자기 생각 속으로 뛰어 들어왔다. 쏴쏴 하는 물소리, 뱃전에 부서지는 파도, 파도의 이상한 울림, 배가 뒤뚱거림에 따라 각 활강로 안에서 석탄이 무너져 내리는 작은 소리. 그리고 갇혀 있다는 공포 비슷한 느낌······ 흘수선보다 더 아래 밑바닥에 갇혀 있다는 느낌도 들었다. 보일러 뒤쪽에는 둥그스름한 각재가 칸막이벽을 버티고 있고, 녹투성이가 된 옆의 벽 저쪽은 물 속이다. 여기저기 철판 이음매에서 물이 흘러드는 것이 보였다.

나는 웃옷을 벗고 셔츠 소매를 걷어 올린 뒤 아궁이로 다가갔다. 지레를 찾아 아궁이문을 열었다. 석탄 찌꺼기더미가 빨갛게 뽐내고 있다. 타오르는 불꽃은 없었다. 몇 시간 동안 불을 땐 흔적이 없었다. 나는 옆에 나동그라져 있는 쇠지렛대 같은 부젓가락을 집어 들고 빨간 덩어리를 헤쳤다. 탄 찌꺼기뿐이었다. 이어서 다른 아궁이를 들여다보았으나 통풍구가 모두 크게 열려져 있고 보일러는 차가웠다. 아직 불기가 있는 것은 맨 첫 아궁이 하나뿐으로, 그곳에 아직 불기가 남은 것은 절기판이 꽉 닫혀 있기 때문이었다. 그때 나는 생각해 냈다——내가 처음 좁은 가설통로에 서서 지옥 밑바닥에 대고 소리쳤을 때, 발을 끌며 기관실 문 앞을 지나가던 발소리가 귀에 들렸었던 것을. 그는 여기에 내려와 있던 것이 아니다, 그때도 다른 때도. 그런데도 그는 석탄가루투성이였다. 나는 삽을 짚고 서서 그 일에 정신을 빼앗기고 있었다. 그러나 이윽고 텅 빈 선체에 울리는 파도 소리가 귀에 들려와, 나는 보다 더 절박한 문제가 있음을 생각해 내고 삽으로 석탄을 퍼 넣기 시작했다.

석탄을 퍼 넣자 이윽고 아궁이 속에 검은 산더미가 생겼다. 나는 아궁이문을 닫고 모든 절기판을 열었다. 2, 3분 지나자 아궁이가 확 소리를 내며 센 불꽃이 아궁이문에 테두리를 지었다. 따뜻한 불빛이 방 안을 비추자 주위의 어둠 속에서 세 개의 보일러가 거무스름한 그림자가 되어 나타났다. 나는 다시 아궁이문을 열고 열심히 삽질을 하기 시작했다. 삽과 석탄이 강렬한 불빛에 비쳤다. 나는 곧 옷을 모두 벗어버렸다. 땀방울이 흐르고 팔도 몸뚱이도 온통 석탄가루로 뒤범벅되어 번쩍번쩍 빛났다.

얼마쯤 거기에 있었는지 모른다. 동굴 같은 연옥 속에서 땀투성이가 되어 삽질을 한 것이 몇 시간이나 지난 것처럼 생각되었다. 아궁이는 요란한 소리를 내며 뜨거운 빛을 내뿜고 있었다. 그런데도 압력계의 변화를 알게 된 것은 상당히 지난 뒤였다. 이윽고 천천히 바늘이 움직이기 시작했다. 나는 삽에 기대서서 바늘의 움직임을 지켜보았다. 문득 요란한 아궁이의 불타는 소리에 섞여 희미하게 쇠가 맞부딪치는 소리가 들려서 뒤돌아보았다.

그가 보일러실 문 한가운데에 서 있었다. 그는 잠시 움직이지 않고

서 있더니 이윽고 선체의 흔들림에 따라 취한 사람처럼 비틀거리며 내 쪽으로 다가왔다. 아니, 그를 비틀거리게 한 것은 배의 흔들림이 아니라 심한 피로 때문이었다.

나는 무엇에 홀린 듯한 태도로 가까이 다가오는 그를 지켜보았다. 아궁이가 열려 있었으므로 그 불빛을 받아 그의 얼굴이 보였다. 소름 끼칠 정도로 여위고 땀에 젖은 얼굴, 눈은 그늘진 눈구멍에 쑥 들어가 있었다. 내가 바라보는 것을 알아차리고 그는 발길을 멈췄다.

"왜 그러오?" 그 목소리에는 초조한 울림이 담겨 있었고, 아궁이 불빛을 정면으로 받은 눈에는 광포한 빛이 깃들여 있었다. "뭘 쳐다보고 있소?"

나는 말했다.

"당신은 어디에 있었소?"

그는 대답하지 않았다.

"눈을 붙이지도 않았군." 나는 그의 팔을 잡고 크게 소리쳤다. "대체 어디에 가 있었던 거요?"

그가 팔을 뿌리쳤다.

"당신이 알 일 아니오!"

그는 사납고 험상궂은 눈초리로 나를 노려보았다. 그러고는 삽으로 손을 뻗었다.

"이리 주시오!"

그는 내 손에서 삽을 빼앗아 열린 아궁이로 석탄을 퍼 넣기 시작했다. 그러나 너무도 지쳐 있었으므로 선체의 뒤뚱거림에 맞추어 몸의 균형을 잡지 못했다. 그의 움직임이 차츰 느려졌다.

"그렇게 우두커니 서 있을 필요 없소!" 그는 소리쳤다. "올라가서 좀 자오!"

"당신이야말로 좀 잘 필요가 있소."

"2시간씩 교대하기로 했잖소?"

그 목소리는 아무 억양도 없는, 이유를 묻지 못하게 만드는 말투였다.

석탄이 갑자기 활강로에서 쏟아져 나와 와르르 그의 발부리에 굴러 떨어졌다. 그는 일종의 광기 어린 열성으로 석탄을 바라보았다.

"나가! 나가! 들리지 않나?" 그는 외쳤다.

그는 여전히 삽에 기대어 활강로에서 쏟아져 나오는 석탄을 바라보고 있었다. 몸이 휘청거렸다. 그는 땀이 흐르는 얼굴을 팔로 문질렀다.

"제발 올라가서 자오, 내 걱정은 그만두고." 이 마지막 말은 거의 중얼거리는 듯했다. 그리고 그는 문득 어떤 생각이 난 것처럼 덧붙였다. "바람은 이제 완전히 강풍으로 바뀌었소."

나는 잠시 망설였으나 그가 기분 나쁜 불빛을 받으며 미친 듯한 표정을 지었으므로 옷가지를 집어 들고 문 쪽으로 걷기 시작했다. 그러나 문 앞에서 다시 멈춰 섰다. 그는 아직 나를 바라보고 있었다. 엄청나게 여윈 얼굴에 아궁이의 불빛이 환하게 비쳐 등 뒤의 석탄 활강로에 거인 같은 그림자를 던지고 있었다.

기관실의 어둠 속을 기어오르는데 삽으로 긁는 소리가 났다. 나는 마지막으로 다시 한 번 흘끗 열린 문을 통해 그를 돌아보았다. 그는 마치 마지막 힘을 짜내 치고들어가 죽여야 할 적이라도 되는 듯 석탄과 맞붙어 푹 떠서는 아궁이에 던져 넣고 있었다.

차츰 올라감에 따라 폭풍우 소리가 달라졌다. 딱딱한 빈 상자 같은 뱃전을 두들기는 파도 소리 대신 이번에는 높은 가락의 바람 소리와 거품을 일으키며 부서지는 파도 소리가 들렸다. 통로로 발을 내딛고 선실 쪽으로 나가자 차가운 공기가 확 덮쳐왔다. 나는 세수를 하자 맥이 탁 풀려 침대에 쓰러졌다.

축 늘어져 눈을 감았으나 잠은 오지 않았다. 그 사나이에게는 어딘지 수상한 점이 있다——이 배도 그렇다. 두 차례의 화재와 반쯤 물에 잠긴 밑바닥과 승무원이 대피한 방법.

나는 아마 꾸벅꾸벅 졸고 있었던 모양이다. 그 증거로 다시 눈을 떴을 때 나는 희미한 불이 켜진 눈에 익지 않은 선실을 둘러보고 여기가 어딜까 의아해하며 갑자기 긴장했기 때문이다. 그리고 나서 곧 또 다른 선실의 분위기를 생각해 냈다. 인간심리란 정말 묘한 것이다. 나는 그 선실 문에 걸려 있던 두 벌의 레인코트에 대해 생각했다——각기 다른 사람의 것임에 틀림없는 두 벌의 레인코트. 나는 온몸이 시큼한 땀투성이가 된 기분으로 일어나 앉았다. 2시가 지났을 뿐이었다. 나는 침대에서 발을 내딛고 걸터앉은 채 멍하니 책상을 바라보았다.

라이스! 그것이 이 방 주인의 이름이었다. 24시간도 채 안되는 시간 전까지 그는 아직 이 배 위에 있었고, 자기 방의 이 책상 앞에 앉아 있었을 것이다. 그런데 지금은 내가 여기 앉아 그의 옷을 입고 그의 선실을 점령하고 있다. 그리고 배는 아직 떠 있다.

나는 그 가엾은 사나이에 대한 일종의 동료의식에 끌려, 그는 아직 구명보트 한 척에 실려 바다 위에서 시달리고 있는 게 아닐까 하는 생각이 들어 몸을 일으켜 책상 앞으로 가보았다. 아니면 이미 무사히 육지에 닿았을까? 아니, 빠져 죽었을지도 모른다. 나는 아무 생각 없이 책상 위 판자를 열었다. 몇 권의 항해술 책이 들어 있었다. 그는 물건을 잘 간수하는 꼼꼼한 성격이었던 모양으로, 어느 책이나 책장에 이름이 씌어 있었다——존 라이스. 브리지의 항해일지를 거의 메우고 있는 작고 비뚤어진 읽기 어려운 바로 그 글씨였다. 페이퍼백으로 된 책도 있는데, 주로 추리소설이었다. 그밖에 삼각법 계산이 가득 차 있는 연습장 몇 권과 계산자와 그래프용지가 여기저기 몇 장

끼어 있었다.
 새 가죽 문방구 상자를 발견한 것은 그런 물건들 밑에서였다. 아직 보내준 사람의 카드가 들어 있었다——'존에게. 계속 편지해 주세요, 달링! 사랑을 담아——매기.'
 아내인지 애인인지는 알 수 없지만, 그 바로 밑에 그가 쓴 마지막 편지가 있었다.
 '사랑하는 매기!'로 시작되는 이 편지의 두 번째 단락 첫머리에 나의 눈이 못박혀졌다.
 '최악의 사태는 끝났으니 당신한테 이야기해도 상관없겠지. 달링, 이것은 과실이었던 게 틀림없소. 그러나 정말 별일은 없었소.'
 선장이 죽어, 지중해에서 바닷물에 장사를 지냈다. 그리고 대서양으로 나오자 거친 날씨를 만났다. 3월 16일에는 피항법을 써서 에돌아 나왔다. 바람은 정말 춥고 세찼다. 펌프가 충분히 능력을 발휘하지 못했으며 1번과 2번 선실에 물이 넘쳐 보일러실 칸막이벽에 버팀목을 치려는 순간 무전실에서 화재가 일어났다. 게다가 그 히긴스라는 녀석이 배에 실은 짐의 일부——화물목록에는 뭐라고 씌어 있든——가 폭발물이라고 승무원에게 말했기 때문에 미친 듯한 소동이 일어났다. 그가 '선주'라고 부르는 델리메어 씨가 같은 날 밤 바다에 떨어져 실종되었다.
 패치가 '병이 든 애덤스 노인' 대신 일등항해사로 아덴에서 배에 탔다고 씌어 있었다. 그리고 그는 이렇게 덧붙여두었다. '다행히도 그는 도움이 되었소. 이런 것을 당신한테 써봐야 아무 소용없는 일이지만. 그는 훌륭한 선원이오. 여러 해 전 '벨 아일' 호를 좌초시킨 전력을 자신은 어떻게 생각하고 있는지 모르지만.'
 그리고 마지막으로 다음과 같이 맺어져 있었다.
 '지금으로서는 히긴스가 일등항해사지만, 솔직히 말해서 매기, 나는 조금 불안한 생각이 든다오. 요코하마를 떠난 뒤부터 계속 그가 나를 어떻게 못살게 굴어왔는지 전에도 이야기한 적이 있었지? 그러나 그뿐만이 아니오. 그는 일부 승무원들 가운데 가장 질이 나쁜 패들과 너무 가깝게 어울리고 있소. 그리고 이 배 때문에 불안하오. 이 '올드미스'는 이번 항해를 마지막으로 고철업자 손으로 넘어갈 운명을 알고 있는 게 아닌가 하고 나는 가끔 생각한다오. 드디어 해체를 하게 되면 배 안에는……. '

편지는 이런 식으로 쓰다 만 채 끝나 있었다. 무슨 일이 있었을까? '불이야!' 하고 외치는 소리가 났던 것일까? 내 머릿속을 몇 가지 의문점이 스치고 지나갔다. 패치밖에 대답할 수 없는 의문점. 나는 편지를 주머니에 넣고 급히 보일러실로 내려갔다.

기관실까지 갔을 때, 비로소 걸음을 멈추고 질문할 상대에 대해 생각해 보았다. 그는 배에 혼자 남아 있었다. 그를 빼놓은 모든 승무원이 배를 떠났다. 그리고 태거트가 죽었다. 선주도 죽었다. 차가운 떨림이 몸 속을 스쳐지나갔다. 나는 좁은 가설통로에서 발을 멈추고, 정신을 가다듬어 가만히 귀를 기울였다. 배가 파도와 싸우는 온갖 소리가 어둡고 기분 나쁜 동굴의 울림에 의해 더 크게 들렸으나 내가 들으려는 소리, 쇠바닥에서 석탄을 퍼 올리는 삽소리는 들리지 않았다.

나는 천천히 내려가기 시작했다. 한 단 내려딛고 귀를 기울였다. 삽질하는 소리가 들리지 않나 하고. 그러나 그 소리는 들리지 않았다. 보일러실 문까지 가보니 삽은 석탄 위에 내던져져 있었다.

나는 큰 소리로 불렀다. 그러나 들려오는 건 내 목소리의 메아리, 물결 소리에 묻혀 약해진 메아리뿐이었다. 그리고 아궁이문을 열었을 때, 그는 내 상상력 밖에서 존재하는 것 같아 몹시 의아스러웠다. 아궁이 속에는 하얗게 탄 찌꺼기뿐이었다. 내가 가고 나서 계속 불을 때지 않았던 것 같았다.

 화가 불끈 치밀어 올라 나는 삽을 집어 들고 석탄을 마구 퍼 넣었다. 자신의 공포를 육체의 혹사로써, 그리고 활강로에서 쏟아져 나오는 석탄 소리와 아궁이의 요란한 불 소리를 듣는 만족감으로써 없애려고 애썼다.

 그러나 그런 것으로 공포를 씻어낼 수는 없었다. 공포는 여전히 내 몸 속에 있었다. 나는 갑자기 삽을 팽개치고 아궁이문을 탕 닫고는 위쪽으로 뛰어올라갔다. 어떻게든 그를 찾아내야 했다. 그가 지금 살아 있다는 것을 확인해야 했다.

 나는 그가 아주 지쳐 있었던 것을 생각해 냈다.

 그는 브리지에 없었다. 그러나 해도에 연필로 새로운 배의 위치가 기록되어 있었다. 나는 파도를 바라보자 마음이 가라앉았다. 아무튼 저 파도는 현실의 것이다. 다행이다! 저것은 현실의 것이다! 나는 조타실 유리창 밑에 달라붙어 물결이 왼쪽 뱃전을 향해 부풀어올라와 뱃전에 부딪쳐서 산산이 흩어지고, 물보라를 피우며 거대한 물기둥이 솟아올라 앞갑판으로 뛰어 들어와 모든 것을 덮어씌우는 광경을 넋을 잃고 바라보았다. 그리고 블루워크의 윤곽이 다시 나타나고, 선체가 막대한 양의 바닷물을 끓어 넘치게 하면서 기를 쓰고 떠올랐을 때 갑판에 뚫린 직사각형 구멍이 앞쪽의 해치임을 알았다.

 잡동사니들은 없었다. 갑판의 해치 뚜껑과 커버도 흔적 없이 깨끗이 씻겨 흘러가버렸다. 어느 틈에 모두 사라져버렸다. 선체가 흔들거림에 따라 해치 안에서 바닷물이 쏟아져 나오는 것을 나는 지켜보았다. 그러나 바닷물이 빠져나간 뒤 곧 다시 성난 파도가 덮쳤다. 뱃머리는 거의 물 속에 잠겨 있었다. 발밑으로 느껴지는 배의 움직임은 무겁고 느렸다. 이제 그리 오래 버틸 것 같지 않았다.

 나는 주위의 이상한 공허감과, 배가 가라앉는다는 갑작스러운 확신으로 그 자리에 우뚝 선 채 브리지를 재빨리 둘러보았다. 키손잡이(방사상으로 튀어 나와 있는 손잡이)가 쓸쓸한 원을 그리며 쑥 나와 있었다. 나침반 상자의 놋쇠가 번쩍번쩍 빛났다. 기관실 전령기의 바늘은 아직도 '전진전속으로'를 가리키고 있었다…… 모든 것이 헛된 일이다. 나는 몸을 돌려 선장실로 내려갔다.

그는 거기에 있었다. 팔걸이의자에 몸을 쭉 뻗고 앉아 편안하게 눈을 감고 있었다. 반쯤 든 럼주병이 옆의 책상 위에 놓여 있었다. 술잔이 바닥에 나동그라져 있고, 깔개 위에 갈색의 젖은 얼룩이 번져 있었다. 잠든 그의 주름진 얼굴은 한결 부드러워 보였다. 지금의 그는 전보다 젊어보였고, 그토록 거칠게 생각되지도 않았다. 그러나 여전히 소름끼칠 정도로 여윈 얼굴이었으며, 검은 가죽을 씌운 팔걸이에 놓인 오른손이 신경질적으로 꿈틀꿈틀 움직였다. 두 벌의 레인코트는 여전히 문 뒤쪽에 어울리지 않게 나란히 걸려 있었다. 그 소녀의 얼굴도 여전히 은빛 사진틀 속에서 내게 밝은 미소를 보내고 있었다.

큰 파도가 뱃전에 부서지며 뿜어 올린 바닷물로 둥근 창이 어둡게 되었다. 그의 눈꺼풀이 꿈틀 하고 뜨였다.

"뭐야!"

그 얼굴은 아직 부스스하고 술기운으로 붉었으나, 한순간에 완전히 잠이 깬 듯했다.

"앞 해치의 커버가 없어졌소." 나는 말했다.

나는 이상한 안도감을 느꼈다. 그가 지금 이렇게 살아 있는 한, 그것은 그가 할 일이지 내가 할 일은 아니다. 나 또한 외톨이가 아니었다.

"알고 있소."

그는 반듯이 고쳐 앉으며 얼굴에 댄 손으로 검은 머리를 쓸어 올렸다. 그의 목소리는 아직 똑똑지 못했다.

"나보고 어떻게 하란 말이오? 나가서 새것을 씌우라는 거요? 전에 한 번 했었지."

그는 힘겹게 일어나 둥근 창으로 다가가더니, 내게로 등을 돌리고 우두커니 서서 바다를 바라보았다. 등을 조금 웅크리고 두 손을 호주머니에 찌르고 있었다.

"비스케 만을 지나는 동안 줄곧 이 모양이었소. 바다에는 강풍이 계속되고, 이 배는 계속 침수되어 가고······."

둥근 창으로 스며드는 바깥 빛이 그의 지친 모습을 차갑고 딱딱하게 비췄다.

"그런 뒤 이런 폭풍이라니, 제기랄! 게다가 하필이면 밤이었어!"

그는 창 너머로 밖을 노려보았다. 나는 그에게 말했다.

"좀더 자는 게 좋겠소."

"자라고?" 그는 두 손으로 눈을 비비더니 다시 머리카락을 쓸어올렸다. "당신 말이 옳을지도 모르지." 얼굴을 찡그리자 이마에 주름이 잡혔다. 그리고 싱긋 미소를 띠며 놀란 듯한 표정으로 바뀌었다. "앞서 잔 것이 언제였는지 기억이 없어······ 무슨 일이 있었는데······ 빌어먹을! 생각이 나지 않아. 뭔가 알아보려 하고 있었는데."

그는 팔걸이의자 옆 바닥에 놓여 있는 해도──해도는 2100호, 밍키 암초를 확대시킨 부분도였다──와 책을 가만히 내려다보더니 이윽고 나를 쳐다보며 이상한 목소리로 물었다.

"당신은 뭘 하는 사람이오?"

그는 좀 취해 있었다.

"그건 이미 말했잖소. 내 이름은······."

"당신 이름은 아무래도 좋아!" 그는 화를 내며 소리쳤다. "그 요트를 타고 이런 곳으로 나와 뭘 하고 있었소? 왜 이 배에 올라탔소?" 그리고 내가 말할 틈도 주지 않고 덧붙였다. "당신은 회사 관계 사람이오?"

"어느 회사 말이오?"

"델리메어 상선회사, 메리디어 호를 가지고 있는 이들이지." 그는 잠시 머뭇거렸다. "거기서 대기하고 있으며 형편이 어떤지 살펴보려고……." 그러나 그는 다시 고개를 저었다. "아니, 그럴 리가 없어. 이 배는 스케줄대로 항해하고 있지 않았으니까."

"메리디어 호라는 이름은 어제 저녁까지 들어본 적도 없었소." 나는 하마터면 충돌할 뻔했던 어젯밤의 상황을 이야기해 주었다. "무슨 일이 있었소? 시동을 걸어놓은 채, 당신 혼자 배에 남겨놓은 채 승무원들이 배를 내린 이유가 대체 뭐지요? 화재 때문이오?"

그는 잠시 비틀거리며 나를 바라보았다. 그러고 나서 말했다.

"이 배는 해협까지 올 수 있는 상태가 못되었던 거요."

그가 웃는 듯한 표정을 지었으므로 나는 무슨 뜻이냐고 물었다. 그는 어깨를 으쓱하고 다시 둥근 창으로 돌아서서 바다를 바라보았다.

"아샹트 섬을 돌았을 때 액땜이 모두 끝난 줄 알았었지." 그는 혼잣말처럼 중얼거렸다. "정말 지긋지긋해! 단 한 번의 항해 동안 마주칠 수 있는 모든 재난을 모조리 만났소. 이제 더 이상 없을 줄 알았는데, 그러자 이번에는 또 그 화재가 일어났던 거요."

그는 몸을 돌려 나를 정면으로 바라보았다. 갑자기 이야기할 기분이 든 모양이었다.

"그 화재에는 나도 지고 말았소. 어젯밤 9시 30분쯤 일어났지요. 라이스가 이리로 달려와 3번 창고가 불에 타오르고 승무원들이 미친 듯 공포에 사로잡혀 있다고 보고했소. 그래서 호스를 모두 꺼내도록 하고 4번 해치를 조금 열게 하여, 칸막이벽에 물을 뿜을 수 있게 했소. 그때 나는 점검을 하기 위해 검사용 승강사다리를 타고

4번 창고로 내려갔소. 놈들의 함정에 빠져든 셈이지."

그는 피가 말라붙은 턱의 커다란 상처를 가리켰다.

나는 깜짝 놀라 물었다.

"그럼, 누군가가 당신을 때렸다는 거요? 승무원 가운데 한 사람이?"

그는 미소지으며 고개를 끄덕였다. 즐거운 미소는 아니었다.

"놈들은 내가 기절해 있는 동안 검사용 해치를 닫아버리고, 당황한 승무원들을 내몰아 보트에 옮겨 타게 했소."

"그리고 당신을 이 배에 두고 가버린 거군요?"

"그렇소. 그들이 해치 일부가 열려 있는 것을 잊은 덕분에 간신히 살아났소. 나는 숨더미를 쌓아올리고……."

"그것은 반란과 살인사건이잖소! 그 히긴슨가 뭔가 하는 녀석이……."

그때 갑자기 살기띤 표정이 되어 그가 바싹 다가왔다.

"히긴스! 히긴스의 선동이라는 것을 어떻게 알았소?"

나는 라이스가 쓴 편지에 대해서 설명하기 시작했다. 그러자 그가 얼른 가로막으며 캐물었다.

"그밖에 또 어떤 것이 씌어 있었소? 델리메어에 대한 것도 있었소?"

"선주 말이오? 아니, 없었소. 다만 바다에 떨어져 실종되었다고 적혀 있었소. 선장도 죽은 모양이더군요."

"그렇소. 그 눈깔 빠진 녀석!"

그는 내 곁에서 떨어져갔다. 바닥의 술잔을 발로 차더니 그 잔을 다시 집어 들어 술을 따랐다. 두 손이 조금 떨리고 있었다.

"마시겠소?"

그는 내 대답을 기다리지도 않고 책상서랍을 열어 술잔을 꺼내더니 술을 가득 따랐다. 그는 내게 잔을 건네면서 말했다.

"3월 첫 주 화요일에 그를 바다에 수장했소. 그의 마지막을 보게 되어 기뻤지." 그는 천천히 고개를 끄덕였다. "아무튼 그때는 기뻤소."

"죽은 원인이 무엇이었소?"

"죽은 원인?" 그는 갑자기 또 수상쩍은 듯 검은 눈썹 밑으로 나를 흘끗 쳐다보았다. 그리고 난폭한 말투로 바뀌었다. "죽은 원인이 뭔지 알 게 뭐요! 그가 죽었기 때문에 무슨 일이든 내가 나서서 해결해야 했소······."

그는 술잔을 든 손으로 막연한 듯한 시늉을 해보였다. 그러고 나서 또 문득 내가 있다는 것을 알아차린 듯 느닷없이 물었다.

"어제 저녁 당신은 그 요트를 타고 그런 곳으로 나와 대체 뭘 하고 있었소?"

나는 모를레에서 시 위치 호를 사들여 잠수작업선으로 고치기 위해 영국으로 돌아가는 중이었다는 사정을 이야기했으나 그는 듣고 있는 것 같지 않았다. 그는 뭔가 자기 자신의 생각에 골똘해 있었다. 이윽고 그가 불쑥 말했다.

"그 영감이 가고 젊은 사람에게 자리를 물려준 것은 잘한 일이라고 생각했었지." 그는 농담을 들은 것처럼 웃음 소리를 냈다. "아니, 지금도 같은 생각이오. 그 칸막이벽은 곧 못쓰게 될 거요." 그는 나를 쳐다보았다. "이 배가 얼마나 오래되었는지 아시오? 배 나이가 40살도 넘었소! 네 차례나 어뢰를 맞고, 두 차례나 난파되었었지. 게다가 20년 동안이나 동아시아 대륙 여러 나라의 항구를 돌아다니다 보니 썩어빠졌소. 빌어먹을! 이 배는 나를 기다리고 있었던 거요!"

그가 벙긋 미소지었다. 유쾌한 미소가 아니라 그저 입술을 잡아당겨 이를 내보일 뿐이었다. 파도가 뱃전에 부서지는 충격으로 선체가 떨렸다. 그것이 그를 현실로 되돌려놓은 것 같았다.

"밍키 암초를 알고 있소?"

그는 책을 들고 다가와서 던져주었다.

"308페이지요. 자기 무덤에 대한 것을 자세히 읽어볼 흥미가 있으면 읽어보오."

그것은 《영국해협 수로지》 제2권이었다.

나는 그 페이지를 펼쳐서 읽었다.

"밍키 암초. 부표 설치. 경계를 요함. 밍키 암초는 자갈과 돌조각과 모래로 이루어진 많은 무더기들이 수면에 노출 또는 수몰된 바위며 모랫벌과 함께 넓게 떼지어 있는 곳이다…… 바위 가운데 가장 높은 것은 매틀레 섬(높이 약 9미터)으로, 그 위에 대여섯 채의 집이 있다. 그 위치는 이 암초의 한복판이 된다."

그 다음에는 이 암초의 길이가 약 27킬로미터, 너비 129킬로미터에 이른다는 것을 보여주는 상세한 기록이 있고, 한 단락마다 주요한 바위의 내민 머리와 부표설치에 대해 설명이 되어 있었다.

"모를 것 같아 말해 두오만, 매틀레 섬에 있는 집은 사람이 없는 돌집이오."

책상 위에는 해도가 펼쳐져 놓였고, 그는 지금 머리를 감싸고 그것을 들여다보고 있었다.

"조류는 어떻게 되어 있소?" 나는 물었다.

"조류?" 그는 갑자기 흥분하는 듯했다. "바로 그거요. 조류와 관계 있는 일이지. 지금 그걸 알아보려 하고 있던 참이었소."

그는 몸을 돌리더니 조금 비틀거렸다. 그러나 배의 흔들림에 반사적으로 몸의 균형을 잡으면서 다시 바닥으로 눈길을 돌려 뭔가를 찾았다.

"뭐, 대단한 문제는 아니오."

그는 마시다 남은 술을 마저 마시고 다시 따랐다.

"마시고 싶거든……." 그는 병을 내 쪽으로 내밀었다. 나는 고개를 저었다. 술을 마셔도 몸 속의 서늘한 공허감이 사라지지 않았다. 다만 한순간 따뜻한 기운이 스쳐갈 뿐이었다. 나는 피로와 결과에 대한 예견으로 섬뜩한 생각이 들었다. 그러나 틀림없이 뭔가 방법이 있을 것이다. 만일 이 사람이 생기를 되찾게 된다면…… 만일 식사와 수면을 취할 수 있다면…….

"식사는 언제 했소?"

"오늘 아침 몇 시쯤이었던가…… 쇠고기 통조림을 먹었소."

그리고 그는 곧 놀라울 만큼 염려하는 표정을 보이며 물었다.

"왜, 배가 고프오?"

금방이라도 배가 가라앉으려는 순간 배가 고프냐고 묻는 것은 멍청한 일로 여겨졌지만, 먹을 것에 대해 그가 생각하고 있다는 것만으로도 충분했다.

"그렇소." 나는 대답했다.

아무튼 이로써 그를 술병에서 떼어놓고, 술 이외의 음식을 입에 넣도록 만들 수 있을지도 모른다.

"좋소. 그럼, 뭐든지 먹으러 갑시다."

그는 잔을 높이 들고, 느릿한 배의 흔들거림에 몸의 균형을 잡으면서 나를 데리고 식당으로 갔다. 그곳에는 햄 통조림과 빵과 버터와 소금에 절인 채소 등이 있었다.

"커피인가?"

그는 찾아낸 석유난로에 불을 붙이고 주전자를 얹었다. 우리는 초가 흘러내리는 촛불 하나를 의지하여 정신없이 먹었다. 이야기하는 것도 잊고서 빈 뱃속에 음식을 채워넣었다. 이곳에 내려와 있으니 폭풍 소리도 난롯불 소리에 묻혀 멀어졌다.

먹은 음식이 에너지로 바뀌어 살겠다는 필사적인 의욕을 주는 것은 놀라운 일이었다.
나는 그에게 물었다.
"승산이 어느 정도지요?"
그는 어깨를 으쓱했다.
"바람과 파도와 저 칸막이벽에 달렸소. 칸막이벽이 견뎌내기만 하면 밤사이 밍키 암초에 가닿을 것이오."
주전자가 끓자 그는 바쁘게 커피를 넣었다. 석유난로가 꺼진 뒤 식당은 바람 소리와 선체의 삐걱거리는 소리로 가득 찬 것 같았다.
"만일 펌프를 모두 가동시키면 저 앞쪽 배 밑바닥에 찬 물을 어떻게 퍼낼 수 없겠소? 아까 내려갔을 때 증기압이 꽤 높아져 있었고, 올라오기 전에도 석탄을 넣어두었는데……."
"해치 뚜껑이 열려 있어 그곳에 잠긴 물을 퍼낼 수 없다는 건 알고 있겠지요?"
"그러나 이 배를 이대로 내버려두어서는 안 되오! 만일 시동을 걸어……."
"이 낡아빠진 배의 외판 이음매란 이음매에서는 모두 물이 새고 있소. 펌프를 모조리 가동시킨다 해도 침수를 지금 정도로 막아두는 게 고작일 거요. 1번 창고에 잠긴 물을 모두 퍼낸다는 건 말도 안 되오. 엔진과 펌프를 모두 가동시키는데 어느 정도의 에너지가 필요한지 아오?"
"모르겠소. 당신은?"
"나도 모르오. 하지만 보일러 하나로 부족하다는 건 확실하오. 적어도 두 개는 필요하오. 그리고 두 개의 보일러를 계속 땐다 하더라도……."
그는 손잡이가 달린 컵에 커피를 따르고 설탕을 넣어 저었다.

제1부 난파선

"보일러 한 개로 가끔 시동을 거는 정도라면 안 될 것도 없지만."
그는 가만히 생각에 잠기더니 이윽고 고개를 내저었다.
"그런 걸 해봐야 아무 소용도 없소."
그는 나에게 컵을 건네주었다. 화상을 입을 듯이 뜨거웠다.
"왜지요?"
"서풍이기 때문이오. 배꼬리를 바람 쪽으로 돌려둔 채로는 나선 추진기가 한 바퀴 도는 대로 곧장 밍키 암초에 다가가게 되오. 그리고……."

그의 목소리가 끊어졌다. 자신의 어두운 생각 속을 헤매는 듯 검은 눈썹을 찡그리고 입이 굳게 다물어졌다.

"제기랄, 될 대로 되라지!" 그는 나직이 말하며 남은 럼주를 커피에 쏟았다. "아직 술이 있는 곳을 알고 있소. 취하면 걱정도 다 사라지게 마련이지."

나는 갑자기 분노가 끓어올라 그를 노려보았다.

"전에도 이런 식이었군? 아무것도 하지 않고 가만히 있었겠지. 안 그렇소?"

"전에도?" 그는 입에 컵을 댄 채 갑자기 얼어붙은 듯 움직이지 않았다. "전에도라니, 무슨 말이오?"

"벨 아일 호 말이오! 그것이 침몰한 원인은……."

갑자기 그의 눈에 타오르는 노기를 보고 나는 깜짝 놀라 입을 다물었다.

"벨 아일 호에 대해서 알고 있소? 그밖에 나에 대해 무엇을 알고 있지?" 그는 높고 날카로운 목쉰 소리로 외치며 자제력을 잃은 듯 광포해졌다. "내가 1년 가까이 상륙해 있었다는 것도 알고 있소? 아덴에서 1년 동안! 그 결과가 이거요!…… 1년 지나 처음으로 탄배가 메리디어 호, 바다에 떠 있는 고철덩어리였지. 주정꾼 선장은 모든 걸 내게 맡기고서 죽어버렸소, 선주는……."

 그는 나의 머리에 손가락을 찔러 홱 들어올리더니 내 눈 속을 들여다보았다. 그리고 과거로 되돌아가갔다.

 "운명의 여신은 일단 손톱을 세우면 더러운 수법을 쓰기 마련이지."

 그는 한참 사이를 두었다가 다시 말을 이었다.

 "만일 내가 이 늙어빠진 트럼프(부정기화물선(不定期貨物船))를 띄워둔다 하더라도…… 한 인간에게 똑같은 일이 두 번이나 일어날 리는 없겠지. 그렇지 않소?" 그는 낮은 목소리로 되풀이 했다. "두 번이나 말이오! 벨 아일 호 선장이 되었을 때 나는 아직 너무 젊고 경험이 없어서 회사의 속셈을 알 수가 없었소. 그러나 이번에는 냄새가 물씬 풍기는 것을 알았지. 회사가 사람을 잘못 고른 셈이오!"

 그는 소리내어 쓴웃음을 지었다.

 "솔직히 말해서 나에게는 약이 되었소. 나는 비스케 만을 통과했소. 어떻게 통과했는지는 하느님만이 아시겠지만, 아무튼 그곳을 빠져나왔소. 그리고 아샹트 섬을 살짝 피하자 사우샘프턴으로 침로를 잡았소."

 그의 눈이 다시 나에게로 초점을 맞추었다.

 "아니, 이제는 내가 알 바 아니오. 버티어봐야 아무 소용도 없소. 이 강풍으로는 머지않아 끝장이오. 언제 삼켜질지 알고 있소."

 나는 아무 말도 하지 않았다. 내가 말할 수 있는 것은 아무것도 없었기 때문이다. 그에게 맡겨두어야 할 일이다. 그에게 강요할 수는 없다. 나는 그것을 알고 있었다. 나는 다만 가만히 앉아서 기다릴 뿐이었다. 두 사람 사이에 긴장된 침묵이 흘렀다. 그는 커피를 다 마시고 나자 컵을 놓고 손등으로 입을 닦았다. 배 안에 악마가 몸부림치는 소리가 가득하여 침묵이 견디기 어려웠다.

"이리로 와서 한잔하는 게 좋을 거요." 그의 목소리는 긴장되어 있었다.

나는 움직이지 않았다. 말도 하지 않았다.

"당신에게는 가혹한 일이지만, 올라탄 것이 잘못이었소. 그렇지 않소?" 그는 성난 듯이 나를 바라보았다. "대체 내가 무엇을 할 수 있으리라고 생각하는 거요?"

"글쎄요…… 당신은 선장이오. 명령을 내리는 것은 당신의 권한이오."

"선장!" 그는 메마른 웃음소리를 냈다. "메리디어 호의 선장이란 말이오?" 차갑게 조롱하듯 그 말을 혀끝에서 가지고 놀았다. "이번에는 나도 이 배와 함께 가라앉게 되겠지. 이 배는 재수가 없다고 말한 녀석이 있었소." 그는 자기 자신에게 말하고 있는 것 같았다. "이 배는 결코 좋게 끝맺지 못한다고 그들은 확신하고 있었지. 그러나 운이 나쁠 때는 누구나 다 당하는 일이오. 이 배만 해도 채찍질당하면서도 오랜 동안 온 세계를 누비고 다니잖았소! 한창때에는 틀림없이 날씬한 정기화물선이었을 거요. 그러나 지금 마지막 항해를 하고 있는 이 배는 녹투성이 고철덩어리에 지나지 않소. 이 배는 앤트워프로 가서 짐을 내리고 나면 해체하기 위해 북해를 건너서 뉴캐슬(영국 동안 중부에 있는 뉴캐슬어폰타인을 말함)로 가게 되어 있었소."

그 뒤 그는 잠자코 고개를 숙인 채 파도에 계속 얻어맞고 있는 뱃소리를 귀기울여 듣고 있었다.

"굉장한 사건이 되겠지, 승무원 없이 반쯤 물에 잠겨 사우샘프턴에 들어가게 된다면."

그는 웃었다. 술이 말을 시키고 있었고, 그도 그 사실을 알고 있었다. 그는 여전히 자신에게 말하는 투로 이야기를 이었다.

"조류는 앞으로 2, 3시간 뒤면 역조(逆潮)가 될 거요. 바람과 조수가 같은 방향이지. 하지만 만일 바람을 향해 고물을 버텨나갈 수만 있다면 이 배를 한참 띄워둘 수 있을 거요. 바람이 바뀌는 수도 있을 테고, 강풍이 가라앉는 수도 있으니까."

그러나 그 말투에는 자신이 없었다. 그는 흘끗 손목시계를 보았다.

"그리고 12시간 뒤에는 다시 순조(順潮)가 되어 이 배를 암초로 끌고 가게 되는데, 그때도 아직 어둡겠지. 만일 시야가 트이면 부표가 보일 테고, 적어도 위치가……" 이때 갑자기 그는 목소리를 삼켰다. "부표다! 잠들기 전에 생각하고 있었던 것이 그 일이었지. 해도를 보면서……."

그의 목소리에 생기가 돌며 눈이 갑자기 흥분으로 빛났다. 그는 주먹으로 손바닥을 탁 치며 벌떡 일어났다.

"그렇지, 만일 조류를 잘 타기만 하면……."

그는 나를 밀치고 뛰쳐나갔다. 브리지로 통하는 사다리를 한꺼번에 두 단씩 올라가는 발소리가 들렸다. 뒤쫓아 올라가보니 그는 해도실에서 해군본부 발행의 두툼한 조석표(지역별·날짜별로 바닷물의 규칙적인 움직임을 쉽게 알 수 있도록 만들어 놓은 표)를 들여다보고 있었다. 눈을 든 그는 비로소 내 눈에 선장으로 비쳤다. 피로한 빛도 완전히 가시고, 술기운도 달아나고 없었다.

"꼭 한 번 기회가 있소. 이 배가 떠 있기만 한다면 가능할지도 모르오. 즉 저 보일러실로 내려가 작업을 해야 하오. 태어난 뒤 지금까지 해본 적이 없는 중노동이오. 번갈아 교대로 왔다갔다합시다. 보일러실과 조타실 사이를."

그는 내 팔을 움켜잡았다.

"자, 시동을 걸 만한 증기압이 있는지 보러 갑시다!"

파도가 뱃전을 두들겼다. 높이 치솟은 파도가 쾅 하고 브리지 왼쪽 뱃전의 달아낸 곳으로 통하는 조타실의 부서진 문으로 흘러들어왔다. 시퍼런 바닷물이 요란한 소리를 내며 반쯤 물에 잠긴 이물을 덮쳤다.

이윽고 나는 그를 따라서 다시 사다리를 내려가 보일러실로 들어갔다.

"어쩌면 놈들에게 한 대 먹이게 될지도 모르겠군."

그는 큰 목소리로 말했다.

그리고 한순간 나를 돌아본 얼굴에 미친 듯한 활기가 넘쳐 있었다.

3 마의 암초

기관실의 어둠은 뜨거워진 기름 냄새를 풍기며 따뜻했고, 쉭쉭거리는 증기 소리가 났으므로 이제는 죽은 곳으로 생각되지 않았다. 당황한 나는 사다리 맨 아래 한 단을 잘못 딛고 나동그라져 기관실 바닥을 4미터 남짓 저쪽으로 굴러가 쇠난간에 부딪치고서야 겨우 멈추었다. 답답하여 숨을 헐떡이며 그 자리에 서 있노라니 쉭 하고 증기 통하는 소리가 길게 이어졌다. 그리고 피스톤이 움직이고 연접봉이 번들번들한 크랭크를 찌르는 듯 왕복하며 크랭크축을 돌렸다. 크랭크축은 처음에는 천천히 돌아가다가 이윽고 점점 도는 속도가 빨라졌다. 그리하여 모든 금속부분이 내 손전등 빛을 받아 번쩍번쩍 빛나게 되었으며, 엔진 전체가 활기와 마력에 넘쳐 안정되고 믿음직한 쿵쿵 소리를 내기 시작했다.

발전장치가 붕 하는 소리를 내며 전등이 밝아졌다. 벌의 날갯짓을 닮은 그 소리가 커짐에 따라 전등이 차츰 밝아지더니 이윽고 갑자기 완전히 밝아졌다. 놋쇠와 강철이 번쩍번쩍 빛났다. 불이 켜진 기관실 전체가 소리높이 되살아났다.

패치가 기관실 제어대에 서 있었다. 나는 두 대의 왕복동기관(往復動機關) 사이로 통하는 가설통로를 비틀거리며 나아갔다. 그리고 나는 소리쳤다.

"엔진! 엔진이 움직이고 있소!"

나는 너무 흥분하여 제정신이 아니었다. 그 한순간 이 배가 곧장 어느 항구로 달릴 수 있을 것만 같은 생각이 들었다.

그러나 그는 이미 증기를 줄이고 있었다. 엔진의 고동이 줄어들더니 이윽고 마지막 쉭 소리와 함께 멎었다. 그가 소리쳤다.

"그렇게 우두커니 서 있지 말고 석탄을 때야지! 증기가 굉장히 많이 필요하오!"

이제야 그는 비로소 모든 상황을 지배하는 사나이의 모습이 되었다.

그러나 불 때는 작업은 전보다 더 어렵고 위험했다. 배의 움직임이 예측할 수 없게 되었기 때문이다. 중력에 대항하여 한순간 내가 삽에 가득 석탄을 담아 높이 던져 올렸는가 싶었는데 어느새 나 자신이 불꽃을 내뿜는 아궁이 쪽으로 내던져져 있었다. 또한 석탄이 삽을 떠나는 순간 전혀 무게가 없는 듯이 느껴지기도 했다.

그가 거들러 오기까지 얼마 동안 거기서 혼자 일하고 있었는지 모른다. 아무튼 오랜 시간이 흐른 것으로 생각되었다. 나는 그가 들어오는 것을 보지 못했다. 온 신경이 석탄과 아궁이에, 그리고 배의 움직임을 계산하며 벌겋게 단 불 속에 몸뚱이가 내던져지지 않도록 하는데 집중되어 있었다. 팔에 손이 닿는 것을 느끼고 눈을 들자 그가 우뚝 서 있었다. 나는 숨이 차서 허리를 쭉 펴고 온 몸에 폭포 같은 땀을 흘리며 그와 마주섰다.

그가 말했다.

"펌프를 모두 움직이게 했소."

나는 고개를 끄덕였다. 너무도 숨이 차서 말을 할 수가 없었다.

"지금 브리지에 갔다 오는 참이오. 이물은 거의 물에 잠겨 있소. 칸막이벽은 당장에라도 무너질 것만 같더군. 여기서도 기관실 전령기(傳令器) 소리가 들리오?"

"글쎄…… 들릴 것으로 생각하오만!"

그는 나를 기관실로 데리고 가서 기관제어장치와 브리지로 통해 있는 전성관(傳聲管)을 보여주었다.

"나는 지금 브리지로 올라가겠소. 당신은 보일러실로 돌아가 불을 계속 때주시오. 연락은 기관실 전령기를 통해서 하겠소. 만일 2분이 지나도 벨 소리가 들리지 않거든 이 전성관으로 와주시오. 알겠소?"

내가 고개를 끄덕이자 그는 사다리를 올라갔다. 그 사이에 나는 보일러실로 돌아왔다. 그 짧은 시간에도 팔과 등이 뻐근했다. 나는 다시 삽질을 하며 자신을 마구 채찍질했다. 너무 피로했으므로 앞으로 얼마 동안이나 지탱할 수 있을지 의문스러웠다.

아궁이의 요란한 불 소리와 기관실의 시끄러운 소리에 섞여 브리지에서 전령기를 통해 보내는 희미한 소리가 들려왔다. 나는 아궁이문을 닫고 문을 지나 기관제어대로 갔다. 바늘이 '전진전속'을 가리키고 있었다. 나는 핸들을 돌려 증기판을 완전히 열었다. 이때 비로소 기관부 사관들이 틀림없이 느꼈을 스릴과 긍지를 이해할 수 있었다. 증기가 통하는 소리, 피스톤의 상하움직임, 마력을 올리고 떨면서 안정된 맥동을 전하는 엔진. 배의 심장부가 되살아난 것이다. 그리고 그것을 되살아나게 한 것은 바로 나 자신이었다. 만족스러웠다.

보일러실로 돌아오니 삽이 이상하게 가벼웠다. 팔의 뻐근함도 거의 느껴지지 않았다. 도전하려는 의지와 자신이 되살아난 것이다. 나는 갑자기 활력에 넘쳤다.

10분마다 시동을 걸어야 한다는 것을 알았다. 바람 부는 쪽으로 고물을 돌리는 데 약 3분이 걸렸다. 2, 3분 동안에 증기압이 굉장히 떨어졌다. 그 증기압을 다시 올려 브리지로부터의 다음 요구에 늦지 않고 댈 수 있도록 하기 위해서는 아궁이에 계속 석탄을 넣어 활활 타오르게 해야 했다.

오후 3시 30분에 그에게 불려 올라가 키를 교대했다.

"파도의 물보라에 주의하도록!" 그는 말했다. "보고 있으면 풍향을 알 수 있소. 언제나 이물과 고물로 이어지는 선을 풍향과 정확하게 맞춰두도록. 조금이라도 벗어나면 고물이 금방 밀려 돌아가게 되니까. 그리고 당신이 나에게 엔진 시동을 명령한 순간부터 계속 키를 힘껏 돌려 잡아야 하오. 엔진이 멈춘 뒤 5분 동안은 느직하게 돌리는 것을 잊지 말고."

그러고 나서 그는 가버렸다. 나는 혼자서 키를 잡았다.

무거운 것을 들어 움직이지 않고 그곳에 붙어 서 있기만 하면 된다는 것은 고마운 일이었다. 그러나 보일러실에서는 아궁이의 활활 타오르는 불 소리와 규칙적인 엔진 소리에 의해 안전과 정상상태라는 느낌이 있었으나 여기서는 실제 상황에 정면으로 마주 대해야 했다.

음침한 엷은 어둠 속에 보이는 뱃머리는, 배가 바람에 몸을 맡기고 가만히 흐를 때에도 밀려오는 산더미 같은 파도 위로 떠오르는 일이 없을 정도로 낮게 가라앉아 있었다. 그리고 선체가 흔들려 어쩔 수 없이 엔진을 사용하려는 순간, 브리지에서 뱃머리에 이르는 온 갑판이 산더미 같은 파도를 뒤집어썼다.

온 몸의 땀이 식어 얼음처럼 차가워졌다. 속옷이 축축하여 나는 떨기 시작했다. 해도실에서 더플(털을 세워 거칠게 짠 나사) 외투를 찾아내어 입었다. 해도에 배의 새로운 위치가 표시되어 있었다. 지금 배는 로슈 도블과 밍키 암초 중간에 있었다. 암초가 널려 있는 바다가 재빨리 기분 나쁘게 다가오고 있다.

오후 4시 30분에 다시 교대했다. 그는 잠시 서서 뱃머리 저 멀리 엷어져가는 낮의 빛 속에 강풍이 휘몰아치는 황량한 바다를 바라보고 있었다. 그 얼굴과 목덜미가 땀으로 번뜩였다. 눈이 깊숙이 쑥 들어가고, 얼굴은 딱딱하고 무섭게 뼈가 불거져 있었다.

그가 내 팔을 잡고 말했다.

"잠시 해도실로 들어오시오."

몸을 맞대고 있을 친구가 그리웠기 때문인지, 아니면 배의 흔들림에 대해 평형을 잡기 위해서였는지 그것은 나로서 알 수 없다.

"지금 바람은 서쪽에서 불어오고 있소." 그는 해도 위의 배 위치를 가리키며 말했다. "이제부터 바람은 아마 남서풍으로 바뀔 것이오. 주의하지 않으면 밍키 암초 한복판으로 밀려가게 되오. 그러므로 조금씩 남쪽으로 침로를 바꾸어야 하오. 시동을 걸 때마다 충분히 그것을 이용해야 하오."

나는 고개를 끄덕였다.

"어디로 향하지요? 정말로?"

그는 나를 똑바로 쳐다보았다.

"어디로도 향할 생각은 없소. 다만 이 배를 띄워두려는 것뿐이오." 그는 잠시 망설이더니 이윽고 덧붙였다. "이제 4시간 뒤면 역조로 바뀔 것이오. 그때부터 거의 밤새도록 바람과 조수의 방향이 반대가 되오. 바다가 엄청나게 거칠어질 것이오."

나는 해도실 창문으로 바다를 흘끗 내다보고 마음이 무거워졌다. 바다가 지금보다도 더 거칠어진다는 것은 도저히 상상할 수 없었다. 나는 그가 배 위치를 추산하여 작은 십자표시에서 약 8킬로미터 서쪽의 조금 남쪽 가까이 다시 십자 표시를 써넣는 것을 지켜보았다.

"1시간에 그렇게 많이 움직였을 리가 없소!" 나는 단언했다.

그가 연필을 집어던졌다.

"믿을 수 없다면 직접 계산해 보우! 지금 조류는 시속 3노트로 남동쪽을 향해 흐르고 있소. 바람과 엔진에 의한 이동 거리를 3.2킬로미터로 잡으면 거기가 될 거요."

나는 해도를 들여다보았다. 밍키 암초가 이미 앞에 닥쳐와 있었다.
"그리고 다음 2시간은?"
"그 뒤의 2시간은 조류가 상당히 느리게 움직이오. 그러나 내 추산에 따르면, 그때쯤 이 배는 밍키 암초의 부표에서 12킬로미터 이내에 들어가 있을 거요. 그리고 한밤중까지는 그대로 거기에 머물러 있겠지. 그러나 조류가 바뀌었을 때……." 그는 어깨를 으쓱하며 조타실 쪽으로 되돌아갔다. "승부는 우리가 조금이라도 남쪽으로 비스듬히 갈 수 있느냐 없느냐에 달려 있소."

이 유쾌한 계시를 받은 뒤 나는 뜨거운 보일러실의 정든 고된 일로 돌아왔다. 보일러실에서 1시간, 브리지에서 1시간 교대를 되풀이하며 거의 기계적으로 움직였다. 브리지의 더욱 커진 움직임에 무의식적으로 자신을 순응시키고, 보다 빠르고 예측하기 어려우며 훨씬 위험한 보일러실의 움직임에 다시 순응하면서, 우리는 피로로 정신이 멍한 채 자동적으로 그 일을 되풀이했다.

어둠이 내렸을 때 나는 자신이 키를 잡고 있는 것을 깨달았다. 어둠은 거의 알아차리지 못하게 찾아들었다. 그리고 갑자기 뱃머리가 보이지 않게 되었다. 파도 봉우리에서 날아 흩어지는 물보라가 보이지 않아 풍향을 알 수 없었다. 보이는 것이라고는 다만 허옇게 부서지는 파도머리 뒤에 자리한 어둠뿐이었다.

내 발 밑에서 갑판이 앞으로 기울고, 배 안의 한구석에서 파도가 부서져 흩어지는 장면은 마치 큰 강물의 급한 물살이 강을 따라 무서운 속도로 곤두박질하며 내려가는 것 같았다. 나는 나침반과 배의 반응에 의지하여 키를 잡고, 시동을 걸 때마다 계속 남쪽으로 침로가 잡히도록 애를 썼다.

한밤중이 지나 키를 잡았을 때, 뱃머리 앞에서 파도가 달려들며 바람에 찢긴 어둠 속에서 한순간 번쩍 빛나는 것이 보였다. 나는 분명

헛본 것이려니 생각했다. 그때는 벌써 완전히 지쳐 있었고, 그 빛도 겨우 한순간 희미하게 반짝였을 뿐이었기 때문이다. 그러나 그 뒤 곧 다시 보였다. 뱃머리 정면에서 2점쯤 오른쪽 뱃전 가까이에 반짝 하는 하나의 빛이 있었다. 그것은 가끔 파도 봉우리에 가려져서 보였다 숨었다하며 반짝였다.

내가 패치와 교대할 무렵에는 그것이 2초 간격으로 한 번씩 반짝인다는 것을 알 수 있었다. 그것은 밍키 암초 남서쪽 끝에 있는 등불 부표로서 'Gp.fl.(2)'라고 해도에 표시되어 있었다.

패치가 교대하면서 말했다.

"대체로 기대했던 대로 되었소."

그 목소리에서는 감정의 움직임을 엿볼 수 없었다. 평탄하고 귀찮은 듯 희미하며 한결같은 목소리였다. 얼굴이 나침반 불빛을 받아 처참하게 빛났다.

그러고 나서 반짝이는 불빛이 계속 보였다. 조금씩 가까워지고 조금씩 분명해지며. 그러나 새벽 5시 30분에 내가 키를 잡았을 때는 밝아오는 회색 새벽빛과 함께 그 빛이 엷어져가기 시작했다. 그 무렵 나는 이미 지칠 대로 지쳐 죽은 거나 다름없었다. 무릎이 떨려 제대로 서 있을 수도 없었다.

보일러실에서의 하룻밤은 지옥이었다. 특히 마지막 1시간은 바닥에까지 바닷물이 들어와 시내를 이루고, 아궁이 아래 주위에서 소용돌이치는 뜨거운 증기가 픽픽 뜨거운 물을 뿌려 거의 견뎌내기 어려울 만큼 고통스러웠다.

이미 조수의 흐름이 바뀌어 있었다. 밍키 암초의 이중등불 부표가 이번에는 재빨리 왼쪽 뱃전 방향으로 접근하기 시작했다. 그러나 곧 주위가 밝아져 부표 자체가 보이게 되었다. 프랑스가 설치한 거대한 둥근 기둥 모양의 부표로서 이따금 거기에 바람이 부딪쳐 애수를 띤

장송곡 같은 소리가 들리는 듯한 느낌이었다. 우리는 적어도 그 부표에서 800미터는 떨어진 곳을 지나가게 된다. 나는 해도를 살펴본 뒤 전성관으로 패치를 불러 올라오도록 했다.

그가 브리지에 나타날 때까지 상당히 오랜 시간이 걸리는 듯 생각되었다. 그는 마치 방금 병상에서 일어난 사람처럼 다리를 끌며 느릿느릿 걸어왔다. 밤 동안 서로 교대했을 때 그는 나침반 등불의 파란 빛을 받아 그림자 같은 모습이었는데, 지금 갑자기 차가운 낮의 빛 속에서 그를 보고 나는 깜짝 놀랐다. 그의 얼굴은 유령처럼 처참했다.

"겨우 서 있는 것 같군." 나는 중얼거렸다.

그는 잘 못 알아들은 듯 나를 바라보았다. 나 자신도 꽤 처참한 모습이었을 것이다.

이윽고 그가 물었다.

"무슨 일로 날 불렀소?"

나는 밍키 암초의 부표를 가리켰다. 지금은 오른쪽 뱃머리에서 약 4점(45도) 되는 위치에 있었다.

"너무 가까이 다가가고 있는 것 같소. 당장 블리생 도 새드 바위에 부딪칠지도 모르오."

그는 해도실로 들어갔다. 나는 곧 시동을 걸러 내려가라고 말할 것으로 짐작하고 기다렸다. 그러나 그가 좀처럼 나오지 않아 잠들어버린 게 아닐까 걱정이 되어 큰 소리로 불러보았다. 그러나 그는 지금 창 너머로 부표를 보면서 계산하고 있는 중이라고 대답했다. 조류가 이제 완전히 배를 잡고 있었다. 나는 부표의 위치가 자꾸 바뀌어가는 것을 지켜보았다. 그가 천천히 해도실에서 나왔을 무렵 부표는 이미 배 바로 옆에 와 있었다.

소용돌이 하나가 바다에 숨은바위를 눈에 띄게 하며 소란을 피웠다. 조수가 사납게 마주 부딪쳐와 부서지며 큰 물기둥을 뿜어 올리고 있었다. 그리고 저쪽에서 부서지는 파도의 폭포가 사납게 용솟음치며 몇 에이커나 되는 물결의 바다를 술렁이게 했다. 큰 파도가 치고들어와 뱃전에 와락 부딪치며 흰 거품 이는 물줄기가 앞갑판을 넘었다. 몇 톤이나 되는 바닷물이 브리지 위로 떨어졌다. 배 전체가 부르르 떨렸다.

"시동을 걸지 않아도 괜찮겠소?" 내가 물었다.

그는 내 쪽으로 등을 돌리고 오른편 뱃전 방향을 물끄러미 바라보고 서 있었다. 내 목소리가 들리지 않는 모양이었다.

"정신 차리시오!" 나는 소리를 질렀다. "이 배는 밍키 암초로 끌려가게 될 거요."

"지금으로서는 끄떡없소." 그는 달래듯 조용히 말했다.

그러나 나는 곧이듣지 않았다. 끄떡없을 리가 없다. 이 배는 지금 몇 킬로미터에 걸쳐 바위와 흰 파도가 와글거리는 암초투성이 바다로 떠내려가고 있다. 부딪치면 끝장이다……

나는 결사적으로 말했다.

"뭔가 손을 써야 하오!"

그는 대답하지 않았다. 가슴이 울렁거리도록 출렁이는 배 위에 버티고 서서 쌍안경으로 오른쪽 뱃머리 저쪽을 바라보고 있었다.

나는 어떻게 해야 좋을지 몰랐다. 그는 태연스럽게 상황을 파악하고 있는 것처럼 생각되었지만, 나는 이미 육체적으로 인내의 한계를 넘어서 있었다. 아마 정신적으로도 마찬가지였을 것이다.

"밍키 암초를 돌아서 가야 하오. 밍키 암초만 살짝 피해가면 이제 문제없소."

나는 키를 놓고 승강사다리 쪽으로 가기 시작했다.

"시동을 걸고 오겠소."

그러나 그가 내 팔을 붙잡았다.

"아직 모르겠소? 이 배는 가라앉고 있소."

그 얼굴은 가만히 지켜보는 검은 눈과 마찬가지로 돌처럼 싸늘했다.

"아까 말하지 않았지만 물은 이미 저 칸막이벽을 넘어 침입해 들어왔소. 교대하기 전에 보고 왔지."

그는 내 팔을 놓고 다시 쌍안경을 들어 비구름에 덮인 회색 새벽빛 속에서 뭔가를 찾고 있었다.

"완전히 가라앉으려면……." 나는 말하기가 거북해서 망설였다. "얼마쯤 걸리지요?"

"모르오. 2, 3분이 될지, 1시간이 될지, 아니면 2시간이 될지."

그는 얼마쯤 만족한 신음 소리를 내며 쌍안경을 내려놓았다. 그리고 몸을 돌려 나를 품평이라도 하듯 바라보았다.

"하찮은 기회지만, 10분 내지 15분 동안 쓸 수 있는 증기가 필요하오. 아래로 내려가 아궁이에 불을 땔 수 있겠소?" 그는 잠깐 생각에 잠기더니 덧붙였다. "혹시나 해서 말해 두는데, 만일 당신이 아래에 있는 동안 저 칸막이벽이 못쓰게 되면 당신은 살아날 가망이 전혀 없소."

"얼마쯤 걸리겠소?" 나는 망설이며 물었다.

"1시간 반쯤." 그는 재빨리 오른편 뱃전 쪽으로 시선을 보내더니 희미하게 고개를 끄덕이며 내 팔을 잡았다. "갑시다! 1시간은 나도 손을 빌려주겠소."

"배는? 만일 이 근처 암초 중 어느 것에 부딪치면……."

"부딪치지 않소. 이 배는 부표를 설치한 약 2킬로미터 안을 표류하며 지나가게 될 거요."

보일러실로 내려가자 위험에서 멀어진 듯한 묘한 착각이 생겼다.

더위와 아궁이 불빛과 눈부시게 빛나는 조명은 기분 좋을 정도로 정상이었다. 암초지대를 울리는 소란스러운 파도 소리가 이제 들리지 않기 때문에 나는 거짓된 안전감에 싸여 있었다. 속이 텅 빈 배 양쪽에 부서지는 은은한 파도 소리와 헐거워진 강철못 구멍 사이로 스며든 바닷물의 번쩍번쩍 빛나는 가는 물줄기만이 우리에게 닥친 위험을 생각나도록 했다. 아니다, 그것과 함께 갑판이 앞으로 숙여지는 경사와, 석탄가루와 기름으로 검게 더러워진 물, 배 밑바닥에서 부피를 더해가는 물이 있었다.

우리는 어깨를 나란히 하고 피로도 완전히 잊은 채 미친 듯이 아궁이에 불을 땠다. 무한한 시간처럼 생각되었으나 칸막이벽은 아직 그대로 있었다. 이윽고 패치가 시계를 보더니 삽을 내던졌다.

"브리지로 올라갈 테니 이제 혼자서 해주시오. 벨을 힘껏 울릴 때까지 계속 때주시오. 그리고 시동이 전속력으로 돌기 시작하거든 곧 브리지로 올라오시오. 알겠소?"

나는 고개를 끄덕였다. 무슨 말을 해야 할지 몰랐기 때문이다. 그가 옷을 뒤집어쓰며 비틀비틀 기관실을 나가 모습이 보이지 않을 때까지 나는 멍청히 바라보고 있었다. 뱃전에 울리는 파도 소리가 아까보다 더 커진 것 같았다. 나는 손목시계를 보았다. 7시 20분이었다. 다시 석탄을 퍼넣기 시작했다. 그 동안에도 계속 머리 위에 솟아 있는 뱃전의 철벽과 갑판의 경사를 의식하고 있었다. 지금 곧 밝게 비쳐진 세상이 바다 속으로 잠겨버릴 것 같은 생각이 들었다. 배 밑바닥의 패어진 부분에 괸 물이 조류에 따라 뛰놀며 바다 위를 넘쳐 발밑에서 소용돌이쳤다.

7시 30분! 8시 15분 전! 그는 엔진 시동의 신호 벨을 울리지 않았다. 나는 한 번 삽에 기대서 쉬었다. 발밑의 갑판이 아까보다 가파르게 기울어져 있음에 틀림없다고 생각하며 김이 오르는 칸막이벽을 지켜보았다. 대체 그는 브리지에서 뭘 하고 있을까?

그가 말한 하찮은 기회란 무엇일까? 지치고 공포와 조바심으로 신경이 잔뜩 긴장되어 나는 갑자기 그를 믿을 수가 없게 되었다. 그에 대해서 무엇을 알고 있단 말인가? 무엇보다도 그 인상, 주위의 상황으로 정신의 평형을 잃은 사나이라는 인상이 되살아났다. 위험이 커짐에 따라 그 인상도 더욱 강해져왔다.

바로 이때 갑자기 짙은 파도 소리를 뚫고 희미한 전령기 소리가 들려왔다. 아침 8시가 거의 다 되어 있었다. 나는 삽을 내던지고 아궁이문을 탕 닫은 다음 옷을 손에 든 채 비틀거리며 급히 기관실로 들어갔다. 전령기 지침이 '전진전속'을 가리키고 있었다. 내가 증기를 모두 열고 사다리를 달려 올라감과 동시에 기관실의 둥근 천장 전체가 엔진 고동으로 되살아났다.

나는 숨을 헐떡이며 사닥다리를 타고 브리지로 올라갔다. 그는 조타대에서 키를 조종하고 있었다. 나는 숨을 죽였다.

"이제 밍키 암초를 벗어났소?"

그는 내납하시 않았다. 두 손으로 힘껏 키를 잡고 앞쪽을 노려보며 긴장하고 있었다. 배는 몸부림치듯 뒤뚱거리며 한참 동안 기울어졌다. 나는 브리지 갑판을 비틀거리며 내려가 오른쪽 뱃전 창가로 다가갔다. 빨강과 하양으로 구분해서 칠한 부표를 스칠 듯이 지나갔다. 뱃머리는 완전히 물 속에 잠겨 있었다.

"이제 그럭저럭 목표 지점이오."

그의 목소리가 긴장되어 겨우 알아들을 수 있었다. 깊숙이 들어간 눈이 앞쪽을 가만히 지켜보고 있었다.

바로 그때 그가 두 발에 두었던 중심을 옮기며 키를 빙글빙글 돌렸다. 한순간 나는 내 눈을 믿을 수가 없었다. 그가 왼쪽으로 키를 돌리고 있는 것이다! 왼쪽으로 키를 잡아 밍키 암초가 머리를 드러내고 있는 바위 쪽으로 뱃머리를 돌리고 있는 것이었다!

"미쳤소!" 나는 소리 질렀다. "오른쪽으로 돌려! 오른쪽으로! 정신 차려!"

그리고 나는 직접 키로 달려들어 손잡이를 잡았다. 그의 힘에 대항하여 오른쪽으로 돌리려고 했다.

그가 뭐라고 외쳤으나 브리지에 부딪친 무서운 파도 소리에 묻혔다. 그렇지 않더라도 결국 내 귀에는 들리지 않았을 것이다.

생말로까지 이제 32킬로미터 남짓 남았다. 엔진 고동이 갑판의 철판을 통해 맥박치며 발 밑으로 희망의 통신을 쳐 보냈다. 우리는 오른쪽으로 키를 돌려야 한다. 밍키 암초에서 떨어져 생말로 쪽으로 향해야 한다.

"뭘 하는 거야!" 나는 쇳소리를 질렀다.

그의 손가락이 내 머리털을 잡아 고개를 뒤로 젖혔다. 그는 키를 놓으라고 고함을 질렀다. 나는 아픔으로 반쯤 눈을 감으면서 흘끗 그의 얼굴을 보았다. 이를 드러낸 몹시 굳어진 얼굴이 땀으로 빛나고, 턱의 근육이 툭 불거져 있었다.

"우리의 유일한 기회요!"

그 말은 파도 소리에 묻혀 가까스로 들렸다. 그때 그가 확 밀어버렸기 때문에 나는 목의 근육이 삐걱거리는 소리를 내며 뒤로 벌렁 넘어져 숨이 끊어질 정도로 힘껏 창 옆 선반에 가 부딪치며 멈췄다.

왼쪽 뱃전이 파도가 몰려가서 흰 물결이 부서지고 있는 곳을 스치고 지나갔다. 거의 정면 작은 바위터 언저리에 파도머리가 휘감겨 마치 이빨을 드러내고 있는 듯한 곳이었다. 나는 갑자기 속이 메스꺼웠다.

"이번에는 당신이 키를 잡아주겠소?"

그의 목소리가 멀리서 아주 냉정하게 들렸다. 나는 멍하니 뜻을 몰라 그를 바라보았다.
 "빨리!" 그가 다그쳤다. "키를 잡으라니까!"
 그는 자기 배 브리지에서 명령하는 것이므로 당연히 내가 그 말에 복종하리라 기대하고 있는 모양이었다.
 복종을 기대하고 있는 것은 그의 말투로 보아 확실했다. 내가 간신히 일어나자 그는 키를 나에게 맡겼다.
 "북10도 동으로 잡으시오."
 그는 해도실에서 휴대용 컴퍼스를 들고 나와 브리지 오른쪽 뱃전의 달아낸 곳으로 갔다. 오랫동안 거기에 서 있었다. 거의 꼼짝도 하지 않고 서서 이따금 컴퍼스를 눈높이로 들어올려 우리 뒤쪽에 있는 뭔가의 방위를 재고 있었다.
 나는 조타대에 서서 침로를 북10도 동으로 유지한 채, 대체 이렇게 바위 쪽으로 똑바로 가면 어떻게 될 것인가 생각했다. 나는 여전히 속이 좀 메스꺼웠다. 너무도 겁을 먹고 있었으므로 나는 명령받은 항로를 유지하는 수밖에 없었다. 배는 이미 바위 사이로 들어와 있었으므로 지금 배를 돌리는 것은 조난을 뜻하는 것이었기 때문이다. 창 너머로 보니 흰 파도의 대혼란 속에 갖가지 모양의 바위——전체가 온통 바위인 커다란 덩어리——가 여기저기 모습을 드러내며 시시각각 다가오고 있었다.
 "정북으로 침로를 잡으시오!" 그의 목소리는 여전히 냉정했다.
 우리가 가는 곳은 반쯤 드러난 바위 위로, 솟아오르고 떨어져내리며 폭포를 이루는 물결 또 물결뿐이었다. 다른 바위들보다 조금 앞에 외딴 바위섬이 하나 있었다. 내가 그쪽으로 다가가자마자 그가 내 옆에 와서 섰다.
 "이제 내가 키를 잡겠소."
 그의 말투에 일종의 상냥함이 깃들어 있어 나는 아무 말도 않고,

아무것도 묻지 않고 키를 맡겼다. 왜냐하면 그의 얼굴에 나타난 이상하고 단호한 표정이 그가 누구의 손도 미치지 않는 내면세계에 잠겨 있음을 드러내 보여주었기 때문이다.

그때 좌초됐다. 갑자기 쾅 하고 부딪친 것이 아니라 천천히 조용하게 밑바닥을 문지르며 멈춰 섰는데, 나는 그 바람에 비틀비틀 앞으로 나가 정면 창을 들이받았다. 폭풍의 울부짖음을 누르고 들린다기보다 차라리 진동에 의해 간신히 느껴지는 소리를 용골이 내는 가운데 배는 멎었다. 한순간 배는 바위를 벗어나 혼자서 흔들흔들 위로 나아가는 것처럼 여겨졌다. 그러나 그때 다시 바위에 얹히며 바닥이 긁혔다. 나는 갑자기 구역질이 날 것만 같았다. 엔진은 마치 심장이 죽음을 거부하듯 잠시도 쉬지 않고 계속 움직였다.

그것은 기묘한 순간이었다. 패치는 여전히 키를 잡은 채 서 있었다. 굳은 표정으로 손등이 하얘질 정도로 키손잡이를 꽉 쥐고 서서 가만히 앞쪽을 지켜보고 있었다. 내 발 아래의 갑판은 아직도 생명의 맥동을 전하고 있었다. 달라진 것은 아무것도 없었다. 다만 지금은 배가 가만히 멈추어 쉬고 있을 뿐이었다.

나는 떨면서 손으로 이마의 식은땀을 닦았다. 우리는 지금 밍키 암초에 걸려 있다. 모든 것은 끝났다는 느낌이 들었다. 나는 몸을 돌려 그를 쳐다보았다. 그는 멍하니 서 있었다. 그의 얼굴에서 석탄가루가 깨끗이 닦여 있는 곳은 분필처럼 하얗고, 검은 눈은 가만히 움직이지 않았다. 용솟음치는 바다의 황량한 벌판을 아득히 바라보고 있는 것이다.

"나는 사람이 할 일을 다 했다." 그는 작은 목소리로 중얼거렸다. 그러고 나서 그는 좀더 목소리를 높여 말했다. "하느님, 나는 내가 할 일을 다 했습니다."

그 말투에 공손하지 못한 느낌은 조금도 없었다. 다만 괴롭게 싸우는 인간의 고뇌가 담겨 있을 뿐이었다. 이윽고 그의 두 손이 마치 배의 지휘권을 영원히 내던지듯 키손잡이에서 툭 떨어졌다. 몽유병자같이 느린 걸음으로 그는 해도실로 들어갔다.

나는 기운을 되찾아 그의 뒤를 따랐다.

그는 해도를 들여다보며 얼굴을 들지 않았다. 파도가 뱃전에 와 부서지며 해도실 창문에 물보라를 날려 한순간 낮의 빛을 가로막았다. 부서진 파도가 다 흘러내리자 그는 항해일지를 끌어당겨서 연필로 쓰기 시작했다. 이윽고 다 쓰자 그는 일지를 덮고 똑바로 등을 쭉 폈다. 마치 그의 생활의 끝부분에 '끝'이라고 써두기라도 한 것 같았다. 그의 눈길이 천천히 움직여 내 눈과 마주쳤다.

"미안하게 됐소." 그는 말했다. "어떻게 하려는 계획인지 미리 설명해 주었어야 하는 건데……."

그는 꿈에서 깨어나 갑자기 이성을 되찾은 사람 같았다.

"조류에 제대로 부딪치게 될지 어떨지 그게 문제였소."

"그러나 섬말로 쪽으로 향했어야 하지 않나요?"

나는 아직 정신이 멍하고 머리가 좀 흐릿해 있어 이해가 되지 않았다.

"꼬박 2시간 이상이 걸리오. 만일 그렇게 오랫동안 항해를 계속하면 조수가 바뀌어 이 배를 밍키 암초 쪽으로 밀고 가 버릴 것이오."

그는 해도를 책상 위로 밀어주었다.

"직접 보시오. 유일한 기회는 여기에 좌초시키는 것뿐이었소."

그는 배가 자리잡고 있는 지점에 연필을 놓았다. 그곳은 밍키 암초 주요부분에서 약 2킬로미터 남쪽으로, 주위의 바다는 간조(가장 낮은 썰물) 때 깊이가 $2\frac{1}{4}$길(약 4미터)이라고 표시되어 있었다.

"왼쪽 뱃머리 저쪽에 있는 바위가 그린 아 클로요."

그것은 '간출암 11미터'라고 기록되어 있었다.

"그리고 매틀레 섬도 오른쪽 뱃전 너머로 보일 거요."

연필 끝이 밍키 암초 중심부분 동쪽에 있는 높은 돌기 위에 잠시 멎었다.

"여기에 있으면 간조 때 아주 좋은 피난처가 될 거요."

그는 마침내 연필을 집어던지고 똑바로 몸을 일으켰다. 기지개를 켜기도 하고 눈을 비비기도 했다.

"뭐, 바로 그런 거요……."

그의 말투에는 이제 다 끝났다는 듯한 그리고 재난을 감수하려는 마음이 담겨 있었다.

"좀 자야겠군."

그는 더 이상 아무 말 없이 내 옆을 지나 조타실로 들어갔다. 승강 사다리를 내려가 아랫갑판으로 가는 발소리가 들렸다. 나는 아무 말도 하지 않았고, 그를 잡아 세우려고 하지도 않았다. 너무나 지쳐 이제 그에게 물어볼 수도 없을 지경이었다. 머리가 지끈지끈 아프고, 잔다는 말만 들어도 절로 눈이 감기며 망각 속으로 빠져들고 싶은 강렬한 욕망이 내 몸 속에 일었다.

나는 조타실을 지나가는 도중 잠시 멈춰 서서 바위와 부서지는 파도가 그려내는 회색의 황량한 바다 경치를 바라보았다. 영국해협에서 가장 지독한 암초지대 깊숙이 들어와 바위에 얹혀 있다는 것을 의식하고 발 아래로 엔진 고동을 계속 느끼면서 키 옆에 서 있는 것은 이상한 느낌이었다. 조타실 안은 모든 것이 완전히 여느 때와 다름없는 듯 생각되었다. 창 밖으로 눈을 돌려 바닷물이 소란을 떠는 속에 모습을 드러낸 바위들과 크림처럼 거품을 일으키며 부서지는 물결 아래 어느덧 희미하게 윤곽만 남은 뱃머리를 보자 비로소 사태를 짐작할 수 있었다.

앞으로 6시간, 또는 그 이상 우리는 안전할 것이다. 밀물로 바뀌어 다시 파도의 힘에 몸을 내맡기게 되기 전까지는……

나는 몸을 돌려 몽유병자 같은 걸음걸이로 꿈속에서처럼 아래로 걸어 내려갔다. 모든 것이 몽롱하고 아득하게 생각되어 조금 비틀거렸지만, 지금은 바위처럼 안정된 선체 안에 여전히 자동적으로 몸의 평형을 잡고 있었다.

선실까지 가닿았을 때 엔진 고동이 느려지며 멎는 것을 느꼈다. 증기를 다 써버린 것일까? 아니면 그가 아래로 내려가 직접 엔진을 끈 것일까? 어느 쪽이든 문제가 없을 것 같았다. 두 번 다시 엔진과 펌프를 필요로 하는 일은 없을 테니까. 지금 나에게는 잠자는 것 이외에 중대한 일은 없을 듯싶었다.

이런 상황에서 잠을 잘 수 있었을까 믿기 어렵게 여겨질지도 모르지만, 미치광이로 생각했던 그가 정상적일 뿐만 아니라 뛰어난 선박 운항술을 가진 능력 있는 사람인 것을 안 지금 나는 간조 때면 이곳이 피난처가 될 거라고 한 그의 말을 믿고 있었다. 어찌되었든 내가 할 수 있는 일은 아무것도 없었다. 아니, 두 사람 모두 할 수 있는 일이 없었다. 우리에게는 한 척의 구명보트도 없었고, 이런 바위와 암초 한복판에서는 구조될 가망성도 없었다. 그리고 강풍은 지금 절정에 이르러 있었다.

잠을 깨자 완전한 암흑으로, 선실 밖 통로에 검은 강처럼 물이 흐르고 있었다. 물이 식당의 깨어진 둥근 창으로 들어온 것이었다. 아니, 아마 다른 곳으로도 들어왔을 것이다. 파도가 뱃전을 두들기고, 가끔 배가 바다 밑 자갈에 밑바닥을 끌며 찢어지는 듯한 소리를 내고 있었다.

나는 곧 패치의 선실로 올라갔다. 그는 옷을 입은 채 침대에 누워 있었다. 벌써 12시간이 넘도록 잤는데도 내가 손전등을 들어 비쳐도 꼼짝하지 않았다. 나는 먹을 것과 물과 석유난로를 가져 오기 위해 두 번이나 아래 조리장에 갔다왔다. 두 번째로 갔다오는 길에 선장실 바로 옆 문의 마호가니 널빤지에 작고 하얀 직사각형 카드가 핀으로 꽂혀 있는 것을 보았다. 그것은 업무용 명함으로 'JCB 델리메어'라고 씌어 있었으며, 그 밑에 '델리메어 상선회사', 주소는 '런던 시 센트 메리 액스'로 되어 있었다. 나는 문을 밀어보았지만 자물쇠가 걸려 있었다.

내가 다시 잠이 깨었을 때는 대낮이었다. 바람이 가라앉아 파도가 뱃전에 부서지지도 않았다. 엷은 햇빛이 둥근 창의 소금 묻은 유리를 통해 비쳐 들어왔다. 패치는 아직 자고 있었는데, 구두와 옷을 몇 가지 벗고 담요를 몸에 감고 있었다.

아래쪽 승무원 식당과 갑판으로 이어지는 층계 입구는 바닷물로 어두운 우물이 되어 온갖 것이 떠 있었다. 브리지로 올라가보니 눈에 보이는 광경이 참으로 황량하고 적막했다. 바닷물이 줄어들어 근처 일대의 바위들이 쭈뼛쭈뼛 톱니처럼 솟아 있고, 그 뿌리 언저리에는 해초가 자라 시커멓게 되어 마치 썩은 이뿌리 같았다. 바람은 겨우 풍력 5 (작은 가지가 흔들림)나 6 (큰 가지가 흔들리고 전선이 울림) 정도였다. 수평선을 이루고 있는 먼 바위로 파도가 덮쳐 흰 폭포가 되어 무너지는 것이 보이기는 했으나, 주위의 바다는 비교적 조용해서 여기저기 하얗게 천조각을 댄 것처럼 부서지는 파도도 얕은 여울을 넘어오는 동안 힘이 빠졌는지 주름을 펴고 마는 것이었다.

나는 오랫동안 그곳에 서서 폭풍이 남긴 엷은 회색 토막구름이 재빨리 태양을 스치고 날아가는 것과 우리를 둘러싼 바위들의 붐비는 모습과 멀리서 갈라지는 물결을 바라보고 있었다. 나는 내가 아직 살아서 물 위에 번쩍이는 햇빛을 볼 수가 있고, 하늘을 바라보며 얼굴에 느낄 수 있다는 사실만으로도 깊고 만족스러운 기쁨을 맛보았다.

패치가 올라와서 나와 나란히 섰다. 그는 바다와 하늘과 우리를 둘러싸고 있는 바위로는 눈길을 보내지 않았다. 그는 이제 바다 위로 나와 있는 뱃머리를 잠시 바라보더니 물이 차서 시꺼먼 입을 떡 벌리고 있는 승강구 쪽으로 눈길을 돌렸다. 그러고 나서 망가진 왼쪽 뱃전의 내민 곳으로 가서 고물 쪽을 훑어보았다. 깨끗이 씻은 얼굴이 끊임없이 옮겨져가는 햇볕을 받아 하얗게 일그러져 보였다. 근육이 단단한 턱 근처의 선이 야무진 느낌을 주었고, 두 손은 마호가니 난간 위를 굳게 잡고 있었다.

  나는 뭐라고 말을 해야 할 것 같은 생각이 들어서, 불운한 일이긴 하지만 적어도 배를 여기에 좌초시킬 때 보여준 기술만은 자랑하기에 충분한 훌륭한 것이었다고 말하려고 했다. 그러나 그의 엄숙한 표정을 보고 말을 참았다. 그리고 결국 그를 브리지에 혼자 남겨 둔 채 아래로 내려오고 말았다.

  그는 오랫동안 거기에 있었다. 마침내 아래로 내려왔을 때도 "뭔가 먹어두는 편이 좋겠소. 1, 2시간 뒤면 배를 떠날 테니까"라고 말했을 뿐이었다.

  구명보트도 하나 없는데 어떻게 배를 떠날 작정인지 나는 묻지 않았다. 그는 말을 하고 싶지 않은 모양이었다. 그는 침대로 가서 등을 굽히고 앉아 자기 일용품을 챙기기 시작했으나, 깊이 생각에 잠겨 건성으로 손을 놀리고 있는 듯이 보였다.

  나는 석유난로에 불을 붙이고 주전자를 올려놓았다. 그는 천천히 책상으로 가서 서랍을 열더니 노란 방수가방에 서류를 챙겨 넣었다. 그리고 앞에서 말한 사진을 보고 잠시 망설이더니 이윽고 그것도 떼었다. 그의 볼일이 끝났을 때 차가 끓었다. 나는 쇠고기통조림을 땄다. 두 사람은 아무 말 없이 아침 식사를 했는데, 그동안 내내 나는 앞으로 무엇을 할 것인가, 그는 어떻게 보트를 만들 작정일까 하는 생각을 했다.

이윽고 그가 말했다.

"구조를 기다리고 있어봐야 헛일이오. 메리디어 호가 여기 있는 것이 절대로 눈에 띄지 않을 테니까."

그는 물끄러미 나를 바라보았다. 마치 죽음과 같은 배 안의 정적 속에서 누군가에게 말을 걸고 있는 것이 뜻밖이라는 듯한 표정이었다.

"이 배가 발견되기까지는 시간이 걸릴 거요."

그러고 나서 그는 천천히 고개를 끄덕였으나 여전히 생각에 정신을 빼앗기고 있었다.

"보트를 만들어야 하오."

"보트?" 그는 뜻밖인 것 같았다. "아, 보트는 있소."

"어디에?"

"옆선실에. 팽창식 고무보트요."

"고무보트가…… 델리메어 선실에?"

그는 고개를 끄덕였다.

"그렇소. 이상하지요? 델리메어는 방에 고무보트를 준비해 두고 있었소. 만일을 위해서. 그것을 우리가 쓰려는 거요."

그가 가만히 웃음소리를 냈다. 델리메어는 죽었으므로 그가 지금 여기에 없어 보트를 쓰지 못한다고 해서 우스울 건 없었다.

"뭐가 우습소?" 나는 따졌다.

그는 대답하지 않고 책상으로 가서 열쇠다발을 집더니 방을 나갔다. 옆선실에서 문 자물쇠를 여는 소리가 들렸다. 무거운 짐을 잡아 끄는 소리가 들려 나도 거들어주려고 나갔다. 문은 열려 있었다. 선실로 들어가자 안은 마치 미친 듯이 약탈해 간 뒤 같았다. 서랍이 열려 있었으며, 고리쇠가 모조리 잡아 뜯기고 속에 든 것이 방바닥에 마구 흩어져 있었다. 옷가지와 서류가 온 방 안에 흩어져 있었다. 침대만이 혼란을 모르는 채 초연한 모습으로 얌전히 정돈되어 잔 흔적도 없고, 베개에는 남자의 머릿기름 때가 묻어 있었다.

그는 열쇠를 들고 있었다. 찾아다닌 것은 그 열쇠임에 틀림없었다.

"뭘 찾고 있었소?"

그는 잠시 아무 말도 하지 않고 나를 바라보았다. 그러고는 커다란 여행용 트렁크를 꺼내 쿵 하고 옆으로 넘어뜨렸다. 여러 호텔의 꼬리표가 더덕더덕 붙어 있었다——도쿄, 요코하마, 싱가포르, 양곤.

"이걸 들어주시오!"

우리는 커다란 갈색 삼베천으로 만든 트렁크를 복도로 끌어내어 통로를 지나 바깥갑판으로 옮겼다. 그가 다시 돌아가서 델리메어 선실 문에 자물쇠를 채우는 소리가 들렸다. 돌아왔을 때 그는 칼을 들고 있었다. 우리는 트렁크를 묶은 끈을 끊고 포장을 열어 노란 고무보트를 꺼내 바람을 넣었다.

보트는 길이 365센티미터, 넓이 152센티미터였다. 부속기구로는 짧고 폭이 넓은 노와 키, 나일론 밧줄과 작은 나일론 돛을 차례로 집어넣는 대롱식 돛대가 달려 있었다.

"그는 신경질적인 사람이었소?" 나는 물었다.

선주가 자기 배에 조립식 보트를 싣고 있었다는 것이 이상하게 생각되었다. 마치 바다에 잡혀 죽으리라는 예감에 고민했던 것 같았기 때문이다.

그러나 패치는 다만 "자, 출발할 시간이오"라고 말했다.

나는 그를 바라보았다. 비교적 안전한 배를 떠나 미덥지 못한 고무보트로 옮겨 타려는 생각에 깜짝 놀란 것이다.

"밍키 암초를 벗어나면 파도가 상당히 커질 거요. 이 바람이 좀더 잘 때까지 기다리는 편이 좋지 않겠소?"

"바로 이 바람이 필요한 거요." 그는 얼굴로 풍향을 재며 바람 냄새를 맡았다. "벌써 1점이나 2점쯤 바뀌어 있군. 잘하면 북서쪽으로 돌게 될 것이오." 그는 흘끗 시계를 보았다. "자, 갑시다! 앞으로 4시간은 순조요."

나는 다음 조수를 기다려 꼬박 6시간의 순조로 출발하는 편이 낫다고 설득해 보았으나 그는 귀 기울이려 하지 않았다.

"그렇게 되면 날이 어두워질 거요. 그리고 바람이 바뀌면 어떻게 하겠소? 이처럼 작은 배로 바람을 향해 꾸불꾸불 누비고 나아갈 수는 없소. 그리고 저기압이 뒤이어 올지도 모르오. 이런 곳에서 또 폭풍우에 붙잡히고 싶지는 않겠지. 이번에는 브리지 갑판이 통째로 달아날지도 모르오."

물론 그의 말이 옳았기 때문에 우리는 서둘러 필요한 물건, 식량, 해도, 휴대용 나침반을 챙겨들고 입을 수 있는 데까지 옷을 껴입었다. 폭풍우용 모자와 방수화는 있었으나 방수비옷이 없었다. 그래서 선장실 문에 걸린 두 벌의 레인코트를 가져왔다.

앞쪽의 오목갑판에서 고무보트를 타고 나간 것은 9시 45분이었다. 둘이서 노를 저으며 메리디어 호를 떠나 돛을 올렸다. 그때는 이미 해가 완전히 져 있었다. 몰아치는 빗 속에 모든 것이 잿빛으로 흐려 보였으며, 바위는 저 멀리 아득하게 총안(銃眼)의 흉벽처럼 보였다. 바위들은 거의 모두 물을 뒤집어쓰고 있었다. 우리는 레 새버지 암초를 목표로 했는데, 얼마 안 있어 그 바위를 나타내는 등불 부표의 빛이 어두컴컴한 안개 속에서 나타났다. 그때 메리디어 호는 벌써 수면 나직이 희미한 그림자밖에 남지 않았으며, 레 새버지를 지나갈 무렵에는 완전히 보이지 않게 되었다.

여전히 큰 물결이 밀려오고 있었다. 일단 밍키 암초의 그림자를 벗어나자 곧 폭풍우 끝에 용솟음치는 파도와 마주쳤다. 파도는 앞쪽에서 높이 솟아올랐다. 내리치는 물 벽이 우리 등 뒤에서 줄곧 밀어닥치고, 나는 잿빛 하늘의 축축한 찬 기운 속에서 완전히 시간감각을 잃어버렸다.

4시간 이상이나 폭풍우의 여파에 시달려 옷 속까지 흠뻑 젖은 몸으로 보트 양쪽의 넓은 노란색 둥근 통 사이의 좁은 공간에 틀어박혀 이따금 반짝 보이는 프레일 곶을 유일한 목표로 삼고 나아갔다.

그리하여 낮이 조금 지났을 때 세인트 피터 포트 섬에서 온 해협 횡단 정기우편선에 발견되었다. 이 배가 생존자 발견을 위해 감시를 세워둔 덕분이었다. 그렇지 않았다면 결코 우리를 알아볼 수 없었을 것이다. 배는 우리에게서 800미터나 서쪽을 지나고 있었으니까.

우편선은 급히 항로를 바꾸어 뿜어 오르는 물보라에 뱃머리를 거의 가리며 우리 쪽으로 접근해 왔다. 배는 우리 바로 위쪽에서 크게 좌우로 뒤뚱거리며 멈추었다. 그리고 천천히 우리 쪽으로 흐르며 몇 개나 되는 줄사다리를 뱃전에 던져 내렸다. 승무원들이 우리를 도와 끌어올리기 위해 조용히 사다리를 타고 내려와서 영어로 격려의 말을 하며 무수히 손을 아래로 뻗쳤다.

갑판에 오르자 많은 사람들이 우리 주위로 몰려들었다. 선객이며 승무원들이 각기 질문을 하기도 하고 담배와 초콜릿을 들이밀기도 했다.

이윽고 한 승무원이 우리를 그의 거실로 안내해 주었다. 우편선은 조용히 경쾌하게 엔진 고동을 울리며 속력을 올렸다. 선실로 내려갈 때 나는 흘끗 고무보트를 바라보았다. 우편선이 일으킨 물결에 떠오르더니 그것은 한순간 흰 거품이 이는 항적(航跡) 속에 뜬 노란 반점이 되었다.

4 육지에서도 이는 증오와 의혹의 소용돌이

뜨거운 물로 샤워를 하고 마른 옷으로 갈아 입었다. 그리고 우리는 안내를 받아 식당으로 갔다. 종업원이 서둘러 차를 따라주고 곧 베이컨 에그를 가져왔다. 언제나 똑같은 광경, 믿어지지 않는 정상상태! 마치 악몽에서 깨어난 것 같았다. 메리디어 호도, 폭풍우도, 밍키 암초의 톱니 같은 바위들도 모두 현실에서 완전히 떨어져나갔다. 별천지의 한 부분처럼 생각되었다.

그때 우편선 선장이 들어왔다.

"당신들도 메리디어 호의 생존자입니까?" 그는 선 채로 우리 두 사람을 번갈아 보았다. "두 분 중 어느 쪽인가는 요트 시 위치 호 선주겠지요?"

"그렇습니다." 나는 말했다. "내가 존 샌스입니다."

"정말 다행이군요. 나는 이 배의 선장 플레이저입니다. 지금 곧 세인트 피터 포트 섬으로 무전을 치도록 하지요. 로텐 대령이라는 사람이 요트를 가지고 돌아왔는데, 당신에 대해 크게 걱정하고 있었습니다. 어제는 덩컨 씨가 이 배에 타고 수색에 대한 무전보고를 들었습니다. 수색기가 몇 대 나가서 당신들을 쫓고 있었거든요." 선장은 패치를 돌아보았다. "당신은 메리디어 호 승무원이었겠군요?"

그 목소리는 스코틀랜드 사투리가 강해서 아까보다 딱딱한 느낌이었다.

패치가 자리에서 일어섰다.

"그렇습니다, 메리디어 호 선장입니다. 캡틴 패치요." 그는 손을 내밀었다. "구조해 주셔서 참으로 고맙습니다."

"고맙다는 인사라면 이 배의 일등항해사에게 하는 편이 좋습니다. 당신들을 발견한 건 그였으니까. 그런데 당신 이름이 패치라고 했지요?"

선장은 울퉁불퉁한 얼굴 깊숙이 박힌 작고 파란 눈으로 패치를 물끄러미 바라보았다.
"그렇습니다."
"당신이 메리디어 호 선장이라고요?"
"그렇습니다."
패치의 철회색 눈썹이 약간 위로 치켜 올라가더니 찡그린 얼굴로 굳어져버렸다.
"태거트라는 사람이 메리디어 호 선장인 줄 알고 있었는데요……."
"네, 그렇습니다. 그러나 그는 죽었습니다."
"언제 일이었지요?" 질문하는 투에 어떤 날카로움이 담겨 있었다.
"포트사이드를 떠나고 얼마 안 되어, 이 달 초에."
"그랬었군요." 플레이저는 차갑게 패치를 쏘아보았다. 그는 의식적으로 편한 자세를 취하며 덧붙였다. "이거 식사중에 실례했습니다. 무척 시장하시겠지요. 앉으십시오, 부니 두 분 다 앉으셔서……."
그는 흘끗 시계를 보고 나서 종업원에게 차를 한 잔 더 가져오라고 소리쳤다.
"곧 생말로에 입항하게 될 겁니다."
그는 자리에 앉아 식탁에 팔꿈치를 올려놓고 호기심에 가득 찬 작고 파란 눈으로 우리를 유심히 살펴보고 있었다.
"그런데 무슨 일이 있었습니까, 패치 선장? 이 24시간 동안 공중은 메리디어 호 관계통신으로 가득 찼었지요."
그는 말을 끊고 잠시 망설였다.
"기뻐해주실 일이 있습니다. 어제 오후 도 블레어트 섬으로 보트에 가득 탄 생존자들이 밀려왔지요."

패치는 여전히 말이 없었다.

"패치 선장, 나보고 캐묻지 말라고 해도 소용없습니다." 다정한 말투였다. "생존자들의 보고에 따르면, 화재가 일어나 당신이 승무원들에게 퇴선을 명령했다더군요. 그것이 목요일 저녁이었다는데, 하지만 로덴 대령이 나에게 이야기해 준 바에 따르면······."

패치는 그를 가만히 바라보았다.

"내가 퇴선을 명령했다고요? 승무원들이 그렇게 말했습니까?"

"프랑스 쪽 보고에 따르면 그렇게 되어 있습니다. 그들은 밤 10시 30분 조금 지나서 퇴선했는데, 이튿날 아침 9시 30분에 로덴 대령이 메리디어 호를 보았고······." 선장은 패치의 강경하고 타협 없는 시선과 마주치자 더듬거리더니 갑자기 크게 소리쳤다. "무슨 일이 있었지요? 메리디어 호는 떠 있거나 물에 잠겼거나, 아니면 어떻게 된 거로군요?"

패치는 잠시 아무 말도 하지 않았다. 깊이 생각에 잠긴 것 같았다. 이윽고 그는 플레이저를 쏘아보며 겨우 입을 열었다.

"자세한 해난보고는 나갈 곳에 나가서 하겠소. 그때까지는 이 사건에 대해 아무 말도 하지 말아주시오."

플레이저는 이대로 물러가기가 아쉬운 듯 망설이더니 다시 시계를 흘끗 보고 홍차를 마신 다음 일어섰다.

"옳은 말씀이오, 선장." 새삼스러운 목소리로 플레이저는 조금 언짢은 기분을 드러내보였다. "나는 이만 브리지로 올라가야겠군요. 지금 막 생말로에 입항하는 중이어서······ 그럼, 부디 이 배의 환대를 받아주십시오. 필요한 물건은 무엇이든 종업원에게 말해 주십시오."

선장은 나가다가 문 앞에서 발을 멈췄다.

"미리 알고 있는 편이 좋으리라고 생각하는데, 선장, 이 배에 젊은 부인이 타고 있답니다. 태거트 양으로, 태거트 선장의 따님이지요.

어제 비행기로 세인트 피터 포트 섬에 왔는데, 생존자가 프랑스 해안에 상륙했다는 말을 듣고 이 배를 탄 겁니다."
플레이저는 잠시 입을 다물고 두세 걸음 방 안으로 들어섰다.
"그녀는 아버지가 돌아가신 사실을 모릅니다. 아버지가 생존자 가운데 계실 것으로 짐작하고 있지요."
그는 잠시 머뭇거리더니 물었다.
"회사에는 알렸겠지요?"
"물론."
"회사가 육친에게 알려줄 의무를 이행하지 않은 건 딱한 일이로군." 성난 말투였다. "종업원을 시켜 그녀를 이리로 부르겠습니다."
그는 부드러운 말투로 덧붙였다. "조용히 사실을 알려주십시오. 아직 순진한 아가씨로, 아버지를 그리워하고 있는 모양이니까."
선장이 가버리자 침묵이 방 안을 채웠다. 체력을 회복하려고 기를 쓰듯 패치는 음식을 먹었다. 그에게는 조금도 가라앉은 느낌이 없었다.
"그런데 그가 죽은 원인이 뭐였시요?" 내가 물었다.
"누구?" 패치는 갑자기 눈썹을 찡그리며 나를 쳐다보았다.
"태거트 선장."
"아, 태거트 선장 말이오? 술에 목숨을 잃었지."
그는 그 문제를 마음속에서 털어버리기라도 하려는 듯 다시 먹기 시작했다.
"맙소사! 그렇다면 사실대로 그녀에게 말할 수 없겠군요!"
"물론 말할 수 없소." 그는 귀찮은 듯이 말했다. "심장발작으로 죽었다고 말해 둘 생각이오. 어찌되었든 그것이 아마도 의학적인 사인이었을 테니까."
"자세히 듣고 싶어할 텐데……."

"그건 무리오."

나는 그의 신경이 무디어져 있다고 생각하며 자리에서 일어나 둥근 창으로 갔다. 배는 속력을 줄이고 항구로 들어가는 참이었다. 빗 속에 많은 관광호텔이 인기척 없는 쓸쓸한 부두에서부터 언덕 위로 줄지어 있는 것이 보였다.

패치는 접시를 밀어놓았다.

"그는 고문을 당한 사람처럼 외마디 소리를 지르며 배 안을 뛰어다니고 있었소. 그래서 나는 하는 수 없이 그의 방에다 가둬두었지요. 그리고 아침에 보니 죽어 있었소."

그는 아까 얻은 담뱃갑을 꺼내 떨리는 손가락으로 난폭하게 찢어 열었다. 그의 얼굴은 성냥의 강한 불빛을 받아 죽은 사람처럼 창백해 보였다.

"D.T.(알코올 중독에 따른 진전 섬망증)였소?"

"아니오. 이건 나중에 안 일이지만……."

그는 귀찮은 듯이 담배를 한 모금 빨고 나서 머리카락을 쓸어 올렸다. 그리고 힘겨운 듯이 자리에서 일어났다.

"아니, 지금은 아무래도 상관없는 일이오. 그럭저럭 다 온 모양이군."

배는 굉장히 느리게 움직이고 있었다. 갑문이 미끄러지듯 스쳐지나갔다. 머리 위 갑판에서 구두 소리가 울리고, 아래에서는 보조 엔진 소리가 들려왔다.

"지금 정박장으로 들어가는 모양이오." 나는 대답했다.

"당신은 좋겠소. 당신은 이제 메리디어 호에는 볼일이 없으니까. 빌어먹을! 차라리 배와 함께 가라앉고 말걸!"

패치는 불안한 듯 왔다갔다했다. 나는 그를 바라보았다.

"그럼, 그게 정말이었군요. 당신이 승무원들에게 보트로 옮겨 타도록 명령했다는 것이. 그리고 당신이 갇혔었다는 이야기는……."
"아니, 나는 보트로 옮겨 타도록 명령하지 않았소! 그러나 만일 그들이 끝까지 그렇게 고집한다면……."
그가 얼굴을 납빛으로 바꾸며 항의했다. 그는 얼른 다른 둥근 창으로 가서 밖의 회색빛에 눈길을 모았다.
"그러나 승무원들이 그런 짓을 할 리가 없잖소? 만일 그것이 사실이라면……."
그는 노기를 띠고 나를 노려보았다.
"사실인가 아닌가 하는 게 문제가 아니오! 그놈들이 허겁지겁 도망친 주제에 이제 와서 내가 퇴선을 명령했다고 하는 것은, 어떻게든 자기들의 행위를 변명해야 하기 때문이오. 비겁한 놈들! 모두 한패가 될 작정인 게지. 이제 곧 알게 될 거요. 정식 해난심판이 열리게 되면…… 이런 일은 벌써 전에 많이 경험한 것이지만……."
그는 어깨를 으쓱해 보이며 천천히 얼굴을 돌려 다시 둥근 창 너머로 녹슨 철도 화물차량이 줄지어 있는 뭍을 바라보았다. 그는 그것이 이상한 우연의 일치라고 하는 듯한 말을 중얼거렸다. 그때 문 밖에서 요란하게 영어와 프랑스 어가 뒤섞인 목소리가 들렸다. 패치는 빙글 몸을 돌려 흘끗 문 쪽을 보고는 재빨리 말했다.
"당신은 메리디어 호에 타고 있었던 이유만 말하면 되는 거요. 당신은 뱃손님이나 마찬가지였으니까 무엇이 어떻게 되든……."
그때 문이 열렸다. 패치는 고개를 돌려 그쪽을 바라보았다.
플레이저 선장이 두 명의 프랑스 인 보안관과 함께 들어왔다. 미소와 눈인사와 프랑스 어가 오고간 다음 키 작은 사나이가 영어로 말을 걸었다.
"유감스럽게도 나쁜 소식이 있습니다. 30분쯤 전에 라디오로 들은 바에 따르면, 바다를 떠다니던 몇 구의 시체가 레 오스 해안에 밀려왔다고 합니다. 그리고 난파 잔해도."

"메리디어 호 것입니까?" 패치가 물었다.

"그렇습니다." 사나이는 어깨를 움츠려 보이며 대답했다. "레 오스의 등대지기가 시체를 확인한 것은 아니지만 달리 조난한 배가 없기 때문에……."

"레 오스는 도 블레아트 섬 바로 북쪽에 있는 섬으로, 여기서 서쪽으로 약 80킬로미터 지점이지요." 플레이저가 설명했다.

"그건 알고 있소."

패치는 보안관 쪽으로 한 걸음 다가섰다.

"생존자 가운데 히긴스라는 자가 있었습니까?"

보안관은 어깨를 으쓱했다.

"글쎄요, 아직 정식 생존자 명단이 만들어지지 않았기 때문에……." 그는 잠깐 망설이더니 말을 이었다. "선장님, 경찰서까지 같이 가 주시면 크게 도움이 되겠습니다. 그편이 훨씬 간단히 끝납니다. 아주 형식적인 일이니까요."

그는 미안한 듯이 말했지만, 계획을 바꿀 생각이 없음은 분명했다.

"물론이지요." 패치는 대답했으나 내키지 않는 듯했다.

패치의 시선이 상대로부터 또 한 명의 보안관에게로 재빨리 옮겨갔다. 그리고 방을 가로질러 길을 연 두 사람 사이를 빠져 문 쪽으로 갔다.

보안관은 몸을 돌려 패치의 뒤를 쫓으려다가 잠깐 발을 멈추고 나를 돌아보았다.

"샌스 씨지요?"

나는 고개를 끄덕였다.

"당신 배가 세인트 피터 포트 섬에서 당신을 기다리고 있습니다.

여기 있는 동료에게 필요사항과 주소를 영어로 말해 주시면 더 이상 당신을 붙들어둘 필요는 없다고 생각합니다. 무사한 여행을 빕니다, 샌스 씨."

그는 정다운 미소를 지어보였다.

"여러 모로 고맙습니다." 나는 말했다. "그럼, 안녕히……."

그의 부하는 자세한 조서를 꾸미고 두세 가지 질문을 한 다음 곧 가버렸다. 나는 혼자 남아 몽롱한 상태로 앉아 있었다. 와자지껄하며 손님들이 선창으로 내려가는 것을 의식하고 있으면서도 그것이 현실의 일이라는 확신이 없었다. 나는 아마도 꾸벅꾸벅 졸고 있었던 모양이다. 문득 정신을 차리니 종업원이 나를 잡아 흔들고 있었다.

"잠을 깨워 미안합니다만, 태거트 양을 데려왔기 때문에…… 선장님 명령이어서……."

나는 고개를 끄덕이며 일어났다.

"패치 선장을 만나러 오셨군요."

나는 그가 상륙한 것을 설명하기 시작했는데, 태거트 양이 얼른 가로막았다.

"아버지에게 무슨 일이 있었는지 말해 주시겠어요?"

나는 뭐라고 말해야 좋을지 알 수 없었다. 이것은 패치에게 물어보아야 할 일이다. 나는 대답할 사람이 아니다.

"패치 선장이 곧 돌아올 겁니다."

"당신이 메리디어 호에 타셨을 때 아버지가 계셨나요?"

태거트 양은 선 채로 가만히 있었다. 단도직입적이고 용감하며 아주 민첩해 보였다.

"아니오."

그녀는 가만히 나를 바라보며 천천히 그 사실을 받아들였다. 회색에 푸른빛이 섞인 눈으로, 동그란 눈동자가 깜짝 놀란 표정을 지었다.

"그래서 패치 선장이 지휘를 하고 있었군요?"

나는 고개를 끄덕였다. 태거트 양은 한참 나를 바라보았다. 입술을 조금 떨고 있었다.

"아버지는 결코 배를 버리실 리가 없어요."

태거트 양의 목소리가 조용했으므로, 나는 그녀가 진상을 짐작하고 그것을 받아들이려 마음을 가다듬고 있음을 알았다.

"아버지는 돌아가셨어요, 그렇지요?"

"네."

태거트 양은 그 사실을 순순히 받아들였다. 눈물도 글썽이지 않고, 막대기를 삼킨 어린아이처럼 내 앞에 서 있었다.

"돌아가신 원인은?"

태거트 양은 감정을 빼고 형식적으로 말하려고 애썼으나, 내가 대답을 망설이자 갑자기 여성적인 섬세한 태도를 보이며 내게로 가까이 다가왔다.

"부탁이에요. 무슨 일이 있었는지 꼭 알고 싶어요. 왜 돌아가셨지요? 병이었나요?"

"심장발작을 일으켰다고 하더군요." 그리고 나는 얼른 덧붙였다. "말해 두지만 태거트 양, 나는 그 자리에 없었소. 패치 선장에게서 들은 것을 전하고 있을 뿐이오."

"그게 언제 일이었지요?"

"이달 초."

"패치 선장은?"

"일등항해사였소."

"아버지는 그 사람에 대해 한 마디도 하시지 않았어요." 태거트 양은 눈썹을 찡그렸다. "싱가포르와 양곤에서 편지를 보냈는데 라이스,

애덤스, 히긴스라는 이름이 씌어 있을 뿐이었어요."
"패치는 아덴에서 탔답니다."
"아덴?"
태거트 양은 추운 듯 코트 깃을 여미며 고개를 내둘렀다.
"아버지는 언제나 기항하는 곳에서 편지를 보내곤 하셨어요. 온 세계의 항구에서. 그러나 아덴에서는 보내지 않았어요."
태거트 양의 눈에 눈물이 핑 돌았다. 그녀는 얼굴을 돌리고 의자를 더듬었다. 나는 잠자코 있었다. 얼마 뒤 그녀는 눈물을 닦으려고도 하지 않고 나를 쳐다보았다.
"용서하세요. 도저히 견딜 수가 없어요. 아버지는 언제나 멀리 계셨기 때문에 이렇게 고통스러울 리가 없는데…… 5년이나 만나지 못했어요." 태거트 양은 갑자기 거침없이 말했다. "하지만 정말 멋진 분이셨어요. 지금 그것을 알게 되었어요. 짐작하고 계시겠지만, 어머니는 돌아가셨어요." 그녀는 말을 더듬거렸다. "아버지는 늘 저를 만나기 위해 영국으로 돌아오려고 하셨어요. 그러나 한 번도 뜻을 이루시 못하셨지요. 하지만 이번에는 약속을 해주셨어요. 무척 무리를 했으리라고 생각해요. 그런데……."
태거트 양은 숨을 죽이고 입술을 깨물어 떨리는 것을 억누르려고 했다.
"차를 좀 드시겠소?" 나는 권했다.
그녀가 고개를 끄덕였다. 손수건을 꺼내들고 얼굴을 나에게서 돌렸다. 나는 무슨 말이든 해주려고 생각하면서 머뭇거렸다. 그러나 아무 말도 나오지 않아 종업원을 찾으러 갔다. 그녀에게 마음을 가라앉힐 시간을 주기 위해 나는 종업원이 차를 끓일 동안 기다리고 있다가 직접 들고 돌아왔다.
태거트 양은 침착을 되찾았으나 얼굴은 여전히 창백하고 괴로운 것 같았다. 그러나 사진에서 보았던 것과 같은 활기를 조금 되찾고 있었다. 그녀는 여러 가지 질문을 하기 시작했다. 나는 그녀가 아버지의 죽음을 잠깐이나마 잊게 하기 위해 메리디어 호에 탄 뒤로 겪은 일들을 이야기해 주었다.

그때 패치가 들어왔다. 처음에 패치는 태거트 양을 보지 못했다.

"떠나야 되겠소, 시체를 확인하러. 열두 구의 시체를 건져냈다고 하오." 패치의 목소리는 딱딱하고 절박했으며, 얼굴이 긴장되어 있었다. "라이스도 죽었소. 믿을 수 있었던 오직 한 사람이었는데……."

"이쪽은 태거트 양." 내가 소개했다.

패치는 물끄러미 그녀를 바라보았다. 한순간 누군지 모르는 모양이었다. 이름과 연결이 되지 않았던 것이다. 머리가 완전히 자기 자신의 문제에 사로잡혀 있었기 때문이다. 이윽고 얼굴에서 굳은 표정이 서서히 걷히며 겁을 먹고 있다고 말해도 좋을 듯한 태도로 천천히 다가왔다.

"그렇지, 당신 얼굴은……." 패치는 할 말을 못 찾는 듯 우물거렸다. "그곳에, 선장 책상 위에 있었소. 줄곧 치우지 않고 놓여 있었지." 패치는 여전히 멍한 눈길로 그녀를 바라보며 혼잣말처럼 덧붙였다. "당신은 여러 가지 가혹한 사태를 나와 함께 겪어온 셈이오."

"아버지가 돌아가신 건 알고 있어요."

태거트 양의 단도직입적인 말에 패치는 깜짝 놀란 것 같았다. 그 증거로 패치의 눈이 마치 한대 얻어맞은 듯 크게 떠졌다. "그렇소."

"샌스 씨 이야기를 들으니, 당신은 돌아가신 원인을 심장마비로 생각하신다고요?"

"그렇소, 심장발작이었지요." 패치는 말의 내용을 생각지 않고 기계적으로 입을 움직이며 마음을 모두 눈으로 집중시켜 그녀가 마치 갑자기 되살아난 유령이라도 되는 것처럼 뚫어지게 쳐다보았다.

어색한 한순간이었다.

"무슨 일이 있었지요? 무슨 일이 있었는지 말해 주세요."

태거트 양은 지금 정면으로 패치를 대하고 있고, 목소리가 마음속의 초조함을 드러내며 잔뜩 긴장되어 있었다. 나는 문득 그녀가 패치를 두려워하고 있다고 느꼈다. 일종의 긴박한 공기가 두 사람 사이에 번져갔다.

"무슨 일이 있었는지 알고 싶어요." 태거트 양은 되풀이 말했는데, 그 목소리는 조용하면서도 뚜렷하게 들렸다.

"아무 일도 일어나지 않았소." 패치는 천천히 말했다. "당신 아버지는 돌아가셨소. 그뿐이오." 그의 목소리는 고요하고 감정이 담겨 있지 않았다.

"하지만 어떻게? 언제? 자세한 것을 조금은 말해 주실 수 있잖아요?"

그는 머리칼을 쓸어 올렸다.

"네, 물론 그렇지요. 그건 3월 2일이었소. 우리 배는 지중해에 있었는데……." 그는 적낭한 낱말을 찾는 것처럼 우물거렸다. "그날 아침 선장은 브리지로 올라오지 않았소. 그때 종업원이 나를 부르러 왔지요. 선장은 침대에 누워 있었소." 다시 사이를 조금 두었다가 그는 덧붙였다. "그날 오후 물에 장사를 지냈지요."

"그럼, 잠든 채 돌아가셨나요?"

"그렇소, 잠든 채 돌아가셨소."

오랜 침묵이 흘렀다. 그녀는 그를 믿고 싶어했다. 애써 믿으려 했다. 그러나 되지 않았다. 그녀의 눈이 커다랗게 떠졌고, 두 손은 힘껏 마주 쥐어져 있었다.

"아버지를 잘 알고 계셨어요? 전에 아버지와 항해하신 적이 있었나요?"

"아니오."

"아버지는 그때까지 병을 앓고 계셨나요? 항해중, 또는 당신이 아덴에서 타기 전에……."

다시 잠깐 망설임이 있었다. 조금 뒤 패치는 문득 정신을 차리는 듯했다.

그는 믿어지지 않는다는 말투로 중얼거렸다.

"아니, 병을 앓지는 않았소. 회사에서 아무런 연락이 없었나 보군요. 참 한심한 일이로군. 나는 곧 무전으로 회사에 보고했지만 회답이 없었소. 당신에게는 물론 통지한 줄 알았는데."

"아버지는 어떤 상태였나요? 돌아가시기 전의 아버지에 대한 걸 이야기해 주세요. 부탁이에요. 실은 아버지를 만난 것이……." 그녀의 애원하는 목소리의 끝이 희미해져 들리지 않게 되더니, 갑자기 훨씬 똑똑한 목소리로 말했다. "당신은 아버지의 모습과 풍채를 말씀해 주실 수 있지요?"

패치는 눈썹을 약간 찡그렸다.

"네, 바라신다면……." 떨떠름한 말투였다. "하지만 질문의 참뜻을 잘 모르겠군요."

"어떤 모습이셨는지, 그것만 말해 주시면 되는 거예요."

"알았소. 그럼, 말해 보지요. 그는 몸집이 작았습니다. 아주 작아서, 아무래도 풍채가 그리 좋은 편은 아니었지요. 햇볕에 타서 얼굴이 불그레했소. 이마가 대머리졌지만, 모자를 쓰고 브리지에 서면 훨씬 젊어보여서……."

"대머리?" 깜짝 놀란 목소리였다.

"그렇소. 그리고 흰 머리카락도 얼마쯤 있었소." 패치가 퉁명스럽게 말했다. "태거트 양, 선장은 노인인데다 오랫동안 열대지방에 있었으므로 어쩔 수가 없었소."

"아버지는 머리카락이 아름다웠어요." 그녀는 기를 쓰고 설명했다. 그녀는 아버지의 5년 전 사진에 얽매어 있었다. "숱이 많고 아름다운 머리였어요. 당신 이야기를 들으니 아버지는 마치 노인이 된 것 같군요."

"당신이 있는 그대로 말하라고 했잖소." 패치는 기분이 언짢은 듯이 말했다.

"하지만 믿어지지 않아요." 그녀의 목소리가 갑자기 달라졌다. 잠시 뒤 그녀는 창백한 얼굴을 번쩍 들고 그를 쳐다보며 말했다. "아직 또 뭔가 있겠지요? 아직 저에게 말하지 않은 것이?"

"없소, 안심하시오." 패치는 쑥스러운 듯이 중얼거렸다.

"아니에요, 있어요. 저는 알고 있어요." 그녀의 목소리가 갑자기 히스테리컬한 울림을 띠었다. "어째서 아버지는 아덴에서 편지를 보내지 않았을까요? 언제나 가는 곳마다 보내주었는데…… 이런 식으로 돌아가시고, 배는 가라앉아버리다니…… 지금까지 단 한 번도 배를 가라앉힌 적이 없었어요."

패치는 갑자기 얼굴이 굳어지며 성난 표정으로 그녀를 노려보았다. 그리고 느닷없이 내게로 몸을 돌렸다.

"그만 가봐야겠소."

패치는 몸을 휙 돌려 두 번 다시 그녀 쪽을 보지 않고 서둘러 나가버렸다.

문 닫히는 소리에 태거트 양은 얼른 몸을 돌려 커다란 눈에 눈물을 가득 담고서 닫힌 문을 멍하니 바라보았다. 그리고 나서 갑자기 의자에 털썩 주저앉아 머리를 감싸 안았다. 흐느낌의 발작으로 그녀의 온 몸이 흔들렸다.

뭔가 도움이 되어줄 수 없을까 생각하면서 나는 기다렸다. 차츰 어깨의 떨림이 가라앉았다.

나는 상냥하게 말했다.

"5년이란 오랜 세월이지요. 그는 자기가 알고 있는 사실을 이야기하는 수밖에 없었던 겁니다."

그녀가 난폭하게 말했다.

"그가 여기 있는 동안 제가 계속 느끼고 있었던 것은 그런 게 아니에요."

그녀는 입을 다물고 손수건을 꺼내 얼굴을 토닥토닥 두드리기 시작했다. 이윽고 그녀는 낮은 목소리로 말을 이었다.

"용서하세요. 제가 어리석었어요. 제가 마지막으로 아버지를 만났을 때는 아직 어린 학생이었어요. 제가 지니고 있는 아버지의 인상은 아마 약간 로맨틱한 것이겠지요."

나는 태거트 양의 어깨에 손을 얹었다.

"마지막으로 본 아버지의 모습을 그대로 생각하고 있으면 좋지 않겠소?"

그녀는 벙어리처럼 고개를 끄덕였다.

"차를 좀더 들겠소?"

"아니, 됐어요." 그녀는 일어났다. "이만 실례하겠어요."

그녀가 너무도 어쩔 줄 몰라했기 때문에 나는 위로하듯이 물었다.

"뭐 도와드릴 건 없소?"

"아니, 아무것도 없어요."

그녀는 방긋 미소지어 보였으나 그것은 다만 입술의 움직임에 지나지 않았다. 그녀는 쩔쩔매고 있는 것만이 아니었다. 속으로는 빨간 살이 벗겨져 화끈거리고 있는 것이다.

"가지 않으면, 혼자 어딘가로 가지 않으면……." 지쳐 빠진 듯한 목소리로 재빨리 말하며 그녀의 손이 자동적으로 내밀어졌다. "안녕, 폐를 끼쳐드렸어요."

우리 두 사람은 손을 마주 잡았다. 그리고 그녀는 떠나버렸다. 잠시 그녀의 발소리가 판자를 깐 갑판 위에 울리더니 이윽고 배와 안벽(岸壁)의 소음 속에 나 혼자 남겨졌다. 둥근 창 너머로 반짝 얼굴을 내민 햇살을 받아서 축축하게 빛나는 생말로의 잿빛 성벽이 보였다. 시가지의 오랜 성벽으로, 독일군이 남기고 간 폐허에 충실하게 옛 모습으로 다시 세워진 건물들의 새로운 돌의 배치와 지붕이 내다보였다. 그녀가 돌층계 길을 건너가고 있었다. 선객들도, 지나가는 프랑스 인도, 요새풍 옛 도시의 투박한 아름다움도 눈에 들어오지 않는 듯 소녀시절부터 품어온 아버지의 추억에 잠겨 조그맣고 예쁜 모습이 재빨리 걸어가고 있었다.

나는 창문에서 떨어져 쓸쓸하게 의자에 앉아 담배에 불을 붙였다. 크레인, 뱃전 사다리, 레인코트 차림의 뱃손님들, 파란 덧옷에 바지를 입은 프랑스 인 부두 노동자들, 모든 것이 여느 때와 너무도 똑같아서 밍키 암초와 메리디어 호는 희미한 꿈처럼 느껴졌다.

그때 플레이저 선장이 들어왔다.

"그런데 대체 어떻게 된 일이지요? 당신은 알고 있습니까? 승무원들은 그가 퇴선을 명령했다고 주장하고 있답니다."

그의 파란 눈은 호기심을 노골적으로 드러내고 있었다.

내가 아무 말도 하지 않자 그는 다시 말을 이었다.

"한 사람뿐 아니라 모두 다 그렇게 말하고 있답니다."

나는 아까 패치가 한 말을 생각해 냈다. '비겁한 놈들, 모두 한패가 될 작정인 게지⋯⋯ 어떻게든 자기들의 행위를 변명해야 하기 때문이오.'

어느 쪽 말이 옳을까. 패치?, 아니면 승무원들? 내 마음은 곧 좌초했을 때 그가 바다와 바위의 황량한 벌판 한가운데서 키를 놓던 순간으로 돌아갔다.

"당신은 진상을 조금이나마 알고 있을 거요, 샌스 씨."

나는 다시 플레이저를 의식했다. 그리고 패치가 지금 맞닥뜨리고 있는 시련을 처음으로 분명히 깨달았다. 나는 정신을 가다듬고 새삼스러운 모습으로 의자에서 일어났다.

"아무것도 모르오." 나는 이 사나이에게서 번져오는 패치에 대한 적의 같은 것을 알아차리고 얼른 덧붙였다. "다만 그가 결코 승무원들에게 보트로 옮겨 타라는 명령을 하지 않은 것만은 확실합니다."

이것은 이성적인 판단에서 나온 말이라기보다 차라리 직감적인 것이었다. 그러고 나서 나는 호텔을 찾아 뭍으로 오르겠다고 말했는데, 그는 배에서 머물도록 강력히 권했다. 그는 벨을 눌러 종업원을 부르더니 나를 위해 선실을 준비하도록 시켰다.

나는 건지 섬으로 가는 비행기를 타기 전에 다시 한 번 패치를 만났다. 생말로에서 약 4, 50킬로미터 서쪽 펨포르 부두 바로 옆에 있는 작은 사무실에서였다. 여러 척의 어선들이 성벽을 따라서 수심 두세 길 되는 곳에 모여 있었다. 술통 같은 판자를 깐 밑바닥은 모두 거무스름했으며, 화려한 색깔의 돛대 끝을 흔들며 잡역부들처럼 서로 톡톡 치고 있었다. 그리고 뱃도랑의 수면에서는 잔물결이 출랑거리면서 주름을 짓고 있었다. 다시 꽤 강한 바람이 불고 있었기 때문이다.

생말로에서 나를 태우고 온 경찰차가 다가가자, 사무실 이름이 붙은 창문에 패치가 보였다. 겨우 얼굴만 보였는데, 몸뚱이에서 떨어져 나온 유령처럼 창백했다. 그는 죄수처럼 창 밖의 바다를 바라보고 있는 참이었다.

"이리로 오십시오."

바깥쪽에 대기실을 겸한 사무실이 있고, 벽 주위로 긴 의자가 잇달아 가지런하게 놓여 있었다. 거기에 열 두세 명의 남자들이 앉아 있었다. 모두 말이 없고 감정을 잃은 근심스러운 얼굴들이었다. 마치 물에서 떠내려와 닿은, 버린 짐짝 같았다. 메리디어 호의 살아남은 승무원임을 나는 직감했다. 아무도 말을 하지 않았지만 빌려 입은 옷이 조난을 대신 말해주었다. 그들은 겁에 질려 어쩔 줄 모르는 양떼처럼 서로 바싹 다가붙어 앉아 있었다. 몇 사람은 분명 영국인이었지만, 다른 사람들은 어느 나라 사람인지 확실히 알 수가 없었다.

그런 잡다한 무리 속에 한 사람, 오직 한 사람이 유난히 눈에 띄었다. 소의 목과 머리를 가진 들짐승 같은 거한으로, 뼈가 굵은 몸에 살이 뒤룩뒤룩했다. 받침대 위의 소상(塑像)처럼 크게 두 다리를 벌리고 우뚝서서 두툼한 큰 손을 바지 허리춤에 찔러 넣고 있었다. 바지에는 폭넓은 가죽 띠를 맸는데, 그 가죽 부분이 소금에 절어 뿌옇게 보였다. 커다란 네모 놋쇠 버클이 녹색으로 변해 있었다. 두 손을 거기에 찔러 넣고 있는 건 고무 타이어 같은 커다란 비곗덩이가 가죽 띠 사이로 비어져 나오는 것을 막기 위해서일까? 옷——그에게는 너무 작은 파란 셔츠와 너무 짧은 파란 바지——은 빌려 입은 모양이었다. 넓적다리에서 다리로 갈수록 불테리어(불독과 테리어의 잡종개)의 허리부터 뒷다리까지처럼 끝이 가늘어졌으므로 그 거대한 술통 같은 몸집의 무게를 못 이겨 금방이라도 쓰러질 것만 같았다.

그는 가로막듯이 내 앞으로 다가왔다. 부싯돌처럼 단단하고 차가운 눈동자가 아래눈꺼풀이 축 늘어진 눈에서 깜박이지도 않고 나를 바라보았다. 무슨 말을 할 생각인 것 같아 걸음을 멈추었으나 말을 걸지는 않았다. 그때 경관이 안쪽 사무실로 통하는 문을 열었기 때문에 나는 안으로 들어갔다.

안으로 들어가자 패치가 창가에서 몸을 돌렸다. 아무 표정도 없는 얼굴이었다. 네모지게 자른 창으로 들어오는 빛을 배경으로 머리와 어깨의 윤곽만이 뚜렷해 보였다. 나에게 보인 것은 큰길에 있는 사람들과 저쪽 뱃도랑에서 쉴 새 없이 움직이는 어선들뿐이었다. 항구의 해도가 걸린 빛바랜 벽에 서류용 캐비닛이 바싹 다가붙어 한줄로 늘어 놓여 있고, 구석에는 큰 구식 금고가 있었다. 바깥 빛을 받아 어수선한 책상 앞에 머리털이 엷어지기 시작한 흰 족제비 같은 작은 사나이가 눈을 반짝이며 앉아 있었다.

"샌스 씨지요?"

그는 뼈가 불거진 창백한 손을 내밀었으나, 인사를 하기 위해 일어서지는 않았다. 의자 팔걸이에 소나무 지팡이가 기대어져 있는 것을 나는 알아차렸다.

"오시라고 해서 죄송합니다만, 부득이한 일이었습니다." 그는 손짓으로 의자를 권하고 동판 같은 예쁜 글자가 가득 씌어 있는 자기 앞의 종이를 바라보며 물었다. "당신은 요트에서 메리디어 호로 옮겨 탔더군요, 그렇지요?"

"네, 그렇습니다." 나는 고개를 끄덕였다.

"요트의 이름은?"

"시 위치."

그는 눈썹을 조금 찌푸리고 아랫입술을 가볍게 깨물면서 천천히 아주 또박또박 써넣기 시작했다. 쇠로 만든 펜 끝이 종이 위를 사각사각 움직였다.

"그리고 당신 이름은?"

"존 헨리 샌스." 나는 한 자 한 자씩 말했다.

"주소는?"

나는 은행 이름과 장소와 번지를 가르쳐주었다.

"됐습니다. 당신이 메리디어 호에 탔을 때는 승무원이 퇴선하고 얼마쯤 지났던가요?"

"10시간 내지 12시간입니다."

"그리고 선장님은?" 그는 패치에게로 흘끗 눈길을 돌리며 물었다. "아직 배에 있었습니까?"

나는 고개를 끄덕였다. 보안관이 몸을 앞으로 내밀었다.

"그리고 또 한 가지 묻고 싶은 것이 있습니다. 패치 선장께서 승무원에게 퇴선을 명령했는지 안 했는지, 당신 의견으로는 어떻게 생각하십니까?"

나는 패치 쪽으로 눈을 돌렸다. 그는 여전히 창을 등지고 있어 윤곽만이 보였다.

"뭐라고 말할 수가 없군요. 나는 그 자리에 없었으니까요."

"그것은 물론 알고 있습니다. 그러니까 당신 의견을 말해 주시면 됩니다. 그것을 듣고 싶은 겁니다. 무슨 일이 있었는지 아시겠지요? 그가 말해 주었을 테니까요. 당신은 그 배에서 몇 시간이나 필사적인 몸부림을 치며 보냈습니다. 두 사람 다 죽는 게 아닐까 하고 생각했을 것입니다. 어떤 일이 있었는지 그 점에 대해 당신이 자신의 의견을 가질 수 있을 만큼 그가 이야기해 주지 않았습니까?"

"네, 우리는 그다지 말을 하지 않았습니다. 그럴 틈이 없었지요."

줄곧 배 안에 함께 있으면서 이야기할 틈이 없었다는 게 이상하게 들릴 것 같았으므로 나는 곧 우리 두 사람이 해야 했던 일을 말해 주었다.

보안관은 계속 조그마한 머리를 끄덕이고 있었으나, 그런 것은 듣고 싶지 않다는 듯 좀 지루해하고 있었다. 이윽고 내가 이야기를 마치자 그는 얼른 다시 물었다.

"그런데 당신은 어떻게 생각하십니까? 내가 묻고 싶은 건 그것입니다."

이제는 나도 배짱으로 나갈 수밖에 없었다.

"네, 패치 선장이 승무원들에게 퇴선을 명령하지 않은 것은 확실하다고 생각합니다."

나는 곧 말을 이어 그가 혼자 배 안에 남아 선실 화재를 끈 것만 보아도 그렇게 했으리라 생각할 수 없다고 설명했다. 내가 말하고 있는 동안 계속 쇠로 만든 펜 끝이 서류 위를 사각사각 달렸다. 말을 마치자 보안관은 기록한 것을 주의 깊게 되읽어보고 나서 내 쪽으로 내밀어 주었다.

"프랑스 어를 읽을 수 있겠지요, 샌스 씨?"

나는 고개를 끄덕였다.

"그럼, 거기 씌어 있는 것을 읽고 진술서에 서명해 주십시오."

그는 펜을 건네주었다. 나는 그 기록을 훑어본 뒤 서명을 하고 나서 말했다.

"미리 말해 두지만, 나는 현장에 없었기 때문에 무슨 일이 있었는지 확실히 알 수는 없습니다."

"물론이지요." 그는 패치 쪽으로 눈길을 돌리며 물었다. "지금 한 증언에 뭔가 덧붙이고 싶은 것이 있습니까?"

패치가 고개를 내젓자 그는 몸을 앞으로 내밀었다.

"아시겠습니까, 선장님? 이로써 당신은 승무원에 대해——하급승무원도 포함해서——아주 중대한 고발을 할 수 있게 되었습니다. 이긴스(히긴스를 말함. 프랑스식으로 발음하여 H가 발음이 되지 않음) 씨는 당신이 그에게 퇴선명령을 내렸다고 증언하였고, 키잡이 율스 씨도 당신이 명령하는 소리를 들었다고 단언하고 있으니까요."

패치는 아무 말도 하지 않았다.

"아무래도 그들을 이리로 부르는 게 좋을 것 같군요. 그러면 확실히……."

패치가 주먹으로 책상을 내리쳤다.

"안 돼! 안 된다고 말했잖소!" 패치는 책상 쪽으로 두 걸음 성큼

다가서서 덮어 누르듯이 소리쳤다. "그 두 사람 앞에서는 증언할 수 없소, 거절하오!"

"분명 뭔가 이유가 있겠지요?"

"안 된다고 하잖소! 당신은 내 증언을 들으면 그걸로 끝나는 거요, 결국 곧 해난심판이 있을 테니까. 그때까지는 어느 누구도 승무원들 앞에서 나를 반대신문하지 말아주오."

"그러나 어떤 사건으로 그들을 고발하는지 자신은 알고 있겠지요?"

"물론 알고 있소."

"그렇다면 나도 물을 권리가……."

"안 되오! 내 말이 들리지 않소? 그래봐야 헛일이오!"

그는 주먹으로 또 책상을 쾅 내리쳤다. 그는 갑자기 나에게로 몸을 돌렸다.

"자, 한잔하러 가지 않겠소? 이처럼 지저분한 곳에 너무 오래 있어서……."

그는 내 팔을 잡아당겼다.

"뭘 우물쭈물하고 있소, 한잔하지 않고서는……."

나는 흘끗 보안관을 바라보았다. 그는 어쩔 수 없다는 듯 두 손을 벌리고 어깨를 으쓱해 보일 뿐이었다. 패치는 문을 열고 바쁜 걸음으로 바깥 사무실로 나갔다. 그는 옆도 보지 않고 그곳에 모인 사람들 사이를 마치 아무도 없는 듯이 빠져나갔다. 그러나 내가 뒤따라갔을 때 아까의 그 덩치 큰 사나이가 앞을 가로막았다.

"잠깐! 거기서 무슨 말을 지껄였지?" 그는 쑥 나온 뱃속에서 증기를 뿜어 올리듯 껄끄러운 목소리로 캐물었다. "그는 절대로 퇴선을 명령하지 않았다고 말했지? 그렇게 말했지?"

나는 사나이를 밀치고 지나가려 했으나, 들짐승의 앞발 같은 엄청나게 큰 손이 확 내 팔을 움켜잡았다.

"자, 말해 봐! 그렇게 말했지?"

"그렇다!"

그러자 그가 손을 놓으며 눈을 부릅떴다.

"나쁜 놈! 대체 네 녀석이 뭘 알고 있다는 거지, 응? 우리가 보트에 옮겨 탔을 때 그 자리에 있기라도 했단 말인가?"

그는 사납게 웃었다. 내 코끝에 바싹 다가댄 수염투성이 얼굴이 소금과 얼룩으로 회색이었다. 난파당한 사람치고는 이상하게 명랑한 표정이었다.

"현장에 있었나 보구먼, 응?"

그는 나무통에 기름이 내번지듯 자신 있는 태도를 보이며, 핏발선 작은 눈이 두 개의 굴조개처럼 번쩍번쩍 빛났다. 그리고 재미있지도 않은 자신의 농담에 멋없는 미소를 지었다.

"물론 같이 있지는 않았지만, 그러나 나는 결코……"

"하지만 우리는 현장에 있었어!" 그의 목소리가 높아지며 작은 눈이 내 등 뒤에 반쯤 열려 있는 문 쪽으로 달렸다. "우리는 현장에 있었기 때문에 어떤 명령이 내려졌는지 알고 있는 거야!" 그것은 안 사무실에 있는 프랑스 보안관에게 들려주려는 듯한 말투였다. "배에 실은 짐의 반이 폭발물인데 화재가 났으니 적절한 명령이었지. 그때 우리는 그렇게 생각했어. 나도, 라이스도, 기관장 영감도, 다른 사람들도 말이야."

"만일 그것이 적절한 명령이었다면 어째서 패치 선장이 혼자 배에 남아서 불을 끄게 되었지?"

"아, 그건 그에게 묻는 게 좋겠지."

그는 몸을 돌려 패치를 쳐다보았다.

패치가 큰길 쪽으로 난 문에서 천천히 되돌아왔다.

"무슨 말을 하고 싶은가, 히긴스?" 그가 물었다. 그 목소리는 부드러웠으나 조금 떨렸으며, 두 주먹이 불끈 쥐어져 있었다.

"사람은 한 번 한 짓을 반드시 또 되풀이하는 법이지." 히긴스는 두 눈에 승리감을 반짝반짝 빛내며 말했다.

나는 패치가 그를 때리리라고 생각했다. 히긴스도 그렇게 생각했던 모양이다. 그가 상대와의 거리를 재면서 뒤로 물러났기 때문이다. 그러나 패치는 때리지 않았다.

"자네는 살인죄로 교수형을 받아 마땅해. 라이스와 다른 사람들을 마치 권총을 들이대고 쏘아죽이듯 뚜렷한 수법으로 죽였으니까."

패치는 이를 악문 입으로 말하더니 몸을 홱 돌려 문으로 갔다.

그러자 히긴스가 버럭 화를 내며 그의 등에다 욕설을 퍼부었다.

"심판에서 그런 말은 통하지 않아. 당신에겐 전과가 있으니까!"

패치는 얼굴이 하얗게 질려 돌아서서 거기 있는 가엾은 작은 무리들을 둘러보며 몸을 떨었다. 그의 눈이 그들의 얼굴 하나하나로 옮겨져갔다.

"버로스!" 그는 까다롭고 닳아빠진 표정의 키가 큰 사나이를 똑바로 바라보며 말했다. "내가 퇴선명령을 내리지 않았다는 것은 자네가 너무도 잘 알고 있을 걸세."

사나이는 패치를 쳐다보지 않고 우물쭈물 발의 위치를 바꾸었다.

"내가 아는 것은 전성관에서 나온 명령뿐입니다." 그는 작은 목소리로 중얼거렸다.

그들은 모두 겁을 먹고 불안한 듯 눈길을 떨어뜨리고 있었다. "율스!" 패치의 시선이, 여위고 땀투성이가 된 얼굴에 두리번거리는 눈을 지닌 몸집이 작은 사나이에게로 가 멎었다. "자네는 키를 잡고 있었다. 내가 브리지에서 어떤 명령을 내렸는지 들었겠지? 어떤 명령이었나?"

사나이는 흘끗 히긴스를 바라보며 망설였다. "보트를 뱃전 밖으로 내고 모두 퇴선준비를 한 다음 대기하라고 명령했습니다." 그는 작은 목소리로 말했다.

"거짓말쟁이!" 패치가 다가가려고 하자 히긴스가 앞으로 나섰다. 그러자 율스가 "당신이 하는 말은 알 수가 없군"이라고 갑자기 경멸하는 투로 덧붙였다.

패치는 거친 숨을 내쉬며 한순간 그를 노려보았다. 그러더니 빙글 몸을 돌려 빠른 걸음으로 나갔다. 내가 뒤따라 나가자 그가 큰길에서 기다리고 있었다. 온 몸을 떨며 힘이 다 빠진 표정이었다.

"잠을 좀 잘 필요가 있겠소." 나는 말했다.

"필요한 건 술이오."

우리는 말없이 광장 쪽으로 걸어가 특제품 팬케이크를 선전하는 작은 카페에 앉았다.

"돈 가진 것 있소?" 그가 물었다.

플레이저 선장이 좀 빌려주었다고 말하자 그는 고개를 끄덕였다. "나는 난파선 뱃사람으로 영사관에 맡겨진 몸이오. 술까지 손에 들어올 리가 없지." 그는 코냑을 주문한 다음 갑자기 덧붙였다. "마지막 유해가 올라온 것은 새벽 두 시였소."

그의 얼굴은 메리디어 호에 있을 때처럼 무서웠다. 깨끗이 수염을 깎은 창백한 얼굴에 턱의 납빛 상처 자국이 한층 더 두드러져 보였다.

내가 담배를 건네자 그는 떨리는 손으로 불을 붙였다.

"그들은 레더르돌스 만 앞바다에서 격조(激潮 : 거꾸로 흐르는 조류의 충돌에 의해 일어나는 거센 물결)에 휘말린 거요."

술이 나오자 그는 단숨에 들이켜고 다시 두 잔을 더 주문했다.

"하필이면 그것이 라이스가 탄 보트였단 말인가?"

그는 손바닥으로 무섭게 테이블을 내리쳤다.
"만일 그것이 히긴스의 보트였다면……"
그는 한숨을 쉬며 다시 입을 다물었다.
나는 그 침묵을 깨뜨리지 않았다. 그에게는 그런 침묵이 필요하리라고 생각했다. 그는 술을 천천히 두 잔째 마시면서 뭔가 결심하려고 애쓰는 듯 가끔 나를 바라보았다.
바깥의 작은 광장은 삶의 활기에 차 있었다. 경적을 울리며 오가는 차의 소음, 바쁘게 지나가는 프랑스 사람들의 재빠른 흥분된 말소리, 그 속에 앉아 코냑을 마시며 자신이 살아 있다고 느끼는 것은 멋진 일이었다. 그러나 내 마음은 메리디어 호에 대한 일을 뿌리칠 수가 없었다. 나는 앞에 앉아 있는 패치를 바라보기도 하고, 그의 술잔을 들여다보기도 하며 내가 올라타기 전 그 배에서 어떤 일이 있었을까 생각했다. 그리고 그 사무실 안에서 뱃도랑을 바라보고 있던 한 무리의 생존자들을 머리에 그려보았다.
"히긴스가 당신에게 전과가 있다고 말했는데, 그게 뭐지요? 벨 아일 호에 대한 이야기인가요?"
그는 얼굴을 들지 않고 고개를 끄덕였다.
"어떤 사건이었소?"
"암초에 부딪쳐 선체가 부서지고…… 세상 사람의 입에 올랐던 것뿐이오. 상당한 돈이 얽혀 있었지만, 그런 건 대단한 일이 아니오."
그러나 그것이 대단한 일이라는 건 그 자신도 알고 있었다. 그는 그런 일이 같은 사람의 일생에 두 번이나 일어날 리가 없다고 줄곧 중얼거렸다.
"벨 아일 호와 메리디어 호 사이에는 어떤 관계가 있지요?"
"무슨 뜻이오?" 그가 얼른 눈을 들며 물었다.

"말하자면……." 그가 빤히 바라보는 앞에서 그런 이야기를 하는 것은 쉽지 않았다. "너무도 이상한 일이잖소! 승무원들은 당신이 퇴선을 명령했다고 하고, 당신은 명령하지 않았다고 하니…… 그리고 태거트 선장과 선주 델리메어의 죽음……."

"델리메어?" 그의 목소리가 갑자기 거칠어져서 나는 몸이 부르르 떨렸다. "델리메어가 이 일과 무슨 관계가 있소?"

"별로, 그러나……."

"자, 어려워하지 말고 말해 봐요. 그밖에 또 어떤 생각을 하고 있었소?"

"그 화재는……." 이것은 오랫동안 내 마음 속에 달라붙어 있던 의문이었다.

"내가 불을 지르지 않았느냐고 묻고 싶은 거요?"

그 질문에 나는 깜짝 놀랐다. "농담 마시오, 설마……."

"그럼, 무슨 뜻이오?" 그의 눈은 분노와 의혹에 차 있었다.

나는 그가 너무 지쳐 있어 제대로 대답할 수도 없는 것일까 하고 생각했다.

"나로서는 다만 이해가 가지 않는 거요. 어째서 당신은 화재를 끄고도 펌프를 걸려고 하지 않았지요? 나는 처음에 당신이 보일러를 계속 때고 있었던 걸로 생각했었소. 그런데 보일러는 손을 댄 흔적이 없었소."

나는 잠시 입을 다물었다. 그의 얼굴에 떠오른 이상한 표정에 자신이 좀 흔들렸기 때문이었다. "당신은 그동안 무엇을 하고 있었소?"

"귀찮게 구는군!" 그의 눈이 갑자기 불타올랐다. "그게 당신과 무슨 상관이오?"

"아무 상관도 없소. 다만……."

"그럼, 뭐요? 뭘 알고 싶소?"

"다만 그 석탄가루, 당신이 석탄가루투성이였으므로 나는 그렇게 ……." 그의 주먹이 불끈 쥐어지는 것을 보고 나는 얼른 덧붙였다. "호기심을 갖지 말라는 것은 무리요."

그의 몸에서 천천히 힘이 빠졌다. "하긴 그렇겠지." 그는 빈 잔을 바라보았다.

"미안하오. 너무 지쳐 있었기 때문에…… 다른 뜻은 없소."

"한 잔 더 하겠소?"

그는 고개를 끄덕였다.

술이 나올 때까지 말이 없더니 이윽고 다시 입을 열었다.

"당신에게는 아무것도 숨기지 않고 말하겠소. 나는 지금 도저히 빠져나갈 수 없는 궁지에 몰렸소."

그는 나를 보지 않았다. 자기 잔에 눈길을 떨어뜨리고 잔을 천천히 돌리며 술이 안쪽에 달라붙는 것을 지켜보고 있었다.

"히긴스 때문이오?"

그는 고개를 끄덕였다. "그 점도 있소. 히긴스는 거짓말쟁이고 악당이오. 그러나 그것을 증명할 수가 없소. 그는 처음부터 이 사건에 가담해 있었던 거요. 그러나 그것도 증명할 수가 없소."

그가 갑자기 나에게로 눈을 돌렸다.

"아무래도 다시 한 번 메리디어 호에 가봐야겠소."

"메리디어 호에?"

그가 그 일을 자기 책임으로 생각하는 것이 이상하게 느껴졌다. 그래서 나는 다시 물었다.

"분명 회사 쪽에서 준비를 갖추어……."

"회사?" 그는 비웃었다. "만일 회사에서 밍키 암초에 배가 있는 것을 알면……." 그는 느닷없이 화제를 돌려 나의 스케줄을 물었다. "당신은 해난구조사업에 흥미가 있어 요트를 잠수작업선으로 개조한다고 말했었지요?"

나는 그가 선실에서 술과 피로로 몽롱해 있을 때 그 이야기를 했는데, 아직도 기억하고 있으므로 깜짝 놀랐다.

"장비는 모두 갖춰져 있겠지요? 송기(送氣) 펌프라든가 잠수복이라든가……."

"우리는 애쿼렁(잠수용 수중호흡기) 잠수 전문이오."

그가 갑자기 흥미를 보이자 내 마음은 앞날에 가로놓인 여러 가지 문제로 돌려졌다. 직업전환, 배의 꾸밈, 처음 직업으로서 해난구조를 시작하는데 필요한 여러 가지 일들.

"지금까지 계속 생각하고 있었는데……." 패치는 대리석 테이블을 성급하게 두들기며 말했다. "당신의 그 요트를 고쳐 꾸미는데 시간이 얼마쯤 걸리겠소?"

"약 한 달." 나는 대답했다. 그 순간 퍼뜩 느껴지는 것이 있었다. "설마 메리디어 호로 당신을 데려가 달라는 건 아니겠지요?"

그는 나를 다시 바라보았다.

"아무래도 되돌아가야겠소."

"하지만 대체 왜, 회사 쪽에서 해난구조 준비를 할 텐데 왜……."

"회사 따윈 아무래도 좋소!" 그는 위협적인 태도로 말하며 내 쪽으로 몸을 내밀었다. "배가 거기 있다는 것도 아직 모르고 있소. 나는 무슨 일이 있어도 꼭 가야 하오."

"그러나 왜?"

그의 눈이 차츰 내 얼굴에서 멀어져갔다. 그는 낮은 목소리로 말했다.

"그건 말할 수가 없소. 나는 해난구조업자는 아니오. 그러나 뱃사람이기 때문에 그 배가 다시 뜰 수 있다는 건 알고 있소."

"쓸데없는 말은 그만두시오. 이번에 폭풍을 만나게 되면 완전히 가라앉고 말 거요. 아마 부서져버리겠지."
"나는 그렇게 생각지 않소. 침수는 되겠지만, 가라앉지는 않을 거요……. 간조 때면 갑판에서 펌프로 배수가 될 테고, 틈을 완전히 막으면……."
그는 잠시 망설였다.
"이건 장삿속으로 이야기하고 있는 거요. 그 배가 거기에 있다는 걸 아는 사람은 당신과 나뿐이오."
"농담은 그만두시오!"
너무도 무모한 이야기여서 나는 기가 막혔다. 해난구조업에도 법규가 있어, 비록 메리디어 호가 떠오를 수 있다 하더라도 배를 구조하기 위해서는 선주와 보험회사와 짐 주인 등 모든 관련 당사자들과의 협정이 필요하다는 것을 그는 모르고 있는 모양이었다.
"잘 생각해 보오." 그는 결심이 선 듯이 내 팔을 잡으며 말했다. "고깃배가 지나다 거기서 그 배를 발견하기까지는 몇 주일이 걸릴 거요. 당신 도움이 필요하오, 샌스. 뱃머리 쪽 선실에 들어가 봐야 하오. 내 눈으로 확인해야 하오."
"무엇을?"
"그곳에 물이 찬 것은 우리 배가 내항성이 없었기 때문이 아니오. 적어도 나는 그렇게 믿고 있소. 그러나 그것을 직접 증명해 내야 하오."
내가 아무 말도 하지 않자 그는 테이블 위로 몸을 내밀고 가만히 나를 지켜보았다. 단호하게 결심이 선 눈이었다.
"만일 당신이 도와주지 않는다면," 목소리가 거칠어졌다. "달리 힘이 되어줄 사람이 없소. 내가 목숨을 구해주었잖소? 당신은 밧줄 끝에 대롱대롱 매달려 있었지. 기억하고 있소? 그때 내가 구해준 거요. 이번에는 내가 도와달라고 부탁하고 있소!"

나는 잠시 망설이면서 광장 쪽으로 눈을 돌렸다. 그가 그토록 고민하고 있는 일이 무엇인지 알 수가 없었다. 그러자 그때 나를 펨포르까지 데리고 온 경찰차가 길가에 멈춰섰다. 경관이 내리더니 카페로 들어왔다. 나는 이제 됐다는 생각으로 경관을 지켜보았다.

"만일 예정대로 비행기에 타고 싶으시면……."

경관은 경찰차 쪽으로 고개를 끄덕여보였다.

"물론이오." 나는 일어났다. "미안하지만 이제 가봐야겠소."

패치가 물끄러미 나를 쳐다보고 있었다.

"당신의 영국 주소는 어디요?"

나는 리밍턴에 있는 조선소 이름을 가르쳐주었다. 그는 찡그린 얼굴로 고개를 끄덕이며 자기의 빈 잔으로 눈길을 떨어뜨렸다. 나는 행운을 빈다는 말을 하고 밖으로 나왔다.

"잠깐만!" 패치가 불러 세웠다. "당신이 거래하는 은행이 있겠지요?"

내가 고개를 끄덕이자 그는 주머니를 더듬어 포장된 물건을 꺼내더니 테이블 위로 던졌다.

"이걸 보관해 주지 않겠소?"

"뭐지요?" 나는 그것을 집어 들면서 물었다.

패치는 엉거주춤 손짓을 했다.

"대단찮은 개인 서류요. 그들 손에 넘어가면 없어질 염려가 있소." 그는 나에게로 눈을 돌리지 않고 덧붙였다. "다음에 만날 때 받겠소."

나는 만나러 와도 헛일이라고 말하고 싶어 잠깐 머뭇거렸다. 그러나 패치는 의자에 깊숙이 몸을 묻고 생각에 빠져 있는 듯했다. 바짝 여위어 소름끼칠 정도로 처참했으며, 몹시 지친 표정이었다.

"좀 자는 게 좋겠소." 나는 말했다.

그러자 이 말에 패치는 다시 메리디어 호로 되돌아갔다. 그는 아무 대답도 하지 않았다. 얼굴을 들지도 않았다. 나는 물건을 주머니에 집어넣고 경찰차 쪽으로 갔다. 내가 차를 타고 떠날 때도 그는 여전히 그 자리에 앉아 테이블 위로 고개를 숙이고 있었다.

 두 시간 뒤 나는 비행기를 타고 바다 위에 높이 떠 있었다. 바다는 물결 모양의 얇은 납종이 같았고, 오른쪽 날개 끝에서 저 멀리로 온통 흰 반점이 흩어진 해역이 있었다.

 옆자리에 앉아 있던 프랑스 인 사나이가 내 앞으로 몸을 내밀고 창밖을 바라보았다.

 "저기 보십시오, 저것이 밍키 암초랍니다." 그는 문득 내가 영국인이라는 것을 알아차렸는지 열적은 미소를 보이며 덧붙였다. "물론 잘 모르시겠지요, 저기에는 많은 바위들이 있답니다. 정말 많은 바위가 있지요, 수없이 많이. 여행은 비행기가 안전합니다. 이것 보십시오!" 그는 프랑스 신문을 꺼내 내 손에 쥐어주었다. "아직 못 보셨습니까? 정말 끔찍한 일이 아닙니까? 무서운 일입니다!"

 사진이 숙 나와 있는 지면이었다. 패치, 히긴스, 그리고 다른 생존자들의 사진과 바다 위에 떠 있는 시체 하나와 바위에 밀려올라온 난파 잔해물들을 검증하는 사진이었다. 그 머리에 굵고 시커먼 활자로 '영국 유기선(遺棄船)의 수수께끼'라는 표제가 큼직하게 붙어 있었다.

 "재미있지 않습니까? 그건 정말 이상한 이야기인 것 같습니다. 그 사람들은······." 그는 동정하는 태도로 혀를 찼다. "이 근처 바다가 얼마나 무서운지 모르시겠지만, 정말 대단한 곳이랍니다."

 나는 웃음을 터뜨리고 싶은 충동을 이기지 못해 빙긋 미소지었다. 저 아래 밍키 암초에 있을 때 어떠했는지 이야기해 주고 싶은 생각이 자꾸만 났다. 그러나 나는 기디언 패치 선장이 당국에 한 진술을 읽어보았다. 그리고 문득 그의 진술 가운데 메리디어 호의 위치에 대한 얘기가 없다는 것을 깨달았다. 배는 바위에 얹혀 있어 물에 잠기지 않았다는 말도 하지 않았다.

"…… 그 배가 거기에 있다는 걸 아는 사람은 당신과 나뿐이오."

그의 말이 떠올라서 나는 신문을 가만히 내려다보며 메리디어 호 사건은 아직 끝나지 않았다는 것을 문득 깨달았다.

"이상한 사건이 아닙니까?"

나는 고개를 끄덕였으나 이제 미소짓고 있지는 않았다.

"네, 정말 이상하군요."

제2부 심판

1 강 속에 또 한 척의 회사 소유 선박이……

메리디어 호 실종사건에 대한 정식 심판은 5월 3일 월요일 사우샘프턴에서 열리기로 결정되었다. 운송부 심리로서는 이례적으로 빠른 것이었는데, 나중에 알려진 바에 따르면 이것은 관련된 각 보험회사의 급한 요청에 의해 앞당겨진 것이라고 한다. 보험금이 막대하여, 이 문제가 처음부터 가장 중요한 쟁점이 되었다.

샌프란시스코의 HB & KM 보험회사에서 보낸 F.T. 스네터튼 씨가 우리를 찾아온 것은 리밍턴에 도착하여 2, 3일밖에 지나지 않았을 때였다. 그의 조사 대상은 싱가포르에 있는 '스' 무역회사에서 부친 짐이었다. 나는 그 내용에 대해 증언할 수 없었다. 배 밑 짐싣는 곳에 내려가 본 일도 없었고, 패치가 짐에 대해 이야기한 일도 없었기 때문이다.

주위는 굉장히 시끄러웠다. 시 위치 호는 막 조선대(造船臺)에 끌려가 뱃도랑의 일꾼들이 점검하기 위해 용골의 볼트를 뽑았으며, 마이크와 나는 낡은 엔진을 떼어내고 있는 참이었다. 나는 그를 해안

거리로 데리고 가서 차분히 이야기를 나눌 수가 있었다.

"이해해 주시기 바랍니다, 샌스 씨." 그는 열심히 설명했다. "나는 그 짐이 '스' 무역회사가 말한 물건과 똑같다는 것을 확인해야 합니다. 말하자면 짐 목록을 만들어야 합니다. 그 짐의 내용에 대해 뭔가 보고 짐작한 게 없습니까? 잘 생각해 보십시오, 어떠했습니까?"

그는 눈부신 햇살에 눈을 깜박이면서, 이 절박한 문제로 상당히 흥분해 있는 듯 몸을 내밀었다.

나는 창고로 통한 검사용 해치를 세 번 내려간 일이 있다고 이야기했다. 그리고 꺼멓게 탄 원면의 모습을 자세히 설명했다.

그러자 그는 몸이 달아서 고개를 내저었다.

"내가 관심을 가지고 있는 것은 항공기용 엔진입니다. 다만 항공기용 엔진뿐입니다."

항공기용 엔진에 대해서는 처음 듣는 얘기였다.

"그 배에 폭발물을 싣고 있었다는 말을 듣긴 했습니다만……."

"아니, 아닙니다! 항공기용 엔진입니다."

그는 보트가 죽 늘어서 있는 부잔교 난간에 걸터앉았다. 서류가방을 든 검은 양복의 말쑥한 신사였으므로, 전혀 어울리지 않는 듯한 느낌이었다. 그는 사무적인 말투로 설명을 이었다.

"배 자체는 그다지 중요하지 않습니다. 기껏해야 고철값 두 배면 될 테니까요. 그리고 원면은 캘커타에 있는 보험회사가 계약한 겁니다. 우리가 걱정하고 있는 것은 항공기용 엔진입니다. 미국이 한국전쟁 때문에 저장해 두었던 것까지 포함해서 모두 148기(基), 보험계약금은 2만 9600파운드입니다. 그만한 물건이 배가 가라앉을 때 틀림없이 실려 있었다는 것을 확인해야 합니다."

"어째서 실리지 않았을지도 모른다는 의심을 갖게 되었지요?"

나는 물었다.

그는 흘끗 나를 쳐다보고 서류가방을 만지작거리며 머뭇거리더니 이윽고 대답했다.

"좀 난처한 이야기입니다. 그러나 당신은 이해관계가 있는 사람도 아니고…… 아마 설명하면 뭔가 생각해 내는 데 도움이 될지도 모르겠군요. 하찮은 일, 무심코 흘려보낸 이야기 같은 것을 말입니다."

그는 또 흘끗 나를 보았다.

"보험금 지급청구가 들어오고 얼마 안 되어 아덴에 있는 우리 회사 직원으로부터 보고가 왔습니다. 스티머 포인트에 있는 술집에서 애덤스라는 사나이가 메리디어 호에 실은 짐에 대해 이야기를 했는데, 그 말에 따르면 배가 침몰될 당시 거기에는 원면밖에 없었던 것 같다는 겁니다. 이것은 극비니까 그렇게 아시기 바랍니다."

이어서 그는 뭔가 참고될 만한 세밀한 점을 생각해 낼 수 없겠느냐고 물었다.

"48시간이나 그 배에 있었다면 짐에 대해 뭔가 알고 있으리라고 생각되는데요."

"강풍이 불고 있었소. 게다가 배가 가라앉기 시작해서……."

"네, 물론 그랬겠지요. 그러나 패치 선장과 이야기를 나누었을 게 아닙니까? 당신들은 위험한 시기를 줄곧 같이 지냈으니까요. 그런 상황에 놓이면 인간이란 하고 싶지 않은 이야기까지 하게 마련이지요……."

그는 이런 식으로 말을 흘려보내며 끊임없이 안경 속에서 나를 바라보고 있었다.

"그는 정말 짐에 대해 아무 말도 하지 않았습니까?"

"그렇습니다."

"안타깝군요!" 그가 나직이 말했다. "나는 꼭……."

그는 어깨를 으쓱하며 일어섰다.

나는 배에 실은 짐이 나중에 없어지거나 하는 일이 있으리라고 생각하느냐고 물었다. 그는 나를 쳐다보았다.

"막대한 금액이 관련된 물건에는 무슨 일이든 일어날 수 있지요, 샌스 씨."

나는 패치가 벨 아일 호에 대해 이야기할 때 똑같은 말을 했던 것을 생각해 냈다. 그때 갑자기 스네터튼이 메리디어 호에서 패치와 함께 있는 동안 그가 다른 배 이름을 말한 적이 있느냐고 물었다.

"그런 일은 없었소." 나는 얼른 대답했다.

만일 벨 아일 호에 대한 걸 알고 싶다면 누구든 다른 사람에게서 듣는 것이 좋으리라. 그러나 그는 쉽사리 물러서지 않았다.

"그런 일이 없었단 말이지요? 이 점은 분명히 해두고 싶습니다, 샌스 씨. 아주 중대한 문제가 될지도 모르니까요."

그는 내 눈 속을 들여다보았다.

"분명하게 대답했잖소!" 나는 짜증스럽게 말했다.

"패치 씨는 한 번도 다른 배의 이름을 말하지 않았습니까?"

지긋지긋했다. 이런 데까지 찾아와 패치가 한 말에 대해 나를 다그칠 권리가 어디 있단 말인가? 나는 분명히 부인했다. 그리고 만일 패치가 관계했던 배에 대해 알고 싶다면 그에게 가서 직접 물어보는 게 어떠냐고 덧붙였다.

그는 가만히 나를 지켜보았다.

"패치 씨가 타고 항해한 배에 대해 물은 게 아닙니다."

"그럼, 어떤 배지요?"

"트레 아눈지아타 호. 자, 잘 생각해 보십시오. 패치 선장이 트레 아눈지아타 호라는 이름을 말한 적이 있습니까?"

"아니, 절대로 없소." 나는 안도감과 노여움을 느꼈다. "트레 아눈지아타 호가 이번 사건과 무슨 관계가 있습니까?"

그는 잠시 망설였다.

"좀 미묘한 문제라서…… 짐작이 가시겠지요? 상당히 억측이 많습니다."

그러나 그는 갑자기 마음을 정했는지 불쑥 말했다.

"델리메어 상선회사가 가진 배는 두 척뿐이었습니다. 메리디어 호와 트레 아눈지아타 호. 메리디어 호가 원면을 싣기 위해 양곤에 입항했을 때 트레 아눈지아타 호 또한 양곤강에 있었습니다."

그는 흘끗 시계를 보고 일어섰다.

"지금으로서는 더 이상 폐를 끼칠 생각이 없습니다."

우리는 이윽고 몸을 돌려 조선대 쪽으로 돌아가기 시작했다. 부잔교 깔판 위를 건너고 있을 때 그가 말했다.

"솔직히 말씀드리지요, 이것은 어떤 상황 아래에서는 충분히 일어날 수 있는 문제입니다." 그는 우물쭈물 말을 더듬더니 기분을 바꾸어 고개를 저으며 덧붙였다. "지금 양곤 주재원의 보고를 기다리고 있지만…… 정말 난처한 일입니다, 샌스 씨. 트레 아눈지아타 호는 이미 중국에 팔려버렸거든요, 즉 죽(竹)의 장막 저쪽으로 모습을 감춘 겁니다. 배뿐만 아니라 승무원까지 모두 말입니다. 그리고 애덤스도 없어졌습니다. 잔지바르로 가는 다우(아라비아 돛단배)를 타고 떠난 것은 거의 확실하지만, 그와 연락이 닿으려면 몇 주일이 걸리겠지요. 그리고 메리디어 호에서 일어난 두 차례의 화재와 델리메어 씨의 행방불명 사건이 있습니다. 무전실에서 화재가 나다니, 좀 이상한 일이지요. 더구나 델리메어 씨는 해군에 복무한 적이 있는 사람입니다. 자살 가능성은…… 아시다시피 조그마한 회사는 경영이 어려운 수도 있어서……"

그는 서류가방을 다시 겨드랑이에 꼭 끼웠다.

"내가 말하려는 뜻을 아시겠지요, 샌스 씨? 그 자체는 보잘것없는 것이지만 모두 합치면⋯⋯."

그는 의미심장하게 흘끗 나를 바라보았다.

"까다로운 것은 시간적인 요소입니다. 우리 HB & KM 보험회사는 태평양 지역에 사업을 확장하기 위해 비상한 노력을 기울이고 있습니다. 그리고 짐주인 스 씨는 싱가포르의 실력자로서, 동양 여러 항구에 상당한 영향력을 가지고 있습니다. 그는 경우에 따라서는 보험금 지급청구 문제를 빨리 끝낼 필요가 있다고 생각하고 있지요."

그는 어깨를 으쓱했다.

조선대의 경사면에 이르자 그는 잠시 걸음을 멈추고 시 위치 호 선체의 곡선을 유심히 바라보더니 우리의 잠수계획과, 사용할 애쿼렁과, 작업이 가능한 물깊이 등에 대해 여러 가지로 물어보았다. 그가 굉장히 흥미를 느끼는 것 같았으므로 나는 우리가 지중해에서 난파된 유조선에서 자잘한 물건들을 끌어올려 자금을 만든 일이며, 그리고 앞으로 위벌로 만 도싯 해안 앞바다에서 난파한 LCT(미군의 전차 상륙용 주정)와 씨름할 예정이라는 것을 이야기해 주었다.

그는 성공을 빈다면서 명함을 주었다.

"말씀드린 문제에 대해 잘 생각해 보시기 바랍니다, 샌스 씨. 만일 뭔가 생각나거든 부디 이리로 연락해 주십시오."

메리디어 호 실종사건이 어떤 방향으로 발전하고 있는지 겨우 이해하게 된 것은, 스네터튼이 떠나고 나서 그가 한 말을 잘 생각해 볼 시간이 생긴 뒤의 일이었다. 스네터튼 말고도 앞으로 여러 사람들이 이야기를 들으러 올 것이다. 그는 폭풍이 몰아치기 전의 산들바람에 지나지 않는다. 지금까지 읽은 신문보도에서는 모두들 배가 당연히 침몰된 것으로 보고 있었다. 스네터튼도, 시 위치 호로 이곳에 내가 도착했을 때 만나러 온 두 명의 신문 기자도 마찬가지였다. 다들 배는 침몰된 것으로 생각하고 있었다. 그러나 언젠가는 그들도 이 문제를 캐기 시작할 것이므로 그전에 패치를 만나 배의 위치를 숨기고 있는 이유를 들어볼 필요가 있었다.

그것은 어떤 식으로든 그의 지난 경력과 관련이 있으리라고 생각되었기 때문에 이틀 뒤 해상보험업자와 조난구조계약에 서명하기 위해 런던에 나간 길에 벨 아일 호에 대해서 두세 가지 조사해 보았다.

벨 아일 호는 약 10년 전 싱가포르 북동쪽 아난배스 제도에서 난파되었다. 그때의 기록에는 '완전파손'이라고 씌어 있었다. 선장 이름은 기디언 S. 패치. 심판은 싱가포르에서 행해졌는데, 법정은 이 배의 좌초 원인이 선장의 과실에 있다고 보고 그의 해기사(海技士)면허증을 5년 동안 정지한다는 판결을 내렸다. 그뿐이었다. 자세한 기록은 없었다. 그러나 로이드(세계 해상보험업의 중심지. 런던에 있는 같은 이름의 해상보험회사) 해사부에 근무하며 동아시아 방면 전문 담당 친구와 이야기해 본 결과, 그 좌초는 계획적인 것이었다는 내용의 추한 소문이 사건이 일어난 뒤에 나돌았다는 사실을 알았다. 그 배에는 굉장히 많은 액수의 보험금이 걸려 있었다.

마침 세인트 메리 거리 바로 옆에 있었으므로 델리메어 상선회사 사무실을 들여다보기로 했다. 물론 그런 종류의 회사를 구경해 보고 싶은 호기심도 있었지만, 그보다 패치와 연락할 수 있는 방법을 알고 싶었다.

사무실은 하운즈디치 거리 끝에 있었으며, 작은 무역회사가 많이 들어서 있는 우중충한 빌딩 5층이었다. 들어가 보니 책상과 가스 스토브가 하나씩 있고, 서류용 캐비닛이 몇 개 들어찬 답답하고 작은 방이었다. 하나뿐인 타자기는 덮개가 씌워진 채 놓여 있었고, 먼지투성이 창문으로 다닥다닥 붙은 굴뚝 꼭대기의 통풍 토관이 보였으며, 그 너머로 하얀 타일을 붙인 큰 빌딩의 뒷벽이 보였다. 선반 위에 벨

이 있고 흩어진 서류에 뒤섞인 델리메어 상선회사의 용지에는 공동경영자로서 J.C.B. 델리메어와 한스 군데르센, A. 페트리의 이름이 적혀 있었다.

벨을 누르자 안쪽 사무실 문이 열리며 가슴이 풍만하고 얼굴이 통통한 여자가 나타났다. 검정 드레스에 싸구려보석을 잔뜩 달고 있었는데, 금발은 틀림없는 진짜였으므로 깜짝 놀랐다.

내가 이름을 말하자 금발 아가씨는 반색을 했다.

"어머나, 당신이 메리디어 호에 타고 계셨던 샌스 씨인가요? 그럼, 도움이 되어주실지도 모르겠군요."

아가씨는 안쪽 사무실로 안내했다. 그곳은 훨씬 밝았다. 크림 색 벽에 빨간 양탄자, 녹색과 은백색의 커다란 철제책상이 있었으며, 주로 프랑스 신문에서 오려낸 신문 조각이 널려 있었다.

"지금 그의 사고 진상을 밝혀내려 하고 있던 참이랍니다. 델리메어 씨 말이에요."

금발 아가씨는 한쪽 옆에 있는 책상 위의 사진으로 눈길을 보냈다. 그것은 어깨까지 나온 사진으로, 연필로 그린 듯 가느다란 콧수염 아래 작은 입이 꼭 다물어져 있는 딱딱한 느낌의 주름이 깊은 얼굴이었다.

"그를 잘 알고 계십니까?"

"네, 물론. 함께 이 회사를 세웠으니까요. 군데르센 씨가 가담한 뒤부터는 완전히 달라졌지요. 본사가 싱가포르로 옮겨갔기 때문이랍니다. 델리메어 씨와 나는 런던 지점을 관리하고 있었지요."

그 말투에는 어딘지 개인적인 감정이 담겨 있었다. 그녀는 곧 나에게 여러 가지 질문을 하기 시작했다. 델리메어가 실종된 사실에 대해 패치 선장이 뭐라고 이야기했는가? 생존자인 누군가와 이야기해 본 일이 있는가?

"그는 해군에 복무한 적이 있어요. 그러니까 그런 식으로 바다에 떨어지는 일은 없을 거예요!" 그녀의 목소리가 약간 떨렸다.

그러나 나에게서 그녀가 모르는 사실은 아무것도 알아낼 수 없다는 걸 알자 곧 흥미를 잃었다. 그래서 나는 패치가 있는 곳을 물었으나, 그녀는 알지 못했다.

금발 아가씨는 말했다.

"사흘쯤 전에 보고서를 내러 왔었어요. 금요일에 또 올 거예요. 그 날 군데르센 씨와 만나기로 되어 있으니까요."

나는 내가 있는 곳의 주소를 가르쳐주고 패치에게 연락하도록 전해 달라고 부탁한 뒤 그곳을 나왔다. 그녀는 문 앞에까지 따라 나왔다.

"당신이 왔다고 군데르센 씨에게 이야기하지요." 아가씨는 얼른 쾌활한 미소를 지으며 말했다. "틀림없이 흥미를 가질 거예요."

'군데르센 씨'! 아마도 억양 때문이겠지만, 그녀가 그를 좀 못마땅해하고 있는 듯한 인상을 받았다.

나는 군데르센을 만나게 되리라고는 전혀 생각지도 않았는데, 금요일 오후 뱃도랑에 딸린 사무실 직원이 조선대로 와서 런던의 페트리 부인에게서 전화가 왔다고 말했다. 약간 쉰 듯한 목소리를 듣고 나는 곧 그녀인 줄 알았다. 군데르센이 싱가포르에서 비행기로 도착했는데, 나를 만나고 싶어한다는 것이었다. 그는 내일 사우샘프턴에 갈 예정이니, 11시에 뱃도랑으로 찾아가도 좋겠느냐고 물었다.

나는 거절할 수가 없었다. 그는 멀리 싱가포르에서 왔으며, 자기 회사 배의 조난사건에 대해 가능한 한 알 권리가 있다고 생각되었기 때문이다. 그러나 나는 스네터튼이 무심코 말해 준 여러 가지 일들을 생각하고 불안한 기분이 들었다. 그리고 내 시간과 정력을 모두 시 위치의 개조에 쏟고 있었으므로 나는 마이크와 둘이 여러 해 동안 난파선을 찾아다니며 계획하고 고투해 온 이 일에서 마음을 빼앗기는 것이 무엇보다도 못마땅했다. 또한 그에게 무슨 이야기를 해줄 것인지도 걱정되었다. 조난 지점이 아직 아무에게도 밝혀지지 않은 사정을 어떻게 설명하면 좋을까?

이튿날 아침 일찍 패치가 런던에서 전화를 걸어왔다. 그는 내 말을 전혀 듣고 있지 않았다. 나는 그가 나에게 맡긴 물건——아직 시 위치 호 서류가방에 자물쇠를 채워 간직해 둔 그 물건——때문에 전화한 줄 알았다. 그러나 그것이 아니었다. 군데르센에 대한 일이었다. 군데르센이 나를 만나러 왔었냐고 묻기에 11시에 오기로 되어 있다고 하자, 그는 다행이라면서 주의해 둘 일이 있어 어제 저녁 연락을 하려고 했는데 안 되었다고 말했다.

그는 다시 말을 이었다.

"메리디어 호가 있는 곳을 아무에게도 말하지 않았겠지요?"

"아직."

나는 누구에게도, 마이크에게조차 말하지 않았다.

"스네터튼이라는 사람이 만나러 왔었소? 해상보험회사의 조사원 말이오."

"그렇소."

"그에게도 말하지 않았소?"

"물론. 그는 묻지도 않았소. 배는 침몰한 걸로 알고 있더군요. 당국에도 아직 알리지 않았소? 그렇다면 이제 그럭저럭 때가 된 걸로 생각하는데……"

"지금은 그리로 갈 수가 없소. 꼭 만나야 할 사람이 있어서…… 그리고 월요일에는 운송부에 가야 하오. 그러나 화요일에는 당신을 만나러 가게 될 거요. 그때까지 아무 말도 하지 않겠다고 약속해 주겠소?"

"하지만 배의 위치를 숨기는 목적이 뭐요?"

"만나서 이야기해 주겠소."
"군데르센에게는 뭐라고 하면 좋겠소?"
"적당히 말해 주시오. 그러나 배의 위치만은 결코 말해선 안 되오. 아무에게도 말하지 마시오. 제발 부탁이오, 샌스."
"알았소." 나는 어정쩡한 기분으로 대답했다.
그는 내 말을 듣자 고맙다며 전화를 끊었다.
1시간 뒤 군데르센이 찾아왔다. 직원이 달려와 뱃도랑 지배인 사무실에서 그가 기다리고 있다고 알렸다.
운전사가 딸린 커다란 리무진이 밖에 세워져 있었다. 안으로 들어가자 군데르센이 담배를 피우며 책상 앞에 앉아 있고, 지배인이 그 앞에 거북한 듯 잠자코 서 있었다.
군데르센이 물었다.
"당신이 샌스 씨인가요?"
그러면서도 그는 손을 내밀지도 일어서지도 않았으며, 아무 동작도 하지 않았다. 지배인은 마음 놓고 사무실을 써달라고 말하더니 도망치듯 나갔다.
문이 닫히자 곧 군데르센이 말했다.
"내가 이곳에 온 까닭은 알고 있겠지요?" 그는 내가 고개를 끄덕이기를 기다렸다.
"어제 패치 선장을 만났소. 당신은 메리디어 호에서 마지막 48시간 동안 그와 함께 있었다더군요. 그래서 우리 배에서 어떤 일이 있었는지 당신이 보고 들은 것을 듣고 싶어서 왔소. 사건의 처음부터 끝까지, 세밀한 점까지 처음부터 차례로 빠짐없이 이야기해 주겠소, 샌스 씨?"
나는 모든 것을 다 이야기해 주었다. 다만 패치의 자잘한 행동과 마지막에 있었던 일은 빼놓았다. 그는 완전히 침묵한 채 귀를 기울이며 한 번도 끼어들지 않았다. 볕에 그을린 길쭉한 얼굴의 눈썹 하나 까딱하지 않았으며, 표정의 그림자도 보이지 않았다. 뿔테안경 속의 눈이 내가 말하는 동안 내내 가만히 지켜보고 있었다.

그 뒤 그는 몇 가지 질문을 했다. 침로와 풍력과 시동을 건 시간의 길이에 대한 단도직입적이고 현실적인 질문이었다. 우리가 겪은 시련 따위는 그에게 아무 의미도 없는 듯했으며, 몹시 차가운 사람이라는 인상을 받았다.

마지막으로 그는 차분히 말했다.

"내가 알고 싶어하는 것이 무엇인지 당신은 아직 모르는 것 같군요, 샌스 씨. 내가 알고 싶은 것은 배가 가라앉은 정확한 위치요."

그의 어렴풋한 사투리가 아까보다 귀에 거슬렸다.

"당신은 당시의 현장 사정을 모르고 있는 것 같군요. 내가 말할 수 있는 건 다만 배에 올라탔을 때 로슈 도블 암초 가까이에 있었다는 것뿐입니다."

이윽고 그는 일어났다. 아주 키가 큰 몸집에 반들반들한 감으로 지은 밝은 빛깔의 양복을 미국식으로 풍성하게 입고 있었다. 손가락에 낀 도장반지가 파르스름한 4월 햇빛을 받아 번쩍 빛났다.

"당신은 아주 비협조적이군요, 샌스 씨. 당신도 패치 선장도 퇴선 당시의 배 위치를 말할 수 없다는 것은 아무래도 이상하오."

그는 잠시 내 반응을 살펴보았다.

"히긴스와도 이야기했소. 그는 선장면허는 갖고 있지 않지만 경험이 풍부한 선원이오. 당신도 흥미가 있으리라고 생각되므로 말해 두겠는데, 히긴스가 풍력과 가능한 표류 거리와 조류를 바탕으로 계산해 낸 바에 따르면 메리디어 호의 마지막 난파 위치는 패치 선장이 생각하고 있는 장소보다 상당히 떨어진 동쪽이 된다는 거요. 뭔가 할 말이 없소?"

그는 창문을 등지고 서서 나를 바라보았다.

"아무것도 없소." 나는 그의 태도에 짜증이 나서 좀 무뚝뚝하게 말했다. 그래도 그가 가만히 바라보며 기다리고 있어 다시 말을 계속했다. "참고로 말해 두지만, 군데르센 씨, 나는 이 사건과 아무 관계도 없소. 당신 배에 탄 것은 한낱 우연에 지나지 않으니까요."

군데르센은 잠시 대답이 없었다. 조금 뒤 그는 입을 열었다.

"글쎄요…… 그건 두고보면 알 수 있겠지요. 어찌 됐든 당신과 이야기해서 수확은 있었소. 엔진이 움직이고 있었던 시간의 길이와 그동안 잡은 항로로써 조금이나마 짐작이 갔으니까. 그 위치를 대충 짐작할 수 있을 것 같소."

그는 잠깐 말을 끊었다.

"지금까지 이야기한 것에 덧붙이고 싶은 건 없소, 샌스 씨?"

"아무것도."

"좋소."

그는 모자를 집어 들었다. 그리고 잠시 생각에 잠겨 있었다.

"이곳 지배인의 이야기를 듣자니, 당신은 조난구조사업에 관심이 있는 모양이더군요. '샌스 덩컨 주식회사'라는 회사를 설립한다고요?"

그는 나를 빤히 바라보았다.

"참고삼아 말해 두겠는데, 패치라는 사람은 과거가 좋지 못하니까 주의하는 게 좋을 거요. 공교롭게도 델리메어 씨는 해사(海事) 관계 문제에 경험이 없었소. 그래서 주위에서 반대하는데도 그 사람을 고용했고, 그 결과 이런 사고를 내게 된 거요."

"그는 배를 구하려고 최선을 다했소!" 나는 발끈해서 소리쳤다.

처음으로 그의 얼굴이 움직였다. 한쪽 눈썹이 치켜 올라갔다.

"그건 승무원을 혼란 상태에 빠뜨려 보트로 퇴선시킨 다음의 일이오, 나도 앞으로 정확한 동기를 파악해야겠지요. 만일 당신이 이 점을 혼동하고 있다면……."

그는 모자를 썼다.

"만일 뭔가 제공할 정보가 있거든 사보이 호텔로 연락해 주시오."

그는 사무실을 나갔다. 나는 자신이 어떤 위험에 말려들고 있다는 불안감을 느끼며 그의 차가 떠나는 것을 바라보았다.

이 불안은 끈질기게 따라붙어 일에도 지장을 주었으므로 패치가 도착했을 때 나는 그다지 동정적인 기분이 아니었다. 이미 우리는 시위치 호에서 거처할 수 있게 되었기 때문에 그가 배로 오는 것이 늦어져 저녁에 도착하여 다행이었다. 나는 그가 충분히 휴양을 취하여 얼굴 주름도 펴졌을 것으로 생각하고 있었다. 그러나 만나고 보니 여전히 바짝 여위고 지친 표정이었으므로 깜짝 놀랐다. 배 안에는 꾸미기 시작한 칸막이벽에 검사용 램프가 한 개 켜져 있을 뿐이었다. 그 환하게 번쩍이는 불빛 아래에서 보니 그는 소름끼칠 만큼 여위었으며 얼굴빛이 창백했다. 그리고 입 꼬리가 신경질적으로 실룩거리고 있었다.

우리는 식당 테이블에서 연장과 나무토막을 치우고 그를 앉게 한 다음 마실 것과 담배를 주었다. 그리고 내가 마이크를 소개했다. 물 타지 않은 럼주를 그는 단숨에 비우고, 오랜만에 담배를 피우는 듯 깊숙이 빨아들였다. 그의 옷이 너무도 낡고 해졌으므로 델리메어 상선회사가 과연 그에게 월급을 주고 있는 것인지 의아해했던 기억이 난다. 이상하게도 그는 곧 마이크와 친해져 이야기를 나누었다. 그리고 군데르센이 무엇 때문에 왔으며 뭐라고 말했는지 질문을 퍼부었다.

나는 사정을 이야기해 주고 곧 덧붙였다.

"군데르센은 뭔가 짐작하고 있소. 그런 냄새를 풍기고 있었소."

나는 잠시 입을 다물고 그가 만나서 해주겠다던 이야기를 꺼내기를 기다렸다.

"히긴스가 추산해 내리라고는 생각지 못했군." 그는 혼잣말처럼 중얼거렸다.

나는 마침내 화제를 돌렸다.

"그 이야기란 어떤 거요?"

"그 이야기?"

그는 멍하니 나를 쳐다보았다.

"설마 내가 정당한 이유도 모르고 선주와 보험회사 등 그 배에 금전적인 이해관계를 가진 사람들을 모조리 끌어넣게 될 이상야릇한 연극에서 한 역할 맡아 해줄 것으로 생각지는 않겠지요? 내 의무는 명백한 것이오. 당신이 이 중요한 정보를 밝히지 않는 이유를 말하든가, 아니면 내가 당국에 말하든가 둘 중 하나요."

비밀을 감추려는 완고한 표정이 그의 얼굴을 덮었다.

"그 배가 밍키 암초 한복판에 좌초되어 있다는 것이 금방 드러날 텐데 어째서 침몰한 것처럼 보이려고 하지요?"

"침몰한 뒤 조류에 의해 거기까지 밀려간 거라고 말할 수도 있을 거요." 그는 낮은 목소리로 말했다.

"그야 그렇지만 사실은 그렇지 않잖소."

나는 담배를 피워 물고 그와 마주앉았다. 그는 이제 그런 이야기에는 진절머리가 난다는 듯한 태도였다.

나는 좀 부드럽게 다시 말했다.

"나는 해상보험에 대한 강습을 받은 일이 있어 선박이 실종된 다음의 수속을 알고 있소. 이제 그럭저럭 담당자가 사건 관계자들로부터 선서증언을 받기 시작할 무렵이오. 선서하게 되면 나로서도 모든 사실을 털어놓지 않을 수……."

"당신에게 선서증언을 요구할 수는 없소." 그는 재빨리 가로막았다. "당신은 배의 관계자가 아니니까."

"그러나 나도 배에 있었소."

"그건 우연이었소. 당신은 아무것도 증언할 의무가 없소."

그는 마치 더 이상 상대하지 않겠다는 듯한 몸짓으로 머리카락에 손가락을 찔러 긁어 올렸다. 나는 테이블 위로 몸을 바싹 내밀었다.

"그러나 만일 선서하고 진술해야 할 경우에는…… 한번 내 처지가 되어 생각해 보오. 당신은 그날 펨포르에서 나에게 어떤 일을 제안했소. 당신이 현재 배가 있는 위치를 선주에게 보고하는 의무를 게을리 할 경우 완전히 부정거래가 되는 일을 말이오. 그런데 군데르센이 눈치를 채고……."

그는 커다랗게 웃음을 터뜨렸다. 그 웃음소리 속에는 신경질적인 울림이 담겨 있었다.

"부정거래? 메리디어 호가 어떤 짐을 싣고 있었는지 아오?"

"알고 있소. 항공기용 엔진. 스네터튼이 말해 주었소."

"그리고 델리메어 상선회사의 또 다른 배 한 척이 양곤강에서 나흘 동안 메리디어 호 옆에 있었다는 것도 이야기해 주었소? 그 항공기용 엔진은 지금 중국에 있소. 거액의 돈을 받고 중국인에게 판 거요."

비난이 담긴 자신 있는 말투에 나는 깜짝 놀랐다.

"어떻게 그처럼 단언할 수 있소?"

그는 한순간 망설이며 나를 바라보았다.

"좋소, 이야기하지. 델리메어가 나에게 메리디어 호를 침몰시키면 5000파운드를 주겠다고 말했기 때문이오. 현금으로 5000파운드."

주위가 갑자기 조용해지며 배 밑을 씻는 물소리가 들렸다.

"델리메어가? 정말이오?" 나는 물었다.

"그렇소, 델리메어가!" 그의 목소리에는 노여움과 괴로움이 담겨 있었다. "태거트 노선장이 죽은 뒤의 일이오. 그때 델리메어는 필사적이었소. 급하게 결단을 내려야 할 처지였소. 그런데 마침 악운이 겹쳐 내가 타고 있었던 거요. 그는 내 과거를 알고 있었으므로 쉽사리 매수할 수 있으리라고 생각했던 듯하오."

그는 등을 돌리고 기대앉아 떨리는 손으로 담배를 피워 물었다.

"솔직히 말해서 가끔 그의 제안을 받아들였더라면 좋았을걸 하는 생각이 들기도 하오."

나는 술을 따라주었다.

"그러나 아직 이해가 가지 않소. 왜 메리디어 호의 위치를 숨겨야 하지요? 왜 관계 당국에 모든 사실을 이야기하지 않소?"

그는 돌아앉아 나를 바라보았다.

"만일 군데르센이 배의 위치를 알면 그곳으로 가서 파괴할 것이기 때문이오."

그러나 6000톤이나 되는 배를 그처럼 쉽게 파괴할 수는 없다. 그선 넌센스라고 나는 반박했다. 그리고 그가 당국에 나가 선체 검사를 신청하기만 하면 모두 준비해 줄 것이라고 덧붙였다. 그러나 그는 고개를 내저었다.

"아무래도 내가 직접 가야겠소. 당신 같은 신뢰할 수 있는 사람과 함께."

"결국 지금 말한 그 점에 대해 확신이 없는 모양이군요."

그는 잠시 아무 말 없이 담배를 빨며 술잔을 덮어 누르듯이 몸을 굽히고 가만히 앉아 있었다. 선실의 정적 속에서 그의 날카로운 신경이 느껴졌다. 이윽고 그가 다시 입을 열었다.

"나를 그리로 데려다주었으면 하오. 당신과 덩컨 씨 둘이서."

그는 돌아앉으며 우리 쪽으로 몸을 내밀었다.

"당신은 해상보험회사에 근무한 적이 있지요, 샌스 씨? 따라서 해난구조계약 체결 방법을 알고 있을 거요. 그런데 당신 배는 언제부터 쓸 수 있소?"

"이달 끝 무렵이나 돼야 할 거요." 마이크가 대답했는데, 그 말투에는 이런 일에 끼어들고 싶지 않다는 뜻이 분명히 담겨 있었다.

"이달 끝 무렵이라…… 좋소, 그때쯤 다시 오겠소. 수중 카메라를 가지고 있소?"

내가 고개를 끄덕이자 그는 생기 있는 표정으로 몸을 더욱 앞으로 내밀었다.

"그럼, 앞쪽 창고의 피해 상황도 찍을 수 있겠군. 그 사진과 짐의 사진을 보험회사에 보여주면 큰돈을 벌 거요. 그리고 만일 내 짐작이 틀린다 해도 백만 파운드 상당의 항공기용 엔진이 있을 거요…… 당신들이 크게 발전할 수 있는 큰 사업이 되오. 어떻소?"

그의 눈이 걱정스러운 듯이 재빨리 우리 두 사람을 번갈아보았다.

"그런 제안을 받아들일 수 없다는 건 당신도 잘 알고 있잖소?" 내가 말했다.

그러자 마이크가 옆에서 거들었다.

"이 사건은 모두 당국의 손에 맡겨야 한다고 생각되는군."

"아니, 안 되오! 그렇게 할 수는 없소."

"왜 안 되지요?" 내가 되물었다.

다시 그의 몸에 긴장이 감돌며 땀이 방울져 이마에서 빛났다.

"안 되니까 안 되는 거요! 나는 회사에 대항하고 있소. 나에게는 배를 침몰시킨 전과가 있고, 그들은 사실을 꾸며서라도…… 전에 이미 뼈저리게 경험한 바요. 그리고 히긴스와 승무원들이 있소. 그들은 모두 다 내 적이오."

"그러나 만일 담당관이 조사를 하면……"

"그런 일은 절대로 없소. 담당관을 보낼 리도 없고, 아니, 누구든 마찬가지요."
그는 거칠게 나를 노려보았다.
"아직도 모르겠소? 무슨 일이 있어도 그리로 돌아가야 하오, 내가 직접!"
"도무지 모르겠군. 델리메어의 제안을 거절했으니 아무것도 걱정할 게 없잖소? 왜 밍키 암초에 자신이 스스로 좌초시킨 사실을 숨기려 하오?"
그의 대답이 없어 나는 다시 말을 이었다.
"왜 그 배로 돌아가야만 하지요? 돌아가야 할 뭔가가 그 배에 있는 거요?"
"아무것도 없소, 아무것도……." 그의 목소리는 마음속의 조바심으로 덩달아 떨렸다.
"아니, 있소. 당신을 끌어들이는 뭔가가 있소. 마치……."
"아무것도 없소!" 그는 소리쳤다.
"그럼, 왜 배 위치를 당국에 말하지 않소? 무엇을 두려워하고 있는 거요?"
그의 주먹이 테이블을 내리쳤다.
"그만둬! 꼬치꼬치, 온통 질문뿐이로군. 이제 지긋지긋해!"
그는 벌떡 일어나 우리를 노려보았다. 온 몸을 떨고 있었다.
지금 생각하니 그때 그는 뭔가 하고 싶은 말이 목구멍까지 올라와 있었던 것 같다. 우리에게 말하고 싶었던 모양이다. 그러나 그는 곧 자신을 억눌러버렸다.
"그럼, 도저히 나를 그리로 데려다줄 수 없다는 거로군?" 그 목소리에는 체념의 여운이 담겨 있었다.
"거절하겠소." 나는 말했다.

그는 하는 수 없다고 생각한 듯 얼빠진 모습으로 가만히 테이블을 내려다보고 서 있었다. 나는 그를 다시 자리에 앉히고 술을 따라주었다. 그는 저녁을 먹고 가기로 했다. 아주 얌전해져서 그다지 말을 하지 않았다. 그 뒤로는 더 이상 아무것도 들을 수 없었다. 그는 자기 깍지 속에 틀어박힌 것 같았다. 돌아갈 때 그는 자신이 있는 곳을 가르쳐주었다. 런던에 머물고 있었다. 이달 말쯤 우리 생각이 달라졌는지 어떤지 보러 오겠다고 말했다. 나는 어두워진 뱃도랑 끝까지 그를 배웅해 주고, 조선대에 얹혀 있는 검은 배 그림자 사이를 지나 천천히 우리 배로 돌아왔다.

내가 다시 선실로 돌아갔을 때 마이크가 말했다.

"가엾은 녀석이로군! 배를 침몰시키면 5000파운드 주겠다고 델리메어가 정말 제안했다고 생각하나?"

"알 게 뭔가!"

나는 어떻게 생각해야 좋을지 알 수 없었다. 어쩌면 패치는 정신병자——전에 배를 침몰시켰을 때 받은 충격으로 마음의 균형을 잃어버렸는지도 모른다고 생각되었다.

"그 사람에 대해서 잘 모르니까." 나는 중얼거렸다.

그러나 이것은 사실이 아니었다. 그만한 어려움을 같이 겪고 나면 상대방에 대해 반드시 많은 것을 알 수 있다. 그는 늠름한 사나이였다. 강한 극기력을 지니고 있었다. 존경할 만하다고 생각되는 사람이었다. 밍키 암초로 같이 가겠다고 승낙하고 싶을 정도로…… 그러나 진상 발견만을 그 목적으로 해야 한다.

나는 처음부터 끝까지 마이크에게 이야기해 주었다. 세인트 피터 포트 섬에서 시 위치 호와 다시 만났을 때 못다한 세밀한 일도 죄다 이야기했다. 이윽고 이야기를 모두 마치자 마이크가 말했다.

"만일 배에 실은 짐이 정말로 바꿔치기 되어 있다면 그의 처지가 난처해지겠군."

그 의미는 나도 알고 있었다. 마이크는 보험회사에 대해 생각하고 있었다. 나도 로이드 해사부에 7년이나 근무한 일이 있으므로 그들이 일단 지급청구를 물고 늘어지면 절대로 놓지 않는다는 것을 잘 알고 있었다.

의장 공사를 하는 동안 나는 줄곧 몹시 걱정이 되었다. 그러나 패치가 다녀가고 며칠 뒤 정식 심판 날짜의 통지서를 받았기 때문에 이것으로 모든 일이 해결되겠지 생각하며 스스로 위로하고 있었다.

무리인 줄 알면서도 시 위치 호의 개조를 예정보다 좀더 일찍 끝냈다. 그리고 우리는 4월 27일 화요일에 출범하여 소렌트 뱃길(영국 남부와 웨이트 섬 사이의 뱃길. 영국해협으로 이어짐)까지 엔진을 가동시켜 남하하였다. 거기서 온 돛에 가벼운 북서풍을 받으며 서쪽으로 나아갔다.

그 뒤로 패치를 만나지 못했다. 해협제도로 가는 동안은 순풍일 듯 싶었다. 이런 상태라면 24시간 안으로 밍키 암초에 닿으리라고 생각되었다. 일기예보도 더없이 좋았다. 아조레스 제도(포르투갈 서쪽 바다 멀리 있는 포르투갈령 화산군도) 근처에 고기압이 확장되고 있는 대륙성 날씨였다.

우리는 마이크의 옛 잠수 친구인 이언 비어드를 다시 동료로 끌어들였다. 우리 셋이서 하면 메리디어 호의 창고로 내려가 짐을 조사한 다음 심판 날까지 돌아올 수 있을 것 같았다. 시 위치 호는 가벼운 바람에 흔들리며 새 돛이 햇빛을 받아 하얗게 빛났다. 나는 마이크와 둘이서 오랫 동안 꿈꾸어온 이 사업이 시작된 만큼 의기충천해도 좋을 텐데, 조금도 그렇지 않았다. 배를 개조하는 동안 바빠서 잊고 있었던 갖가지 일들이 바다로 나오자 공교롭게도 곧 생각났기 때문이었다. 패치가 목숨을 구해준 일, 그리고 리밍턴으로 찾아온 날 밤에는 말하지 않았지만 펨포르에서는 나를 살려준 공을 자신도 모르게 내세우지 않을 수 없었던 그의 절박한 모습을 생각해 냈다. 돈을 꾸어 쓰고 깊지 않은 기분이었다.

　더욱이 의리를 다하지 못했다는 느낌뿐만이 아니었다. 두 손을 키에 걸치고 앉아 선체가 파도를 타고 떠오르는 것을 느끼며, 갈라지는 물결이 크림 모양으로 거품을 일으키고 빠져나가는 소리를 들으면서 나는 생각하고 있었다——항로를 남쪽 밍키 암초로 잡지 않고 서쪽 워벌로 만으로 향하는 것은 공포심 때문이 아닐까 하고, 험악한 상태의 밍키 암초를 보아온 나는 마음속으로 그 장소를 몹시 무서워하고 있다는 것을 깨달았다.

　그러나 우스꽝스럽게도 우리가 워벌로 만에서 보낸 나흘 동안은 영국해협에서 보기 드물게 잠수하기 좋은 날씨로 하늘은 맑게 개고 바다는 아주 가벼운 바람에 잔물결이 일고 있을 뿐이었다. 단 하나 나쁜 조건은 물이 차가운 것이었는데, 이것만은 가장 두꺼운 발포고무 잠수복을 입고 있는데도 금방 몸에 느껴졌다.

　그리고 나흘 동안 우리는 침몰해 있는 LCT의 침몰지점을 찾아내어 부표를 달고, 기관실까지 뚫고 들어가 주 엔진을 끌어올리기 위한 길을 만들었다. 아무리 애를 써도 한 달은 걸리지 않을까 걱정했던 작업이었다.

　만일 나에게 도박을 할 만한 배짱이 있었다면, 같은 이유로 메리디어 호의 창고 하나 하나에 침입로를 뚫을 수도 있었다. 나는 시 위치 호의 검은 배 밑 녹색 반투명 물 속으로 들어가 작업을 하면서 가끔 그 일을 생각했다. 그리고 밤에는 그 날의 작업기록을 적는 것이 쑥스럽게 생각되어 우울한 기분으로 잠자리에 들곤 했다.

　일요일에 잠을 깨니 비에 흐린 침침한 새벽이었다. 대서양 일대를 덮은 강한 저기압이 동쪽으로 이동중이라는 일기예보를 듣고 마음이 놓였다. 낮에는 흰 파도가 제법 일었다. 우리는 닻을 올리고 시동을 걸어 강한 서풍을 뚫고 나아가 랠워스 후미로 피난했다.

이튿날 아침 일찍 나는 사우샘프턴으로 떠났다. 그 날은 폭풍우가 휘몰아쳐 후미의 천연개펄(만(灣)의 입구가 모래톱으로 거의 막혀서 생긴 얕은 바다) 언저리에 있는, 손가락을 비틀어 꼬부린 듯한 경사가 급한 백악층 구릉이 내리치는 비에 싸여 음울한 푸른색을 띠었다. 좁은 만 입구로 큰 파도가 겹겹이 밀려들어 후미를 온통 험악한 물결로 뒤덮었으며, 물결은 자갈밭 바닷가에 요란한 소리를 내며 부서지고 있었다. 강한 바람이 구릉 꼭대기에서 후미로 세차게 불어 내려왔으며, 그때마다 바다 위를 거칠게 두들겨 여기저기 갑작스러운 무서운 소용돌이가 일어났다. 근처에는 사람 그림자 하나 없었다. 백악층 분지——예쁜 둥근 모양을 하고 있어 사화산의 불구멍에 물이 괸 것이라고 해도 좋을 듯했다——전체가 인기척 없이 황폐하게 거칠어져 있었다. 다만 크게 흔들리는 시 위치호와 바람에 날리는 종이 쪽지 같은 갈매기가 있을 뿐이었다.

나는 보트를 저어 물가까지 보내준 마이크에게 말했다. "이곳 바다 밑은 닻이 잘 걸리지 않으니까. 이 이상 조금이라도 더 나빠지면 닻 감시원을 세우는 것이 좋겠군."

마이크는 폭풍우용 모자 밑에서 얼굴을 찡그리며 고개를 끄덕였다. "심판에서 그에게 형세가 불리하게 되면 어떻게 할 생각인가?"

"하는 수 없지." 나는 대답했는데, 그 말은 바람 소리를 가르며 냉정하게 울렸다.

나는 몹시 지쳐 있었다. 마이크도 매우 지쳐 있었다고 생각된다. 나흘 동안 있는 힘을 다해 잠수한 뒤였으니까.

"뭔가 하려면 지난 주일에 해야 했어. 리밍턴을 출범했을 때 말일세. 그에게 닥칠 최악의 결과라 할지라도 선장면허를 당분간 정지 당하는 것이 고작이겠지."

마이크는 아무 말도 하지 않았다. 노를 저으며 앞뒤로 율동적으로 움직이는, 기름 먹인 무명으로 만든 그의 노란 비옷이 침침한 빛 속에서 번쩍번쩍 빛났다. 그 어깨 너머로 랠워스의 집들이 회색 뚜껑을 닫은 표정으로 산 중턱에 말없이 서 있었다.

보트가 갑자기 바닥을 쓱 문지르자 되받아치는 물결 속으로 마이크가 뛰어내렸다. 그는 상륙할 준비를 갖춘 내가 발을 적시지 않고 내릴 수 있도록 보트를 물가로 끌어올렸다. 우리는 잠시 비를 맞으며 그곳에 서서 이 보트에 해두어야 할 의장 같은 것들에 대해서 이야기를 했다.

이윽고 내가 몸을 돌려 모래톱으로 오르려고 하자 마이크가 붙들었다.

"말해 두고 싶은 게 있는데, 존……." 그는 우물쭈물 말했다. "내 일이라면 걱정할 것 없네. 어떤 결정이든 자네 자유일세. 어떤 모험이라도 말일세."

"그렇게 말해 주니 고맙군, 마이크. 그러나 아무것도……."

그는 싱긋 웃었다.

"까다로운 이야기를 하려는 게 아니네. 그러나 뭔가 마음속에 간직하고 있는 사람과 일하는 건 질색일세."

말을 마치자 그는 나를 남겨두고 보트를 저어나갔다.

나는 버스가 기다리고 있을 큰길을 향해 바닷가 비탈을 올라갔다.

2 되살아난 죽은 자와 파선

심판법정에 도착한 것은 11시가 가까워서였다. 좀 늦었기 때문에 법정으로 통하는 복도가 텅 비어 있었다. 소환장을 보이자 직원 하나가 안내해 주었다. 법정으로 들어가는 작은 문에 이르렀을 때 그것이 열리며 스네터튼이 나왔다.

"오오, 샌스 씨." 스네터튼은 깜짝 놀라 눈을 껌벅였다. "재미있는 구경거리를 보러 오셨군요?"

"증인으로 온 겁니다."

"그렇습니까? 잠수중에 끌어내어 안됐군요. 워벌로 만의 그 침몰선 인양을 시작하셨다고요?" 그는 잠깐 망설이며 말을 이었다. "저, 실은 우리 회사에서 메리디어 호 사건에 대해 당신으로부터 이야기를 들으려고 진지하게 생각하고 있었답니다. 잠수수사를 할 계획이었지요. 그런데 새로운 정보가 들어와 그럴 필요가 없어졌습니다."

"새로운 정보란 어떤 거지요?"

나는 메리디어 호가 발견된 게 아닐까 싶었다. 4월은 거의 날마다 날씨가 나빴지만, 발견될 가능성은 충분히 있었다.

"이제 곧 알게 될 겁니다, 샌스 씨. 흥미 있는 사건입니다. 아주 흥미 있는……."

그리고 그는 총총히 복도를 걸어갔다.

정리가 문을 열어주어 나는 안으로 들어갔다.

"증인석은 오른쪽입니다." 그가 속삭였다.

낮은 소리로 말할 필요는 없었다. 법정은 소곤거리는 말소리로 가득 차 있었다. 나는 약간 어리둥절하여 문 앞에 서 있었다. 예상보다 훨씬 많은 사람들이 와 있었다. 법정이 가득 차 넘칠 정도였다. 그러나 일반방청석에는 빈자리가 몇 군데 있었다. 여느 재판 때 소환된 배심원들이 대기하는 동안 앉아 있는 자리가 오늘은 증인들로 가득 찼으며, 그중 몇 사람은 배심원석 안에까지 밀려나와 있었다.

패치는 금방 눈에 띄었다. 그는 정면 가까이 앉아 있었다. 얼굴이 여전히 창백하고 굳어 있었으나, 마치 올 것이 왔다고 생각하며 꿋꿋이 거기에 맞설 마음의 준비가 된 사람 같았다. 그의 등 뒤 오른쪽으로 히긴스의 커다란 몸을 중심으로 승무원들이 한덩어리가 되어 있었다. 어색하고 불안한 모습이었으며, 새 상륙복을 입어 딴사람들 같았다. 우리를 구해준 해협횡단 우편선 선장 플레이저도 있었고, 그 뒤에 재니트 태거트의 모습도 보였다. 그녀는 나를 보자 입술을 꼭 다문 채 조금 여윈 얼굴에 언뜻 미소를 지어보였다. 나는 대체 어째서 그녀를 증인으로 불러낼 필요가 있을까 의아스러웠다.

바로 그때 재니트 태거트 양 바로 뒤에서 손짓하는 사람이 있었다. 그가 고개를 내밀었기 때문에 헐이라는 것을 알아보았다. 나는 자리 사이를 비집고 들어가 그 옆에 앉았다.

"여기서 만나게 될 줄은 몰랐는걸." 나는 낮은 목소리로 말했다.

"아주 중요한 증인이지. 잊어버리면 곤란하네. 그 배가 조난하여 내 친한 친구와 누군지는 모르지만 무모한 선장이 타고 있다고 맨 먼저 보고한 사람이 나였으니까."

헐은 곁눈으로 나를 바라보며 미소지었다.

"절대로 어물어물 넘어가지는 않을 걸세. 분명히 말하지만, 이건 기막히게 재미있는 심판이 될 걸세, 존!"

내가 처음 들어왔을 때, 맞은쪽에 있는 사람들이 일어나 이름을 대고 사업종목과 어떤 단체의 대표인가를 말하고 있었다. 놀라우리만큼 많은 사람들이었다. 보험회사 관계자, 선주 관계자, 메리디어 호의 조선소, 선박회사협회, 선박통신사협회, 그 밖의 온갖 단체 대표자들이 와 있었다. 게다가 죽은 태거트 선장의 유족을 대리한 변호사까지 모습을 나타내고 있었다.

심판법정의 분위기는 일반 법정에 비해 무척 자유로워 보였다. 가발도 없고, 법복도 없고, 경관도 없고, 배심원도 없었다. 심판장(재판장에 해당됨)과 세 명의 배석심판관(배석판사에 해당됨)까지 양복을 입고 있었다. 내가 앉은 바로 맞은쪽에 책상이 줄지어 있고, 이해관계 단체의 대리인으로서 출정한 여러 명의 해사보좌인(변호사에 해당함)들이 몰려 앉아 있었다. 그 옆 가까운 증인석은 텅 비었고, 저쪽 기자석에는 신문 기자가 두 사람 앉아 있었다. 우리 쪽에 나란히 놓인 책상에는 재무부 고문과 그

직원, 재무부 법무관과 그 조수들이 차지하고 있었다.

헐이 얼굴을 바짝 다가붙이고 낮은 목소리로 물었다.

"누가 보험회사 보좌인인지 아나?"

나는 고개를 저었다. 법적 대리인에 대해서는 아무 지식도 없었다. 알고 있는 것은 다만 칙선변호사(저위의 단계가 있어서 법무 장관과 법무차관을 최고로 함) 바우엔 로지 씨가 심판장이라는 것뿐이었다.

"라이오넬 폴시트 경이라네. 가장 돈이 많이 드는 변호사지. 의미심장하잖나, 응?"

헐의 파란 눈이 번쩍 빛났다.

나는 흘끗 패치를 내려다보았다. 그리고 나도 저 증인석으로 나가야 할지 모른다는 것, 그리고 모든 보좌인들이 반대신문할 권리를 가지고 있다는 것을 생각하고 있었다.

법정 안의 소곤거리는 말소리는 점차로 줄어들었다. 그때까지 배석 심판관들과 열심히 토론하고 있던 심판장이 몸을 돌려 정면을 바라보며 완전히 정숙해지기를 기다렸다. 그는 개정을 선언했다.

"여러분, 오늘 여기에서 심판이 열리게 된 것은 모두 아시는 바와 같이 기선 메리디어 호 실종사건에 관한 사실심리를 하기 위해서입니다. 실종 당시의 상황만이 아니라 어쩌면 실종요인이 되었을지도 모르는 모든 증거가 되는 사실까지 아울러 심리하는 것이 지금 열리고 있는 심판정의 의무입니다. 따라서 심리범위는 메리디어 호가 요코하마에서 불운한 항해를 떠날 당시의 상태와 배의 내항성, 엔진 상태, 배에 실은 짐의 성질과 상황, 그리고 특히 소화설비 상태에까지 미치게 됩니다. 그리고 심리는 이 해난사고의 원인이 되었을지도 모르는 일, 또 그렇지 않았을지도 모르는 일까지 포함하여 메리디어 호의 운항에 관계 있는 모든 사람들의 행위에까지 미치게 되는 겁니다.

여러분, 이것은 참으로 유감스러운 해난사고입니다. 승무원 32명 가운데 12명, 총인원수의 3분의 2가 넘는 사람들이 그 사고로 목숨을 잃었습니다. 또 선장이 항해중에 죽고, 이 배를 소유하고 있던 회사 관계자가 행방불명된 것으로 보고되어 있습니다. 우리가 이런 심리를 해야 한다는 것은 슬픈 일입니다. 아마 목숨을 잃은 사람들의 유족들도 오늘 이 자리에 나오셨으리라고 생각됩니다. 따라서 나는 이 심판이 그 해난사고의 참된 원인을 밝히는 정식 심판임을 다시 한 번 말씀드림과 아울러 죽은 이들에게 경의를 표하고 이제 아무 증언도 할 수 없게 된 그분들을 이용하는 일이 없기를 간절히 바랍니다. 우리는 이 끔찍스러운 사건을 철저하고 공평무사하게 심리해야 합니다. 이 점을 여기에서 새삼 명심하도록 하는 것이 내 의무라고 생각하는 바입니다."

바우엔 로지는 말을 끊고 몸을 조금 앞으로 내밀었다.

"그럼, 지금부터 심리를 시작하겠습니다. 먼저 홀랜드 씨에게 운송부를 대표하여 변론해 줄 것을 부탁드립니다."

홀랜드는 은행가 또는 주식 중개인이라고 해도 좋을 만한 사람이었다. 엄숙하고 침울한 얼굴의 심판장이 사건 뒤에 숨은 비극을 이해하여 법정 안 분위기를 드라마틱하게 만든 것과는 대조적으로, 이 키가 크고 검은 머리가 반들반들하며 얼굴이 잘생긴 변호사의 행동 하나하나에는 인간적인 결점보다는 오히려 숫자에 관심이 강한 것을 암시하는 냉철하고 비정한 품위가 있었다.

그는 두 손을 웃옷 주머니에 찌른 채 일어나 심판장과 세 배석심판관을 마주보았다.

"맨 먼저 유의해 주시기를 바라는 것은, 담당관이 운송부에 제출한 보고서 가운데 생존자의 증언이 몇 가지 점에서 대립되고 있다는 점입니다. 아시는 바와 같이 이런 종류의 사건에서 담당관은 문서에 의한 진술에 바탕을 두고 보고서를 작성하며, 이들 진술은 선서를 한 뒤 행해지는 것입니다. 따라서 나는 그 해난사건이 발생하기까지의 경위나 해난 자체에 대해 상세하게 말할 생각은 없습니다. 나는 변론의 범위를 문제의 항해와 관련이 있는 기정사실의 간단한 설명으로 한정시키고, 사건의 처음부터 끝까지는 많은 증인들의 증언에 의해 자연히 떠오르도록 할까 합니다."

그는 말을 끊고 흘끗 손에 든 메모로 눈길을 떨어뜨렸다. 그리고 이번에는 방청석으로 눈을 돌려 부드럽게 조금 지루한 목소리로 항해에 관계된 사실을 요약하여 설명했다.

메리디어 호는 지난 해 6월 델리메어 상선회사가 구입했다. 그때까지 이 배는 미얀마의 어느 선박회사에 소속되어 요코하마 근처 운하에 정박해 있었다. 매매계약이 끝나자 곧 배는 전면적인 해체수리를 위해 요코하마로 끌려갔었다. 11월 18일 이 배는 앤트워프까지의 한 차례 항해와 다시 해체를 하게 될 영국까지 갈 수 있다는 내항성을 인정하는 허가증을 받았다. 12월 2일 연료를 모두 준비했다. 그달 4일부터 짐을 싣기 시작했다. 이 짐의 내용은 NATO 각 군대에서 사용되는 특정 전투기용 제트엔진 56기를 포함한 군수물자 잉여생산품인 미국제 항공기용 엔진 148기였다. 이것들은 앤트워프를 도착항으로 하여 네 개의 배 밑바닥 창고에서 똑같이 나눠 실었고, 대량의 일본산 면제품과 레이온 제품도 실었다. 이것은 양곤이 도착항이었기 때문에 항공기용 엔진 위에 실었다. 엔진을 포함한 짐들은 싱가포르의 유력한 중국인 실업가의 대기업인 '스' 무역회사가 주인이었다. 메리디어 호는 12월 8일 요코하마를 출범했다. 1월 6일 양곤에 도착하여 일본산 물건들을 내렸다. 영국으로 가는 원면——역시 스 무역회사의 물건이었다——은 아직 하역용 부두에 도착해 있지 않았다. 그리하여 이 배는 연료를 다시 싣자 곧 부두를 떠나 항구에 닻을 내리고 델리메어 상선회사 소속인 또 한 척의 배 트레 아눈지아타 호가 이미 계류중인 부표에 머물렀다. 나흘 뒤 이 배는 다시 부두에 나가 원면을 실었는데, 대부분 2번 창고와 3번 창고에 나눠 실었다.

1월 15일 양곤을 떠나 2월 4일 아덴에 도착했다. 여기서 병이 든 일등항해사 애덤스를 내려주고 그 대신 보충원으로서 패치가 채용되었다. 이 배는 2월 6일 그곳을 출범했다. 3월 2일에 선장 제임스 태거트가 죽고, 패치가 배를 지휘하게 되었다. 메리디어 호는 그때 지중해에 있었는데, 포트사이드를 떠난 지 나흘 뒤의 일이었다. 3월 6일 지브롤터 해협을 지나서 대서양으로 나왔다. 그로부터 이 배는 거친 날씨를 만나 조금씩 물이 스며들고 있었으므로 날마다 배수펌프를 단속적으로 사용했다. 3월 16일에 상황은 더욱 악화되어 풍력이 대강풍(풍력 9, 강속 매초 20.8~24.4미터)이었다.

"그럼, 여기서" 홀랜드는 그때까지 변론을 계속해 온 매끄럽고 평탄한 말투를 조금 높였다. "일련의 사건——수수께끼 사건이라고 불러도 좋겠지만——즉 이 사실심리의 본론으로 들어가게 됩니다."

그는 간결하게 사건을 열거했다. 배 자체에 원인이 있어 발생한 뱃머리 쪽의 파손, 펌프의 능력이 따르지 못한 침수, 받침대에 의해 겨우 버티어진 보일러실 칸막이벽, 무전실 화재, 델리메어의 실종, 그리고 아샹트 섬을 지난 뒤 일어난 3번 창고의 화재, 선장을 제외한 모든 승무원들의 퇴선, 이튿날 아침 아직도 떠 있는 이 배의 발견, 최종적인 선체 유기. 그는 이 사건들을 간결하고 또렷한 표현으로 하나씩 잘라 설명했기 때문에 그 효과는 점점 더해갔다.

홀랜드는 잠깐 숨을 돌리고 나서 덧붙였다. 그 목소리는 이제 차분해져 있었다.

"여러분, 열두 명이 죽었습니다. 침몰될 위험이 절박하지도 않은 배에서 정신없이 앞을 다투어 도망치는 가운데 죽은 것입니다. 이 사실은 참으로 의미 깊습니다."

홀랜드는 몸을 돌려 심판장을 마주보았다.

"나는 다만 사실을 제출할 뿐, 어떤 형태로든 심판정에 영향을 미치는 일은 하지 않겠습니다. 그러나 몇 가지 점에 주의를 환기시키는 것은 허락되어 있습니다. 내가 주의를 환기시키고 싶은 점은 다음과 같습니다. 첫째로 이 배의 안전과 내항성에 관계된 여러 사건이 연속해서 일어난 점, 둘째로 거친 날씨 속에 48시간 이상이나 버틸 수 있는 배를 버린 점입니다. 이러한 예는 정식심판에 붙여진 사건 가운데서도 아주 이상한 것입니다. 아무튼 심판결과가 오늘 여기 모인 분들 가운데 한 사람 또는 그 이상의 분들에게 누를 미치게 되지 않을까 걱정입니다."

말하는 동안에도 홀랜드의 눈은 끊임없이 법정 안을 두루 살폈다. 맞은쪽에 있는 각 이해관계자를 대리한 보좌인들, 일반방청석, 그리고 마지막으로 몸을 빙글 돌려 증인들을 바라보았다. 그리고 여전히 증인들을 바라보면서 홀랜드는 말을 계속했다.

"이미 나는 각 증인 여러분이 행한 선서진술서 중에 서로 대립되는 것이 있다는 점을 말씀드렸습니다. 지금부터 증인 여러분과, 그리고 몇 명이 더 심판정에서 선서증언을 하게 됩니다. 그러나 여기서는 한 가지 다른 점이 있습니다. 즉 여러분들은 저 증인석에 앉아 나나 이해관계자의 대리인 누구나 또는 모두로부터 당신들이 한 증언에 대해 반대신문을 받게 됩니다." 그는 잠시 사이를 두고 나서 덧붙였다. "참고로 말해 두겠는데, 거짓증언은 중대한 죄가 된다는 것을 잊지 마십시오."

우리를 노려보는 홀랜드의 눈앞에서 물을 끼얹은 듯한 침묵이 흘렀다. 메리디어 호 승무원 중 몇 사람이 의자에서 안절부절못하고 있었다. 느닷없이 홀랜드가 자리에 앉았다. 한 30초쯤 그는 자신의 변론이 가져온 침묵이 법정 안을 메우도록 내버려두었다.
 이윽고 홀랜드는 슬그머니 일어나서 불렀다.
 "기디언 패치 선장."
 패치는 저쪽으로 눈을 돌린 채 앉아 있었다. 무엇을 바라보는 것도 아니면서 꼼짝하지 않았다. 한순간 나는 그가 못 들었나 생각했다. 그러나 그는 마침내 고개를 돌려 홀랜드를 바라보더니 운명의 순간이 닥친 사실이 믿어지지 않는 듯 조용히 일어났다. 용기를 내서 이 사태에 맞서려는 듯 꿋꿋한 걸음으로 바닥을 가로질러 증인석에 섰다. 그의 움직임에 법정의 긴장이 풀리며 갑자기 수군거리는 이야기 소리와 발이 미끄러지는 소리가 일어났다. 그것은 선서가 행해지는 동안에도 계속되었으나 이윽고 홀랜드가 질문하고 패치가 거의 알아들을 수 없이 낮은 목소리로 대답함에 따라 차츰 사라져갔다.
 이름은 기디언 스티븐 패치. 팽본에서 교육을 받은 뒤 1935년 수습승무원으로 해운계에 들어가 1941년 항해사면허를 받고 1944년 선장면허를 얻었으며, 1945년 비로소 선장으로서 배를 탔다. 벨 아일 호 사건 이후는 뭍에서 생활하며 하는 일 없이 몇 해를 조용히 보냈다.
 홀랜드는 한결같이 지루한 목소리로 마치 우체국에 부친 소포의 우송과정을 더듬어 올라가듯 사실을 하나하나 추적하며 그 동안 있었던 일의 처음부터 끝까지를 모두 캐물었다. 그리고 나서 전문적인 세부사항으로 넘어갔다.
 메리디어 호는 내항성이 있다고 생각했는가? 소화설비를 점검한 일이 있는가? 직접 구명보트를 검사한 일이 있는가? 승무원들을 유능하다고 보았는가? 승무원들은 충분한 자격이 있다고 생각하는가?
 패치는 벨 아일 호 침몰사건과 선장면허 정지처분이라는 지난날의 잘못에 관한 질문이 끝나자 눈에 띄게 태도가 누그러지며 자신을 되찾기 시작했다. 그것은 개인적인 감정을 완전히 벗어난 것이었다.

구명보트는 이상이 없었다, 직접 검사한 일도 있다, 승무원은 유능하다고도 그렇지 않다고도 생각지 않는다, 보다 악질인 사람과 항해한 경험도 있다, 승무원에 대해서는 되도록 비평하고 싶지 않다, 좋은 사람도 있지만 그렇지 못한 사람도 있다……

"그리고 태거트 선장은 어땠습니까?" 여전히 고요하고 지루한 목소리였다.

패치는 잠시 주저하더니 대답했다.

"훌륭한 선장이었을 것으로 상상됩니다."

"상상뿐입니까?"

홀랜드의 검은 눈썹이 치켜 올라갔다.

"태거트 선장은 병들어 있었습니다."

"그럼, 왜 배에서 내리게 하지 않았지요?"

"모릅니다."

"일등항해사 애덤스는 병이 났기 때문에 배에서 내리게 했습니다. 태거트 선장도 병들어 있었다면 배에서 내리게 했어야 했을 텐데, 왜 그렇게 하지 않았습니까?"

"선주로서는 태거트 선장이 이번 항해의 마지막까지 직무에 견딜 수 있으리라고 생각했기 때문일 줄로 압니다."

"델리메어 씨 말입니까?"

"그렇습니다."

"태거트 선장의 병은 어떤 성질의 것이었습니까?"

패치는 그 질문을 예상하고 있었음에 틀림없다. 지금 그 질문이 나오자 슬픈 표정을 지으며 한순간 그의 눈이 대기하고 있는 증인들 쪽으로 흘끗 움직였다. 재니트 태거트 쪽을 보고 있었다. 이윽고 그는 다시 홀랜드에게로 얼굴을 돌렸다.

"유감스럽지만, 그것은 대답하기가 곤란합니다."

홀랜드가 약간 초조한 몸짓을 했다. 그 점을 캐묻고 싶은 것이 분명했지만, 심판장이 그를 제지했다. 심판장은 몸을 앞으로 내밀었다.

"홀랜드 씨, 이 문제를 캐고들 필요는 그다지 없으리라고 생각합니다. 나는 태거트 선장의 병이 사건 심리에 어떤 관련이 있다고 생각하지는 않습니다."

홀랜드는 마치 법복을 입고 있기라도 한 것처럼 웃옷 깃의 접힌 부분을 잡고 심판장을 똑바로 마주보았다.

"심판장님, 나는 메리디어 호에 관계된 일은 모두 이 심리와 직접 관계가 있다고 생각합니다. 나는 빠짐없이 사건 전모를 제시하려고 노력하고 있습니다. 그러기 위해서는 사실을, 모든 사실을 파헤쳐 내야만 합니다."

"옳은 말입니다, 홀랜드 씨." 바우엔 로지 심판장의 입이 굳게 꽉 다물어졌다. "그러나 이것을 보면……." 그는 흘끗 앞에 놓인 서류를 보았다. "태거트 양이 지금 증인으로 나와 있습니다. 그 점을 유의하여서 태거트 양의 아버지에 대해 말하게 될 경우에는 그녀에게 고통을 주지 않도록 해주시기 바랍니다."

"공교롭게도……."

그러나 홀랜드는 바우엔 로지의 차갑고 엄숙한 시선과 마주치자 입을 다물었다. 그는 방향을 돌려 패치를 쳐다보았다.

"그럼, 이렇게 질문하는 것으로 만족하지요. 패치 씨, 당신은 태거트 선장이 무슨 병을 앓고 있었는지 알고 있었습니까?"

"네, 알고 있었습니다." 패치는 곧이어 얼른 덧붙였다. "그러나 그 병이 치명적인 것이 되리라고는 전혀 생각지 않았습니다."

"그랬겠지요." 홀랜드는 짐에 대한 질문으로 옮겨갔다. "일등항해사로서 당신은 창고와 짐을 책임지는 자리에 있는 것에 만족하고 있었겠지요. 당신은 직접 창고를 점검했습니까?"

"알맞게 실려 있는 것에 만족하고 있었습니다."

"네 개의 창고가 모두 그랬습니까?"

"네."

"당신은 각 창고로 직접 내려가 보았습니까?"

"1번 창고와 4번 창고는 내려가 보았습니다. 다른 두 곳은 짐으로 가득 차 있었기 때문에 검사용 해치로 들여다보고 짐 상태에 대해 짐작할 수 있었습니다."

"아덴을 출항하기 전입니까, 뒤입니까?"

"전입니다."

"거기 실린 짐의 상태가 어떠했는지 자세히 설명해 주시겠습니까?"

패치는 1번 창고부터 시작하여 차례차례 설명해 나갔다. 그 크기도 말했는데, 그 너비는 모두 배의 너비와 같았다. 각 창고바닥에는 나무상자들이 죽 줄지어 있었다. 그는 나무상자의 대충 어림잡은 치수와 그 위에 씌어진 미국공군의 암호번호를 말했다.

"그 나무상자 속에 항공기용 엔진이 들어 있다는 것을 알았습니까?"

"네, 알고 있었습니다."

"직접 살펴보았습니까? 즉 손수 그 나무상자 속을 조사해 본 일이 있습니까?"

"아니오, 그럴 기회가 없었습니다. 상자를 열려고 해도 굉장히 어려웠을 겁니다. 단단히 포장되어 있는데다 1번과 4번 창고를 들여다보았을 때 원면이 위에 가득 실려 있었으니까요."

"그랬겠군요. 그럼, 짐 목록을 보고 나무상자에 항공기용 엔진이 들어 있다는 것을 안 셈이로군요?"

패치는 고개를 끄덕였다.

"당신이 창고를 검사하기 전에 태거트 선장이 당신에게 짐 목록을 보여주었습니까?"

패치는 잠깐 망설이더니 대답했다.

"아니오."

"그때 태거트 선장을 만났습니까?"

"네."

"그에게 짐 목록을 보여 달라고 말했습니까?"

"아니오."

"어째서지요? 창고를 검사할 생각이었다면 아무래도……."

"태거트 선장은 몸이 좋지 못했습니다."

홀랜드는 질문이 막혔다. 이윽고 조금 어깨를 으쓱하더니 배 자체의 질문으로 옮겼다. 그로부터 30분 가까이 자잘한 전문적인 질문과 답변이 계속되었다. 선체 치수, 구조, 건조 시기, 수리, 개조된 부분, 특징, 그리고 버릇과 배의 경력.

그 배는 대서양 무역용으로서 1910년 클라이드 만 조선소에서 건조되었다. 패치는 그 배의 역사를 배 안에서 발견한 낡은 노트를 보고 알았다고 말했다. 배 이름의 기원까지 알고 있었다. 그 이름은 오래 전 옛날에 죽은 어느 회사 간부의 딱딱한 유머에서 생겨난 것으로, 그의 아내 이름이 메리이고 그의 이름이 디어였던 데서 비롯되었다고 한다.

그 배는 제1차 세계대전 중 어뢰공격을 두 차례 받았고, 수리한 뒤 곧 선단 항해를 계속했으며, 이윽고 1922년에는 세인트 로렌스 만 앞바다에서 옴보로 화물선과 충돌했다. 그 뒤 팔려 넘어가 그로부터 10년 동안 부정기화물선으로서 온 세계의 바다를 누비고 다녔다. 불

경기 물결에 휩쓸려 동아시아 어느 항구에 정박한 채 녹이 슬도록 방치되어 있다가, 다음 전쟁이 터지기 직전 해운계의 화물 수송이 활발하게 되자 다시 주인을 바꾸어 인도양과 동중국해와 남중국해에서 혹사를 당했다. 1941년 군대를 가득 싣고 항해하던 중 싱가포르 앞바다에서 또 한 차례 어뢰공격을 받았다. 다리를 절며 양곤에 도착하여 수리한 뒤 샌프란시스코로 출범했다. 그곳에서 20년 만에 처음으로 충분한 해체수리를 받고 다시 동아시아 무대에서 일하기 위해 돌아왔다. 이윽고 일본과의 전쟁이 마지막 단계에 접어들었을 무렵, 이 배는 포화를 맞아 어느 산호초에 좌초했다. 배 밑이 반쯤 갈라지고 용골은 아예 비틀어졌으며, 상부구조의 일부가 날아가 버렸다.

"요즈음 배 같으면 뚝 꺾이고 말았을 겁니다." 패치는 말했다. 그 말투에는 자랑스러운 빛이 담겨 있었다. 그는 다시 설명을 이어 1947년에 주인이 바뀐 경위를 말했다. 이번 주인은 미얀마의 선박회사였다. 메리디어 호는 용골이 뒤틀린 채 그때 그때 수선을 받으면서 다시 동아시아 항구들을 느린 말에 채찍질하는 듯한 항해를 계속했다. 4년 뒤 요코하마에서 폐기처분되어 델리메어 상선회사가 구입하기까지 거기에 녹슨 채 버려져 있었다.

이러한 내력을 설명하는 그의 말투에는 어딘지 메리디어 호에 대한 감정이 깃들어 있었다. 만일 메리디어 호가 고철더미로 해체되기 위해 가던, 배꼬리가 부서진 낡고 썩은 배였다는 사실을 강조했다면, 그런 배로 올 들어 가장 거친 날씨를 나타냈던 비스케 만을 통과한, 그의 선원이자 선장으로서의 기량을 보여줄 수 있었을 것이다. 그러나 그는 메리디어 호가 훌륭하고 부리기 쉬운 배였다고 증언하고 침수의 원인은 동아시아의 설비가 빈약한 조선소에서 수리를 했기 때문이라고 설명했다. 배에 대한 그의 성실한 마음가짐은 인상적이었으나, 그로 말미암아 그는 쉽게 얻을 수 있었을 동정을 놓치고 말았다.

이어서 홀랜드는 항해중의 일——홍해를 거쳐 수에즈 운하를 통과하여 지중해로 들어왔을 때의 일——에 대해 자세히 물었다. 그리고 이어서 그는 승무원에 대해, 하급선원에 대해, 델리메어와 태거트의 관계에 대해 물었다. 거기에서 떠오른 그림은 유쾌한 것이 못되었다. 승무원의 기강이 문란하고, 기관장은 포커에 미친 무능한 사람이어서 승무원들과 함께 사기도박을 했으며, 선장은 방에 틀어박힌 채 브리지에 나타나지도 않았다고 말했다. 델리메어는 안절부절못하며 배 안을 서성거렸고, 가끔 히긴스와 함께일 때도 있었지만 대개 혼자 선실에서 식사를 했으며, 때때로 몇 시간이나 선장과 단둘이 틀어박혀 있는 일도 있었다고 한다.

마침내 패치가 지휘를 대행하게 된 데 대해 질문이 시작되자 법정 안은 조용해졌다.

"항해일지에 당신이 기록한 바에 따르면, 태거트 선장은 3월 2일 이른 아침에 죽었다고 되어 있는데, 그것이 틀림없습니까?"

"네."

"배에 의사가 타고 있지 않았습니까?"

"없었습니다."

재니트 태거트가 몸을 앞으로 내밀었다. 얼굴이 창백하고, 앞자리의 등받이를 잡은 두 손마디가 하얘져 있었다.

"당신이 직접 태거트 선장을 보살폈습니까?"

"할 수 있는 데까지는 했습니다."

"어떻게 했지요?"

"침대에 뉘었습니다. 진정제를 먹이려고 했으나 받아들이지 않았습니다."

패치의 목소리가 희미해졌다. 그는 얼른 재니트 태거트 쪽으로 눈길을 보냈다.

"그를 선실에 가두었습니까?"

"네." 패치의 목소리는 거의 들리지 않았다.

"어째서지요?"

패치는 대답을 하지 못했다.

"당신은 당신 생각으로 항해일지에 태거트 선장이 심장마비로 죽었다고 써두었는데, 그의 심장——만일 심장이라면 말입니다만——이 마비를 일으킨 원인이 무엇이었는지 여기 계신 여러분들께 설명해 줄 수 있겠습니까?"

"홀랜드 씨!" 바우엔 로지 심판장의 날카롭고 높은 목소리가 들렸다. "아까 내가 한 말을 생각해 주시기 바랍니다. 나는 이 질문이 직접 관계가 있다고도 필요하다고도 생각하지 않습니다."

그러나 이번에는 홀랜드도 강경했다.

"이것은 내 의견입니다만, 심판장님, 나는 이것이야말로 중대한 관련성이 있다고 생각합니다. 증인은 태거트 선장의 병에 대해 말하기를 몹시 꺼리고 있는데, 그러나 이것은 증인이 넘겨받은 지휘권의 효력과 상당한 관련을 갖는 것이므로 공정한 심리를 위해서는 사정을 들어야만 합니다."

그리고 허락도 기다리지 않고 그는 얼른 패치에게로 몸을 돌렸.

"이제 질문하는 이유가 분명해졌으니 대답해 주실 수 있겠지요? 근본적인 사인은 무엇이었습니까?"

패치는 굳게 입을 다문 채 그 자리에 서 있었다. 마침내 홀랜드가 분노를 터뜨렸다.

"선장은 자기 방에 감금되어 있다가 죽었소, 틀림없지요?"

거친 말투였으므로 잠자코 고개를 끄덕이는 패치의 얼굴에 깜짝 놀란 표정이 보였다.

"왜 그를 감금했지요?"

그래도 패치가 대답하지 않자 홀랜드는 유도질문을 했다.
"그가 정신착란을 일으켰기 때문에 감금했다는 것이 정말입니까?"
"헛소리를 했던 것은 사실입니다." 패치가 낮은 목소리로 대답했다.
"승무원들이 동요했습니까?"
"네."
"난폭하게 행동했습니까?"
"네."
"어떤 식으로?"
패치는 슬픈 듯이 법정 안을 둘러보고 나서 중얼거리듯이 대답했다.
"승무원들이 선장실에서 술을 훔쳤다고 야단쳤습니다."
"자, 그럼, 이제 질문에 대답해 주시오. 당신이 아는 한 태거트 선장의 근본적인 사인은 무엇이었습니까?"
홀랜드는 몸을 내밀었다. 패치는 이때도 입을 굳게 다물고 있었다. 그때, 바우엔 로지의 목소리가 심판관석에서 들렸다.
"증인은 지금 질문에 대답하시오. 참고로 질문을 되풀이하겠는데, 태거트 선장의 근본적인 사인이 무엇이었지요?"
패치는 망설였다. 그러다가 마지못해 대답했다.
"술입니다."
"술? 술로 죽었단 말입니까?"
"'술이 원인이 되어'라는 뜻입니다."
법정 안을 내리덮은 깜짝 놀란 침묵이 젊은 여자의 외침 소리에 깨어졌다. 그것은 높고 떨리는 목소리였다.
"그렇지 않아요! 죽은 사람이 말을 못한다고 멋대로 지껄이는군요!"

"부디 진정하십시오, 태거트 양!" 홀랜드의 목소리는 조용하고 아버지같이 부드러웠다. "증인은 선서하고 증언하는 것입니다."

"선서하고 안 하고는 내가 알 바 아니에요. 하지만 저 사람은 거짓말을 하고 있어요!"

태거트 양은 흐느껴 울었다. 패치의 얼굴이 파랗게 질렸다. 플레이저 선장이 그녀의 어깨를 감싸 안아 자리에 앉히려고 했다. 그러나 그녀는 이미 심판장 쪽으로 몸을 돌리고 있었다.

"부탁이에요, 발언을 중지시켜 주세요!" 태거트 양은 울며 애원했다. 그리고는 번쩍 얼굴을 들고 당당하게 말했다. "아버지는 훌륭한 분입니다. 여기 계신 모든 분들이 아버지와 친구라는 것을 자랑으로 여길 만한 그런 분이었어요."

"잘 압니다, 태거트 양." 바우엔 로지의 목소리는 조용하고 부드러웠다. "그러나 참고로 말해 두겠는데, 이 심판정에서는 많은 사람들이 목숨을 잃은 해난사건을 심리하고 있습니다. 증인은 선서를 하고 증언하고 있습니다. 그리고 증인은 한 사람뿐이 아닙니다. 마음 놓으십시오, 지금 한 말은 결국 진실인지 거짓인지 밝혀지게 됩니다. 자, 그만 앉아주시오. 퇴정해서 증언을 요구받을 때까지 밖에서 기다려도 좋습니다."

"여기 있겠어요." 태거트 양은 나직하지만 야무진 목소리로 대답했다. "죄송해요."

그녀는 창백한 얼굴을 하고 두 손으로 손수건을 만지작거리며 천천히 앉았다.

홀랜드가 헛기침을 했다.

"이 문제에 대해 한 가지만 더 묻고 끝내기로 하겠습니다. 태거트 선장은 하루에 술을 얼마쯤 마셨습니까?"

"대답할 수 없습니다. 모릅니다." 패치의 목소리는 거의 들리지 않았다.

"일정한 양을 마시는 것을 직접 본 일이 없다는 뜻입니까?"

패치는 고개를 끄덕였다.

"그러나 짐작할 수는 있겠지요. 늘 마시는 것은 어떤 술이었습니까. 위스키?"

"그렇습니다."

"그밖에는?"

"가끔 코냑을 마셨습니다. 때로는 럼주도."

"주량은?"

"모릅니다."

"그 습관은 항해 내내 계속되었습니까?"

"네, 그런 줄로 압니다."

"그렇다면 일등항해사인 당신에게 직접 영향을 미치는 일이므로 그가 얼마쯤 마시는지 물은 일이 있었을 텐데…… 날마다 어느 정도나 마시는 것 같았습니까?"

패치는 잠시 망설였으나 이윽고 내키지 않는 듯이 대답했다.

"종업원의 이야기에 따르면 한 병, 한 병 반, 때로는 두 병이었다고 합니다."

법정 안의 모든 사람이 숨을 죽였다.

"흐음……."

참고 있던 흐느낌 소리가 고요 속에서 또렷이 들렸다.

"그렇다면 선장으로서의 직책을 전혀 다할 수가 없었겠군요?"

패치는 고개를 내저었다.

"아니, 그렇지 않았습니다. 하루가 끝날 무렵 약간 취해 정신이 어지러운 때는 흔히 있었지만, 다른 시간에는 충분히 상황을 파악하고 있었던 것으로 생각합니다."

"그렇다면 결국" 바우엔 로지가 몸을 앞으로 내밀었다. "하루 한 병 내지 두 병을 늘 마시고서도 부하들을 완전히 지휘하고 있었단 말입니까?"

"네, 그렇습니다. 대부분의 경우에는."

"그러나 증인은 아까 선장이 정신착란을 일으켜 방에 감금할 수밖에 없었다고 증언했습니다. 만일 착란을 일으켰다면 그것도 역시 ……."

심판장의 눈썹이 묻는 듯 위로 치켜 올라갔다.

"취해 있었기 때문에 착란을 일으킨 것은 아닙니다." 패치가 천천히 대답했다.

"그럼, 왜 그랬을까요?"

"술이 떨어졌기 때문입니다!"

충격을 받아 침묵이 법정 안을 휩쌌다. 재니트 태거트는 여전히 흐느끼고 있었다. 그녀는 공포에 사로잡힌 눈으로 패치를 노려보면서 몸을 긴장시켰다.

바우엔 로지가 조용하게 위엄 있는 목소리로 말했다.

"심리를 진행하기 전에 이 점을 명확히 해두었으면 하는데, 증인은 태거트 선장이 술로 죽은 것이 아니라 술이 떨어졌기 때문에 죽었다는 겁니까? 그게 틀림없습니까?"

"그렇습니다."

"당신은 고작 술이 떨어졌다고 해서 사람이 죽는다고 생각합니까?"

"모릅니다." 패치는 우울한 모습으로 대답했다. "내가 알고 있는 것은 다만 그는 술 외에 아무것도 입에 대지 않았다는 것, 술이 없어졌을 때 미친 듯 날뛰다 죽었다는 것뿐입니다. 음식다운 음식은 아무것도 먹지 않는 듯했습니다."

바우엔 로지는 앞에 있는 서류에 연필로 줄을 그으면서 잠시 생각에 잠겨 있었다. 조금 뒤 그는 홀랜드를 굽어보며 말했다.

"홀랜드 씨, 이 증언의 신빙성을 가리기 위해서는 의학적인 증명이 필요치 않을까요?"

홀랜드는 고개를 끄덕였다.

"이미 준비를 해두었습니다. 이 증인의 진술서를 읽은 뒤 그럴 필요가 있을 것 같아서 말입니다."

"됐습니다. 그럼, 그때까지 이 문제는 뒤로 미루어 두겠습니다." 아주 홀가분한 말투였다. "그럼, 신문을 계속해 주십시오."

그 뒤부터 항해에는 이렇다 할 사건도 없었다. 패치는 자세한 부분에 이르기까지 질문을 받았다. 거기서 떠오른 그림은, 선주가 계속 자극물로 존재하고 있는 배 안에서 승무원들을 통솔하려고 최선을 다하는 한 양심적인 항해사의 모습이었다. 홀랜드의 차분한 신문으로 밝혀진 일 그 자체는 아주 일상적인 시시한 것들이었다――여느 승무원들이 쓰는 식당의 식탁은 다음 식사시간까지 깨끗이 닦여진 적이 없다든가, 바퀴벌레가 있었다든가, 몇 사람은 아주 더러웠다든가, 조리장이 더러웠다든가, 구명보트 한 척에는 식품과 음료수가 준비되어 있지 않았다든가, 싸움으로 다친 사람이 있었다든가, 과열된 베어링을 갈아 넣기 위해 엔진을 정지했다든가 등등. 그러나 그 사실들을 종합하자 승무원들이 제대로 정비해 두지 않은 배라는 인상이 뚜렷이 떠올랐다.

그리고 여러 가지 증언이 더 있었다. 항해일지를 올바로 적지 않았다는 것, 배 밑에 괸 물의 깊이를 정기적으로 점검하지 않았다는 것, 물의 소비량을 점검하지 않았다는 것, 그리고 그 책임자는 주로 그때 이미 일등항해사로 일하고 있던 히긴스였다는 것, 패치는 점점 이등항해사 존 라이스를 믿게 된 사실을 분명히 말했다. 이 두 사람 사이에 싹터 자라던 우정이 한 가닥 질긴 실처럼 그 증언을 일관해서 흐르고 있었다.

패치는 델리메어에 대해 두 번 말했다. 한 번은 기관부 승무원들의 통제가 잘 되지 않았다는 것이 화제에 올랐을 때 자진해서 발언한 것이었다.

"그는 기관장 버로스가 포커하는 것을 장려했습니다. 나는 그에게 자기 방에서 버로스를 불러다 노는 것을 중지해 달라고 말하지 않을 수 없었습니다. 밤새도록 카드놀이를 하여 결국 이등기관사 래프트에게 부당한 부담을 주게 되었기 때문입니다."

"델리메어 씨는 반대했습니까?" 홀랜드가 물었다.

"네."

"뭐라고 했지요?"

"이건 자기 배니까 자기 하고 싶은 대로 하고, 마음에 드는 승무원을 마음 내킬 때 즐겁게 해주는 거라고 말했습니다."

"당신은 그 말에 대해 뭐라고 했지요?"

"그것은 배의 안전과 기관부의 규율에 관계되는 일이며, 이 배의 선장은 그가 아니라 나니까 배의 운항은 내 뜻대로 하겠다고 말했습니다."

"결국 말다툼을 한 셈이군요?"

"그렇습니다."

"그래서 델리메어 씨는 기관장과 포커하는 것을 그만두는데 동의했습니까?"

"마지막에는 동의했습니다."

"마지막에는? 설득시킨 겁니까?"

"그렇습니다. 버로스에게 내가 직접 명령하고, 만일 지키지 않을 경우에는 조치를 취하겠다고 말했습니다. 그에게는 정면으로 명령 형식으로 말했습니다."

"그는 말을 들었습니까?"

"들었습니다."

"그즈음 당신과 델리메어 씨의 관계는 어떠했는지 이야기해 주십시오."

패치는 망설였다. 선주와의 관계가 원만치 못했다는 것은 이미 드러나 있는 사실이다. 두 사람의 관계가 그렇게 된 이유는 한 마디로 설명할 수 있었고, 그러면 모든 사람의 동정을 얻을 수 있었다.

그러나 그는 다만 "우리는 어떤 문제에서 견해가 완전히 일치하지 않았습니다"라고 말함으로써 좋은 기회를 놓치고 말았다.

그리고 홀랜드는 거기서 질문을 끝냈다.

또 한 번 델리메어가 이야기에 오른 것은 우연이라고 해도 좋았다. 패치가 포르투갈 연안 앞바다에서 거친 날씨를 만나게 되었을 때 자기가 직접 네 개의 창고를 모두 점검했다고 증언한 대목에서 홀랜드는 신중하게 패치가 짐의 상태를 확인하는데 일등항해사의 보고만으로 안심이 되지 않았던 사실을 지적했다.

"다시 말하면 당신은 그를 신뢰하고 있지 않았군요?"

"솔직히 말하자면 그렇습니다."

"히긴스 일등항해사는 정말로 창고들을 살펴보았던가요?"

"모릅니다."

"그에 대한 것은 거의 마음에 없었으므로 창고 점검을 했는지 어땠는지 물어보지도 않았다는 말입니까?"

"네, 그랬습니다."

"누군가 당신 말고 창고를 점검한 사람이 있었습니까?"

패치는 대답하기 전에 한순간 입을 다물었다. 이윽고 그는 대답했다.
"델리메어 씨가 점검했다고 생각합니다."
"델리메어 씨가 말입니까?"
"내가 1번 창고의 검사용 해치로 내려가자 그가 거기에 있었습니다. 나는 그도 같은 목적에서 온 거라고 생각했습니다."
홀랜드는 잠시 생각에 잠겨 있는 것 같았다.
"그래요? 그러나 그건 항해사의 일일 텐데, 선주가 직접 짐을 점검할 필요가 있었을까요? 좀 이상하군요. 당신은 그 일에 대해 뭐라고 말했습니까?"
패치는 고개를 가로저었다.
"델리메어 씨는 어떤 타입의 사람이었습니까? 당신이 본 인상을 말해 주시겠습니까?"
'지금이야! 이제는 델리메어에 대해 진상을 털어놓겠지. 꼭 필요한 첫발이다'라고 나는 생각했다.
그러나 패치는 창백한 얼굴로 입 언저리를 신경질적으로 실룩거릴 뿐 아무 말도 하지 않았다. 홀랜드가 다시 말을 계속했다.
"내가 여기서 알고 싶은 것은 이런 점입니다. 3월 16일 밤이 되었습니다. 델리메어 씨가 모습을 감춘, 그러니까 바다에 떨어져 행방불명이 된 밤입니다. 증인은 델리메어 씨가 전시중 해군에 복무했었다는 것을 알고 있었습니까?"
패치는 고개를 끄덕였다. 입술이 "네" 하는 듯 달싹거렸다.
"코르벳 (선단호위를 주 임무) 과 프리깃 (대잠 호위용) 을 타고 주로 대서양에서 근무했지요. 가끔 큰 폭풍우를 헤치고 나갔을 게 틀림없습니다."
홀랜드는 의미심장하게 잠시 사이를 두었다.
"그 무렵, 즉 굉장한 폭풍우 속으로 들어간다는 것을 알고 있었을 때 그에 대해 당신이 받은 인상이 어땠습니까? 모든 점에서 정상이었습니까?"

"네, 그랬다고 생각합니다." 패치의 목소리는 아주 낮았다.

"그다지 자신이 없는 것 같군요."

"그를 잘 알고 있지 못했기 때문입니다."

"한 달 이상이나 같은 배에 있지 않았습니까. 아무리 자기 방에 틀어박혀 있는 일이 많았다 하더라도 그의 정신상태를 짐작할 수는 있었을 겁니다. 뭔가 고민하고 있는 듯이 보이지는 않았습니까?"

"그렇게 말할 수도 있겠지요."

"사업상의 고민일까요, 아니면 개인적인 고민이었을까요?"

"모릅니다."

"터놓고 질문하겠습니다. 당신은 짐을 점검하고 있는 그와 마주쳤을 때, 그의 행동을 어떻게 해석했습니까?"

"아무런 해석도 내리지 않았습니다." 패치는 다시 목소리를 가다듬어 사실대로 분명하게 대답했다.

"그에게 뭐라고 말했습니까?"

"창고에 가까이 오지 말아달라고 부탁했습니다."

"어째서였지요?"

"그가 올 곳이 아니기 때문입니다. 짐은 그의 책임이 아닙니다."

"그렇습니다. 질문을 바꾸겠습니다. 그가 그곳에 있었다는 사실이 그가 겁을 먹고 있었던 증거, 신경이 이상해져 있었던 증거라고 생각되지 않습니까? 그는 전쟁중에 한 번 어뢰 공격을 받아 구조되기까지 오랫 동안 바다 속에 있었던 경험이 있습니다. 이러한 그의 전쟁체험이 어떤 형태로든 작용한 것으로 생각되지는 않습니까?"

"아니오, 나는 그런 건…… 모릅니다."

홀랜드는 머뭇거리며 어깨를 조금 으쓱했다. 그는 지금까지 이미 만들어진 진술서를 바탕으로 하여 진상을 추궁해 왔다. 그러나 여기서 작전을 바꾸어 그는 패치에게 메리디어 호가 비스케 만의 거친 파도 속에서 제자리걸음을 하고 있던 밤의 상황을 이야기하도록 한 다음 질문도 하지 않고 중단시키는 일도 없이 증언을 계속하게 했다.

패치는 훌륭하게 이야기했다. 열심히 귀를 기울이는 법정 안의 침묵에 힘을 얻어 사실에 입각한 필요한 말만을 간결하게 했다. 그리하여 듣는 이의 머릿속에 메리디어 호의 모습이 떠올랐다——녹투성이의 낡아빠진 배, 파도가 포화처럼 뱃머리 쪽의 암초에서 부서졌다. 나는 그가 증인석에서 법정 안의 침묵에 기가 꺾이지 않고 솔직히 이야기하는 얼굴을 지켜보다가 문득 그가 스케이트를 타고 끊임없이 뭔가의 주위를 돌고 있는 듯한 이상한 기분을 느꼈다. 나는 심판장을 쳐다보았다. 그는 오른손으로 턱을 괴어 몸을 앞으로 조금 내민 자세로 앉아 입을 꼭 다물고 무감각한 법관의 얼굴로 귀를 기울이고 있었다.

패치가 차례로 진술한 사실은 간결하고 적절했다. 바로미터는 자꾸 내려가고, 물결이 출렁대며 바람은 점점 심해갔다. 배는 계속 뒤뚱거렸다. 천천히 안정된 뒤뚱거림이기는 했지만. 그러나 산 같은 물결이 끓어오르는 파도의 산더미 위로 배를 밀어 올렸다가 파도의 골짜기로 떨어뜨릴 때마다 뱃전까지 물 속에 잠길 만큼 크게 뒤뚱거렸다. 그는 황혼 무렵부터 줄곧 브리지에 서 있었다. 라이스 이등항해사도 함께 있었다. 그들 두 사람과 키잡이와 감시원뿐이었다. 그 일이 일어난 것은 밤 11시 20분쯤이었다. 작은 폭발로 선체에 진동이 일었다. 그것은 파도가 뱃머리에 부딪쳐 부서지는 듯한 소리였는데, 다만 흰 파도가 솟구치지 않고 선체가 비틀거리지도 않았다. 배는 파도 깊숙이 가라앉았다가 천천히 떠올랐다. 미친 듯한 파도의 출렁임은 그 뒤에 일어났다. 그와 동시에 배의 속력이 흔들리며 파도의 충격이 일었고, 갑자기 배 앞쪽 반이 흰 연기로 흐려지기 시작했다.

당장은 아무 말도 없었다. 이윽고 라이스의 외침 소리가 돌풍의 울부짖음을 꿰뚫었다.

"뭔가에 부딪친 게 아닙니까, 선장님?"

그는 라이스를 배 밑에 괸 물의 깊이를 재도록 보냈는데, 돌아와서 보고한 바에 따르면 앞쪽 창고——1번과 2번 창고——가 침수되어 있었다. 브리지에서 보고 있느라니 배가 차츰 물에 잠기며 시퍼런 파도가 뱃머리에 거침없이 쳐들어오기 시작했다. 그때 델리메어가 겁에 질려 창백한 얼굴로 올라왔다. 히긴스도 왔다. 그들은 최선책을 의논하고 있었다. 그들은 배가 가라앉는 것으로 생각하는 모양이었다. 그때 라이스가 돌아와서 승무원들이 소란을 피우고 있다고 보고했다.

그리하여 패치는 브리지를 히긴스에게 맡기고 라이스와 함께 윗갑판으로 내려갔다. 구명조끼를 입은 네 사람이 3번 보트를 뱃전 밖으로 띄우려 하고 있었다. 그들은 겁에 질려 있어서 하는 수 없이 패치가 한 사람을 후려칠 때까지 보트를 두고 자기 자리로 돌아가려고 하지 않았다. 그는 가능한 한 사람을 모아——약 열 명쯤이었다——갑판장과 삼등기관사의 지휘 아래 만일의 대비로 2번 창고와 보일러실의 경계인 칸막이벽에 받침대를 받치도록 했다. 브리지의 키잡이로부터 기관실에 보고가 와서 브리지에 연기가 가득 차 있음을 안 것은 이 작업을 한창 감독하고 있을 때였다.

패치가 여섯 사람을 데리고 브리지로 올라가보니 근처가 온통 눈도 뜰 수 없을 만큼 연기로 가득 차 있었다. 키잡이가 혼자 눈물을 줄줄 흘리고 몹시 기침을 하며 키에 매달려 배를 업신여기는 듯 멋대로 밀어닥치는 거친 파도를 헤쳐 나가는 중이었다.

불이 난 곳은 브리지 뒤쪽 조금 높은 곳에 있는 무전실이었다. 화재 원인은 짐작이 가지 않았다. 통신사는 구명조끼를 가지러 아래로 내려가 있었다. 아래에서 잠깐 쉬며 코코아를 한 잔 마시기 위해 무전실을 비워두었던 것이다. 히긴스는 나사가 늦추어진 듯한 키 조종장치를 점검하기 위해 고물로 가 있었다. 델리메어는 어디로 갔는지 알 수 없었다. 패치는 그 키잡이가 생존자 가운데 없는 것을 안타까워했다.

그들은 포말소화기로 불을 끄려고 했다. 그러나 열기로 뜨거워서 안에 들어갈 수가 없었다. 결국 불을 끄기는 했지만, 그것은 방 한쪽이 타서 무너지며 밀고 들어온 파도가 불길을 삼켰기 때문이었다.

그 무렵 바람은 풍력 12(초속 32.7미터 이상)의 구풍(颶風 열대지방에서 일어 나는 폭풍의 총칭) 급이었다. 그는 엔진 속도를 '느리게 전진'으로 늦추고 뱃머리를 바람쪽으로 둔 다음 그 자세로 선체의 안전을 유지하면서 뱃머리에 허연 폭포처럼 밀고 들어오는 파도가 앞쪽의 해치 뚜껑을 부수지 않기를 하느님께 기도했다. 그런 상태로 떠 있기를 14시간, 생명의 위험에 맞서 견디며 배수펌프를 계속 가동시켰다. 쉴 새 없이 그와 라이스가 배 안을 돌아보았다. 침수의 무게에 눌린 바닥 가까운 낮은 곳을 살피고, 물이 새기 시작한 칸막이벽에 받침대가 제대로 받쳐져 있는지 확인하고, 승무원들이 당황하지 않도록 마음을 쓰고, 그들이 각자의 자리를 지켜 바다와의 싸움에 힘을 모으고 있는지 돌아보는 것이었다. 잠을 자지도 쉬지도 않고 22시간이 지난 다음날 6시쯤 그는 자기 방으로 돌아갔다. 그 무렵에는 바람도 누그러지고 바로미터도 오르기 시작했다. 그는 입고 있는 그대로 잠이 들었다. 2시간 뒤 자메이카 사람인 종업원 사무엘 킹이 깨워서 일어나 델리메어가 보이지 않는다는 보고를 받았다. 배 안을 샅샅이 찾았으나 헛일이었다. 그림자도 보이지 않았다.

"물결에 휩쓸렸다고밖에 생각할 수가 없었습니다."

패치는 이렇게 말하고 홀랜드의 질문을 기다리는 것처럼 입을 다물었다. 그러자 홀랜드는 그에게 사고가 일어난 뒤 그 사정에 대해 이야기를 들은 일이 있느냐고 물었다.

"네, 히긴스 일등항해사와 라이스 이등항해사가 참석한 가운데 모든 승무원을 불러 이야기를 들었습니다. 우리가 조사한 바에 따르면 살아 있는 델리메어 씨의 모습을 마지막으로 본 사람은 그 종업원이었습니다. 그는 델리메어 씨가 자기 방을 나와 통로 문을 지나 고물 쪽으로 가는 것을 보았다고 말했습니다. 그것이 4시 30분쯤이었습니다."

"그 뒤에는 아무도 그의 모습을 보지 못했겠군요?"

패치는 우물쭈물하더니 이윽고 자기가 아는 범위 안에서는 그렇다고 대답했다.

"상갑판은 보트 갑판이었지요?"

"그렇습니다."

"그 갑판으로 나가는 것은 위험했습니까?"

"모릅니다. 나는 브리지에서 화재 진화에 매달려 있었으니까요."

"그러나 당신 생각은 어떻습니까? 갑판을 지나가는 것은 위험했습니까?"

"아니오, 나는 그렇게 생각지 않습니다. 어려운 질문입니다. 물보라가 치고 많든 적든 모든 갑판에 파도가 들이치고 있었으니까요."

"고물 쪽도?"

"네."

"델리메어 씨는 고물 쪽으로 나갔습니까?"

"종업원이 그렇게 말했습니다."

홀랜드는 잠깐 사이를 두었다가 다시 물었다.

"델리메어 씨가 어디로 갈 생각이었는지 짐작할 수 있습니까?"

"아니오."

"아까 당신이 한 증언으로 미루어, 혹시 뒤쪽의 해치가 아직 무사한지 어떤지 확인하러 갔다고 생각하는 것은 무리일까요?"
"아마 그랬을 겁니다. 그러나 확인할 필요는 없었습니다. 내가 직접 점검해 두었으니까요."
"만일 그가 해치를 둘러보려고 했다면 후부 오목갑판으로 내려갔겠지요?"
"상갑판 끝에서도 해치의 상태를 볼 수 있었을 겁니다."
"그러나 만일 내려갔다고 하면 위험한 일이었겠지요?"
"네, 그렇게 생각합니다. 오목갑판은 앞뒤가 모두 파도에 휘말려 있었으니까요."
"그랬겠군요. 그리고 그것이 그의 모습을 본 마지막이었습니까?"
법정 안은 너무도 조용했다. 항해가 곤란할 만큼 침수된 뱃머리를 바람과 마주세우고 있는 낡은 배, 미쳐 날뛰는 바다에서 강풍에 휘날리는 물보라 속에 어쩔 줄 몰라하는 인간, 그 광경을 눈앞에 그려보지 않은 사람은 하나도 없었으리라. 그 수수께끼, 그 불가사의함이 모두의 마음을 움켜쥐고 놓지 않았다. 내 뒤에서 누군가가 울고 있었다.
패치의 목소리가 계속되었다. 긴장되고 흥분으로 들뜬 목소리가 그 자리의 비장감에 잘 어울렸다.
바람이 누그러졌다. 그에 따라 파도도 가라앉아, 항해일지에 따르면 12시 43분에 그는 엔진 속도를 '조금 빠르게 전진'에 두고 배를 본디 침로로 되돌렸다. 배의 조종이 가능하게 되자 그는 곧 수동 펌프의 작동을 명령했다. 뱃머리가 조금씩 바다 위로 떠오르자 라이스에게 작업반을 지휘하여 앞쪽 해치의 부서진 곳을 수리하도록 했다.
그는 그때까지 블레스트 항구로 피해 들어갈 생각이었으나, 날씨가 좋아지고 펌프도 효과를 냈으므로 예정된 항로를 따라 나아가기로 마음먹고 18일 이른 아침 아샹트 섬을 돌았다. 그때는 엔진의 회전수를 경제속도까지 올리고 있었다. 여전히 큰 물결이 밀려오기는 했으나 바람은 거의 없었으며 바다는 조용하고 평온했다. 그러나 그는 앞쪽 해치에 만일 급한 일이 생길 경우를 대비하여 프랑스 연안에 다가붙어 나아갔다. 바츠 섬을 바로 옆에서 본 것이 오후 1시 34분, 트리아조스 등대가 보인 것이 오후 4시 12분, 세프트 군도가 보인 것이 오후 5시 21분이었다. 패치는 이 시각들을 항해일지에서 읽었다. 저녁 7시 46분, 레 오스 등대에서 깜박이는 무수한 흰 빛이 오른쪽 뱃머리 4점에 엷은 안개를 뚫고 보였다. 그는 침로를 북 33도 동으로 바꾸었다. 그대로 가면 바르느위 강어귀의 바다와 로슈 도블 암초 밖을 지나 건지 섬 남서쪽에 있는 레 아노와 등대를 오른쪽 뱃전 약 6킬로미터 지점에서 보며 지나갈 터였다. 침로를 바꾼 뒤 그는 승무원들에게 배를 검사하고 수리하기 위해 사우샘프턴으로 갈 예정이라고 밝혔다.

밤 9시 20분쯤, 언제나처럼 혼자 방에서 식사를 끝내고 종업원이 그릇을 치우고 있을 때 외침 소리와 함께 라이스가 뛰어들어와 뒤쪽 창고에 불이 나 승무원들이 공포에 빠져 있다고 보고했다.

"승무원들이 공포에 빠질 뭔가 특별한 이유라도 있었습니까?" 홀랜드가 물었다.

"글쎄요, 배에 마가 끼어 있다고 생각했던 거겠지요. 그때까지의 이틀 동안 그런 말을 가끔 듣고 있었습니다."

"당신은 어떻게 생각했습니까?"

패치는 심판장과 배석심판관들에게로 몸을 돌렸다.

"나는 일부러 배를 파선시키려는 음모가 있었다고 생각합니다."

그의 말은 법정 안에 흥미를 불러 일으켜 웅성거렸다. 그러나 그는 그때 직접 고발하여 승부를 결정지으려고 하지 않았다.

"창고 파손, 그리고 무전실 화재 이 모든 일들이 우연치고는 너무 잦다고 생각되었기 때문입니다."

패치는 다만 이렇게 말했을 뿐이다.
"1번 창고에서 폭발이 일어난 것은 확실했습니까?"
패치는 우물쭈물했다.
"네, 그렇게 생각합니다."
"그럼, 무전실 화재는?"
"1번 창고에서 폭발이 있었다고 하면 무전실을 못 쓰게 만들 필요가 있었을 겁니다. 내가 외부세계와 연락하는 유일한 수단이었으니까요."
"그렇겠군요."
홀랜드는 잠시 사이를 두었다.
"솔직히 말하자면 당신은 배의 침몰을 꾀하는 사람이 배 안에 있었다는 거로군요."
"그렇습니다."
"그리고 3번 창고에 화재가 났다는 보고를 들었을 때 당신은 이것도 배를 파괴시키려는 음모의 한 가지라고 곧 생각했습니까?"
"네, 그렇게 생각했습니다."
"지금도 그 생각에 변함이 없습니까?"
패치는 고개를 끄덕였다.
"변함이 없습니다."
"알고 계시겠지요? 이로써 당신은 중대한 고발을 하게 된 겁니다."
"알고 있습니다."
법정 안의 깊은 정적을 홀랜드는 잠시 깨뜨리지 않았다. 조금 뒤 그가 입을 열었다.
"메리디어 호에는 32명이 타고 있었습니다. 만일 그 화재가 일부러 일으킨 것이라면 그들 모두에게 혐의가 가게 됩니다. 그것은 거의 살인죄와 같은 것입니다."

"네, 그렇습니다."

"지금도 화재는 누군가 일부러 일으킨 것이라고 생각합니까?"

"그렇습니다."

다음 질문은 피할 수 없는 것이었다.

"당신은 누구에게 방화혐의를 두었습니까?"

이 질문을 받자 패치는 우물쭈물했다. 델리메어로부터 배를 가라앉히라는 부탁을 들었다는 이야기를 꺼내도 소용 없었을 것이다. 델리메어는 이미 죽었다. 그가 불을 질렀을 리는 없다. 패치는 배를 구하는 일에 정신없이 쫓기고 있었기 때문에 누구에게 혐의를 둘 겨를이 없었다고 대답하는 것이 고작이었다.

"그러나 그 뒤로도 계속 그 일이 머리에서 떠나지 않았겠지요?"

"그렇습니다."

패치는 심판장과 배석심판관들을 바라보며 말했다.

"이것은 심판정이 결정할 문제라고 생각합니다."

바우엔 로지 심판장이 동의하는 뜻으로 고개를 끄덕였기 때문에 홀랜드는 다시 화재 발생에 이어지는 사건으로 패치를 몰고 갔다. 패치와 라이스는 소화반을 조직했다. 히긴스는 가담하지 않았다. 그는 당직이었기 때문이다. 소화반에는 이등기관사와 통신사와 갑판장이 끼어 있었다. 그들은 소화용 호스를 끌어내어 해치 뚜껑의 일부를 뜯어내고 검사용 해치에서 호스로 물을 뿌렸다. 그리고 두 창고의 경계인 칸막이벽에 물을 뿌릴 필요가 생길 경우에 대비해서 4번 해치 뚜껑의 일부를 뜯어냈다. 그리고 나서 패치는 검사용 해치에서 4번 창고로 내려갔다.

"왜 내려갔지요?"

"칸막이벽 철판이 어느 정도 뜨거워져 있는지 알아보고 싶었기 때문입니다. 화재가 고물로 확대하면 곤란하다고 생각했기 때문입니다. 그리고 그 창고는 한쪽에만 짐이 실려 있었기 때문에 칸막이벽의 열로 화재 정도, 맞은편 창고의 화재 정도를 알 수 있지 않을까 생각했던 겁니다."

"그래서 어떤 것을 알게 되었습니까?"

"화재가 이제 겨우 시작이라는 것이 분명했습니다. 칸막이벽은 뜨겁지 않았습니다. 그러나 그 사실을 안 것은 나중이었습니다."

"무슨 뜻이지요?"

패치는 사다리를 다 내려간 곳에서 얻어맞고 정신을 잃은 경위를 설명했다. 그는 메리디어 호 안 그의 선실에서 나에게 말해 주었던 그 이야기를 되풀이했다. 그가 이야기를 마치자 홀랜드가 물었다.

"그것이 사고가 아니었던 것, 그러니까 즉 발을 잘못 디딘 게 아니었다는 건 확실합니까?"

"물론 확실합니다."

"뭐가가 당신 위로 떨어진 건 아니었습니까? 쇠붙이조각 같은 것이?"

패치는 아직 상처가 남아 있는 턱을 가리키며 돌발사고일 수 없다는 것을 역설했다.

"당신이 정신을 차렸을 때 가해자가 쓴 듯한 어떤 흉기가 옆에 있었습니까?"

"아니, 없었다고 생각합니다. 그러나 단언할 수는 없습니다. 창고 안은 연기로 가득 차고 나는 숨이 막혔고 머리가 몽롱해 있었습니다."

"그러니까 승무원 한 사람이──예를 들어 당신에게 원한을 품고 있던 누군가가──당신 뒤를 따라와서 주먹으로 당신을 쳤을 거라는 말씀입니까?"

"그랬다면 상당히 완력이 센 사람이었겠지요."

패치는 증인석의 히긴스를 바라보았다. 그리고는 정신을 차렸을 때의 일을 자세히 설명했다. 승무원들이 구명 보트를 떼어내며 부르짖던 소리가 아직 들렸다. 그는 사다리를 기어올라 검사용 해치까지 갔으나 뚜껑이 닫혀 있었다. 목숨을 건진 것은 짐 싣는 해치 한쪽 구석이 열려 있었기 때문이었다. 그는 오랜 시간 끈질기게 둥근 고리짝을 쌓아올려 간신히 열려 있는 곳을 통해서 갑판 위로 기어 나왔다. 보트 갑판으로 가보니 3번 구명보트가 뱃머리 밧줄에 매달려 있을 뿐, 다른 기둥들은 비어 있었다. 시동은 아직 걸린 채였고, 펌프도 움직이고 있었으며, 소화 호스도 3번 창고로 물을 뿜고 있었다. 그러나 승무원은 한 사람도 배에 남아 있지 않았다.

그것은 거의 믿어지지 않는 이상한 이야기였다. 그는 다시 말을 이어 오직 혼자서 불을 껐을 때의 상황을 이야기했다. 그리고 이튿날 아침 전혀 낯선 사나이가 배 안을 서성거리고 있는 걸 발견했다.

"그가 요트 시 위치 호에서 옮겨 탄 샌스 씨였군요?"

"그렇습니다."

"그가 구출하겠다고 했을 때 거절한 이유를 설명해 주시겠습니까?"

"퇴선할 이유가 없었기 때문입니다. 배는 뱃머리가 많이 침수되긴 했으나 당장 위험하지는 않았습니다. 그가 당국에 급히 알려주리라고 생각했습니다. 나는 배에 남아 있다가 구조선이 왔을 때 밧줄을 던져주는 일을 할 수 있으리라고 믿었던 겁니다."

이어서 패치는 내가 요트로 옮겨 타지 못한 일, 그가 나를 갑판으로 끌어올린 일을 설명하였다. 그리고 나서 불어치는 강풍에 위협을 받으며 우리가 배를 구하려고 노력한 일――엔진을 작동시키고, 펌프를 걸고, 배꼬리를 바람 쪽으로 계속 돌려댄 일 등도 이야기했다.

그러나 밍키 암초에 대해서는 한마디도 하지 않았다. 그는 다만 배가 침몰하기 직전 델리메어의 선실에서 꺼낸 고무보트로 퇴선했다고 말했다. 퇴선 위치를 정확히 말할 수는 없으나 로슈 도블 동쪽이었으며, 배가 잠기는 것은 보지 못했다고 한 것이다. 고무보트가 있었다는 것은, 델리메어가 언제나 겁을 먹고 있었으며 구명보트나 선체의 내항성을 신뢰하지 않았다는 증거가 되리라 생각한다고 그는 덧붙였다.

홀랜드가 말했다.

"마지막으로 두 가지만 더 묻겠습니다. 이 질문은 당신에게나 이 배에 관계된 모든 분에게 대단히 중대한 것입니다."

그는 잠깐 말을 끊었다.

"잘 생각해 보고 난 뒤에도 여전히 당신은 1번 창고의 침수 원인이 폭발이었다고 단언할 수 있습니까? 당시의 상황으로는 파손 원인이 물 속의 무언가에 부딪쳤기 때문이거나 뱃머리를 파도가 부수었기 때문이 아니라고 확언하기는 거의 불가능했을 텐데요?"

패치는 머뭇거리며 법정 안을 흘끗 둘러보았다.

"절대로 파도 때문에 부서진 것은 아닙니다. 다음 파도가 뱃머리를 때린 것은 그 뒤였습니다. 그 배가 무엇에 부딪쳤는지 또는 폭발물이 터진 것인지 증명할 수 있는 방법은 실제로 피해상황을 조사해 보는 길밖에 없다고 생각합니다." 그는 조용히 대답했다.

"옳은 말씀입니다. 그러나 메리디어 호는 이미 적어도 스무 길 바닷 속에 누워 있을 테고, 우리로서는 침몰 위치를 모르기 때문에 피해상황을 조사할 수가 없습니다. 그래서 나는 당신의 의견을 듣고 싶은 것입니다."

"더 이상 이야기할 수는 없습니다. 확신을 가질 수 없기 때문입니다."

"그러나 아직도 폭발이 원인이었다고 믿고 있겠지요?"

홀랜드는 잠시 기다렸으나 대답이 없자 다시 말을 이었다.

"무전실 화재와 그 뒤 일어난 창고 화재 등 여러 가지를 종합해 볼 때 '폭발설'을 취하고 싶다는 말씀입니까?"

"그렇게 말한다면 그렇습니다."

"고맙습니다."

홀랜드는 자리에 앉았다. 그러나 아무도 몸을 움직이지 않았다. 속삭임 소리도 발을 미끄러뜨리는 소리도 없었다. 온 법정 안이 방금 있었던 증언의 최면술에 걸려 있었다.

라이오넬 폴시트 경이 일어섰다.

"심판장님, 증인에 대해 한두 가지 추가질문을 하게 허락해 주시면 고맙겠습니다."

그는 머리카락이 없어지기 시작한 이마가 넓고 몸집이 작은 사람으로, 목소리 말고는 아주 평범한 느낌이었다. 그러나 목소리만은 훌륭한 저음으로, 약간 떨림을 띠고 있어 그 속에서 왕성한 정력과 생활력이 느껴졌다. 한순간 법정을 지배한 것은 그 자신이 아니라 실은 그 목소리였다.

"증인은 메리디어 호 침몰 음모가 꾸며졌다고 마음속으로 확신하고 있다는 뜻을 분명히 했습니다. 그리고 증인이 방금 이야기한 모든 사건은 설득력 있게 설명하지는 못했으나 이 결론을 뒷받침하기에 충분하다고 생각됩니다. 그러나 내가 지적하고 싶은 점은 메리디어 호 자체는 그처럼 정성들여 계획할 만한 가치가 없다는 것, 따라서 만일 그러한 계획이 있었다면 배에 실은 짐에 대한 보험금을 노렸던 것입니다. 심판장님, 만일 그 짐이 이 배의 침몰에 앞서 옮겨졌다고 하면, 이처럼 비열하고 흉악한 계획은 금전적으로 큰 이득이 되었을 거라고 말씀드리고 싶습니다."

"무슨 뜻인지 잘 알겠습니다, 라이오넬 경."

바우엔 로지 심판장이 고개를 끄덕이고 일반방청석 뒤 정면에 있는 시계를 흘끗 보며 말했다. "질문은 어떤 것입니까?"

"메리디어 호가 양곤강에서 트레 아눈지아타 호와 나란히 정박해 있었던 때의 일에 대해서입니다. 내가 알기에 메리디어 호 승무원에게는 상륙허가가 내려져 있었고, 그동안 내내 트레 아눈지아타 호에서는 짐 싣는 기계들이 운전되며 휘황하게 불이 켜져 있었습니다."

그는 맞은편 자리의 홀랜드에게로 눈길을 돌렸다. "여기에 대한 진술서는 나중에 제출하겠지만, 트레 아눈지아타 호의 선장은 그때 강철판을 실은 장소를 마련하기 위해 이미 실은 짐을 옮기고 있었다고 당국에 보고했습니다."

그는 심판장에게로 몸을 돌리며 말을 이었다. "심판장님, 증인은 메리디어 호에 탄 뒤 승무원 누구에게서든지 이런 이야기를 들었는지 어떤지, 솔직히 말하자면 그 일이 화제에 올라 여러 가지 소문이 돌고 있었는지 어떤지 그 점을 알고 싶습니다."

그 질문을 받자 패치는 라이스 이등항해사로부터 그 이야기를 들었으나, 그때에는 거기서 중요한 의미를 느끼지 못했다고 대답했다.

"그러나 지금은 느끼고 있습니까?" 라이오넬 경이 다그쳤다.

"그렇습니다." 패치는 대답하며 고개를 끄덕였다.

"심판장님, 한 가지만 더 묻겠습니다. 델리메어 씨가 배에 실은 짐에 대해 무슨 말을 한 일이 있는지 어떤지 증인은 대답할 수 있겠습니까?"

"아니오." 패치는 대답했다.

"배에 실린 짐이 목록에 기록된 것과 다르지 않나 하는 의문을 누군가에게서 느낀 일은 없었습니까?"

라이오넬 경이 다시 물었다.

"없었습니다."

"질문을 바꾸겠습니다. 배란 대단히 긴밀한 집단이지요. 그처럼 폐쇄된 사회에서는 소문이 퍼지는 대로 누구든 다 알게 마련입니다. 증인은 배에 탄 뒤 짐의 내용에 대해 무슨 소문을 듣지 못했습니까?"

"폭발물을 신고 있다고 생각하는 사람이 있었던 것 같습니다. 내가 게시판에 짐의 목록을 붙였는데 그 소문은 끊이지 않았습니다."

"당신은 승무원들이 많은 양의 폭발물을 배에 신고 있다고 생각하는 것이 위험하다고 판단했습니까?"

"그렇습니다."

"승무원의 질을 생각해서 말입니까?"

"그렇습니다."

"화재가 나자 승무원이 곧 공포에 사로잡힌 것도 그 소문으로 충분히 설명된다고 봅니까?"

"그렇습니다."

"이등항해사 라이스가 승무원이 소란을 피우고 있다고 보고했습니다만." 라이오넬 경은 몸을 앞으로 내밀고 패치를 바라보며 물었다. "이 이상한 소문은 어떻게 해서 배 안에 퍼졌을까요?"

패치는 자신도 모르게 증인석으로 눈길을 보냈다.

"히긴스는 메리디어 호에 실린 짐이 목록에 기록된 대로라고 믿을 수 없었던 모양입니다."

"그가 그 정체를 폭발물로 여겼다는 말입니까? 그는 왜 그런 생각을 갖게 됐을까요?"

"모릅니다."

"그에게 물어보았습니까?"

"네, 물어보았습니다."

"그게 언제였지요?"

"우리 배가 아샹트 섬을 돌고 난 바로 뒤였습니다."

"그는 뭐라고 대답했습니까?"

"대답을 거절했습니다."

"그가 한 말을 그대로 전해주시겠습니까?"

"'그걸 알고 싶으면 태거트 선장이나 델리메어에게 물어보시오. 나에게 귀찮게 묻지 마시오'라고 말했습니다. 물론 두 사람이 다 이미 죽고 없었습니다."

"고맙습니다."

라이오넬 경은 천천히 몸을 굽히고 앉았다. 바우젠 로지 심판장이 다시 시계를 보더니 휴정을 선포했다.

"여러분, 그럼 2시에 다시 심리를 계속하겠습니다."

모두 일어선 가운데 그가 자리에서 일어나 심판관석 등 뒤의 문으로 나가고, 그 뒤를 배석심판관들이 따랐다.

나노 퇴장하려고 몸을 돌렸다. 그때 페트리 부인이 바로 뒷자리에 앉아 있는 것을 알았다. 그녀는 나를 알아보고 미소를 보냈다. 화장한 얼굴이 조금 부은 듯이 창백했으며, 눈이 새빨갰다. 군데르센도 와 있었다. 그녀 옆에 앉아 있었는데, 그는 좌석을 따라 히긴스에게 가서 뭐라고 이야기를 주고받았다. 페트리 부인은 혼자 법정에서 나갔다.

"저 부인은 누구지?" 헐이 물었다.

"델리메어 상선회사 간부 중 한 사람이라네."

나는 회사를 찾아갔을 때의 이야기를 들려주었다.

"아무래도 그녀는 델리메어와 함께 사는 것 같더군."

밖으로 나오자 비에 젖은 거리에 해가 비치고 있고, 메리디어 호에 대해서는 아무것도 모르는 사람들이 각기 자기의 볼일로 바쁘게 걸어가는 것을 보고 좀 놀랐다. 패치가 길가에 서 있었다. 나를 기다리고 있었다. 그는 곧 내 쪽으로 다가왔다.

"할 이야기가 있소, 샌스."

목소리가 쉰데다 얼굴은 피로한 빛이 짙었다.

나와 점심을 먹기로 되어 있는 호텔에 먼저 가 있겠다면서 헐이 주머니의 잔돈을 쩔렁거리며 가는 것을 패치는 지켜보고 있었다. 목소리가 들리지 않을 만큼 헐이 멀리 가는 것을 기다리지 못하고 패치는 말했다.

"당신 배는 이달 말까지 쓸 수 없다고 말했잖소?"

노기와 울분이 담긴 힐책하는 듯한 말투였다.

"그렇게 말했는데 예정보다 1주일 빨리 끝났소."

"왜 알려주지 않았소? 수요일에 뱃도랑으로 갔더니 이미 떠난 뒤였소. 왜 알려주지 않았소?"

패치는 마침내 갑자기 폭발했다.

"단 하루면 되었소! 그리고 가기만 하면 되었던 거요!"

그는 나를 노려보면서 이를 갈았다.

"아직도 모르겠소? 선체의 구멍을 한 번 보기만 하면 되는 거요. 그랬으면 진실을 말할 수 있었을 텐데…… 이대로는 내 말에 자신을 가질 수 없소. 스스로 무덤을 파고 있는 건지도 모르오. 단 하루, 하루만 도움을 받고 싶었던 거요!"

"그렇게 말하지는 않았잖소! 어찌되었든 그런 조사는 당국에서 해야 한다는 건 너무나 분명한 일이오."

말은 이렇게 했지만, 나로서는 그가 자신의 추측이 옳다는 것을 입증하는 확증을 잡고 싶어하는 기분을 이해할 수 있었다.

"결국 잘 해결될 거요." 나는 패치의 팔을 두들겼다.

"그렇게 되었으면 좋겠지만……. 정말 당신 말처럼 되었으면 좋겠는데……." 목소리를 낮추어 말하며 나를 노려보는 그의 눈이 석탄처럼 눈부시게 타오르고 있었다. "메리디어 호를 밍키 암초에 좌초시킨 그 고생은 모두 헛일이오, 빌어먹을! 잘된 것을……."

패치는 문득 말을 끊고 눈을 크게 뜨며 내 등 뒤를 보았다. 나도 뒤돌아보니 재니트 태거트가 우리 쪽을 향해 똑바로 걸어오는 참이었다.

나는 언젠가 '복수'라는 제목이 붙은 유화를 본 일이 있다. 화가의 이름은 잊어버렸지만, 지금 그것은 아무래도 좋다. 대단한 그림도 아니었으니까. 다만 재니트 태거트의 얼굴 표정이야말로 복수의 그림 바로 그것이었다. 죽은 사람처럼 창백하게 얼어붙은 얼굴에 눈이 엄청나게 컸다. 그녀는 패치 앞에서 걸음을 멈추더니 마구 욕을 퍼부었다.

지금은 재니트 태거트가 한 말을 생각해 낼 수 없지만, 아무튼 상대를 갈기갈기 찢어버리는 듯한 말이 한꺼번에 넘쳐 나왔다. 그녀의 말에 얻어맞고 쩔쩔매는 패치의 눈이 흐려져 가는 것을 보자 나는 두 사람을 남겨두고 도망쳐 버리고 싶었다. 둘의 모습을 빨리 마음에서 내쫓고 싶었다. 대체 재니트 태거트는 자기가 패치를 해칠 만한 힘을 가지고 있다고 여기는 것일까 하고 생각했다.

우리가 서둘러 점심을 마치고 심판법정으로 돌아오니 2시 정각에 바우엔 로지가 심판관석에 앉았다. 이번에는 기자석에 다섯 사람이 있었다. 그들은 뉴스의 냄새를 맡고 독수리처럼 달려온 것이다. 홀랜드가 일어나서 말했다.

"심판장님, 허락하신다면 사건 전모를 밝히기 위해 또 한 사람의 증인을 불러 질문을 할까 합니다."

바우엔 로지가 고개를 끄덕였다.

"좋습니다, 홀랜드 씨. 그러나 첫 번째 증인은 이곳에 남아주십시오. 각 이해관계자를 대표하는 분들이 다시 질문하고 싶어할 테니까요."

나는 히긴스가 다음 증인일 거라고 예상하고 있었다. 그런데 홀랜드는 뜻밖에도 "해럴드 로덴 씨!" 하고 불렀다. 순간 나는 내가 아직 어떻게 말할 것인지 결정하지 못하고 있는 걸 깨달았다.

헐이 증인대에 섰다. 군인다운 부동자세였다. 그는 짧게 요약하여 메리디어 호와 우연히 마주친 일과, 이튿날 아침 버려진 것 같은 배를 발견하게 된 경위를 설명했다. 그가 증인대에서 내려오자 이번에는 내 차례가 되어서 나는 자동적으로 증인석에 가서 섰다. 식은땀으로 온 몸이 흠뻑 젖었다.

선서가 끝난 뒤 대하기 부드러운 도시풍의 홀랜드가 나를 정면으로 보며 조용하고 따분한 목소리로 존 헨리 샌스라는 이름을 확인한 뒤, 직업과 경력 그리고 3월 18일 밤 영국해협에서 시 위치 호를 달리고 있었던 이유를 물었다. 나는 대답하는 내 목소리에서 초조감을 느낄 수 있었다. 법정 안은 아주 조용했다. 바우엔 로지 심판장의 작고 날카로운 눈이 나를 지켜보고 있었다. 홀랜드는 바로 눈앞에 서서 계속 질문을 퍼부었고, 필요하면 따지고 들려고 도사리고 있었다.

저쪽에 패치가 보였다. 몸을 조금 숙이고 앉아 두 손을 마주 쥐고, 긴장하여 몸이 굳어 있었다. 그의 눈은 나를 쏘아보고 있었다. 나는 그날 아침 메리디어 호에 올라탔을 때의 배 안 상황을 이야기하는 도중 문득 결심이 섰다. 메리디어 호가 밍키 암초에 좌초되어 있다고 증언하면 패치를 거짓말쟁이로 만들 것이다. 그의 계획을 뒤집어엎는 것이다. 그러나 그런 일은 차마 할 수가 없었다. 이렇게 되리라는 것은 처음부터 알고 있었지만, 일단 마음을 정하자 이상하게도 조바심이 완전히 사라졌다.

나는 자신을 가지고 말했다. 두 밤낮을 통해 본 패치의 결사적인 분투의 모습을, 피로로 비틀거리며 혼자 화재를 끄고 자기 배를 구해 내려고 계속 싸운 사나이의 모습을 이야기했다.

그의 턱에 난 상처와 석탄가루와 연기에 그을린 처참한 얼굴에 대해 말했다. 하나뿐인 보일러의 증기압력을 올리기 위해 둘이 보일러실에서 땀을 비 오듯 흘리며 석탄을 퍼 넣던 일, 펌프를 걸던 일, 엔진을 사용해서 배꼬리를 바람과 계속 맞서게 한 일, 그리고 파도가 천지를 진동하며 하얗게 용솟음치는 폭포가 되어 바다에 잠긴 뱃머리를 계속 씻어가던 모습을 이야기했다. 그리고 사흘째 되는 날 아침 마침내 퇴선했다고 덧붙임으로써 일단 끝냈다.

이어서 신문이 시작되었다. 패치는 승무원이 퇴선한 일에 대해 뭔가 비판 비슷한 말을 한 적이 있는가? 우리가 보트에 옮겨 탔을 즈음 메리디어 호의 위치를 대략 말할 수 있는가? 만일 그 폭풍우가 없었다면 배도 무사히 어느 항구에 닿을 수 있었겠는가?

라이오넬 폴시트 경이 일어나 짐과 선장과 패치에 대해, 전에 스네터튼이 물은 것과 똑같은 질문을 했다.

"당신은 절망적인 48시간 동안 이 사람과 함께 지냈습니다. 공포와 희망을 서로 나누어 가졌습니다. 그러므로 틀림없이 그는 뭔가 말했을 것입니다. 느끼고 생각한 것을 이야기한 일이 있었을 게 틀림없습니다."

나는 거의 이야기를 나눌 기회가 없었다고 대답했다. 그리고 다시 한 번 우리가 얼마나 지쳐 있었는지, 파도의 울부짖음과 배가 가라앉아가는 초를 다투는 공포감에 대해 이야기했다.

그러자 갑자기 신문이 끝났다. 나는 물기를 바싹 짜낸 누더기 같은 기분으로 법정을 가로질러 자리로 돌아왔다. 의자에 앉으려는데 헐이 내 팔을 붙잡고 속삭였다.

"훌륭했네! 그 사람을 영웅으로 만들었군. 기자석을 보게나!"

그 말을 듣고 기자석을 보니 마치 물이 지나간 듯 텅 비어 있었다.

"이언 플레이저 씨!"

홀랜드가 다시 자리에서 일어났고, 플레이저 선장이 증인석으로 다가가는 참이었다. 그는 우리를 구조했을 때의 모습에 대해 형식대로 증언을 했다. 이윽고 그가 증인석에서 내려오자 홀랜드는 재니트 태거트를 불렀다.

그녀는 죽은 사람처럼 창백한 얼굴로 증인석에 들어갔는데, 똑바로 든 얼굴이 야무지고 조금 반항적으로 보였다. 홀랜드는 그녀의 아버지에 대해 앞으로 증인들이 말하게 될 진술을 이 이상 더 듣는 고통에서 그녀를 해방시키기 위해 미리 그녀를 불러서 물어보는 것이라고 설명했다. 그리고 나서 상냥한 말투로 유도하여 그녀가 알고 있는 아버지의 모습을 말하게 했다. 항구에 들를 때마다 빼놓지 않고 보내온 편지와 그의 풍채, 그녀를 대학에 진학시킬 때까지 베풀어 준 보살핌과 그녀가 7살 때 어머니를 여읜 뒤 보여준 마음 씀씀이에 대해 증언하게 했다.

"바로 몇 년 전까지 저는 아버지가 어버이로서 얼마나 훌륭한 분이었는지 조금도 몰랐습니다. 다 자란 뒤에야 비로소 저를 이만큼 키워주시고 가르치기 위해 아버지께서 얼마나 절약하고 저축하며 일해 왔을까 하는 것을 이해하게 되었습니다."

재니트 태거트는 마지막으로 만났을 때의 아버지 모습을 설명한 다음, 그가 양곤에서 부친 편지를 읽었다. 재니트 태거트가 낮게 떨리는 목소리로 읽어 내려가는 문장 한 줄 한 줄에는 딸에 대한 애정과 염려가 담겨 있었다.

그 사람은 죽고 이제 없다고 생각하자 그녀의 목소리를 듣는 것이 무척 안타까웠다. 그녀가 읽기를 마치자 헛기침을 하며 의자에서 침착하지 못하게 몸을 움직이는 사람들의 수군거림이 들렸다.
 "이것으로 끝내겠습니다, 태거트 양." 홀랜드는 증언 내내 변치 않았던 상냥한 말투로 말했다.
 그러나 재니트 태거트는 증인석에서 움직이지 않았다. 핸드백에서 한 장의 그림엽서를 꺼내들고 서서 패치를 바라보았다. 그 얼굴 표정을 보면서 그녀의 말을 듣고 있으니 온 몸에 소름이 끼쳤다.
 "2, 3일 전 아덴에서 이 그림엽서를 받았습니다. 부치는 것이 늦어진 모양입니다."
 그녀는 바우엔 로지 심판장에게 시선을 돌렸다.
 "아버지가 부치신 겁니다. 일부를 읽어도 괜찮을까요?"
 그가 허락하는 뜻으로 고개를 끄덕이자 재니트 태거트는 말을 계속했다.
 "아버지는 이렇게 썼습니다. '회사는 가엾은 애덤스 노인과 교체하여 일등항해사로 패치라는 사람을 보냈단다.'"
 그녀는 엽서를 보며 읽는 것이 아니었다. 그림엽서를 꼭 쥔 채 똑바로 심판장을 바라보고 있었다. 모조리 외고 있었다.
 "'이 결과가 어떻게 될지는 알 수 없다. 소문에 듣자니 그는 배를 좌초시킨 일이 있다는구나. 일부러 말이다. 그러나 무슨 일이 생기더라도 내가 한 일이 아니라는 것을 지금부터 단언해 둔다. 재니, 너에게 하느님의 보살핌이 있기를 빈다. 나를 잊지 말아다오. 만일 모든 일이 잘되면 이번에는 약속대로 이 항해가 끝날 때 너를 만날 수 있을 것이다.'"
 목소리가 중얼거리는 것처럼 되었다. 온 법정 안이 숨을 죽였다. 그녀는 너무 꽉 쥐어서 금방 튕겨 나올 듯한 용수철 같았다.
 재니트 태거트가 내미는 그림엽서를 홀랜드가 받았다.
 "증인은 내려가 주시오." 바우엔 로지가 말했다.

그러나 재니트 태거트는 몸을 돌려 저쪽에 있는 패치를 향하고 있었다. 그리고 패치가 자신을 보호하기 위해 아버지에게 더러운 이름을 씌웠다고 무섭게 비난했다. 벨 아일 호 실종사건도 조사해 보았으므로 자신은 이미 그 진상을 알고 있으며, 앞으로 심판장이 진상을 알게 되는 것을 두고 볼 작정이라고 울부짖었다. 심판장이 방망이로 책상을 두들겼다. 홀랜드가 그녀 옆에 서서 타이르고 있었다. 그러나 재니트 태거트는 그를 무시하고, 화재와 창고의 침수와 그녀의 아버지가 배에서 난을 당한 것은 모두 패치의 책임이라고 힐책했다. 그동안 패치는 창백한 얼굴로 넋을 잃고 가만히 앉아 있었다.

"당신은 악당이야!"

증인석에서 끌려 내려오며 재니트 태거트는 울음 섞인 목소리로 부르짖었다.

그리고는 갑자기 축 늘어지더니 온 몸에 경련을 일으켰다. 무섭게 울부짖고 몸부림치며 급히 심판정 밖으로 끌어내는 대로 몸을 내맡겼다.

법정 안의 긴장이 조금 늦추어졌다. 아무도 패치를 보지 않았다. 이윽고 바우엔 로지의 태연한 목소리가 이 긴장을 완전히 풀기까지 모두 멍하니 앉아 있었다.

"다음 증인을 불러주시오."

"도널드 머스터스!"

홀랜드가 다시 일어서 있었다. 심판법정은 본디의 상태로 돌아가기 시작했다. 전문분야의 증인이 잇달아 나와 선체와 의장에 대해 상세한 것을 말하고 수명과 상태에 대해 판단을 내렸으며, 요코하마 검사단과 만재흘수선 증명서를 발급한 로이드 선급협회 직원의 선서진술서가 제출되었다. 그밖에 양곤항 항무 책임자의 선서진술서와 트레아눈지아타 호 및 그 화물의 적재상태에 대한 자료도 제출되었다.

다음에 홀랜드는 "안젤라 페트리 부인" 하고 불렀다.

남자뿐인 법정의 증인석에 페트리 부인이 들어서자 흥미로운 듯이 여기저기에서 웅성거렸다.

페트리 부인은 델리메어 상선회사가 1947년 델리메어와 글린리와 그녀 자신을 중역으로 하는 유한회사로 설립된 것을 설명했다. 이 회사는 주로 인도와 동아시아를 대상으로 수입 업무를 맡아하는 완전한 무역회사였다. 나중에 글린리가 중역을 그만두고 대신 싱가포르에서 같은 종류의 사업을 하는 군데르센이 들어와 투자함으로써 사업은 상당히 번창했다. 페트리 부인은 또박또박 기억에서 끌어낸 숫자를 들었다.

"그리고 현재 회사의 경영상태는?" 홀랜드가 물었다.

"문을 닫으려는 참입니다. 자발적인 청산이지요."

"그것은 델리메어 씨가 죽기 전에 결심된 일입니까?"

"네, 물론이지요. 몇 달 전에 결정한 일입니다."

"뭔가 특별한 이유라도 있습니까?"

페트리 부인은 우물쭈물하더니 이윽고 대답했다.

"세금 문제 때문입니다."

조용한 웃음소리의 잔물결이 법정 안에 퍼졌다. 홀랜드는 다시 자리에 앉았다. 거의 틈을 주지 않고 패치의 해사보좌인이 일어섰다. 여위고 깡마른 사나이가 새된 목소리로 말했다.

"심판장님, 증인은 델리메어 씨가 이 회사를 설립하기 전에 어떤 재산횡령사건에 관계된 일이 있었음을 아는지 묻고 싶습니다."

바우엔 로지가 눈썹을 찡그렸다. 그는 무뚝뚝하게 대답했다.

"직접 관계있는 질문이라고 인정할 수 없습니다, 펜튼 씨."

"그 질문에 대답하겠습니다."

페트리 부인의 목소리는 주저함이 조금도 없이 분명하고 힘찼다.

"그는 무죄를 언도받았습니다. 방금 한 발언은 확실한 증거의 뒷받침이 없는 악질적인 비방입니다."

펜튼은 좀 당황한 표정으로 자리에 앉고 라이오넬 폴시트 경이 일어섰다.

"심판장님, 증인에게 회사설립 때 배를 구입한 사실이 있었는지 어떤지를 묻고 싶습니다."

바우엔 로지가 그것을 묻자 페트리 부인은 대답했다.

"한 척도 없습니다."

"자금이 없었다는 말입니까?" 라이오넬 경이 물었다.

페트리 부인이 그렇다고 대답했다.

"그렇다면 아주 작은 규모의 사업이었군요?"

"네."

"그럼 어째서 '델리메어 상선회사'라는 이름을 붙였습니까? 좀 지나치게 거창한 명칭이 아니었을까요?"

"델리메어 씨는 배에 대해 굉장한 관심을 가지고 있었습니다. 해군에 복무한 일도 있었으므로 그의 희망은 언젠가…… 아무튼……."

부인은 자랑스러운 태도를 지어보였다.

"아무튼 배를 갖는 것으로 끝을 맺었습니다."

"회사의 배는 메리디어 호와 트레 아눈지아타 호 두 척이이었지요? 그밖에는?"

부인은 고개를 저었다.

"아니오, 그 두 척뿐입니다."

라이오넬 경은 흘끗 앞에 놓인 서류를 보았다.

"메리디어 호 구입계약은 작년 6월 18일에 끝났군요. 트레 아눈지아타호는 언제 구입했습니까?"

페트리 부인은 이때 처음으로 조금 망설였다.

"정확히는 기억하고 있지 않습니다."
"지난해 4월이었습니까?"
"기억하고 있지 않습니다."
"당신은 이 회사의 중역이고, 그 배의 구입으로 상당히 많은 비용이 나갔을 겁니다. 당신에게 그 매매에 관한 기록이 없다는 말씀입니까?"
라이오넬 경은 조금 목소리를 날카롭게 가다듬었다.
"있을지도 모릅니다. 그러나 상세히 모릅니다. 그 무렵에는 급속히 발을 넓히고 있는 중이어서 그 일은 모두 싱가포르 지사에서 처리했습니다."
"그러고 나서 당신은 충분한 보고를 받지 않았다는 말입니까?"
페트리 부인이 고개를 끄덕이자 라이오넬 경은 거듭 물었다.
"군데르센 씨가 중역으로 들어온 때가 언제지요?"
"지난해 3월 2일입니다."
"그럼, 해운관계 업무는 그가 중역으로 취임한 결과겠군요?"
"그렇다고 생각합니다."
라이오넬 경은 심판장에게로 향했다.
"한 가지만 더 증인에게 질문하고 싶습니다. 이미 알고 계시겠지만, 메리디어 호는 이번 항해를 마지막으로 고철로 팔기로 되어 있었습니다. 트레 아눈지아타 호는 두 번의 항해를 마치고 중국에 팔아넘겼습니다. 이들 매매거래의 이익이 어느 정도였는지 알고 싶습니다."
바우엔 로지가 그 문제를 물었으나 페트리 부인은 고개를 가로저었다. 그것을 알지 못했다.
"그럼, 이들 배를 손에 넣었을 때의 값은 얼마였지요?" 라이오넬 경이 부인에게 직접 물었다.

"금액도 아직 보고를 받지 못했습니다."

"누가 돈을 조달했는지도 당신은 모르겠군요?"

페트리 부인은 고개를 끄덕였다.

"유감스럽게도 모릅니다, 모두 싱가포르 지사에서 처리되었기 때문에."

라이오넬 경은 고개를 숙여 보이고 나서 앉았다. 페트리 부인은 증인석에서 나와 자기 자리로 돌아갔다. 나는 부인의 시선이 내 바로 뒤에 앉은 사람에게 쏠려 있음을 보고 틀림없이 군데르센이라고 생각했다. 그녀의 얼굴은 창백하고 겁에 질려 있었다.

헐이 얼굴을 바싹 붙이고 속삭였다.

"라이오넬은 그 회사를 마치 눈엣가시처럼 여기고 있는 것 같군."

나는 고개를 끄덕이며, 아마 패치는 라이오넬 경이 신문할 때까지 델리메어가 배를 침몰시켜 달라고 부탁했다는 사실을 공표하지 않을 작정인가 보다고 생각했다. 당연한 일로 여겨졌다. 그리고 그의 보좌인인 펜튼이 던진 그 질문도 방법은 어설펐지만 어느 부분에서는 효과가 있었다고 생각했다.

향수 냄새를 풍기는 페트리 부인이 자리로 돌아올 무렵 군데르센의 차가운 성난 목소리가 들렸다.

"왜 제대로 말하지 않았소? 몇 주일 전에 숫자를 보고하잖았소?"

그러자 페트리 부인이 낮은 목소리로 대답했다.

"이런 때 숫자 같은 게 생각나겠어요?"

그때 홀랜드가 "한스 군데르센" 하고 불렀다.

군데르센은 경리담당 중역으로서의 신분을 분명히 함으로써 강한 인상을 주었다. 그는 사업가로서 사실과 숫자에 정통했다. 홀랜드로부터 독촉받기 전에 그는 이 회사와 합친 이유, 메리디어 호와 트레아눈지아타 호를 구입한 이유, 그 자금을 조달한 방법, 그리고 기대

되는 이유을 정확하게 증언했다.

군데르셴은 델리메어 상선회사에서의 자기 이권을 차갑고 딱딱한 사업용어로 설명했다. 그는 싱가포르와 동아시아의 여러 항구에도 많은 이권을 가지고 있었다. 이 작은 회사의 문제에 관여하는 것은 당시 그의 사업적 관심에 꼭 들어맞았다. 군데르셴은 두 척의 고물배를 손에 넣었다. 용선료(用船料)와 운임이 계속 오르고 있었으므로 1년만 지나면 상당히 유리한 조건으로 배를 팔 수 있다고 보았다. 마침 델리메어와 아는 사이였고, 이 거래가 끝나자마자 회사를 그만두어도 좋다는 말을 들었기 때문에 매매의 거간꾼으로서 델리메어 회사를 고른 것이었다.

"내 경험으로 볼 때 이런 장래를 내다보고 매매에 손댈 경우 이것이 가장 이득이 큰 방법입니다" 하고 군데르셴은 덧붙였다.

트레 아눈지아타 호의 경우 군데르셴의 예상은 제대로 들어맞았다. 이 배는 사들인 값보다 훨씬 많은 액수로 중국에 팔아넘겨졌다. 그러나 메리디어 호는 그렇게 되지 않았다. 그가 생각했던 것보다 선체가 낡았다. 그 결과 이 배는 한 번 항해시킨 뒤 영국에서 고철로 팔아버리기로 결심했다. 사들인 값과 분해수리비를 밑도는 헐값이라도 이 항해에서 얻을 순이익을 더하면 회사에 조금 이익이 남을 터였다. 군데르셴은 종이 쪽지 한 장을 홀랜드에게 건네주었다.

"이것이 수치계산 숫자입니다. 확정적인 것과 대충 계산된 것이 있습니다."

홀랜드는 그것을 심판장인 바우엔 로지에게 넘겨주고 나서 자리에 앉았다. 심판장은 숫자를 훑어보고 고개를 끄덕이며 흘끗 라이오넬 경 쪽을 보았다. 심판장이 일어나서 말했다.

"증인에게 묻고 싶은데, 이 두 배의 구입 자금을 댄 것이 누구인지, 그리고 정확하게 그 사람은 이 거래에서 어떤 식으로 이익을 올릴 작정이었는지 알고 싶습니다."

바우엔 로지가 그것을 묻자 군데르센은 금방 대답했다.

"물론 내가 자금을 냈습니다. 그것을 담보로 이 회사의 주식 증자분을 모두 차지하는 조건이었습니다."

라이오넬 경이 계속해서 물었다.

"다시 말해 당신이 이 회사의 중역이 된 동기에는 이득이 있을 거라고 생각했기 때문이라는 말씀이군요?"

"물론이지요. 나는 사업가이니까요."

라이오넬 경은 메마른 미소를 지어 보였다.

"잘 알았습니다. 그런데 메리디어 호 건 입니다만, 당신은 이 배가 생각했던 것보다 더 낡았다고 했습니다. 그런데 어떻게 해서 그런 값비싼 화물의 운송을 맡게 되었습니까? 델리메어 씨가 손을 썼습니까?"

"아닙니다, 내가 싱가포르의 거래처를 통해 따냈습니다. 그쪽 실업계에서는 내 이름이 널리 알려져 있음을 알아주시기 바랍니다."

"또 한 가지 깊이 들어간 질문을 하겠습니다. 이 두 척의 배——메리디어 호와 트레 아눈지아타 호——를 1월 7일부터 11일까지 양곤강에서 같이 있도록 한 것은 어떤 이유에서였습니까?"

"질문하시는 참뜻을 모르겠습니다. 회사의 경영은 일체 델리메어 씨가 맡아했습니다. 그러나 한 척은 영국에서 중국으로 향하고 있고, 또 한 척은 일본에서 앤트워프로 향하고 있으면 두 배는 어디선가 마주치게 됩니다."

라이오넬 경은 다시 몇 가지 질문을 했으나, 군데르센은 배의 경영에 대한 상세한 점은 일체 책임지기를 거부했다.

"양해해 주시기 바랍니다만, 나는 여러 가지 일에 시간을 앗기고 있습니다. 이것은 아주 작은 일에 지나지 않습니다. 관계하고 있는 각 회사의 자잘한 일에 일일이 관여할 수는 없습니다."
"그러나 당신은 메리디어 호 사건을 듣자 곧 싱가포르에서 멀리 날아와 줄곧 이 나라에 머물러 있지 않았습니까?"
"물론입니다. 나는 이 회사 중역이고, 이것은 중대한 문제니까요. 뭔가 이상한 일이 일어났을 때는 현장에 있어야 합니다. 특히 델리메어 씨가 죽었기 때문에……."
"마지막으로 한 가지만 더 묻겠습니다. 델리메어 씨가 화물 감독자로서 메리디어 호에 타고 있었는데, 그것은 무엇 때문입니까? 최근에는 매우 보기 드문 일이지요."
군데르센은 어깨를 으쓱했다.
"델리메어 씨는 사무관계를 처리하기 위해 요코하마에 가 있었습니다. 그는 부자가 아니었고, 긴 여행은 그런 식으로 자기 회사 배를 이용하는 것이 싸게 먹히지요."
더 이상 신문이 없었다. 군데르센은 증인석을 내려왔다. 그는 런던 양복점에서 만든 것임을 첫눈에 알 수 있는 짙은 회색 더블 양복을 입었고, 어디까지나 전형적인 영국 실업가다운 온후하고 담박한 관록이 충분했다.
다시 전문분야의 증인이 계속 뒤를 이었다. 이윽고 바우엔 로지가 휴정을 선포했다.
"내일 아침 10시 30분에 개정하겠습니다."
헐을 따라 복도로 나오는데 누군가가 내 소매를 잡았다.
"샌스 씨지요?"
몸이 작은 백발의 노부인이 묘하게 미소를 띠고 있었다.
"그렇습니다."
어디서 본 듯한 얼굴이었다.
"네, 그런 듯싶기는 했지만 나는 사람 얼굴을 잘 기억하지 못하기

제2부 심판 211

때문에…… 눈이 잘 보이지 않는답니다. 그 애는 이런 무서운 사건에서도 좋은 친구를 가져서 정말 기뻐요. 그 말씀을 드리고 싶어서…… 당신은 정말 훌륭했어요, 샌스 씨."

과연 닮았다고 나는 생각했다.

"어머님이시군요."

나는 패치를 찾아 둘러보았다. 노부인이 말했다.

"제발! 그 애는 내가 온 줄 몰라요. 알면 몹시 화를 낼 거예요. 그 애는 브리지워터로 만나러 왔을 때도 이 일에 대해서는 아무 말도 하지 않았어요. 하지만 뭔가 고민하는 일이 있다는 걸 금방 알았지요." 노부인은 조그맣게 한숨을 내쉬었다. "7년 만에 만났어요. 나 같은 늙은이에게는 아주 긴 시간이랍니다, 샌스 씨. 그 애 하나밖에 없으니까요, 기디언 밖에. 그 애 아버지도 돌아가셨기 때문에……."

노부인은 미소지으며 내 팔을 두들겼다.

"이런 넋두리는 듣고 싶지 않겠지요. 그 애가 좋은 친구를 가져서 기쁘다는 걸 말씀드리고 싶었을 뿐이에요. 이번에는 문제없겠지요? 그렇게 생각하시지요, 샌스 씨?"

"네, 문제없을 겁니다." 나는 낮은 목소리로 말했다. "라이오넬 폴시트 경이 배에 실은 짐과 회사에 초점을 맞추고 있는 게 확실하니까요."

"네, 나도 그렇게 생각하고 있었어요."

나는 호텔까지 바래다주겠다고 말했으나 노부인은 끝까지 사양했다. 노부인은 활짝 미소를 지으며 잠시 서 있더니 사람 물결 속으로 휩쓸려 가버렸다. 나는 헐과 함께 그의 자동차로 갔다. 노부인이 버스를 기다리고 서 있는 모습이 언뜻 눈에 들어왔다. 좀 전의 침착한 표정은 사라지고 초라하니 약간 불안해하는 모습이었다.

그날 밤은 헐의 집에서 머물기로 되어 있었기 때문에 우리는 역에서 내 여행 가방을 찾아 버섬에 있는 그의 집으로 차를 달렸다. 바닷가까지 잔디밭 비탈이 있는 자그만 기와집이었다. 나는 사우샘프턴에서 저녁신문을 샀다. 신문은 메리디어 호 사건 관계기사로 첫 장을 가득 메우고 별면에까지 3단을 차지하고 있었다.

'메리디어 호 전임 선장 딸, 법정 안에서 정신착란 일으키다. 메리디어 호 실종의 수수께끼는 깊어지다.'

헐은 저녁 식사를 마친 뒤 패치에 대해 꼬치꼬치 캐묻기 시작했다. "자네는 세인트 피터 포트 섬에서 우리와 만난 그날 그에 대해 별로 이야기를 하지 않았었지."

그는 창가에 서서 젖빛으로 흐려진 저녁바다를 내려다보고 있었다. 그곳에는 두 척의 요트가 매어져 돛대가 강한 바람에 흔들리고 있었다. 헐은 몸을 돌려 나를 보았다.

"그때 벨 아일 호에 대한 것을 알고 있었겠지?"

나는 무슨 이야기를 하려는 걸까 생각하면서 고개를 끄덕였다. 방에는 스탠드가 여기저기 켜지고, 동양식 놋쇠세공품이 반짝거렸으며, 빙바닥에 큰 호랑이 털가죽이 깔려 아주 기분이 좋았다. 최근 두 달 동안 내가 겪어온 생활과는 전혀 달랐다. 내 손에 들려진 포도주 잔까지 딴 세상의 환상처럼 생각되었다. 헐이 창에서 떨어져 다가와 마주앉았다.

"존, 결국은 자네 문제니까 캐묻고 싶지는 않네. 정말 그 사람 일이 잘될까?"

"무슨 말인가?"

"사람의 일이란 자세히 확인한 뒤가 아니면…… 즉……"

그는 우물쭈물하며 하고 싶은 말을 찾는 듯했다. "만일 패치가 그 배를 조난시켰다면――일부러 조난당하게 했다면――그건 살인죄가 되네. 법적으로는 과실 치사죄로 처리될지 모르지만, 하느님 앞에 서면 그는 살인범일세."

"그는 그런 짓을 하지 않았네!"

"확실한가?"

"절대로!"

그리고 나는 의자등받이에 등을 기대며 왜 이런 말을 했을까, 어째서 그런 확신을 가지게 되었을까 스스로에게 물었다.

"그렇다면 다행이군." 헐이 말했다. "하지만 존, 자네가 증인석에 서 있는 동안 내내 그를 두둔한 사실을 알았기 때문일세. 자네는 증언을 골라 숨길 것은 숨기고, 가끔 망설이고 있었네. 뭐, 걱정할 필요는 없겠지. 아무도 눈치채지 못했을 테니까. 나는 자네를 알고 있기 때문에 알아차렸지. 세인트 피터 포트 섬에서는 자네가 아직 깊이 생각해 볼 여유가 없었으므로 뭔가 숨기고 있다는 것을 나는 첫눈에 알았네. 그리고 그게 무엇인지도 눈치를 챘었지."

헐은 숨을 돌리고 포도주를 조금 마시며 덧붙였다. "그러나 조심해야 하네. 나는 라이오넬 폴시트 경을 알고 있네. 클럽의 회원이거든. 그리고 그의 솜씨도 본 적이 있네. 그가 발톱을 세우고 자네에게 덤벼드는 일이 없도록 조심하게나."

3 미스터리한 화재와 침수

이튿날 아침 심판정으로 차를 달릴 때도 바람은 여전히 불고 길은 축축이 젖어 있었다. 심리는 10시 30분 정각에 배에 실은 짐 관련 증언에서부터 시작되었다. 뒤이어 한 의사가 불려나와 술 이외에 아무것도 먹지 않던 사람이 술을 끊음으로써 목숨을 잃는 일은 충분히 있을 수 있다고 확실히 말했다. 그동안 법정 안은 계속 뭔가를 기다리며 어수선했다. 일반방청석도 기자석도 가득 차 있었다. 이윽고 홀랜드가 "알프레드 히긴스 씨" 하고 불렀다.

히긴스가 커다란 몸집을 증인석으로 들이밀자 법정 안은 갑자기 기대를 담아 죽은 듯 조용해졌으므로 11시를 치는 시계 소리가 선서하는 동안에도 똑똑히 들렸다.

히긴스는 칙선변호인에게 올해 43살이라고 대답하고, 선원 자격에 대하여 질문받자 지금까지의 경력을 말했다. 그는 아버지의 거룻배로 바다생활에 첫발을 내디며 15살까지 동해안 항구들을 건너다녔다. 그러나 어느 밀수사건에 말려들어 바나나 전용선으로 밀항해 도망쳤다. 그 뒤에도 해상생활을 계속하여 이 배 저 배 옮겨 다니며 세계의 주요 항로를 경험했다. 횡범식 범선(네모진 돛을 양 뱃전에 걸쳐 대칭으로 펴는 초기 형태의 돛을 단 범선), 부정기 화물선, 정기선, 예인선, 내항선도 탔었다. 히긴스는 이 배의 이름들을 로이드 선급협회 등록부에서 멋대로 골라 읽고 있듯 막힘없이 큰 몸집에서 토해냈다.

그러고 나서 메리디어 호가 요코하마를 출범했던 무렵으로 거슬러 올라가 이야기하기 시작했다. 그의 말에 따르면 메리디어 호는 못이 건들거리고 외판이 삐걱거리는 바다에 뜬 널[棺], 중국해의 잡동사니에서 주워온 흠투성이의 철제 대야였다. 태거트 선장에 대해서는 다만 '늘 술만 퍼마시며 다 죽어가고 있다는 것을 배 안 사람이 다 알았다'고만 말했다.

일등항해사는 황달을 앓고 있었고, 삼등항해사 라이스는 항해사면허를 얻어서 두 번째 배를 타는 24살의 애송이에 지나지 않았다. 즉 히긴스 자신만이 갑판부에서 유일하게 신뢰할 수 있는 승무원이었다는 암시였다. 당장에라도 덤벼들려는 황소 같은 모습으로 증언대에 서서 목에 뭐가 걸린 것 같은 껄끄러운 목소리로 증언하는 모습이 굉장히 인상적이었다.

싱가포르, 양곤, 아덴 등의 순서로 그는 패치가 든 것과 같은 땅을 모조리 열거했으나 보는 눈은 달랐다. 그의 말에 따르면 '배가 좀먹은 걸레 같은 화물선이었던데 비해 승무원들의 질은 그다지 나쁘지 않았다'는 것이었다. 패치에 대해서는 '좀 대범하지 못한 타입'이라고 말했으며, '그러나 전력이 있는 사람이 다시 지휘를 하게 되면 그렇게 되는 게 당연할 것'이라고 덧붙였다.

이윽고 이야기는 비스케 만을 통과할 때의 상황으로 옮겨갔다. 패치가 조바심하며 위압적인 태도로 나와 선주며 승무원들과 사이가 좋지 못했던 상황이 단편적으로 엿보였다.

"그러나 라이스는 달랐습니다. 그 녀석은 이른바 이단자였으니까요."

그리고 폭풍우와, 뱃머리가 침수된 배와, 화재로 타버린 무전실에 대해서는 패치처럼 시각적인 표현을 하지 않고 무뚝뚝하게 사실만을 늘어놓았다. 창고에 물이 스며들기 시작했을 때 그는 자기 방 침대에서 자고 있었다. 그리고 브리지의 당직을 넘겨받아 이튿날 아침 10시까지 꼬박 11시간 동안 일했다. 그 뒤 보다 철저하게 델리메어 씨를 수색했다. 패치가 하라고 명령한 것은 아니었다. 당직에서 풀려난 뒤 자발적으로 한 것이다. '해군 출신으로 배 안의 모범이었던' 델리메어가 파도에 휩쓸렸다고는 믿어지지 않았기 때문이다. 42시간이나 뜬 눈으로 보낸 뒤이긴 했지만.

홀랜드가 물었다.

"델리메어 씨를 좋아했습니까?"

"좋을 것도 싫을 것도 없었습니다. 그러나 방금도 모범이었다고 말했지만, 틀림없이 그러했습니다."

"그때 당신은 패치 선장에게 퇴선하자고 권고했었지요?"

"네, 그렇습니다. 의논하는 형식이었습니다. 델리메어 씨와 둘이서 깊이 생각한 뒤에 말한 것이었습니다."

"어째서?"

"배가 그런 상태였으니까요. 싱가포르에서 오는 동안 벌써 두 차례나 큰 폭풍을 뚫고 나왔었지요. 패치는 없었지만 말입니다. 그리고 비스케 만의 폭풍우는 그때까지 뚫고 나왔던 것보다 훨씬 더 힘들었습니다."

"그러고 나서 당신은 앞쪽 창고에서 폭발이 일어났다고 생각했습니까?"

"그런 생각은 전혀 하지 않았습니다. 배가 썩은 걸 알고 있었고, 사실 무섭게 물을 뒤집어쓰고 있었습니다. 그래서 오래 견디지 못할 거라고 생각했습니다. 우리가 겁에 질려 있었던 게 아니냐고 한다면, 그때 바다가 어떠했는지 생각해 주시기 바랍니다. 그 파도로는 구명보트 하나도 타고나갈 수 없었습니다. 오래 떠 있을 수는 더구나 없었지요. 보트에 옮겨 탄다고 생각하는 것만도 담력이 필요했습니다. 특히 전쟁 중 지겨울 정도로 그런 일을 경험한 델리메어 씨로서는 말입니다. 잠시 뒤 배가 떠서 머뭇거리며 상태가 좋아졌기 때문에 혹시 가망이 있을지도 모른다고 생각했습니다."

이어서 뒤쪽 창고의 화재와 그들이 퇴선한 날 밤의 일로 옮겨갔다. 그것은 밤 9시 20분쯤이었다. 화재를 발견한 사람은 기관원인 웨스트였다. 그는 고물의 거주구역에서 나와 3번 창고 해치에서 연기가 올라오는 것을 발견했다. 그는 곧 전화로 브리지에 보고했다. 그때 라이스도 브리지에 있었으므로 히긴스는 확인하러 그를 보내고 패치에게 보고하도록 일렀다. 그는 증언하는 가운데 한 번도 패치를 '선장'이라고 부르지 않았다.

"그래서 어떻게 되었습니까?"

홀랜드가 재촉했다.

"약 15분 동안 더 이상 아무 보고도 듣지 못했습니다. 그러나 화재라는 것은 알고 있었습니다. 뒷갑판의 하역등이 켜져 있고, 승무원들이 갑판 위를 뛰어다니며 법석이었으니까요. 그때 패치가 무서운 몰골로 온 얼굴이 그을음투성이가 되어 브리지로 올라와 만일을 위해 보트를 뱃전 밖으로 끌어내 두도록 명령했습니다. 거기서 내가 소화반을 지휘할까 물었더니, 그럴 필요 없다면서 라이스가 지휘하고 있다고 말했습니다. 그 뒤 그는 뭔가 결단하기 어려운 듯 잠시 거기에 서 있었습니다. 그러고 나서 조금 뒤 라이스가 겁먹은 얼굴로 브리지에 뛰어올라와 화재가 점점 더 번져간다고 말했습니다. 그 말을 듣자 패치는 그에게 퇴선준비를 전하라고 명령했습니다. '자네는 기관실에 알리게, 히긴스, 그리고 소화반을 지휘하게. 라이스, 자네는 상갑판의 지휘를 해주게. 내가 명령할 때까지 소동을 일으키지 않도록 주의하게'라고 말했는데, 그때가 그를 마지막으로 본 것이었습니다."

그 뒤는 지휘자가 없어 빚어진 혼란이 역력하게 머리에 떠올랐다. 히긴스와 그의 부하는 다시 15분쯤 화재와 싸웠으나 불길이 점점 기세를 더해가서 그들로서는 감당해 낼 것 같지 않았다. 승무원들은 겁을 먹게 되었다. 그들은 배에 악마가 씌워졌고, 짐도 폭발물이라고 믿고 있었다. 히긴스는 라이스를 보내 더 이상 승무원들을 누를 수가 없다고 패치에게 보고하도록 했는데, 그가 돌아와 패치의 모습이 보이지 않는다고 말했다.

"그때쯤 승무원들은 이미 공포 상태에 빠져 있었습니다. 몇 사람은 벌써 보트 갑판에서 3번 보트에 옮겨 타려 하고 있었습니다. 나로서는 퇴선명령을 내리는 수밖에 없었습니다."

그 명령이 내려지자 보트를 향해 밀고밀치는 큰 소동이 벌어졌다. 히긴스가 보트 갑판으로 가서 보니, 3번 보트가 뱃머리만 밧줄에 매달린 채 승무원 하나가 가까스로 달라붙어 있었다. 1번 보트도 벌써 내려져 있었다. 이 보트는 텅 비었는데, 뱃전에 부딪쳐 산산조각이

나 있었다. 히긴스는 주먹을 휘둘러 갑판의 혼란을 가라앉히고 얼마쯤 질서를 회복시킨 다음 승무원들을 두 반으로 나눠 남은 두 척의 보트에 타도록 했다. 그는 라이스에게 4번 보트를 지휘하도록 시켜 무사히 떠나는 것을 볼 때까지 기다렸다. 그리고 나서 5번 보트를 내리게 하여 밧줄을 풀었다. 메리디어 호가 달리고 있었으므로 히긴스의 보트가 물에 닿았을 때는 위치가 상당히 달라져서 라이스와의 연락이 끊어졌다. 그리고 두 번 다시 돌이킬 수가 없었다.

홀랜드가 물었다.

"그렇다면 본선이 달리고 있는 가운데 보트로 옮겨탔다는 말입니까?"

"네. 패치의 지시에 따라 나는 기관실 사람들에게 퇴선준비를 명령했습니다. 내가 명령을 내릴 때 그들은 엔진을 끄라는 지시를 전혀 받지 않았으며, 그 뒤 아무도 끄러 내려가지 않았습니다."

"그러나 당신이 명령을 한 이상……."

"대체 명령이 무슨 소용 있습니까?" 히긴스가 무서운 표정을 지었다. "패치는 없어졌습니다. 사라진 겁니다. 보트 한 척은 이미 돛대에 거꾸로 매달려서 타고 있던 사람이 모두 바닷속으로 빠졌고, 또 한 척은 뱃전에 부딪쳐 부서졌으며, 승무원은 정신을 잃고 우왕좌왕 야단이었습니다. 누군가가 엔진을 끄러 내려가서 운 좋게 올라왔다 하더라도 남은 두 척의 보트는 이미 없어졌을 겁니다. 라이스와 나는 보트를 어떻게든 무사히 떼어 내리는 것이 고작이었습니다."

"놀랐는데요!"

홀랜드가 힘을 주었다. "당신은 경험이 풍부한 뱃사람이므로 틀림없이 부하를 어떻게든 통솔해서……."

히긴스가 다시 가로막았다.

"당신은 상상력도 없습니까? 어떤 상태였는지 상상이 가지 않습니까? 패치는 없고, 승무원은 법석을 떨고, 불은 폭발물이 실린 짐 위를 마구 타들어가고 있었단 말이오!"

"그러나 그건 폭발물이 아니었소!"

"우리가 알 리 없잖습니까!"

"요코하마에서 실은 나무상자 속에는 항공기용 엔진이 들어 있다는 증언을 들었습니다. 다른 물건이라고 믿을 만한 증거는 아무것도 ……."

"지금은 항공기용 엔진이라는 것을 알았지만……." 히긴스가 재빨리 말했다. "그때는 그렇게 생각했다고 말씀드리는 겁니다. 우리는 배에 폭발물이 가득 차 있다고 생각했던 겁니다."

"짐 목록을 보지 않았습니까? 패치 선장이 배 안 게시판에 사본을 붙였다던데……."

"그게 어떻다는 겁니까?" 히긴스는 화를 내며 되물었다. "승무원들은 게시판에 나붙은 것은 무엇이든 믿지 않습니다. 그리고 말해 두지만, 메리디어 호 같은 배에 타는 사람들은 짐 목록 같은 건 상대하지 않습니다. 특히 중국해에서는 말이오. 우리는 무식할지는 모르지만 바보는 아니오. 짐 목록이란 믿을 수 있도록 그럴 듯하게 적어놓은 종이쪽에 지나지 않소. 적어도 내가 생각하기에는 그렇소. 그리고 그렇게 생각하는데는 또한 그만한 이유가 있소."

이 말에 대해 홀랜드는 아무 반응도 보이지 않았다. 거친 말투 때문에 심판장으로부터 주의를 들었으나, 조용히 나무라는 정도였다. 히긴스는 생긴 모습 그대로, 체험한 목소리로 사물을 말하는 한낱 떠돌이로 받아들여졌다. 어느 의미에서 볼 때 그는 당당한 존재였다. 그는 단조로운 법정 안을 쥐고 흔들었다. 그러나 그것은 거친 그의 성격 때문이 아니었다. 그가 법정 안을 쥐어흔든 것은 좀 색달랐기 때문에, 인간성의 다른 한 면 즉 권위 같은 것에는 눈도 깜박하지 않는, 법을 모르는 거친 바다의 사나이였기 때문이었다.

이윽고 홀랜드가 말했다.

"결국 온 세계 배들에서 여러 가지 이상한 일이 일어나는 것을 보아왔다는 말이로군요. 그럼, 메리디어 호에서 일어난 사건보다 더 이상한 일이 연속적으로 일어난 예를 들 수 있습니까?"

히긴스는 입을 다물고 있다가 머리를 내저었다.

"아니, 모르겠는데요."

"앞쪽 창고의 침수 말입니다만, 당신은 폭발물 때문으로는 생각지 않는다고 했지요?"

"그런 말을 한 기억은 없습니다. 그런 일은 조금도 생각지 않았다고 말했습니다. 그때는 말입니다. 그밖에도 생각할 일이 얼마든지 있었거든요. 어찌되었든 나는 그때 브리지에 없었으니까요."

"그런데 지금은 어떻게 생각하고 있습니까?"

히긴스는 머리를 내둘렀다.

"어떻게 생각해야 할지 모르겠소."

"화재에 대해서는 어떻습니까? 사고였을까요?"

"아, 그 화재 말입니까? 그건 다르지요."

히긴스의 교활해 보이는 작은 눈이 긴장된 얼굴로 그를 지켜보는 패치 쪽으로 얼른 돌려졌다.

"누군가가 일부러 불을 냈다고 생각합니까?"

"그, 그렇지요."

"당신은 누구에게 혐의를 두고 있습니까?"

"글쎄요. 하지만 그가 배에 오르자 곧 귀찮은 일이 일어난 것은 확실합니다."

히긴스는 밧줄을 거는 굵고 튼튼한 쇠못 같은 목을 패치 쪽으로 돌렸다.

"그도 그럴 것이, 전과가 있는 사람이 꼬리를 잡히게끔 일하지는 않을 테니까요. 정말 때를 맞춰 곧 선장이 죽었지."
"태거트 선장의 죽음이 누군가의 책임이라는 말입니까?"
홀랜드의 목소리에 나무라는 느낌이 담겨 있었다.
"아무도 탓하지는 않소. 그러나 누군가가 그 가엾은 선장의 술을 훔쳤고, 그로써 덕을 본 자는 한 사람밖에 없다고 말하는 겁니다."
홀랜드가 자리에 앉자 흥분의 술렁임이 법정 안에 번져갔다. 패치의 보좌인인 펜튼이 틈을 주지 않고 일어났다. 그는 지금 한 말은 확실한 증거가 없이 행해진 것으로, 명예훼손이 된다고 항의했다. 심판장도 그 말에 동의하고 몸을 앞으로 내밀어 태거트 선장이 몇몇 승무원을 야단친 것이 사실이냐고 히긴스에게 물었다. 히긴스는 사실이라고 인정했다.
"당신도 그 속에 있었습니까?" 홀랜드가 다시 물었다.
"가엾게도 그 사람은 정신착란을 일으켰던 겁니다!" 히긴스는 분노를 터뜨렸다.
"그럼, 당신을 야단칠 때는 제정신이 아니었지만, 패치 씨를 야단칠 때는 제정신이었다는 말입니까?" 바우엔 로지의 목소리는 얼음처럼 차가웠다.
"아무튼 나에게는 아무 이득도 없었습니다. 그가 죽었어도 말이오." 히긴스는 힘 있게 대꾸했다.
"태거트 선장은 정말로 술이 떨어졌었는지 어땠는지 당신 의견을 묻고 싶습니다."
히긴스는 머리를 내둘렀다. "아덴의 식료품점에서 가져온 것이 많이 있었을 겁니다. 한꺼번에 다 마시지는 않았을 테니까요. 그런 터무니없는 일은 있을 수 없습니다."
"그때는 어떻게 생각했습니까? 그의 나무람을 심각하게 생각했습니까?"

"그렇지 않았습니다. 사람이 그처럼 미쳐 있는데 누가 진지하게 받아들이겠습니까?" 히긴스는 이 질문이 무엇을 뜻하는지 잘 모르겠다는 듯 멍청한 표정을 지었다.

"그는 술을 마셨는지도 모르고 안 마셨는지도 모릅니다." 히긴스는 쉰 목소리로 말했다. "누군가가 훔쳐냈는지도 모르지만, 글쎄요, 나는 그의 기분을 가라앉히기 위해 배 안을 찾아보았으나 그의 술은 한 병도 발견되지 않았습니다. 물론 술이 떨어지면 죽는다는 사실을 알고 있었더라면, 세관에 뇌물을 주고라도 한 병 정도 가져다 살려줄 만한 녀석이 있었을 텐데……."

바우엔 로지가 고개를 끄덕였다. 펜튼이 히긴스의 신문을 시작했다. 펜튼은 패치가 퇴선준비를 명령한 일이 전혀 없었다는 것을 인정하게 만들려고 했으며, 자세한 부분에서 갈피를 못 잡게 만들어 굴복시키려고 했다. 그러나 히긴스는 반대신문에는 위험한 증인이었다. 그는 패치를 신용하지 않는다는 것을 대답할 때마다 분명히 하며 처음 증언에서 한발도 물러나지 않았다.

그러나 라이오넬 폴시트 경은 달랐다. 그의 관심은 짐에 있었다. 증인은 어떤 동기로 요코하마에서 실은 나무상자 속의 물건이 폭발물이라고 믿게 되었는가? 나무상자를 실을 때 뭔가 발견했는가? 심판장이 그 질문을 되풀이하자 히긴스는 나무상자를 실을 때는 아직 그 배의 승무원이 아니었다고 말했다.

"그럼, 이등항해사로서 고용된 것은 언제였습니까?" 바우엔 로지가 물었다.

"출범하기 전날입니다." 히긴스가 대답했다. "그때는 이미 짐 싣는 작업이 완전히 끝나고 창고 문이 닫혀 있었지요. 그래서 배를 출범시키기만 하면 되었던 겁니다."

"짐 목록을 보았습니까?"

"아니오, 한 번도 보지 못했습니다. 보게 된 것은 나중이었습니다."

"그럼, 왜 그것을 폭발물이라고 생각했지요?"

"부두 근처에서 나돈 소문 때문이었습니다."

"그 소문이 곧 승무원들 사이에 번져갔군요?"

"그렇습니다."

"'항공기용 엔진'이라고 분명히 기록된 나무상자에 폭발물이 들어 있었던 전례를 알고 있습니까?"

"직접 겪지는 않았지만, 폭발물을 넣고 다른 물건이라고 쓴다는 이야기는 들었습니다. 까다로운 규제를 피하기 위해서지요."

"그렇다면 짐 목록에 기록된 물건이 아닌 다른 것이 들어 있다는 확실한 증거를 얻은 건 아니었군요?"

"네."

"당신은 이 뜬소문을 가라앉히기 위해 온 힘을 다했습니까?"

처음으로 히긴스가 당황한 태도를 보였다. "아, 아니오. 솔직히 말해서 그렇게 말할 수 없습니다."

"왜 가라앉히려 하지 않았지요?"

히긴스의 목 힘줄이 부풀어올랐다. "그건 내가 할 일이 아닙니다. 내가 알 바 아니잖습니까?"

바우엔 로지가 한쪽 눈썹을 치켜 올리며 흘끗 라이오넬 경을 보았다. 다음 신문은 배가 양곤강에 머물러 있던 나흘 동안으로 옮겨갔다. 히긴스는 다른 사람과 상륙한 것을 인정했다.

"그야 나가는 게 당연하잖습니까? 회사 부담 비용으로 48시간 상륙허가를 해주는 것은 늘 있는 일이 아닙니다. 이유? 델리메어 씨가 좋은 사람이기 때문이지요. 그는 승무원들을 부릴 줄 알았습니다."
다시 라이오넬 경이 직접 증인에게 질문했다.
"배에 돌아왔을 때, 트레 아눈지아타 호 승무원 누군가와 이야기를 나누었습니까?"
"네, 일등항해사 슬레이드가 나와 기관장과 한잔하기 위해 찾아왔었지요."
"당신은 그들이 실은 짐을 옮긴 이유를 물었습니까?"
"아니오. 그러나 슬레이드가 말해 주었습니다. 신기로 예정되어 있었던 강철관의 수송항 문제로 사무 착오가 생겼기 때문에 옮겨 실어야 했다고 말입니다."
"그 점에 대해 애덤스 일등항해사와 이야기해 보셨습니까?"
"아니오."
"그러나 배에 돌아왔을 때 그와 만났겠지요?"
"네."
"트레 아눈지아타 호 승무원이 메리디어 호의 짐을 멋대로 건드렸다는 것을 은근히 비추지 않던가요?"
"아니오." 그러고 나서 히긴스는 얼른 덧붙였다. "만일 그런 일이 있었다면 그가 알았을 겁니다. 왜냐하면 내가 만났을 때 그는 일어나 돌아다니며 이틀 동안 푹 잤더니 기분이 좋다고 말했으니까요."
"원면을 실은 때는 애덤스 일등항해사가 앓고 있어 당신이 감독했었지요?"
히긴스가 시인하자 라이오넬 경이 다시 물었다. "짐이 쌓여 있는 모양이 어딘지 이상하다고 느끼지 않았습니까?"
"아니오."
"확신합니까?"
"물론 확신합니다."

라이오넬 경의 조그만 머리가 앞으로 내밀어지더니 목소리가 갑자기 또렷하고 엄숙해졌다. "어떻게 단언할 수 있지요? 당신은 방금 요코하마에서 승선했을 때 짐 싣는 작업은 이미 끝나 있었다고 말하지 않았습니까?"

 그러나 히긴스는 쉽게 넘어가지 않았다. 혀로 마른 입술을 핥았는데, 그것이 그가 보인 유일한 동요의 표시였다. "짐을 실을 때 나는 없었지만, 위에 실은 일본산 무명과 레이온 제품을 들여낼 때 보았습니다. 나는 특히 나무상자가 어떻게 실려 있는가에 주의했습니다. 왜냐하면 원면이 준비되는 대로 그 위에 실어야한다고 생각했기 때문입니다."

 라이오넬 경은 고개를 끄덕였다. "한 가지만 더 묻겠습니다. 당신은 출범 전날까지 메리디어 호에 승선해 있지 않았다고 했는데, 어떤 사정 때문이었습니까?"

 "그때까지 고용되지 않았기 때문입니다."

 "누가 당신을 고용했습니까? 태거트 선장이었습니까?"

 "아니, 델리메어 씨였습니다. 물론 태거트 선장이 서류에 서명하긴 했지만, 고용한 것은 델리메어 씨였습니다."

 "어째서지요?"

 히긴스가 눈썹을 찌푸렸다. "어째서라니요?"

 "그가 당신을 고용한 이유를 묻고 있는 겁니다. 보충승무원 모집에 응모한 것은 당신 혼자였습니까?"

 "그런 건 아니었지만……." 히긴스는 법정 안을 흘끗 둘러보더니 또 입술을 핥았다. "그런 것 같지는 않았습니다."

 "보통 형식으로 고용된 게 아니었다는 말입니까? 당신은 델리메어 씨에게 개인적으로 고용되었습니까?"

 "말하자면 그렇지요." 히긴스는 거북한 말투로 대답했다.

"그 사정을 여기서 설명해 줄 수 있습니까?"

히긴스는 주저했다. "저, 델리메어 씨와 나는 이상한 곳에서 만났습니다. 그쪽은 이등항해사가 결원이었고, 마침 나는 일자리를 찾고 있던 참이어서…… 뭐, 그렇게 된 겁니다."

"어디서 만났지요?"

"부두 바로 옆에 있는 술집. 이름은 기억하고 있지 않습니다."

"미리 약속했습니까?"

히긴스의 얼굴이 빨개지며 목의 힘줄이 부풀어 올랐다. "물론, 미리 약속해 두었었지요." 그는 마치 이 일을 꼬투리삼아 싸움을 걸기라도 할 듯 노기를 띠며 말했다.

그러나 라이오넬 경은 다만 "고맙습니다, 그 점을 알고 싶었던 겁니다"라고 말하며 자리에 앉았다.

그는 두 가지 점을 명확히 했다. 즉 만일 델리메어 상선회사가 메리디어 호의 조난을 계획하고 있었다면 성패의 열쇠인 짐을 이동했으리라고 생각할 수 있다는 점, 그리고 히긴스라면 그들에게 다시없는 좋은 앞잡이가 되었을 거라는 점이었다. 그러나 그는 히긴스에 대해 결정적인 증거를 잡을 수 없었다. 바로 이것이야말로——훨씬 뒤에 그가 헐에게 털어놓은 말이지만——가장 안타까운 점이었다. 그의 의뢰인인 보험회사가 보험금 지급 거부를 정당화하는데는 뭔가 보다 확실한 증거가 필요했다.

마침내 그가 결심을 굳히게 된 것은 다른 생존자들의 증언으로, 그 중에도 화재 발생 당시 히긴스와 함께 브리지에 있었던 키잡이 율스의 증언이 가장 타격적이었다. 그는 겁을 먹고 약간 더듬거리면서 증언했다. 그다지 강력한 증인은 아니었지만, 패치가 퇴선준비 명령을 내렸다는 진술만은 흔들리지 않고 완고하게 고집했다. 그리고 아주 자연스럽게 말했기 때문에 패치의 보좌인이 틈을 주지 않고 일어나 그를 위협했지만, 그는 자주 눈짓으로 히긴스의 도움을 구하며 결코 흔들리지 않았다.

오전 동안의 증인은 율스가 마지막이었으므로 패치가 여러 단체 보좌인들의 반대신문에서 얼마나 악전고투할 것인가는 헐이 말하지 않아도 잘 알 수 있었다. 심판정은 아직 진상을 파악하지 못하고 있었다. 과연 진상은 무엇인가? 헐이 점심을 먹으며 물었으나 나는 '하느님만이 아신다'고 대답할 수밖에 없었다.

헐이 말했다.

"델리메어가 창고에 불을 질렀을 리는 없고……."

나도 동감이었다. 그 즈음 델리메어는 이미 죽고 없었다. 그렇다면 히긴스라는 말이 된다. 바우엔 로지도 점심을 들면서 그 가능성을 생각했는지 다시 심리가 열리자 곧 율스를 다시 불러 당직승무원의 행동에 대해 치밀하게 신문했다. 율스는 히긴스가 오후 8시부터 당직이었는데 한 번도 브리지를 떠나지 않았다고 단언했다. 다음으로 기관장 버로스가 불려나와 오후 5시부터 8시까지 저녁 식사를 하기 위해 잠깐 쉬었을 뿐 계속 그와 죽은 두 승무원과 함께 포커를 하고 있었다고 분명히 증언했다.

생존자들이 한 사람씩 차례로 증인대에 나와 각각 다른 각도에서 그때까지 제기되었던 일――그 배에는 악마가 붙어 있었다는 것, 폭발물을 싣고 있었다는 것, 침몰할 운명이었다는 것――을 입을 모아 증언했다. 그것은 스스로 비극의 씨를 지니고 다니는 사나이들의 이야기였다.

마침내 홀랜드가 패치를 불렀다. 패치가 다시 증언대에 섰다. 약간 등을 굽히고 난간을 잡은 두 손마디가 창백한 얼굴 못지않게 파리했다. 걱정으로 환자 같은 표정이었으며, 입 언저리가 실룩거리고 있었다.

바우엔 로지가 우선 그를 신문하여 화재가 일어난 뒤 그가 내린 명령 하나하나를 세밀하게 물었다. 그리고 라이스가 화재 발생을 보고하기 위하여 그의 방으로 뛰어들어온 순간부터 시작해서 처음부터 끝까지 되풀이하게 했다. 이윽고 패치가 앞서 증언한 대로 정확하게 되풀이하자 바우엔 로지는 어깨를 조금 으쓱해보였다. 홀랜드가 다시 신문을 계속했다. 패치는 신문을 받는 동안 내내 뭔가를 숨기는 것이 분명했다. 궁지에 몰린 표정으로 온 몸을 긴장시키며 떨고 서 있는 모습에서 분명히 그것이 느껴졌다. 신문이 앞뒤로 왔다갔다하여 줄거리를 얻지 못했으나, 그는 자신이 얻어맞고 까무러친 일과 화재는 방화였다는 주장을 바꾸려고 하지 않았다.

"그렇다면 누가 그랬을까요?" 바우엔 로지가 캐고 들었다.

그러자 패치는 억양이 없는 생기 잃은 목소리로 대답했다.

"그것은 심판정이 결정할 문제입니다."

그런 다음 각 이해관계자 보좌인들에게 바통이 넘겨졌다. 그들은 태거트 선장과 델리메어에 대해, 패치의 승무원 지휘에 대해, 메리디이 호의 내항성에 대해서 심하게 추궁했다. 마지막으로 상선승무원협회 보좌인이 일어나 퇴선하던 날 밤 그가 내린 명령을 차례로 되풀이하도록 시키자 바우엔 로지는 흘끔흘끔 시계에 신경을 쓰기 시작했다.

마침내 라이오넬 경이 일어나서 실은 짐에 대해 집중적으로 물었다. 만일 패치가 그 나무 상자 속이 비어 있었다든가, 항공기용 엔진이 아닌 다른 것이 들어 있었다고 말했다면 일은 그걸로 끝나고 라이오넬 경은 만족했을 것이다. 그러나 패치로서는 그런 말을 할 수 없었으므로 신문이 길게 계속되어 라이오넬 경은 마침내 모든 가능성을 다 내놓고 말았다. 라이오넬 경은 잠시 생각에 잠기며 금방이라도 주저앉을 것처럼 보였다. 그는 몸을 굽히며 메모를 들여다보더니 돋보기안경 너머로 눈을 치켜뜨며 말했다.

"심판장님, 증인이 메리디어 호에 타게 된 경위를 설명하도록 해주시겠습니까?"

이 질문을 받자 패치는 황달로 입원한 애덤스 일등항해사 대신 타게 되었다는 것을 이미 말한 줄 안다고 아주 태연하게 대답했다.

"네, 물론 그렇지요." 라이오넬 경이 지루한 듯이 말했다. "내 말은 즉 누가 서명하여 당신을 채용했느냐 하는 겁니다. 태거트 선장이었습니까, 델리메어 씨였습니까??"

"태거트 선장입니다."

"그가 상륙해서 직접 채용했습니까?"

"아니오."

"그럼, 누가 상륙해서 채용했지요?" 라이오넬 경의 목소리는 여전히 지루했다. 그리하여 흔해빠진 문제를 취급하고 있는 듯한 인상을 주었다.

"델리메어 씨입니다."

"델리메어 씨?" 라이오넬의 얼굴이 갑자기 놀라는 표정으로 바뀌었다. "그랬군요. 그리고 그것은 비밀리에 행해졌겠지요? 어느 술집에서 만났다든가——미리 약속해 두고서." 그 목소리에는 빈정대는 느낌이 담겨 있었다.

"아닙니다, 우리는 직업소개소에서 만났습니다."

"직업소개소? 그럼, 그곳에는 당신 말고도 직장이 없는 항해사가 있었겠지요?"

"네, 두 사람 있었습니다."

"그런데 델리메어 씨는 왜 그들 중에서 뽑지 않았을까요? 왜 당신을 골랐을까요?"

"메리디어 호라는 말을 듣자 다른 사람들은 싫다고 했습니다."

"그런데 당신은 거절하지 않았군요. 어째서지요?" 패치가 대답하지 않자 라이오넬 경이 거듭 다그쳤다. "그 이유를 말해 주시겠습니까?"

"일자리를 갖고 싶었기 때문입니다."

"배를 내린 지 얼마나 지났었지요?"

"11개월."

"당신은 그전에 동아프리카 연안 항로를 다니던 아폴로 호라는 이름의 보잘것없는 이탈리아 소형선에서 이등항해사로 일한 적이 있었지요. 당신 같은 전적을 가진 사람을 갑자기 6000톤 외항선의 일등항해사로 오라고 했을 때 이상하게 생각되지 않았습니까?"

패치가 아무 대답도 하지 않자 라이오넬 경이 되풀이했다.

"이상하게 생각지 않았습니까?"

패치는 온 법정 안의 시선을 받으며 대답했다. "그런 생각은 전혀 하지 않았습니다."

"그런 생각은…… 전혀, 하지 않았다고요……." 라이오넬 경이 그를 쏘아보았다. 목소리의 울림, 고개의 움직임 등에 그를 거짓말쟁이로 생각한다는 것이 나타나 있었다. 그는 바우엔 로지를 돌아보았다.

"심판장님, 9년 전 1월 3일에서 4일에 걸친 밤중에 싱가포르 근해에서 일어난 사건의 전말을 요약해서 말해 주도록 부탁해 주시겠습니까?"

난간에 놓인 패치의 손에 힘이 들어갔다. 궁지에 몰린 그의 모습은 처절했다. 폭풍을 알리는 바람이 한 번 불고 지나간 뒤처럼 법정이 웅성거렸다. 바우엔 로지가 라이오넬 경을 굽어보았다.

"벨 아일 호 일입니까?" 그는 여전히 속삭이는 목소리로 덧붙였다. "그럴 필요가 있다고 생각하십니까, 라이오넬 경?"

"절대로 있습니다." 단호하고도 타협의 여지가 없는 대답이었다.

바우엔 로지는 다시 시계를 흘끗 보고 나서 패치에게로 질문을 돌렸다. 패치는 몸을 긴장시키고 입술을 실룩거리며 대답했다.
"그때 제출된 보고서가 있을 겁니다."
바우엔 로지는 라이오넬 경을 바라보며 이 문제를 캐물을 것인지 어떤지 눈으로 물었다. 그가 묻고 싶어하는 것은 뻔했다. 당장 덤벼들 듯 조그만 머리를 내밀고 증인석의 사나이를 가만히 지켜보는 침묵 속에서 그 뜻을 읽을 수 있었다.
"이용될 만한 보고서가 있다는 것은 잘 압니다." 그는 얼음처럼 차가운 목소리로 말했다. "그러나 직접 당신으로부터 이야기를 듣는 것이 원칙일 겁니다."
"이미 심판정이 판결을 내린 이상 거기에 대해 의견을 말하는 것은 옳지 않습니다."
"당신 의견을 묻는 것이 아닙니다. 사실의 대강 줄거리를 요구하고 있는 겁니다."
패치의 손이 자신도 모르게 난간을 쳤다. "그 일이 메리디어 호 실종과 어떤 관계가 있다고 생각되지 않습니다."
그의 목소리는 크고 거칠어져 있었다.
"그것은 당신이 할 말이 아닙니다!" 라이오넬 경이 받아넘겼. "두 가지 사건에는 유사점이 있습니다."
"유사점!" 패치가 그를 노려보고 난간을 두들기며 거칠게 말했다. "아, 물론 있지요."
그는 몸을 돌려 심판장을 향했다. 아직 분노가 가시지 않은 표정으로 자제력의 끈이 끊어진 듯했다. "그 천덕스러운 이야기를 자세히 듣고 싶단 말씀이지요! 좋습니다. 나는 취해 있었습니다. 매우 취해 있었습니다. 아무튼 클레이븐이 증언대에서 떠든 얘기로는 그랬습니다. 그날 싱가포르는 찜통 속처럼 더웠습니다."

여전히 심판장을 바라보고 있었으나 그는 이미 아무것도 눈에 보이지 않고 자신의 이력을 망친 그 날의 싱가포르만을 바라보고 있는 듯했다.

"무덥고 땀이 비오듯 쏟아지는 더위였습니다." 그는 힘없이 말했다. "그것도 기억하고 있고, 벨 아일 호를 가지고 나간 (자기가 지휘하여 출항했다는 뜻) 것도 기억하고 있습니다. 그러나 그 뒤의 일은 아무것도 기억에 없습니다."

"당신은 정말 취해 있었습니까?" 바우엔 로지가 물었다. 그의 목소리는 부드럽고 상냥하다고 해도 좋을 정도였다.

"네, 그랬겠지요…… 어느 의미에서는. 두세 잔은 마셨습니다. 그러나 취할 정도는 아니었습니다." 패치는 난폭하게 덧붙였다. "정신을 못 차릴 정도로 마시지는 않았습니다."

패치는 잠시 사이를 두고 말을 이었다. "새벽 2시 23분, 그들은 천둥치듯 밀어닥치는 파도를 타고 배를 아난배스 제도에 좌초시켜 산산조각으로 만들었지요."

"당신도 눈치채고 있겠지만……." 라이오넬 경이 조용히 말했다. "그 뒤 여러 가지 뜬소문이 있었습니다. 당신이 보험금을 목적으로 배를 좌초시킨 게 아닐까 하는 것이었지요."

패치는 자세를 고쳐앉았다. "최근 몇 해 동안 내가 좋아서 택한 장사로도 제대로 먹고 살지 못한 사람이오! 그런 일은 생각조차 할 수 없소!"

거친 익살이었다. 그는 난간을 잡고 다시 심판장을 돌아보았다.

"그들은 내가 그 항로를 명령했다고 말하고 항해일지에 그 증거를 남겼습니다. 나 자신의 필적으로 씌어 있더군요. 클레이븐――그때 이등항해사였는데――은 그 항로로 가도 괜찮겠느냐고 묻기 위해 내 방으로 왔으나 내가 야단쳐서 내쫓았다고 증언했습니다. 나중에 그는 위치측정을 한 뒤 다시 내 방으로 위험을 알리러 왔으나 나는——그의 말을 빌리면——정신없이 취해 있어 일으킬 수가 없었기 때문에 다시 브리지로 돌아가 자기 임의로 항로를 바꿨다고 말입니다. 그러나 그때는 이미 늦어버린 뒤였다나요. 이것이 그의 증언입니다. 너무도 교묘하게 주장했기 때문에 모두 그의 말을 믿었습니다. 내 보좌인까지도 정말인 줄 알고 있었습니다."

패치는 고개를 돌려 히긴스를 바라보았다. 그리고는 중얼거리듯 말했다. "암, 틀림없이 비슷한 점이 있고말고요……."

"어떤 비슷한 점이지요?"

라이오넬 경이 못 믿겠다는 듯 가벼운 말투로 물었다.

패치가 몸을 돌렸다. 나는 그가 간단히 흔들리는 것을 보고 안타까웠다. 패치는 호통을 칠 것만 같았다.

"그렇지 않소? 클레이븐은 거짓말쟁이였소. 항해일지 기록은 가짜였소. 벨 아일 호는 글래스고의 못된 그리스 인 패거리의 소유였는데, 그들은 파산 직전에 몰려 있었소. 그런데 보험금으로 간신히 구제된 거요. 보험금은 6개월 뒤 전액 현금으로 지급되었으니까. 갖가지 소문이 나돌기 시작한 것은 그때부터였소."

"그러니까 당신은 그 일에 아무 관계도 없었다는 말이군요?"

"물론."

"클레이븐이라는 사람이 당신 술에 수면제를 넣었다고 말하고 싶은 거지요?"

그것이 그의 공격자세를 무너뜨리고 기세를 죽였다. 패치는 '그렇습니다' 하고 중얼거렸으나 말끝이 거의 들리지 않았다.

바우엔 로지가 두 사람의 대화를 중단시키고 물었다. "당신은 그 그리스 인 회사와 델리메어 상선회사 사이에 유사점이 있다는 겁니까?"

그러자 패치는 몸을 돌리고 목소리를 가다듬어 대답했다. "네, 그렇습니다. 내가 말하고 싶었던 것은 바로 그 점입니다!"

그러자 이것은 그냥 들어 넘길 수 없다며 델리메어 상선회사 보좌인이 일어나, 지금 그 말은 대단한 폭언이며 배의 창고에서 화재가 일어났을 때 이미 죽은 사람에 대한 부당한 헐뜯음이라고 항의했다.

바우엔 로지가 고개를 끄덕였다. "당연한 말씀입니다, 스마일스씨. 만일 정당한 이유가 없다면 말입니다."

바우엔 로지는 패치를 향해 물었다. "그런 진술을 하는데는 뭔가 까닭이 있겠지요?"

'지금이야!' 하고 나는 생각했다. 지금이야말로 델리메어의 유혹을 밝혀야 할 것이다. 그것을 뒷받침할 증거가 있든 없든 패치가 할 일은 그것밖에 없다. 그러나 패치는 동기와 기회라는 논점에서 자기 고발을 납득시키려고 했다. 즉 회사는 파산정리중이었다는 것, 이 배의 상실로 이익을 얻는 것은 회사밖에 없다는 점을 들었다.

"그렇지 않다면 무엇 때문에 선주가 배에 탔겠습니까?" 패치는 힘주어 되물었다.

5개월 가까운 항해! 만일 아무 이유 없이 승선한 거라면 중역으로서 터무니없는 시간낭비다.

"그 이유가 있었다고 나는 말하는 겁니다." 패치는 분명히 공언했다.

스마일스 보좌인이 벌떡 일어났으며 바우엔 로지가 재빨리 질문을 던졌다. "당신은 그 배가 버려져 마침내 실종된 원인을 잊어버린 것 같군요. 당신은 뒤쪽 창고에 화재를 일으켰다는 혐의로 델리메어 씨를 고발할 생각입니까?"

그 질문에 패치는 움찔했다. "그렇지 않습니다."

"그때 그는 이미 죽어 있었지요?"

"그렇습니다." 패치의 목소리가 중얼거림으로 바뀌었다.

그때 줄곧 서 있던 스마일스 보좌인이 대체 회사가 어떤 동기에서 자기 배를 매장시키려 했겠느냐고 물었다.

"그 배는 해체해서 고철로 팔기로 결정되어 있었습니다. 군데르센 씨가 제출한 숫자로도 알 수 있습니다만, 그 값은 1만 5000파운드를 약간 웃도는 액수로 예정되어 있었습니다. 이 배의 보험계약액은 3만 파운드입니다. 그러니 겨우 1만 5000파운드의 차이밖에 없습니다. 단지 그것을 노려서 회사가 모든 승무원의 생명을 위험에 빠뜨리는 짓을 했다고 생각하는 겁니까?"

"동기를 캐는 것은 이 심리 범위 밖의 일입니다." 바우엔 로지가 말했다. "우리의 관심사는 다만 사실에 있습니다."

심판장은 라이오넬 경 쪽을 흘끗 보았다. 라이오넬 경이 일어났다.

"심판장님, 여기서 나는 증인에게 대단히 중대한 질문을 하려고 합니다. 증인은 3월 18일 밤 메리디어 호 3번 창고에 방화를 했는가 하지 않았는가, 또는 불이 나게 장치를 했는가 하지 않았는가입니다."

갑자기 숨을 삼키는 기척이 기대의 몸부림처럼 법정 안에 퍼졌다. 라이오넬 경과 심판장의 눈이 한순간 마주쳤다. 이윽고 바우엔 로지가 천천히 고개를 끄덕이며 증인 쪽으로 몸을 돌렸다. 심판장은 증인을 내려다보며 조용하고도 아주 또렷한 말투로 물었다.

"이것은 내 의무로 생각되기 때문에 말해 두겠는데, 내 의견으로는 메리디어 호 실종 사건은 다른 법정에서 논의되어야 할 만한 문제인 것 같습니다. 따라서 만일 이 노골적인 질문에 대답하기 싫으면 하지 않아도 좋습니다. 그것을 전제로 하고 묻겠습니다."

그리고 나서 바우엔 로지는 같은 질문을 되풀이했다.

"아니오, 하지 않았습니다." 패치는 목소리를 크게 하여 대답했다.

맑고 또렷한 목소리였다. 그는 라이오넬 폴시트 경에게로 몸을 돌려 덧붙였다. "만일 내가 배에 불을 질렀다면 애써 끌 리가 없지 않습니까?"

그것은 효과 있는 반론이었다. 라이오넬 경은 어깨를 으쓱해보일 뿐이었다.

"우리는 그 배가 일부만 불에 탄 채 가장 가까운 암초——아마 프랑스 연해가 되겠지만——에 좌초되어 있을 가능성도 생각해 보아야 합니다. 여러 증언들로 판단하면 스무 길 바다 속에 침몰되었다고 보는 게 옳겠지만. 그 당시는 저기압이 접근중이었고, 샌스 씨의 도움을 얻었기 때문에 당신 생각이……."

바우엔 로지가 조심스럽게 경고의 헛기침을 들려주었다. 라이오넬 경이 낮은 목소리로 사과했다. 심판장은 또 시계를 보고 나서 몸을 기울여 배석심판관들과 의논을 나누었다. 그리고 드디어 휴정을 선포했다.

"내일 아침 10시 30분까지 휴정합니다."

한동안 아무도 움직이지 않았다. 그들이 움직였을 때는 나는 그 부당한 처사에 어이가 없어 화가 난 채 자리에 앉아 있었다. 남의 과거를 들추어내어 아무런 확증도 없이 이처럼 그 사람의 얼굴에 침뱉던 지듯 그 죄를 묻다니. 패치는 막대기를 삼킨 듯한 표정으로 아직 증인대에 우뚝 서 있었으며, 라이오넬 경은 서류를 집어 들면서 다른 보좌인들이 던진 하찮은 농담에 미소를 짓고 있었다.

패치가 마침내 몸을 움직여 법정을 가로질러왔다. 나는 아무 생각 없이 그를 맞으려고 걸어 나갔는데, 헐이 내 팔을 잡았다. "조용히 생각하도록 가만히 놓아두는 편이 좋네. 가엾은 사나이로군."

"무슨 생각을 말인가?" 나는 화가 나서 물었다. 나는 아직 부당한 처사에 화가 가라앉지 않았던 것이다.

"내일 말할 것을 말일세." 헐이 말했다. "그는 아직 모든 사실을 털어놓지 않았고, 라이오넬 폴시트도 그걸 알고 있네. 그 이야기는 내일도 좋고 형사재판법정에서 해도 좋겠지만, 언젠가는 말해야 하네."

형사재판!

"결국은 그렇게 되겠지." 나는 중얼거렸다.

그러나 진상이 밝혀져야 한다. 그리고 그 진상이, 그것이 무엇이든 저 밍키 암초에 숨겨져 있다.

"그에게 말해 두어야 할 일이 있네." 나는 말했다.

갑자기 결심이 선 나는 사람들을 헤치고 패치 쪽으로 다가갔다.

이름을 불러도 그는 알아듣지 못했다. 여기서 나가고 싶은 생각밖에 아무것도 마음에 없는 듯했다. 내가 붙잡자 패치는 깜짝 놀라 홱 돌아보았다.

"아, 당신이오?" 그는 떨고 있었다. "무슨 볼일이오?"

나는 소름이 끼칠 정도로 무섭고 절박한 패치의 표정에 전율을 느끼며 그를 바라보았다. 이마에 아직 땀방울이 맺혀 있었다.

"대체 왜 이야기를 하지 않소?"

"무슨 이야기?" 패치의 눈이 갑자기 모든 표정을 잃고 텅 비어 있었다.

"델리메어 말이오. 왜 이야기하지 않지요?"

패치의 눈이 두리번거리며 나에게서 벗어났다.

"이야기할 게 없잖소." 그는 나직이 말했다.

내가 심판정은 진상을 알 권리가 있다고 말하자 그는 "그 일이라면 내버려두오. 잠자코 내버려둬!"라고 말하면서 등을 돌려 문 쪽으로 걸음을 재촉했다.

나는 뒤를 쫓았다. 그렇게 버려둘 수는 없었다. 그가 바라고 있는 기회를 줘야 한다. 나는 메리디어 호 승무원의 작은 무리를 헤치고 바깥복도에서 그를 뒤따랐다. "당신을 그곳으로 데리고 가겠소. 심판이 끝나는 대로 곧!"

그는 여전히 자유의 세계로 이어지는 바깥현관 쪽으로 걸으면서 머리를 내둘렀다. "이미 늦었소."

그의 태도에 화가 치밀어 나는 그의 팔을 붙잡고 끌어당겼다.

"못 알아듣겠소? 내 요트를 빌려주겠다는 거요. 시 위치 호는 랠워스 후미에 닻을 내리고 있소. 그곳까지는 24시간이면 갈 수 있소."

그러자 패치가 몸을 돌렸다.

"늦었다고 하지 않소!" 내뱉는 듯한 말투였다.

그리고 그의 눈이 내게서 벗어나 갑자기 가늘어지며 분노로 불타올랐다. 그의 근육이 긴장되는가 싶자 그는 팔을 뿌리치고 가려 했다. 돌아보니 거기에 히긴스가 서 있었다. 키잡이 율스를 한옆에 거느리고 패치를 가만히 바라보고 있었다. 내 주위에서 사람들이 수군거리며 복도를 지나가는 패치를 지켜보았다. 그들은 혹시 그가 많은 사람을 죽음으로 몰아넣은 장본인이 아닐까 생각하고 있는 것이었다.

나는 몸을 돌려 헐의 모습을 찾았는데, 그때 히긴스가 내 팔을 잡았다. 나는 순간 이 사나이의 야수같이 엄청난 팔힘을 의식했다.

"지금 말하는 소리를 들었지." 목에 뭐가 걸린 것 같은 껄끄러운 목소리로 말하며 얼굴을 바싹 다가붙이는 히긴스의 숨결에서 김빠진 맥주 냄새가 확 풍겼다. "만일 놈을 그리로 데려갈 생각이라면……."

히긴스는 잠깐 입을 다물고 핏발 선 작은 눈을 가늘게 뜨며 내 팔을 놓았다.

"결국 저 녀석을 대신해서 키를 잡겠다는 거군!" 까칠까칠한 목소리였다. "저자는 나쁜 녀석이야. 뭐, 그건 아무래도 좋겠지. 아무튼 당신이 호된 꼴을 당하게 될 뿐이야!"

히긴스는 몸을 돌려 사람들을 헤치고 걸어갔다. 몸집 작은 율스가 그 뒤를 따랐다.

곧 헐이 왔다. 진지한 표정이었다.

"지금 라이오넬 폴시트 경과 이야기하고 왔는데……." 헐은 나란히 현관 쪽으로 걸으며 말했다. "내가 생각한 대로더군. 역시 그가 뭔가 숨기고 있다고 보고 있네."

"누구, 패치?" 나는 아직 히긴스가 한 말에 마음을 쏟고 있었다. '그곳'이 메리디어 호라는 것을 눈치챘을까 불안해졌다.

"그렇지. 물론 이건 인상에 지나지 않네. 라이오넬은 아무 말도 하지 않으니까. 그러나……." 헐은 말끝을 흐렸다. "패치가 묵고 있는 곳을 아나?"

나는 고개를 끄덕였다.

"자네가 그 사람을 보증한다면, 내가 그를 붙잡고 상황을 설명해 주겠네. 만일 그가 귀찮은 일을 피할 생각이라면 실정이 그렇다네. 그것이 현재의 실정일세. 아무튼 나는 그렇게 판단했네. 오늘 밤 그를 만나세."

우리는 큰길 맞은편 술집으로 가서 한잔했다. 거기서 나는 패치에게 전화를 걸었다. 그는 안벽 아래 기슭의 하숙집에 머물고 있는데, 안주인의 말이 그가 돌아오긴 했으나 코트를 입고 또 나갔다는 것이었다. 버섬에 도착한 뒤 다시 한 번 걸었으나 아직도 돌아오지 않았다.

나는 걱정이 되어 일찍 잠자리에 들었지만 잠이 오지 않았다. 비가 창문에 들이치고, 반쯤 꿈을 꾸는 듯한 흐릿함 속에서 패치와 히긴스가 마음속을 스쳐지나갔다. 나는 사우샘프턴 거리를 거니는 패치의 모습을 떠올리며, 내 제안이 늦었다고 그가 외친 부르짖음을 뒷받침하는 듯한 결단——시체공시소에서 신원을 확인할 만한 물건밖에 남기지 않는 그 어떤 결단——으로 그가 끝없이 방황하는 모습을 마음에 그려보았다.

아침이 되자 모든 게 달라진 것처럼 생각되었다. 해가 비치고, 검정새(티티새과 일종)가 울고……. 우리가 자동차로 사우샘프턴 거리에 이르자, 세상은 산만한 일상생활——배달하는 짐수레와 자전거를 탄 우편집배원과 학교 가는 어린아이들——을 중심으로 돌아가고 있었다.

심판법정에 도착한 것은 10시 15분이었다. 아직 시간이 일렀으므로 심리가 시작되기 전에 패치와 말을 나눌 수 있을 텐데, 그는 아직 오지 않았다. 몇 사람의 증인이 있을 뿐이었다. 히긴스가 그 속에서 큰 몸뚱이를 돌려 입구를 지켜보고 있었다.

한쪽에 대여섯 명의 보좌인이 조그맣게 둘러서서 수군수군 이야기를 하고 있었다. 기자석은 가득 찼다. 일반방청석도 마찬가지였다. 헐은 내 옆을 떠나 자기 자리로 갔다. 나는 복도로 나가 서서히 사람들이 모여드는 것을 바라보며, 좁은 통로에 모여 있는 얼굴들 속에서 패치를 찾아보았다.

"샌스 씨!"

누군가가 팔을 잡아 돌아보니 재니트 태거트가 서 있었다. 그 눈은 창백한 얼굴에 부자연스러울 정도로 컸다.

"그는 어디 있지요? 보이지 않는데…….."

"누구 말입니까?"

"패치 씨. 법정 안에는 없어요. 어디 있는지 모르세요?"

"모르는데요."

"어쩐지 몹시 걱정이 돼요." 재니트 태거트는 매우 초조해했다.

그녀가 어떻게 해서 그런 걱정을 하게 되었을까 의아해하며 나는 그녀를 바라보았다.

"좀더 일찍 그런 생각을 해주었으면 좋았을 텐데요."

나는 거칠게 말하고 재니트의 얼굴이 작아 보일 정도로 근육이 당겨 붙는 것을 지켜보았다.

재니트는 이미 그 사진에서처럼 밝게 미소짓는 소녀가 아니었다. 다른 사람처럼 되어 그 머리털도 반들반들 빛나지 않았다. 완전히 어른이 되어 한 여자로 보였다.

"이제 곧 올 겁니다." 나는 아까보다 상냥하게 말하며 재니트와 나 자신의 걱정을 가라앉히려고 했다.

"네, 물론 오겠지요."

재니트는 딱딱하게 굳은 얼굴로 그 자리에 선 채 망설이고 있었다.

"어제 저녁에 만나러 갔었어요. 나는 도저히 이해할 수가 없었던 거예요. 히긴스와 다른 사람들의 증언을 읽기 전까지는……."

재니트는 겁을 질린 커다란 눈으로 가만히 나를 바라보았다.

"만나서 모든 것을 완전히 들었어요. 그는 정말……."

그녀는 자신과 말하고 있는 일에 확신이 없는 듯 약간 어깨를 으쓱하며 말끝을 삼켰다.

"그는 걱정 없다고 생각하시겠지요? 그렇게 생각지 않아요?"

내가 아무 대답도 하지 않자 재니트는 다시 말을 이었다.

"아, 내가 한 말을 생각하면 죽고 싶을 정도예요!"

그러나 이것은 나에게 말하는 게 아니었다. 자신을 향해 말하고 있는 것이었다.

모든 사람이 자리에서 일어서는 소리가 들렸다. 복도는 텅 비어 있었다. 그러나 패치는 나타나지 않았다.

"안으로 들어가는 게 좋겠습니다." 나는 상냥하게 말했다.

재니트는 말없이 고개를 끄덕였다. 우리는 함께 안으로 들어가 자리에 앉았다. 홀랜드가 일어나 있었다. 종이를 한 장 들고 서서 엄숙하게 바우엔 로지에게로 몸을 돌렸다.

"심판장님, 방금 해난조사위원회로부터 메리디어 호는 침몰하지 않았다는 내용의 정보가 들어왔습니다. 저지 섬 생 엘리에르 항구의 항무 책임자가 보낸 보고에 따르면, 그 배는 밍키 암초에 좌초되어 있으며, 프랑스의 조난구조회사가 끌어내려고 노력하는 중이라고 합니다."

이 소식에 온 법정이 갑자기 숨을 삼켰다. 이윽고 놀라움의 숨결은 웅성거림이 되었다. 기자석 사람들이 일어나 있었다. 히긴스가 멍청한 표정으로 앉아 있는 것이 보였다. 패치는 여전히 나타나지 않았다. 바우엔 로지가 심판관석에서 몸을 내밀었다.

"이로써 사정은 완전히 달라졌습니다, 홀랜드 씨. 즉 해난조사위원회는 이 조난사건을 철저하게 조사할 수 있을 것으로 생각합니다."

홀랜드가 머리를 끄덕이자 심판장이 다시 말을 이었다.

"당신은 조사관과 이 문제에 대해 검토했으리라고 생각되는데, 조사관이 심판정에 보고하기까지 어느 정도 걸립니까?"

"그 점은 아직 확실히 모릅니다." 홀랜드가 대답했다. "조사관은 아직 메리디어 호의 좌초지점을 정확히 파악하지 못했고, 해난구조회사의 명칭 같은 것에 대해서도 아무 정보를 얻지 못했습니다. 현재 알아보고 있는 중입니다. 조사관의 말에 따르면 법적인 입장이 복잡하지 않겠느냐고 합니다. 밍키 암초는 해협제도(영국령)에 속해 있고, 구조회사는 프랑스 소속입니다. 즉 왕실의 영토권과 구조회사의 권리 문제지요. 또한 조사관은 이 해역의 간만차가 9미터 이상 되기 때문에 이 암초는 굉장히 위험하며, 따라서 메리디어 호에 실린 짐에 관한 조사는 배가 암초를 벗어나오기를 기다려서 하는 수밖에 없다고 말하고 있습니다."

"그렇겠군요. 고맙습니다, 홀랜드 씨."

바우엔 로지는 가볍게 고개를 숙여 보이고 나서 배석심판관에게로 얼굴을 돌렸다. 이마를 맞대고 논하는 동안 사람들의 이야기 소리가 다시 물결처럼 왁자지껄 퍼졌다. 기자석은 벌써 텅 비어 있었다.

"뭐, 이렇게 되면 휴정해야 하겠지." 헐이 내게 속삭였다. "자네는 가라앉지 않은 것을 알고 있었나?"

내가 고개를 끄덕이자 그가 목소리를 높였다.

"존, 무슨 말을 하는 건가! 그건 미친짓이야!"

바우엔 로지가 자리에서 몸을 돌리고, 법정 안을 정숙하게 하기 위해 방망이를 울렸다.

"홀랜드 씨, 그 배가 침몰하지 않았다는 사실에서 한두 가지 의문점이 생겼습니다. 어제의 마지막 증인을 불러 물어주시오."

"기디언 패치 씨." 홀랜드가 불렀다.

법정 안은 물을 끼얹은 듯 조용하니 아무도 움직이지 않았다.

"기디언 패치 씨!"

그래도 그가 모습을 보이지 않자, 홀랜드는 문 앞의 정리를 바라보며 말했다.

"기디언 패치 씨를 불러주시오."

이름이 되풀이되고 바깥복도의 텅 빈 공간에 메아리가 울렸다. 그러나 여전히 소식이 없었다. 방청석 여기저기서 고개가 내밀어져 올라왔다. 다시 수군거리는 소리가 높아졌다.

그들은 5, 6분 동안 패치를 기다렸다. 법정 안의 고요함은 시계의 째깍거리는 소리가 들릴 정도로 깊어졌다. 이윽고 바우엔 로지가 배석심판관들과 짤막한 이야기를 나눈 다음 1시간 휴정을 선언했다.

"12시에 다시 모여주시기 바랍니다."

모두들 자리에서 일어났다. 그리고 동시에 이야기 소리가 터져 나왔다. 배심원석 바로 앞에서 히긴스와 율스와 버로스가 이마를 맞대고 모여 있었다. 이윽고 히긴스가 떨어져 나와 어슬렁어슬렁 문 쪽으로 걸어왔다. 그의 시선이 한순간 내 눈과 마주쳤는데, 그것은 겁먹은 사람의 얼빠진 표정이었다.

기다리는 동안이 상당히 길게 느껴졌다. 아무 소식도 없었다. 우리가 알 수 있는 것은 패치의 하숙집에서 수색이 행해지고 있다는 사실뿐이었다.

"아주 잘한 일이야." 헐의 의견이었다. "지금으로서는 수색영장과 경찰 동원밖에 할 수 없을 테니까."

우리는 기다리면서도 서로 이야기를 나누지 않았다. 헐은 입증된 대로 패치에게 죄가 있다는 것을 인정하고 있었다. 다른 사람들도 같은 견해였다. 기다리는 사람들 속에서 억측들이 토막토막 들려왔다.

"내가 생각하기에 그는 살인범과 조금도 다를 게 없네…… 반드시 알게 될 걸세. 눈은 마음의 창이거든……. 델리메어와 태거트 선장이 이렇게 되었나? 물론 그가 한 짓이야. 자네라도 승무원을 반이나 죽였으면 달아나지 않겠나?"

그동안 나는 계속 그들이 생각하고 있는 그의 인상과 내가 메리디어 호에서 본 인상을 조화시키려고 애썼다.

마침내 사람들이 다시 법정 안으로 들어오기 시작했다. 그 동안에 한 가지 소문이 이 입에서 저 입으로 전해졌다. 패치는 어제 저녁부터 모습이 보이지 않는다는 것이다. 바우엔 로지와 배석심판관이 입정하고 법정 안이 조용해지자, 홀랜드가 곧 일어나 가장 중요한 증인을 출정시킬 수 없어 참으로 유감스럽게 생각한다고 말했다.

"경찰에 수사 요청을 했습니까?" 바우엔 로지가 물었다.

"네, 수사본부가 설치되었습니다."

바우엔 로지가 책상 위의 서류를 만지작거렸다. 잠시 조용히 시간이 흘러갔다.

"증인 중 누군가를 다시 신문하시겠습니까?" 홀랜드가 물었다.

바우엔 로지는 망설였다. 출정한 증인을 죽 바라보더니 한순간 그의 더듬는 듯한 차가운 눈길이 나에게 와 멎었다. 그는 몸을 내밀어 배석심판관과 의논했다. 나는 속옷이 살에 달라붙는 것을 느꼈다. 만일 불러서 물으면 뭐라고 대답할 것인가? 배는 밍키 암초에 좌초해 있다는 사실을 증언하지 않은 것을 어떻게 변명하면 좋을까?

허공에 매달려 있던 짧은 시간이 너무도 길게 생각되었다. 심판장이 조용히 말했다.

"지금으로서는 어떤 증인을 다시 불러 묻는 것이 의미 없다고 생각합니다, 홀랜드 씨."

그는 눈길을 들어 법정 안을 둘러보았다.

"메리디어 호가 어디에 있는지가 밝혀진 지금 중요한 증인을 불러 신문할 수 없는 이상, 심리를 더 계속해도 의미가 없다는 점에 배석심판관들과 나는 의견의 일치를 보았습니다. 증인 여러분은 해산해 주십시오. 만일 증인이 필요할 경우에는 다시 통지하겠습니다. 출정해 주신데 대해 감사드립니다."

심리는 끝났다. 심판장과 배석심판관들이 퇴정하고 법정 안에 사람이 줄어갔다. 내가 문 쪽으로 가려는데 히긴스가 다가와 앞을 막아섰다.

"그는 어디에 있지? 어디로 간 거지?"

나는 그가 왜 패치의 실종에 대해 그토록 흥분하는지 이상하게 생각하면서 그를 바라보았다. 만족해도 좋을 법한 일인데……

"당신과 무슨 상관이 있소?" 나는 되물었다.

아래눈꺼풀이 늘어진 위에서 번쩍이는 옴팡눈이 내다보듯이 내 얼굴색을 더듬었다.
 "그럼, 알고 있군, 그렇지? 역시 생각한 대로야."
 "불행히도 모르고 있소. 나도 꼭 알고 싶지만."
 "수작부리지 마!"
 그의 광포함이 단번에 겉으로 드러났다.
 "당신이 꾀하고 있는 일을 내가 모를 줄 아나? 당신 요트는 랠워스에 닻을 내리고 그를 기다리고 있었지. 알겠나? 말해 두지만, 만일 정말로 할 생각이라면 정신 바싹 차려! 그뿐이야."
 작은 눈을 한층 더 가늘게 뜨고 나를 노려보더니 그는 느닷없이 몸을 돌려 가버렸다.
 복도를 걸으면서 헐이 말했다.
 "설마 그를 몰래 출국시키는 바보짓은 하지 않겠지, 존?"
 헐은 진지하고 걱정스러운 표정으로 나를 바라보고 있었다.
 "아니, 그가 그렇게 도망치려는 생각을 하리라고는 여겨지지 않네."
 헐은 고개를 끄덕였으나, 그것으로 이해했다고 생각할 수는 없었다. 그로서는 거듭 다짐을 주고 싶었겠지만 해가 비치는 바깥으로 나오자 어떤 사나이가 인사를 했다. 상선 승무원의 겹자락 윗옷을 입고, 염소수염을 길렀으며, 흰 머리카락이 눈에 띄었다. 좀 듣기 거북한 새된 목소리를 가진 사람이었다. 나는 기다리면서 그가 헐에게 이야기하는 소리를 듣고 있었다.
 "아, 전혀 몰라보겠는데, 대령. 다른 사람인가 했네."
 이어서 모터보트가 어떻다느니 하는 이야기가 있었다.
 "……1시간 반쯤 전에 전화했었지. 그들이 한 달 전 그 배를 계약했네. 그렇지, 글리셀다 호, 기억하고 있겠지? 용골이 말라빠지고 썩어서 유난히 뒤뚱거리는 놈일세."

사나이는 새된 웃음소리를 냈다. 헐이 다시 내게로 돌아왔다. 아마도 그 사나이는 버섬의 중고 요트를 소개하는 사람인 것 같았다.

"묘한 곳에서 장사를 하는군." 헐이 말했다. "혹시 빌려가는 사람이 델리메어 회사가 아닐까? 벌써 보트를 타고 현지로 가서 프랑스 구조선의 작업을 구경하려는 게 아닐까? 그래도 이상할 건 없지."

차 있는 쪽으로 걸으면서 헐은 이야기를 계속하여 너무 오래 놓아두지 않도록 하라고 충고했다. 그러나 나는 히긴스에 대한 것을 생각하고 있었다. 패치의 실종이 그를 두렵게 만든 이유는 무엇일까?

"존, 듣고 있지 않군?"

"아, 미안하네."

"미안해할 건 없네. 충고에 귀를 기울이는 사람은 없으니까."

우리는 차 있는 곳에 와 있었다.

"그러나 형사문제가 되면 사실을 있는 그대로 증언해야 하네. 반대신문에서 들추어낼 때까지 내버려두는 건 좋지 않아. 그들이 몰려와서 마구 몰아세울 테니까. 그야말로 자네는 호된 꼴을 당할 걸세."

"알았네."

우리는 그 길로 경찰로 차를 달려 패치가 간 곳이 확인되었는지 어떤지 물으러 갔다. 그러나 접수 담당 경사로부터 알아낸 사실은, 부두 근처 어느 술집에서 그를 보았다는 것과 포츠머스로 가는 길목의, 밤새도록 영업하는 카페에서 몇 시간을 보냈다는 것뿐이었다. 그리고 새벽 4시쯤 사우샘프턴 쪽으로 돌아오는 트럭에 탄 것까지는 알고 있었다. 당국은 그 트럭 운전사를 찾고 있다.

우리는 잠시 어슬렁거리며 기다려보았으나 그 이상의 소식은 들어오지 않았다.

"이건 내 생각인데, 더 이상의 소식은 없을 걸세. 이번에 오는 것은 시체를 발견했다는 보고가 아닐까? 카페에서 그를 본 사람의 이야기에 따르면 그는 절망적인, 죽은 사람 같은 표정이었다고 보고서에 씌어 있네."

헐은 나를 철도역까지 데려다주었다. 그가 떠나자 나는 저녁신문을 샀다. 그리고 무심히 일기예보를 보고 있었다. 북서풍으로 바람은 잔잔했다. 기차를 기다리면서 나는 히긴스에 대해, 델리메어 회사에 대해, 그리고 밍키 암초는 랠워스에서 단 하룻길이라는 것을 생각하고 있었다.

제3부 밍키 암초

1 비정한 조수와 암초

"시 위치 호! 여어 여어! 시 위치!"

갈매기가 끼륵끼륵 울며 마구 날아다녔다. 내가 부르짖는 소리가 부슬비 속에서 외로운 메아리가 되어 돌아왔다. 요트는 절구 모양의 후미에 가만히 떠 있었다. 가끔 산들바람이 거울 같은 바다 위에 잔물결을 일으키고 지나가면, 검은 배그림자가 산산이 부서졌다. 후미에서는 물결이 밀려들 때마다 파도 소리가 일고, 주위의 언덕들은 안개 속에서 어렴풋이 거무스름하게 흐려져 보였다. 완전히 빛을 잃은 비탈진 풀밭이 더러워진 백악의 벼랑으로 이어져 있었다. 주위에는 사람 그림자 하나 없었다.

"여어! 시 위치 호!"

한 점의 얼룩처럼 기름 먹인 노란 무명옷을 입은 사람이 외롭게 갑판 위에서 움직였다. 노가 덜거덕 소리를 내며 이윽고 작은 보트가 맞으러 왔다.

보트는 물에 젖은 자갈 위로 쑥 밀려올라와 내가 올라타자 마이크가 노를 저었다. 심판에 대한 이야기를 그에게 들려줄 필요가 없다는 것을 알고 마음이 홀가분했다. 그는 신문을 보아서 다 알고 있었다. 그러나 보트를 고정시키고 내 짐을 배에 옮긴 다음 자리를 잡자마자 그는 여러 가지로 묻기 시작했다――패치는 그 뒤 어떻게 되었는가? 어째서 오늘 아침은 심판정에 나타나지 않았는가?

"그에게 체포영장이 발부된 것을 알고 있나?"

"영장? 아니, 자네가 어떻게 알고 있지, 마이크?" 나는 되물었다.

이유는 잘 몰랐지만 아무튼 충격적이었다. 그것은 너무도 생각 밖의 일로 여겨졌다.

"6시 뉴스에 나왔네."

"고소 이유도 말하던가?"

"아니. 그러나 사우샘프턴에서 나가는 모든 길에 검문소가 설치되고, 항구마다 감시를 세워두고 있다더군."

우리는 식사하면서 그 이야기를 했다. 우리 두 사람밖에 없었다. 이인은 가족을 만나러 고향으로 가고 없었다. 작업을 시작할 준비가 되는 대로 마이크가 그에게 전화를 걸기로 되어 있었지만, 아직 걸지 않았다. 왜냐하면 최근 일기예보에서 북서의 화풍(건들바람: 5.5~7.9미터. 먼지가 일고 종이쪽이 날아오른다)이 곧 서풍으로 바뀌어 질풍(흔들바람: 8.0~10.7미터. 잎이 있는 떨기나무가 흔들리기 시작한다)이 된다고 했으므로 앞을 내다볼 수 있었기 때문이다.

전체적으로 볼 때 마이크가 가장 이상하게 여긴 것은, 어째서 패치는 델리메어의 제안을 심판정에서 밝히지 않았느냐 하는 점이었다. 심리에 참석하지 않고 신문보도만 읽은 마이크로서는 패치가 찾아왔을 때의 인상을 아직 분명히 간직하고 있는 것이 당연한 일이었다. 커피를 마시면서 나는 문득 펨포르에서 패치가 맡긴 물건을 생각해냈다.

"설마 그 속에 중요한 증거품이 들어 있는 건 아니겠지?" 마이크가 말했다.

그 순간까지 나는 그것을 완전히 잊고 있었다. "만일 그렇다면 그가 돌려달라고 했을 텐데……."

"아직 가지고 있나?"

나는 고개를 끄덕이고 일어나 뒷선실로 들어갔다. 그 꾸러미는 내 여행 가방 속에 그대로 있었다. 나는 그것을 들고 식당으로 돌아왔다. 마이크가 식탁 한쪽을 치워두었기 때문에 나는 나이프를 가지고 끈을 끊었다. 나는 그 순간 문득 전쟁 때 전사한 가엾은 사람들의 물건을 다루었을 때도 이런 식으로 끈을 풀었던 생각이 났다.

"무슨 책 같군." 마이크가 말했다. "항해일지는 아니겠지?"

"항해일지는 심판정에 있네."

포장지 속에는 봉투가 한 통 있었다. 'J. C. B 델리메어'라는 이름이 타이프로 찍혀 있고, 그 밑에 파란 연필로 '요금선급'이라고 휘갈겨 씌어져 있었다. 봉투는 쥐어뜯겨졌는데, 뜯은 자리에 런던 어느 은행의 도장이 찍혀 있었다. 나는 마이크가 말한 대로일지도 모른다는 막연한 희망을 가졌다──그것은 델리메어 회사의 통장으로, 경리관계의 동기가 분명해지는 자료가 아닐까 기대했다. 나는 속의 것을 테이블 위에 꺼내놓았다. 그리고 믿기지 않는 마음으로 그것을 바라보았다.

저녁 식사를 치운 자리에 놓인 것은 5파운드짜리 지폐 뭉치였다.

마이크는 입을 벌린 채 돈뭉치에 눈을 못 박고 있었다. 그로서는 그런 큰돈은 난생 처음 보는 것이었다. 아니, 나도 마찬가지였다. 나는 돈뭉치를 둘로 나눴다.

"세어보게!"

잠시 동안 식당 안은 영국은행권이 바스락거리는 소리 말고는 아주 조용했다. 이윽고 다 세어보니 총액은 꼭 5000파운드였다. 마이크가 눈을 치켜뜨고 나를 쳐다보았다.

"그래서 세관을 지나치려고 하지 않았던 거로군." 마이크는 잠시 사이를 두었다가 덧붙였다. "결국 델리메어의 제안을 받아들인 건가?"

나는 고개를 가로저었다. "만일 받아들였다면 어째서 불을 껐지? 어째서 배를 밍키 암초에 좌초시켰지?"

나는 그가 고무보트를 꺼내는 것을 돕기 위해 델리메어의 방에 들어갔을 때의 광경을 생각해 냈다. "아니, 그는 틀림없이 나중에 이걸 받았을 걸세. 그 사람이 죽은 뒤에."

"그러나, 왜?"

"알 게 뭔가!" 나는 어깨를 으쓱했다. 알 수 없는 것투성이였다.

나는 돈을 봉투에 도로 넣었다. "만일 이것이 배를 조난시킨 대가였다면, 그는 영국에 상륙하자 곧 가지러 왔을 걸세."

"하긴 그렇군." 마이크는 나에게서 봉투를 받아들고 눈썹을 찌푸리면서 안팎을 자세히 살펴보았다. "가지러 오지 않은 건 이상해. 마치 깜박 잊어버린 것처럼 말이야."

나는 천천히 고개를 끄덕였다. 그리고는 갑판에 올라가 정박등(뱃머리에 다는 하얀색 등불)을 켰다. 사실은 필요도 없는 일이었다. 닻을 내리는 곳에는 우리 배뿐이었고, 그런 흐린 날 밤에 들어올 배도 없을 것 같았다. 그러나 나로서는 이로써 한 가지 할 일을 발견한 셈이었다. 담배에 불을 붙였다. 이미 날은 완전히 어두워졌고, 배는 부슬비의 무지개색 장막을 두른 작고 둥근 빛무리 속에 떠 있었다. 새까만 바다는 잔잔했다. 뱃전을 씻는 잔물결 소리 하나 나지 않았다. 들리는 소리라고는 물가로 밀려나는 작은 파도 소리뿐이었다. 나는 정박등의 약한 불빛을 받으며 담배를 물고 우두커니 서서, 대체 저 돈을 어떻게 할 것인가 생각해 보았다. 당국에 알리면 그것을 가지고 있었던 이유를 설명해야만 한다. 아니면 목숨을 잃은 사람들의 유족원조기금을 만들도록 익명으로 보내는 것이 좋을까? 패치의 어머니에게 보낼 수도 없고, 델리메어 회사에 돌려준다는 것은 말도 안 된다.

이리저리 생각하며 담배가 흠뻑 젖을 때까지 거기에 서 있었다. 꽁초를 바다에 던지고 나는 아래로 내려갔다. 마이크가 잠수복 한 벌을 점검하고 있었다.

"한잔할까?" 나는 물었다.

"좋지." 그가 고개를 끄덕였다.

나는 병과 잔을 꺼냈다.

나는 아무 말도 하지 않았다. 그 일에 대해 말하고 싶지 않았다. 술과 담배를 놓고 앉아 사건 전체를 마음속에 되새겨보았다. 우리는 오랫동안 말없이 앉아 있었다.

누가 먼저 들었는지 모르지만 우리는 문득 얼굴을 마주보며 귀를 기울였다. 뱃머리 쪽에서 물 튀기는 소리가 들렸던 것이다.

"무슨 소리지?" 마이크가 일어섰다.

물 튀기는 소리가 멎고 이번에는 머리 위 갑판에서 발소리가 났다. 우리가 얼어붙은 듯 가만히 기다리고 있는 동안 발소리는 고물 쪽으로 옮겨왔다. 이윽고 해치에 와 닿았다. 뚜껑이 열리며 맨발이 나타나더니 물이 뚝뚝 떨어지는 바짓가랑이가 들어오고, 이어서 흠뻑 젖은 사나이의 모습이 나타났다. 갑자기 그가 사다리 아래로 내려와 섰다. 전깃불을 받자 그는 눈을 깜박였다. 얼굴이 죽은 사람처럼 창백하고, 머리카락은 머리에 착 달라붙었으며, 옷에서 김이 오르고 있었다.

"이게 누군가!"

나는 낮은 소리로 말했다.

너무 놀라 더 이상 아무 말도 하지 못했다. 그는 몸을 떨며 딱딱이 부딪는 소리를 냈다. 나는 마치 유령을 보듯 그를 바라보고 서 있었다. 패치는 젖은 옷을 벗기 시작했다.
 "누군가 수건을 빌려주었으면……."
 "역시 히긴스가 말한 대로군." 나는 말했다.
 "히긴스?"
 "당신이 이 배로 올 거라고 말했소." 그러고 나서 나는 얼른 덧붙였다. "뭣 하러 왔소? 죽지 않았나 생각했었지."
 이 무슨 일이람! 나는 그 때문에 쫓겨 다닐 어려운 처지를 짐작하고 차라리 그가 죽어 주었으면 좋겠다고 생각했을 정도였다.
 "대체 무엇 때문에 여기로 온 거요?"
 패치는 내가 나무라는 것을 무시했다. 마치 들리지 않는 듯 정신을 놓고 있는 것 같았다. 마이크가 수건을 찾아주었으므로 그는 벌거벗고 선 채 몸을 닦기 시작했다. 단단하게 뭉친 튼튼한 몸은 아덴의 뜨거운 햇볕 아래에서 그을렸던 갈색 그대로였다. 그는 몸을 떨면서 담배를 달라고 말했다. 내가 한 개비 주자 그는 불을 붙여 물고 머리를 닦기 시작했다.
 "만일 우리가 프랑스로 몰래 태워다줄 것으로 생각했다면 큰 잘못이오. 사양하겠소."
 그러자 패치는 눈살을 찌푸리며 나를 바라보았다. 턱의 근육이 죄어들었다.
 "프랑스? 내가 가고 싶은 곳은 밍키 암초요. 데리고 가겠다고 약속하지 않았소?"
 갑자기 절박함이 목소리에 묻어났다. "이 배를 빌려주겠다고 말하지 않았소?"
 나는 그를 노려보았다. 설마 아직도 밍키 암초에 가고 싶다고 생각하는 건 아니리라.

"그건 어제 저녁 이야기요."

"어제 저녁과 오늘 밤이 어떻게 다르오?"

그의 목소리가 흥분되었다.

거만한 태도도 이미 사라지고 갑자기 망설이는 빛이 얼굴에 떠올랐다. 이곳에 오기만 하면 모든 일이 잘될 것으로 확신하고 왔다가 갑자기 그렇게 잘 안 되리라는 걸 안 듯했다.

"아마 모르고 있겠지만, 당신에게 체포영장이 나와 있소."

패치는 놀라는 빛을 보이지 않았다. 마치 예기하고 있었던 것 같았다.

"어젯밤에는 오래 걷고 있었지, 마음을 정하기 위해. 결국 오늘 아침 출정하면 이제 다시는 메리디어 호에 갈 수 없다는 것을 알았소. 그래서 이리로 온 거요. 스워니지에서 걸어와 언덕 위에서 한나절 보내며 어두워지기를 기다리고 있었소."

"신문을 보았소?" 나는 물었다.

"아니, 왜?"

"메리디어 호가 발견되어 프랑스 해난구조회사가 손을 쓰고 있소. 조난선의 전면적인 조사가 이루어질 예정이니까 혹시 뭔가 생각하는 일이 있다면……."

패치는 깜짝 놀란 것 같았다.

"전면적 조사? 언제? 그건 심판정에서 발표된 거겠지요?"

"그렇소."

"배가 있는 곳을 말한 게 누구요? 군데르센?"

"군데르센? 아니, 조난조사위원회에 보고한 것은 생 엘리에르 항무 책임자요. 저지 섬의 어부가 난파선을 발견한 거겠지. 배 위에서 작업하는 구조선 사람들을 본 게 틀림없소."

"그렇다면 상관없소."

패치는 마음이 놓이는 듯 수건을 집어 들었다.

"그러나 서둘러야 해. 술 없소?"

나는 찬장 속으로 손을 뻗어 럼주 병과 잔을 꺼내주었다. 술을 따르는 패치의 손이 떨렸다.

"입을 것이 필요한데……."

패치는 단숨에 술을 들이켜고 숨이 찬 듯 헐떡였다.

"우리 배 (뱃사람들은 어디에 있든 자기 배를 이렇게 부름. 이 경우는 메리디어 호를 말함)의 공식조사가 행해진다는 것이 놈들에게 알려진 이상 빨리 행동하지 않으면 모두 다 헛일이오."

마이크가 상자에서 옷을 꺼냈다. 그것을 테이블 위에 놓자 패치가 조끼를 집어 들었다.

"언제쯤 떠날 수 있소?" 패치는 물었다.

나는 패치를 노려보았다. "모르겠소? 당신에게는 체포영장이 나와 있소. 당신을 데리고 갈 수 없소!"

패치는 조끼를 입으려다 말고 가만히 나를 노려보았다. 비로소 그는 우리가 데리고 갈 생각이 없다는 것을 깨달은 모양이었다. "나는 당신을 믿고 왔소."

패치의 말투가 갑자기 절망적으로 변했다. 그리고는 화난 목소리로 덧붙였다. "당신이 데려다 주겠다고 말한 것은 바로 어제 일이었소. 그것이 마지막 기회여서……."

"그러나 당신은 내 제안을 받아들이지 않았소. 이미 늦었다고 하면서."

"그건 사실이오."

"그때 늦었으면 지금도 물론 늦은 게 아니오?"

"그때는 당신 말을 받아들일 수가 없었소. 그들은 나를 체포하려고 했으니까. 틀림없이 그렇다고 생각했기 때문에 만일 오늘 출정하면

……."

"그러나 나오지 않았잖소?"

"물론."

"어째서지요? 꼼짝달싹할 수 없는 궁지로 자신을 떨어뜨린 것을 모르겠소?" 나는 진상을 파악할 결심을 하고 몸을 앞으로 내밀며 말했다. "지금 당신은 경찰에 쫓기는 몸이오. 꼼짝할 수 없소. 대체 무엇 때문에 도망칠 결심을 한 거요?"

패치는 조끼를 머리에서 끌어내린 다음 테이블 끝을 덮어 누르듯이 잡고 섰다.

"어젯밤 어떤 중대한 사실을 파악했기 때문이오. 그래서 될 수 있는 한 빨리 메리디어 호로 가야 한다는 것을 깨달은 거요."

잠시 침묵이 이어졌다. 나는 그를 보며 다음 말을 기다렸다. 이윽고 패치가 말했다.

"그 해난구조회사는 델리메어 상선회사와 계약을 맺고 있소."

"어떻게 알았소? 해난구조회사가 조난선과 씨름하고 있다는 것이 이제 막 발표되었을 뿐인데, 대체 그걸 어떻게 알았소?"

나에게는 더없이 터무니없는 억측으로 생각되었다. 패치는 다시 윗옷에 팔을 꿰기 시작했다.

"어젯밤 하숙에 돌아왔을 때였소. 방에 올라가 코트를 입고 산책할 생각이었소. 이런 일 저런 일을 조용히 생각하고 싶어서 말이오. 그리고 밖에 나와 보니 재니트 태거트 양이 큰길에서 기다리고 있었소. 그녀가 온 것은……."

패치는 얼른 어깨를 으쓱하고 말을 이었다.

"아니, 그건 아무래도 상관없지. 그래서 사정이 완전히 달라졌소. 그때 그녀가 나를 믿고 있다는 것을 알았기 때문에 그 뒤 부두 근처의 술집을 이 잡듯이 뒤지며 찾았소. 어디선가 틀림없이 버로스

기관장을 만날 수 있으리라고 생각했던 거요. 그는 돈이 있는 한 마시지 않고는 못 견디는 녀석인데, 그가 돈을 가지고 있는 것은 확실했으니까…… 생각한 대로 옛 시가지에서 그를 발견했소. 그가 모조리 지껄여댔소. 술에 취해 완전히 간이 부어 있었지. 그 녀석은 내 배짱을 미워하고 있었소. 그래서 해난구조회사 이야기를 지껄인 거요. 그들이 배를 없애버리면 나는 아무것도 증거를 댈 수 없어진다 생각하고 콧방귀를 뀌었지. 그는 언젠가 내가 너는 무능하다, 두 번 다시 기관장으로 배를 타지 못하게 하겠다고 말한 데 앙심을 품고 있었던 거요."

패치는 숨을 돌리고 얼른 한 모금 마셨다. 바람이 점점 더해지며 조용한 가운데 밧줄에 윙윙 울리는 바람 소리가 갑자기 커져갔다. 그는 마이크의 스웨터를 입고 내 맞은쪽에 와서 앉았다. 아직 몸을 떨고 있었다.

"히긴스가 우리 배의 유락(바람과 조류에 의해 침로에서 벗어나는 것)과 항로를 추산해 냈음에 틀림없소. 아무튼 그들은 배가 밍키 암초에 있으리라 보고 보트를 세내어 그리로 갔소. 그리고 배를 발견하자 프랑스 업자와 구조계약을 맺었던 거요."

"그렇다면 그다지 문제될 것도 없지 않소?" 마이크가 말했다. "델리메어 회사가 구조를 부탁하는 것은 지극히 당연한 일이니까."

패치는 그를 바라보고 싱긋 웃었다. "그들은 우리 배를 건져낼 생각이 없소. 프랑스 업자에게 끌어내게 한 다음 깊은 곳으로 가지고 가서 가라앉힐 작정인 거요."

마이크가 어이없다는 듯 그를 바라보고 있다가 이윽고 물었다.

"당신은 진심으로 그런 일이 일어날 거라고 생각하오?"

"물론."

"그러나 어느 구조회사도……."

"구조회사는 관계없소. 계약은 선체를 끌어내어 사우샘프턴까지 가져온다는 조건으로, 히긴스와 버로스가 예인선에 편승할 거요. 군데르센이 그것을 고집하겠지. 그리고 두 사람이 타기만 하면 그 뒤는 간단하오. 버로스가 배 밑의 해수 밸브를 열기만 하면 메리디어 호는 밧줄 끝에 매어진 채 조용히 물에 가라앉게 될 테니까. 그들은 아마 커스케트 섬을 지날 때까지 기다렸다가 하드 심연에서 침몰시킬 거요. 선체는 60길이나 또는 그 이상의 깊은 심연에 가라앉고, 모두들 그 일을 불운으로 받아들이며 두 달 동안이나 밍키 암초에서 파도에 시달린 뒤니까 당연하다고 이해할 거요."

패치는 고개를 돌려 나를 바라보고 말을 덧붙였다.

"이제 알았겠지요? 나는 아무래도 우리 배로 가서 살펴봐야겠소. 이것을 놓치면 두 번 다시 기회가 없소. 무슨 일이 있어도 증거를 잡아야 하오."

"무슨 증거를?" 마이크가 되물었다.

패치는 자신 없는 눈초리로 얼른 우리 두 사람을 번갈아 보았다.

"창고에 폭발물이 있었다는 것을 확인해야 하오."

"그런 건 당국에서 할 일이 아니겠소?" 마이크가 말했다.

"당국? 아니, 내가 직접 확인해야 하오."

이때 내가 끼어들었다.

"만일 당신이 당국에 출두해서 진상을 이야기하면…… 만일 델리메어로부터 배를 침몰시켜 달라는 부탁을 받은 것을 이야기하면……."

"그건 안 되오."

패치는 나를 바라보고 있었으나, 눈의 활기가 완전히 다 타버리고만 듯했다.

"왜 안 되오?" 나는 물었다.

"왜 안 되다니!"

패치는 눈을 내리감고 잔을 만지작거렸다. "당신은 그 배에서 나와 같이 있었잖소? 그러니 벌써 짐작이 갔겠지? 이제 아무것도 묻지 마오. 잠자코 그리로 데려다주시오. 나중에 내가 확신이 서면……."

패치는 잠깐 우물쭈물하며 끝까지 말을 하지 않고 똑바로 나에게 눈을 돌렸다. "어떻소, 데려다주겠소?"

"안됐지만 지금으로서는 불가능하오. 이해해 주기 바라오."

패치가 팔을 뻗어 내 팔을 꽉 잡았다.

"빌어먹을! 아직도 모르겠소? 놈들은 우리 배를 바깥바다로 끌고 나와 가라앉혀 버릴 거요. 그렇게 되면 나는 아무것도 알 수가 없어……."

패치가 풀죽은 표정을 지었으므로 나는 가엾은 생각이 들었다. 이윽고 그의 눈에 성난 기운이 번쩍였다.

"당신이 좀더 배짱 있는 사람인 줄 알았는데……." 패치의 목소리가 떨렸다. "과감한 일을 해낼 수 있는 사람으로 생각했지. 당신과 덩컨은. 빌어먹을! 데려다 주겠다고 하고선……."

패치는 다시 기운을 되찾아 팔의 근육에 힘을 모았고, 더 이상 비틀거리지도 않았다. 믿기 어려운 일이지만, 목소리에도 다시 생기가 돌기 시작했다.

"설마 나에게 체포영장이 나와 있다는 것만으로 겁을 먹은 건 아니겠지요?"

"그렇소, 그것만은 아니오."

"그럼, 무엇 때문이오?"

"예를 들면 이거요!"

나는 식탁 위의 봉투로 손을 뻗었다.

봉투를 패치의 앞으로 내던지자 5000파운드가 튀어나와 장례식 인

사장처럼 잉크 냄새가 나는 깨끗하고 빳빳한 지폐가 바닥에 흩어졌다.

"내용도 말해 주지 않고 맡겼더군." 패치가 쑥스러운 듯 발밑을 보는 것을 바라보며 나는 말을 이었다. "이번에는 진상을 말해 줄 수 있겠지요? 왜 그 돈을 가졌소? 왜 델리메어의 유혹을 증언하지 않았소?"

나는 잠시 패치를 바라보고 있었으나 그는 눈을 들어 나를 보려고 하지 않았다.

"그가 죽은 뒤 그의 선실에서 가져온 거요?"

"그렇소."

패치의 목소리에는 귀찮은 듯 몹시 피로한 느낌이 담겨 있었다.

"왜?"

"왜냐고?"

이때 패치는 눈을 들어 똑바로 나를 바라보았는데, 그것은 메리디어 호에서 처음 만났을 때의 그 눈과 같았다.

"그것이 거기에 있었기 때문이오, 그것은 이미 그의 것으로 생각되지 않았소…… 아니, 왠지는 모르겠소."

흥미 없는 일에 생각을 집중시키려고 애쓰는 것처럼 패치는 눈살을 찌푸렸다. 자신이 만들어낸 마음의 지옥으로 빠져든 것처럼 생각되었다.

"이걸 가진 것은 어리석은 짓이었소. 위험한 일이었지. 나중에야 그것을 깨달았지만, 그때는…… 전혀 내 정신이 아니었소. 누구든 가지고 돌아오면 회사가 곤란해할 배를 가지고 돌아가는데 온 힘을 다했음을 증명하기 위해 회사와 싸워야 될 궁지에 빠지게 되면……."

마음은 여전히 다른 곳에 가 있어서 그는 그대로 뒷말을 남겼다.

"그래서 델리메어가 유혹한 일을 심판장에서 이야기하지 않은 거요?" 나는 물었다.

"아니, 그렇지 않소!"

패치는 갑자기 일어서 잠시 열려 있는 해치에서 밖을 내다보더니 이윽고 돌아왔다.

"아직 모르겠소?" 패치의 눈이 내 얼굴에 박혀 있었다. "내가 그를 죽인 거요."

"델리메어를?"

나는 너무도 놀라 말이 막힌 채 그를 노려보았다.

"그는 배에서 떨어진 게 아니오." 패치는 한숨 돌리고 나서 덧붙였다. "그의 시체는 아직 메리디어 호 안에 있소."

나는 너무도 어이가 없어 할 말이 생각나지 않았다. 그가 갑자기 둑이 터진 듯 처음부터 끝까지 다 말했다.

그것은 폭풍우가 있던 그날 밤, 무전실 화재가 그에게 보고된 바로 다음의 일이었다. 그는 브리지의 달아낸 곳으로 나가 있었다. 불을 끌 수 있는지 어떤지 보기 위해서였다. 그때 델리메어가 상갑판에서 고물 쪽으로 가는 게 보였다.

"나는 이 배에 이상한 짓을 하려는 게 발견되면 죽이겠다고 그에게 일러두었소. 그가 고물로 갈 일은 없었으니까."

그래서 패치는 브리지에서 뛰어 내려가 상갑판 끝까지 가보았더니 델리메어가 막 4번 창고의 검사용 해치에서 모습을 감추려는 참이었다.

"위에서 뚜껑을 닫고 그대로 버려두었더라면 좋았을 텐데……."

그러나 패치는 델리메어를 뒤쫓아 창고 안으로 내려가 보았다. 델리메어는 앞 칸막이벽 옆에 웅크리고 앉아 맨 위에 실은 나무 상자와 뱃전 철판 사이의 빈틈으로 팔을 들이밀고 있었다.

"그때 그의 얼굴이 눈에 선하군." 패치는 나직이 중얼거렸다. "내가 손전등을 비추자 깜짝 놀라 얼굴이 창백해졌소. 아마 내가 죽일 생각이라는 것을 느꼈겠지."

패치는 너무도 오래 마음 속에 담아두었던 광경에 다시 목소리가 떨렸다. 델리메어는 뭐라고 외치더니 둥근 통 같은 것을 쥐고 얼른 일어났다. 패치는 격노에 사로잡혀 그에게 다가가 상대의 얼굴에 주먹을 안겼다. 그러자 그는 뱃전 철판에 넘어지며 뾰죽이 내민 쇠에 무섭게 머리를 부딪쳤다.

"놈을 마구 두들겨 없애버리고 싶었소. 죽이지 않고는 놓아둘 수가 없었소!"

패치는 식탁 끝에 서서 머리 위 불빛에 얼굴 그늘을 깊게 하고 우리를 지켜보며 숨결이 거칠어졌다.

"그날 밤에는 배에 여러 가지 일이 일어났었소. 앞쪽 창고의 침수, 무전실 화재, 그리고 그 비열한 놈이 창고로 몰래 숨어들어가…… 그리고 그동안 계속 구풍급의 바람이 몰아치고 있었소. 정말 견딜 수 없었소! 당신이라면 어떻게 했겠소? 나는 그 배의 선장이었소. 배는 금방 지옥으로 떨어질 위험에 놓여 있고, 놈은 일부러 조난당하게 만들려 꾀하고 있었소. 나는 놈에게 경고하기 위해……"

패치는 갑자기 입을 다물고 이마를 닦았다. 그리고 조용하게 델리메어가 희끗희끗한 머리털을 피로 붉게 번들거리면서 항공기용 엔진의 나무 상자에 몸을 기대고 쓰러진 뒤부터의 일을 자세히 이야기했다. 패치는 델리메어를 죽인 줄 모르고 있었다――그때는 몰랐다. 분노가 가라앉자 간신히 사다리를 타고 갑판으로 나왔다. 그때 확 밀어닥친 파도에 하마터면 휩쓸릴 뻔했으나 겨우 상갑판으로 올라가는 사다리까지 와 닿았다. 이곳으로 가면 승무원 누구와도 마주치지 않을 터였다. 그런데 이제 조금만 가면 브리지에 가닿게 되었을 때 문득 뒤쪽 둥근 창에서 새어나오는 불빛에 델리메어의 머리가 비쳐졌는데, 그때 비로소 그가 죽었음을 알았다.

"목이 부러져 있었소."

패치는 감정을 담지 않고 힘없이 중얼거렸다.

"그러나 그가 실수로 창고에 떨어졌다든가 뭐라고 말할 수 있었을 게 아니오?" 나는 태연하게 말했다.

그 석탄가루와 연료창고 안에서 석탄을 퍼 올리는 소리를 생각하고 나는 다음 말을 듣지 않아도 짐작이 갔다.

패치는 담뱃갑을 들어 한 개비 꺼내 불을 붙였다. 그리고는 다시 내 맞은편에 앉았다.

"나는 당황했소. 애처로워 차마 볼 수가 없었지. 머리 뒤 반쪽이 완전히 찌그러져버렸었소."

패치는 피와 축 늘어진 머리를 다시 떠올려본 모양이다. 땀이 이마에 빛났다.

"시체를 배 밖으로 던져버리려고 결심했소."

그러나 패치가 시체를 바닥에 눕히고 살펴본 뒤 다시 안아 올리려고 몸을 숙였을 때 히긴스가 브리지 오른쪽 뱃전 통로를 지나오는 것이 보였다. 그는 시체를 난간까지 들고 갈 생각이 나지 않았다. 바로 옆 왼편 뱃전 쪽에 연료를 실을 때 쓰는 구멍이 이상하게 열려 있었으므로 무심코 그곳에 시체를 집어던지고 뚜껑을 닫았다.

"내가 한 일을 처음으로 알게 된 것은 몇 시간이 지난 뒤였소."

패치는 담배를 한 모금 깊숙이 빨아들였다. 손이 떨리고 있었다.

"시체를 치우기는커녕 구멍 속에 처넣듯 거꾸로 쑤셔 넣고 말았던 거요." 그의 목소리가 가늘어져 중얼거림으로 바뀌었다. 패치는 잠시 말없이 앉아 있더니 다시 덧붙였다. "당신이 올라탔을 때 나는 줄사다리를 석탄창고에 내리고 시체를 들어올리려고 내려가 있었소. 그런데 선체가 뒤뚱거리는 바람에 몇 톤의 석탄이 무너져 내려 시체가 묻혀버렸소."

그 뒤로 긴 침묵이 계속되었다. 바람이 세차게 밧줄을 울리는 소리가 들렸다. 요트가 뱃머리를 옆으로 흔들 때마다 닻줄이 바다 밑 자갈을 문질렀다. 그때 패치가 혼잣말처럼 이야기를 계속하며 머리를 숙였다.

"나는 그를 죽였으나 정당한 행위로 생각했소. 그가 죽은 것은 자업자득이라고 생각했지요. 나는 나를 포함한 서른 몇 명의 목숨을 구하기 위해 한 일이라고 확신했소."

패치는 갑자기 나를 바라보았다.

"자, 이제 진상을 다 말했소!"

나는 고개를 끄덕였다. 이제 진상은 알았다. 이로써 그가 현장으로 가야 하는 이유도, 델리메어의 유혹을 심판정에서 밝히지 않은 이유도 알았다. 나는 말했다.

"영국에 도착했을 때 곧 경찰에 가야 했는데……."

"경찰?" 패치는 창백한 얼굴로 나를 노려보았다. "갈 수가 없잖소!"

"그러나 만일 델리메어가 제시한 침선계획을 호소하게 되면……."

"경찰이 내 말을 믿을 것 같소? 내 이야기뿐, 증거는 아무것도 없소. 대체 어떻게 해서 그들을 믿게 만들 수……."

패치의 시선이 식탁 위의 봉투로 옮겨졌다. 그는 손을 뻗어 돈을 한 움큼 움켜쥐었다.

"이 돈 보았소? 그자가 이걸 주겠다고 말했소. 5000파운드요! 놈은 선실로 이 돈을 가지고 와서 내 앞에 늘어놓았지. 그 봉투에서 꺼내가지고 말이오. 그래서 나는 돈뭉치를 들어 놈의 얼굴에 집어딘지며 '너를 위해 더러운 일을 하기 전에 너부터 먼저 지옥으로 보내주겠다!'라고 말했소. 그리고 만일 이 배를 가라앉히려는 짓을 하면 죽이겠다고 경고한 것은 그때였소."

패치는 거칠게 숨을 쉬며 말을 끊었다.

"이윽고 그 폭풍우가 치던 날 밤 앞쪽 창고의 갑작스러운 침수, 무전실 화재…… 그런 때 놈을 그 창고 안에서 발견하자……."

패치는 여전히 나를 바라보고 있었다. 그 얼굴은 처음 보았을 때처럼 소름끼칠 정도로 여위어 있었다. 그는 목소리를 낮추어 말했다.

"나는 정당한 행위라는 확신이 있었소. 적어도 그때는 말이오."

"그건 사고였소." 마이크가 참견했다. "당신은 죽일 생각이 없었으니까."

패치는 천천히 머리를 내저으며 머리카락을 쓸어 올렸다.

"아니, 그렇지 않소. 나는 죽일 생각이었소. 그자가 나에게 시키려고 했던 일——놈이 우리 배에 하려고 했던 일——을 생각하고 나는 화가 치밀어 올랐소. 10년 만에 간신히 선장 지위를 되찾게 되었는데……."

패치는 다시 술잔으로 눈길을 떨어뜨렸다.

"나는 배를 밍키 암초에 좌초시켰을 때 다시 돌아와 시체를 치우고 그가 배를 가라앉히려 했다는 것을 증명할 수 있으리라고 생각했었소."

그는 다시 나를 노려보았다.

"알아줄 수 없겠소, 샌스? 나는 내 행위가 정당했다는 것을 확인해야 하오."

"그러나 그것은 사고였소." 나는 조용히 말했다. "당국에 호소해도 좋았을 텐데……." 그리고 나서 잠시 망설이다 덧붙였다. "당신은 한 번 각오한 적이 있었소. 아샹트 섬을 돈 다음 사우샘프턴으로 침로를 돌렸을 때, 그렇지 않소?"

"그때는 아직 배를 가지고 있었소." 패치가 중얼거렸다.

나는 패치 같은 사람에게 자기 배라는 것이 어떤 의미를 지니는지 깨달았다. 그는 자기 발로 메리디어 호 갑판을 밟고 자신이 지휘권을 쥐고 있을 때는 자기 행동이 옳다는 확신을 가지고 있었다.

그는 술병으로 손을 뻗었다.

"한 잔 더 해도 괜찮겠소?"

겸손한 말투였다.

나는 그가 술을 따르는 것을 지켜보며 자신의 결백을 확인하려는 그의 욕구가 얼마나 강한지 비로소 이해할 수 있었다. 펨포르 경찰서에서 승무원들이 양떼처럼 히긴스 주위에 모여 있는 것을 보았을 때 그가 나타낸 반응을 나는 생각해 냈다. 10년 만에 되찾은 선장의 위치. 그리고 또 그대로 똑같이 되풀이된 재난…… 지긋지긋한 운명의 장난이었다.

"언제부터 식사하지 않았소?" 나는 물었다.

"그런 건 아무래도 좋소."

패치는 아직 떨리는 손으로 술을 한 모금 마시고 몸을 축 늘어뜨렸다.

"뭔가 먹을 걸 가지고 오겠소."

나는 일어나 조리실로 갔다. 유압식 풍로 위의 스튜가 아직 따뜻하여 접시에 담아가지고 와서 그의 앞에 놓았다. 그리고 마이크에게 같이 갑판으로 올라가보자고 말했다. 바람이 일기 시작하자 안개가 엷어져 구릉이 까만 혹을 늘어놓은 능선으로 보이고, 그 그림자가 후미 주위에 드러누워 입구가 좁은 수로에서 끊어져 있었다. 나는 뭐라고 마이크를 설득할 것인가 생각하면서 잠시 그 자리에 서 있었다. 그러나 마이크는 벌써 내 마음 속을 읽고 있었다.

"시 위치 호를 쓰고 싶은 거로군, 존?"

나는 고개를 끄덕였다.

"나흘 동안, 길어야 닷새. 그뿐이네."

마이크는 정박등의 엷은 불빛을 받아 창백해진 얼굴을 나에게로 돌리고 있었다.

"당국의 손에 모든 것을 맡기는 편이 좋지 않을까?"

나는 아무 말도 하지 않았다. 내 기분을 어떻게 이해시켜야 좋을지 알 수 없었다. 그러자 조금 뒤 마이크가 말했다.

"그럼, 자네는 그의 말을 믿고 있는 거로군. 델리메어 회사가 메리디어 호를 바다로 끌고 가 가라앉히려 했다는 것을?"

"글쎄……." 나는 중얼거렸다. 자신이 없었다. "그러나 짐이 옮겨지고 모든 게 계획된 일이라면……."

이때 히긴스의 겁에 질린 얼굴이 생각났다. 만일 히긴스가 불을 지르고 패치를 쳐서 꺼꾸러뜨린 다음 승무원을 혼란에 빠뜨렸다면…….

"나는 그를 믿고 싶네."

한동안 마이크는 잠자코 있었다. 그는 나에게서 눈을 돌려 후미 입구를 바라보고 있었다. 조금 뒤 그가 다짐하듯 말했다.

"확신이 있나, 존? 그 사람 때문에 대단한 모험을 하게 되는 걸세."

"절대로 문제없네."

마이크는 고개를 끄덕였다.

"좋아. 그럼, 좋은 일은 서두르라고 했으니……."

"자네는 올 것 없네."

마이크는 좀 어설퍼 보이는 심각한 미소를 잔잔히 띠며 나를 바라보았다.

"시 위치 호와 나는 하나야. 떨어져서는 살 수가 없어."

마이크는 돛대 끝을 쳐다보았다. 깃발이 돛대 끝에 매달려 펄럭이고 있었다. 그 펄럭임이 서풍임을 가르쳐 주었다.

"돛으로 달릴 수 있겠지."

마이크는 돛으로 달리는 쪽이 편하다고 생각하고 있었다. 우리 배의 엔진은 속력용이 아니라 견인용으로 만들었기 때문이다.

아래로 내려가 보니 패치는 술잔을 들고 의자에 등을 기댄 채 담배를 피우고 있었다. 먹을 것에는 손도 대지 않았다. 눈이 반쯤 감기고 머리는 숙여져 있었다. 우리가 들어가도 얼굴을 들지 않았다.

"출범하겠소!" 내가 말했다.

패치는 꼼짝도 하지 않았다.

"내버려두게." 마이크가 말했다. "우리끼리 할 수 있으니까. 엔진을 걸고 오겠네."

마이크는 이미 스웨터를 입고 있었다.

그러나 패치는 듣고 있었다. 고개가 천천히 들어올려졌다.

"어디로 가는 거요, 사우샘프턴?"

그 목소리에는 생기가 없었다.

나는 말했다.

"당신을 밍키 암초로 데려가려는 거요."

패치가 가만히 마주보았다.

"밍키 암초로?" 어지러운 마음에 당장 받아들여지지 않아 천천히 중얼거렸다. "메리디어 호로 가주는 거요?"

패치는 술잔을 탁 놓고 식탁을 밀치며 일어섰다.

"진정이오?" 그는 비틀비틀 다가와서 두 손으로 나를 잡아 눌렀다. "단순히 달래기 위해 하는 말은 아니겠지? 진정이지, 응?"

"진정이고말고."

나는 마치 어린아이를 달래는 것 같은 말투로 말했다.

"아, 고맙군! 나는 이제 끝장이라고 생각하고 있었소."

패치는 갑자기 커다랗게 웃으며 나를 잡아 흔들고 마이크의 손을 잡았다.

"이대로 있었으면 미쳐버렸을 거요. 인생은 무상한 거요. 10년 만에 배를 타고 선장이 되었다고 생각한 순간…… 갑자기 자신에 대해 확신을 가질 수 없었을 때의 기분이란 말할 수가 없소."

패치는 두 손으로 머리를 쓸어 올렸다. 눈이 투지로 불타고 있었다. 나는 지금껏 그런 모습의 그를 본 일이 없었다. 그는 몸을 돌리더니 식탁 위의 돈다발을 긁어모았다.

"자, 받아주오!" 패치는 돈다발을 내 손에 쥐어주었다. "나는 필요 없소. 자, 이건 당신 거요."

패치는 취하지 않았으나 약간 마음이 들떠 있었다. 너무 긴장되어 있었던 기분의 반동이었다. 나는 돈다발을 도로 밀어주었다.

"그건 나중에 이야기합시다. 당신은 해도 없이 밍키 암초로 갈 수 있겠소?"

패치의 마음이 갑자기 제정신으로 돌아온 것 같았다. 그는 머뭇거렸다. 그것은 항해상의 문제를 깊이 생각하고 있는 뱃사람의 모습이었다.

"레 새버지에서 메리디어 호까지라는 뜻이오?"

"그렇소."

패치는 천천히 고개를 끄덕였다. 심각한 표정을 지으며 마음속으로 방향을 더듬고 있었다.

"좋아, 문제없소. 생각해 낼 수 있을 거요. 문제는 조류인데, 항해력은 있겠지요?"

나는 고개를 끄덕였다. 이리하여 일은 결정되었다.

나는 영국해협의 해도를 몇 장 가지고 있었다. 그러나 밍키 암초의 분도(分圖 특정한 장소를 확대시킨 해도)는 없었다.

"자, 닻을 올리기 전에 여기서 돛을 올리고 말겠군." 나는 말했다.

몽키 재킷(꼭 달라 붙은 웃옷)을 집어 얼른 입자 우리는 갑판으로 올라가 큰 돛과 작은 돛의 덮개를 벗겼다. 나는 마이크에게 엔진을 걸도록 하고, 그동안 해치와 개구부를 꽉 닫고 큰 돛을 올려 단단히 고정시켰다. 이윽고 작은 돛 앞쪽이 확 퍼졌다. 시동기가 웡하며 돌기 시작하자 발밑에서 갑판이 진동했다. 시 위치 호는 갑자기 되살아났다. 이윽고 보트를 매달고 바다로 나갈 준비가 되자 배는 활기에 넘쳐 떨치고 일어났다.

내가 그 소리를 들은 것은 뱃머리에 서서 큰 삼각돛을 앞 돛대의 밧줄에 붙들어 매고 있을 때였다. 그때 바깥바다에서 엔진 소리가 들려왔다. 나는 잠시 귀를 기울이며 그 자리에 서 있었다. 이윽고 정박등을 끄자 마이크에게 닻을 올리라고 소리치고 고물로 달려갔다. 단순히 요트가 들어오는 것인지도 모르지만, 요트 부리는 사람이 위험을 무릅쓰고 랠워스 같은 곳에 어림대중으로 들어올 만한 밤은 아니었다. 그리고 패치를 태운 채 여기서 잡히고 싶지는 않았다. 우리는 법을 어기고 있는 것이므로 사람 눈에 띄지 않게 후미를 떠나고 싶었다. 나는 아래의 불을 모조리 끄고 패치를 돕도록 마이크를 뱃머리로 보냈다. 나는 키를 잡고 엔진을 사용해서 시 위치 호를, 닻이 바다에 던져져 있는 상태에서 움직였다. 닻줄이 절그렁거리며 감겨들었다.

들어오는 배의 엔진 소리가 이제 완전히 들렸다. 엔진 고동이 탄력 있는 메아리가 되어 절벽에서 되돌아왔다. 돛대 위 흰 등불이 수로 입구에 나타나 파도를 타고 흔들렸다. 오른쪽 뱃전에 녹색 불빛이 보였다. 이윽고 배가 방향을 바꾸어 들어오자 왼쪽 뱃전의 빨간 등불도 보였다.

"어펜다운 (감아올리는 닻줄이 수직으로 되고 닻이 물 밑에 선 것을 알리는 용어)!" 마이크가 큰 소리로 보고했다.

"그대로 두게!" 나도 큰 소리로 말했다. "삼각돛을 올려!"

큰 삼각돛이 펄럭이며 올라가 어둠 속에 희미하게 보였다. 나는 그 돛폭을 잡아당기고 뱃머리를 수로 쪽으로 돌렸다. 그와 동시에 시 위치 호는 바다를 헤치고 미끄러져나가기 시작했다. 들어오는 배는 지금 막 후미 입구에 와 있었다.

"누구라고 생각하나, 경찰일까?"

마이크가 돛을 바로잡는 것을 도우려고 고물 쪽으로 오면서 물었다.

"글쎄…… 뒷돛대에 치는 작은 돛을 올려주게."

한순간 바깥바다를 노려보는 패치의 얼굴이 바람에 희게 보였으나 그는 곧 마이크를 도우러 고물로 갔다. 나는 저쪽에서 발견하기 전에 어둠에 휩싸여 도망쳤으면 싶었으므로 저쪽에서 자기 배 엔진 소리 때문에 우리 배의 엔진 소리가 들리지 않도록 계속 엔진을 낮은 속도로 줄이고 있었다.

후미 안에는 바람이 그리 대단치 않았으므로 우리 배는 착실히 속력을 내어갔다. 저쪽 배는 천천히 들어왔다. 탐조등 불빛이 들머리를 좁게 만들고 있는 바다를 비추면서 수로 중앙을 향해 들어왔다. 그 배는 후미 안으로 들어오고, 우리 배는 똑바로 그것을 향해 침로를 잡았다. 돛으로 달리면서 크게 엇갈려 지나갈 수는 없었다. 나는 다만 침로를 그대로 유지하며 저쪽에서 방향을 바꾸어주기를 바라는 수밖에 없었다.

그러나 그 배는 똑바로 우리 쪽을 목표로 가까이 접근해 와서 엇갈려 지나갔으므로 배 모습이 완전히 보였다. 쑥 내민 뱃머리와 훨씬 비탈진 갑판실을 가진, 큰 바다를 항해할 수 있는 대형 모터보트였다. 조타실 안에서 어둠을 뚫고 이쪽을 바라보고 있는 사람의 그림자까지 언뜻 보였다.

그때 그 배의 탐조등이 어둠을 뚫고 한순간 내 눈을 어둡게 하며 우리 배의 큰 삼각돛을 하얗게 비춘 채 뭐라고 외치는 소리가 들렸다. 배 이름을 물었겠지만, 내가 커다랗게 내는 엔진 소리에 묻혀 잘 들리지 않았다. 우리 배는 상관하지 않고 곧장 수로로 향해 갔다. 절벽 바람 밑으로 접어들자 돛이 무섭게 펄럭이고 선체가 앞뒤로 흔들리며 속력이 줄어들었다. 이윽고 수로를 빠져나가자 돛은 평평히 바람을 안았다. 시 위치 호는 바람 부는 쪽으로 기울며 엔진과 돛의 추진력으로 나아가게 되었다. 뱃머리에서 크림 모양의 물결이 갈라지며 조타석 양옆을 하얗게 만들었다.

"방향을 돌리고 있다!" 마이크가 위에서 소리쳤다.

나는 흘끗 어깨 너머로 돌아보았다. 모터보트의 돛대 등불과 빨강과 녹색의 뱃전 등불이 뒤쪽 육지의 검은 그림자를 배경으로 보이기 시작했다. 배는 수로를 빠져나와 우리를 목표로 다가오고 있었다.

내가 바람을 크게 비스듬히 받으며 남쪽으로 침로를 잡자 마이크가 곧 조타석으로 달려와 큰 돛을 단단히 붙들어 매주었다. 등불을 끄고——나침반 불빛까지 끄고——나는 가끔 어깨 너머로 모터보트를 돌아보면서 바람에 의지하여 배를 조종했다. 모터보트가 입구에서 파도를 만나 돛대 등불이 춤을 추기 시작했다. 이윽고 그 선체가 파도를 타고 출렁임에 따라 돛대 등불이 일정한 간격을 두고 율동적으로 계속 흔들렸다. 빨강과 녹색의 뱃전 등불은 두 눈처럼 계속 우리 쪽을 바라보고 있었다. 탐조등이 어둠을 뚫고 밤의 밑바닥을 더듬으며 산더미 같은 검은 파도를 비추어냈다.

"만일 한 시간만 일찍 떠났더라면……." 패치가 뒤쪽을 노려보며 중얼거렸다.

"5분만 늦었어도 당신은 체포되었을 거요." 마이크가 얼른 말을 받았다. 그 목소리에 다급한 기색이 엿보였다. 마이크도 나 못지않게 그 말이 듣기 싫었던 모양이다. "닻을 끌어올리고 오겠네."

마이크가 뱃머리 쪽으로 사라졌다. 나는 그를 도와주도록 패치를 보냈다.

배가 달리고 있었으므로 조타석은 추웠다. 그러나 나는 추위를 모르고 있었던 것 같다. 쫓아오는 배에 정신이 쏠려 있었던 것이다. 배는 조금 더 다가와 탐조등이 출렁이는 바다 위를 넘어 우리 배에까지 이르렀다. 돛을 비춰 희미하니 떠오르게 했다. 탐조등은 이미 다른 것을 비추지 않고 우리 배에 고정되어 있었으므로 그들이 우리를 알아냈음이 분명했다. 가랑비가 다시 가늘어져서, 우리 배의 흰 돛이 위치를 눈에 띄게 했다.

뱃머리에서는 마이크가 닻줄을 감는 동안 패치가 닻을 붙들어맸다. 두 사람은 함께 고물로 돌아왔다.

"존, 멈추는 게 좋지 않을까?"

"아직 정지명령이 내려지지 않았소." 패치의 목소리는 딱딱하고 절박했다. "그들이 신호를 보낼 때까지 아무것도 할 필요는 없소."

패치는 다시 바다에 돌아온 뱃사람이었다. 인간은 본성을 완전히 잊지 못하는 법이다. 그는 조타석으로 내려왔다. 얼굴은 바짝 긴장되어 있었고, 다시 늠름함이 되살아나보였다.

"어떻소? 이대로 계속 나아가겠소, 못 가겠소?"

그것은 도전적이 아니었으며 물론 위협도 아니었다. 그러면서도 패치의 말투에는 만일 내가 거절하면 어떻게 할 것인가 생각하게 하는 힘이 있었다.

마이크가 몸을 휙 돌리며 화를 터뜨렸다.

"우리가 멈추고 싶으면 멈추는 거요."

탐조등이 깜박하고 꺼졌다. 갑자기 암흑이 우리를 감쌌다.

"샌스에게 물었소."

패치의 떨리는 목소리가 어둠 속에서 들렸다.

"존과 나는 이 배를 공동으로 가지고 있소!" 마이크가 퍼부었다. "우리들의 회사를 갖기 위해 함께 일하고 계획을 세우고 노예처럼 땀 흘려 만든 것이니만큼, 당신이 관계된 귀찮은 사건에 당신을 구하기 위해 우리가 모든 걸 바쳐 승패를 걸 수는 없소!"

마이크는 배의 흔들림에 균형을 맞추면서 고물의 오목갑판으로 내려갔다.

"멈추어 서야 돼!" 마이크가 나에게 말했다. "저 배는 점점 따라 붙고 있는데, 경관들에게 패치를 태우고 있는 것이 발각되면 밀출국을 도운 게 아니라고 말해 봐야 믿어주지 않을걸. 더구나 현금이 저렇게 아래 널려 있으니 말일세."

마이크는 내 어깨를 잡고 몸을 내밀어 엔진의 소음에 지지 않고 소리를 질렀다. "듣고 있나, 존? 저 경찰 보트에 붙들리기 전에 멈추어야 돼!"

"경찰이 아닐지도 모르네." 나는 대꾸했다.

그 보트가 정면에 나타났을 때부터 나는 줄곧 그 점을 생각하고 있었다.

"경찰이라면 순찰차를 보냈을 걸세. 보트로 오는 일은 없어."

"경찰이 아니면 대체 누구란 말인가?"

나는 혹시 얼결에 환각을 보는 게 아닌가 생각하며 흘끗 어깨 너머로 뒤돌아보았다. 그러나 보트는 거기서 우리 배를 뒤따라왔다. 하얀 돛대 등불이 크게 흔들리면서 가느다란 돛대 기둥과 갑판실 윤곽을 드러내보였다.

"꽤 뒤뚱거리고 있군." 나는 중얼거렸다.

"대체 누군가?"

나는 마이크를 돌아보았다. "엇갈릴 때 잘 보았나, 마이크."
"잘 보았네."
"어떤 종류의 배였지? 알아보았나?"
"구식 패크허스트 형인 것 같았네." 마이크는 해군 기술 장교로 훈련을 받았었기 때문에 동력선에 대해 아주 잘 알았다.
"확실한가?"
"그럴 걸세. 아니, 틀림없이 그렇네."
나는 그에게 아래로 가서 로이드 선급협회(船級協會) 등록부에서 글리셀다 호를 찾아봐달라고 부탁했다.
"만일 등록부에 실려 있고 종류가 일치하거든 그 배의 예상속도를 알고 싶네."
마이크는 내게서 패치 쪽으로 눈을 돌리고 망설이더니 앞의 중앙 해치 쪽으로 사라졌다.
"만일 저 보트가 글리셀다 호라면?" 패치가 물었다.
"그렇다면 오늘 아침에 세를 낸 배요, 심판정에 있던 누군가가."
탐조등이 다시 우리 배를 비추었다. 패치가 물끄러미 나를 바라보고 있었다. "확실하오?"
내가 고개를 끄덕이자 패치는 혼자 그 수수께끼를 풀려는 듯 생각에 잠겼다. 시 위치 호가 불어치는 바람에 옆으로 기울며 속도가 뚝 떨어지는 것을 느꼈다. 물보라가 얼굴로 튀었다.
마이크가 돌아왔다.
"어떻게 저 보트가 글리셀다 호라는 걸 알았나?" 마이크가 물었다.
"제대로 맞았던가?"
"저건 글리셀다 호이거나 아니면 자매선일세. 길이 12미터, 1931년 패크허스트 조선회사에서 건조되었더군."

"최고 속력은?"

"정확한 건 모르겠네. 패크허스트 제6기통식 엔진을 두 개 가지고 있지만, 그건 처음 만들었을 때 일이므로, 그 뒤의 정비에 달렸지. 아마 8노트 정도 낼 수 있지 않을까?"

시 위치 호가 다시 크게 기울어지자 파도가 앞 갑판으로 치고 들어왔다.

"바다가 잔잔할 때의 속력이겠지?"

"물론."

바람이 차츰 강해져 이미 물마루가 무너지기 시작했다. 앞으로 2시간 남짓 뒤면 조수가 바뀌리라. 그때는 조수가 서쪽으로 흐르게 되므로 바람이 몰아치는 데 따라 짧고 날카로운 파도가 일 것이다. 따라서 글리셀다 호는 적어도 속력이 1노트쯤 줄어들 것이다.

"지금 이 침로로 계속 가세." 나는 마이크에게 말했다. "밤 사이에 저들을 따돌릴 수 있을 걸세."

그리고 나는 헐과 함께 만난 요트 소개업자의 이야기와, 히긴스가 나에게 했던 경고의 말을 들려주었다. 나는 패치를 돌아보며 말했다.

"히긴스는 당신이 틀림없이 랠위스로 오리라 짐작하고 있었소."

"히긴스가!"

패치는 몸을 돌려 뒤쪽을 노려보았다. 탐조등이 그의 얼굴에 와 닿았다. 그 눈의 반짝임에 뭔가가 어려 있었다. 노여움인지 두려움인지 아니면 기쁨인지 나로서는 알 수가 없었다. 그때 탐조등이 탁 꺼지며 그는 내 옆에 선 하나의 검은 그림자가 되었다.

"여보게, 존, 만일 상대가 델리메어 회사라면……." 마이크의 목소리에 안도의 울림이 깃들어 있었다. "저들로서는 아무것도 할 수 없겠지, 안 그런가?"

패치가 몸을 빙글 돌렸다. "당신은 짐작을 못하는 것 같군……."

어둠 속에서 느닷없이 딱딱한 목소리가 들려오다 뚝 끊어졌다. 나는 그의 마음을 짐작하고 뒤돌아보았다. 무심히 주위를 둘러보며 상대방 등불을 찾았다. 아무것도 보이지 않았다. 다만 밤의 어둠과, 어둠 속에서 우리 배를 향해 돌진해 오는 하얀 파도가 있을 뿐이었다.

"아무튼 이대로 나아갑시다. 그대로 좋겠지요?" 나는 어떻게 해야 할지 뚜렷한 생각이 없었다.

"달리 방법이 없으니까." 패치가 말했다.

"그럴까?" 마이크가 조타석으로 내려왔다. "선착장으로 달릴 수도 있지. 저 배가 따라오게 될 것이고, 그리고…… 어찌 되었든 모든 걸 당국에 맡겨야 한다는 생각이 드는군."

마이크의 목소리에 초조한 빛이 어려 있었다.

파도가 바람을 안은 뱃머리에 부딪쳐 깨지며 물보라를 날렸다. 우리 배는 불어치는 바람에 기울어져 있었으므로 바람 아래 갑판이 파도에 씻겼다. 바다가 얕아졌다. 여기저기 단조(湍潮, 바다 밑 장해물에 충돌하여 생기는 바다 위의 용솟음)가 있어 시 위치 호는 자꾸만 불쾌하게 앞뒤로 몹시 흔들리고 나선 추진기가 고물 밑에서 느르륵 소리를 냈다. 뱃머리가 파도더미에 파고들 때마다 바닷물이 앞 갑판을 씻어냈다.

"뭘 하고 있소, 엔진을 꺼야지!" 패치가 나에게 호통을 쳤다. "속력이 자꾸 떨어지는 걸 못 느끼겠소?"

마이크가 휙 돌아보았다. "당신이 선장은 아니오!"

"속력이 줄어들고 있잖소!" 패치가 말했다.

그가 말한 대로였다. 나도 조금 전부터 그것을 느끼고 있었다. "엔진을 꺼주지 않겠나, 마이크?"

마이크는 조금 망설이다가 해도실로 달려갔다. 엔진의 소음이 사라지자 고요함 속에서 파도 소리가 부자연스러울 만큼 크게 들렸다. 돛만으로 달리자 우리 배는 설계상의 여러 가지 특징을 나타내어 바람과 물결을 아주 잘 탔다. 움직임이 전보다 편해졌다. 파도가 앞 갑판으로 치고 들어오지도 않았다.

과연 패치의 말 그대로이긴 했으나 마이크는 화가 잔뜩 나 해도실에서 돌아왔다.

"당신은 우리가 저 보트와 경쟁해 주리라고 아주 자신하고 있는 모양인데……." 마이크가 나를 돌아보며 덧붙였다. "내 충고를 들어주게, 존. 바람 부는 쪽으로 돌아 선착장으로 침로를 잡게."

"바람 부는 쪽으로?" 패치가 말했다. "저 모터보트가 더 빠를 거요."

"그럼, 바람을 안고 웨이머스로 가면 되오."

"그건 무리일세." 내가 말했다.

그러자 패치가 덧붙였다. "어디로 가든 따라잡히게 될 거요."

"그게 무슨 상관이오!" 그러자 마이크가 얼른 나섰다. "놈들은 아무것도 하지 못하오. 법률이 그들 편이라는 것뿐이오. 아무것도 못 해."

"나 참! 아직 모르겠소?" 패치가 혀를 찼다. 그는 몸을 내밀어 나에게 얼굴을 바싹 다가붙였다. "당신이 말해 주시오, 샌스. 당신은 군데르센을 만났지? 벌써 계획을 짐작했을 거요."

패치는 가만히 나를 바라보고 있다가 얼른 몸을 돌려 마이크를 향했다. "알겠소! 25만 파운드가 넘는 돈을 벌 계획이 있었소. 배에 실은 짐을 바꿔치기해서 중국인에게 팔아넘겼소. 거기까지는 잘 진행이 되었는데, 그 다음이 문제지. 선장이 그 역할을 다해줄 것을 거절한 거요. 놈들은 폭풍우 속에서 배를 가라앉히려고 했으나 실패했소. 히긴스가 책임지고 그 일을 맡았지만 실수를 한 거요."

패치는 자신이 믿고 있는 것을 상대에게 이해시키려고 애쓰며 목소리를 날카롭게 세웠다.

"저들의 처지에서 생각해 보오. 12명의 승무원이 빠져죽고, 노인이 하나 죽었소. 모르긴 하지만 피살되었겠지. 그리고 배는 밍키 암초에 좌초되어 있는 거요. 저들로서는 무슨 일이 있어도 나를 메리디어 호로 가게 해서는 안 되오. 당신들도 가게 해서는 안 되는 거요. 지금으로서는 당신들을 선착장으로 들여보낼 수도 없소. 메리디어 호를 없애버리기 전까지는 말이오."

"그것은 망상이오!" 마이크가 그를 바라보며 낮은 목소리로 말했다.

"아니, 그렇지 않소. 저들은 내가 이 배에 타고 있다는 것을 알고 있음에 틀림없소. 당신들도 내 말을 믿지 않았다면 이리 나오지도 않았겠지. 만일 진상이 폭로되면 놈들이 어떤 꼴을 당하게 될지 생각해 보오."

마이크가 나를 보았다. "이 말을 믿나, 존?" 그의 얼굴은 창백했다. 어쩔 줄 몰라하는 말투였다.

"아무튼 저들을 따돌리는 편이 좋다는 생각이 드는군." 나는 말했다.

패치로서도 우리를 계속 몰아세울 이유가 있었지만, 나는 나대로 어둠 속에서 그 보트에 붙잡히고 싶은 기분이 조금도 없었다.

"하지만 존, 생각해 보게! 여기는 영국해협일세. 여기서 저들이 무슨 짓을 할 수 있겠나?" 마이크는 패치와 나를 바라보며 대답을 기다렸다. "대체 저들이 무슨 짓을 할 수 있다는 건가?"

그러나 마이크 또한 우리가 영국해협에 있다 해도 결과는 마찬가지라는 것을 차츰 깨달았는지 우리 배를 둘러싸고 있는 어둠을 살폈다. 파도가 무섭게 무너지는 소란스러운 바다 한복판에 우리 세 사람만이 외롭게 떠 있었다. 마이크는 더 이상 아무 말도 하지 않고 로커에서 측정밧줄(항해중의 속력을 재는 측정기의 회전자와 부 채꼴 판자를 선미에서 흘려보내기 위한 밧줄)을 꺼내 그것을 흘리려고 고물로 갔다.

"그럼, 갑시다!" 패치가 말했다. 긴장이 갑자기 풀리며 목소리에서 피로가 풍겼다. 그러고 보니 그는 어젯밤 한잠도 자지 못했고 식사도 하지 않았으며, 게다가 며칠 동안 대단한 긴장상태에서 보냈다.

마이크가 조타석으로 돌아왔다. "거리가 시원치 못해진 것 같은데."

나는 글리셀다 호를 보았다. 항해등이 계속 몰아치는 파도 봉우리에 이따금 가려졌다.

"조수가 바뀌면 바람을 안고 배를 달려 놈들을 따돌릴 수 있을지 한 번 시험해 보세." 나는 키를 잡고 우두커니 서서 말했다. "첫 키잡이 당직을 해주겠나, 마이크?"

지금부터 2시간 당직하고 4시간 쉬며, 한 사람이 키를 잡는 동안 두 사람이 대기하는 식으로 하는 수밖에 없었다. 이처럼 힘들게 돛으로 달리는 데는 절대적으로 손이 모자랐다. 나는 키를 마이크에게 맡기자 항해일지를 쓰러 해도실로 들어갔다.

패치가 뒤에서 따라왔다. "저 모터보트에 누가 타고 있는지 생각해 보았소?"

내가 무슨 말인가 의아해하면서 고개를 내젓자 그는 다시 말했다.

"군데르센이 아니오."

"그럼, 누구요?"

"히긴스일 거요."

"상대가 다르면 뭐가 어떻게 달라진다는 거요? 결국 무슨 말을 하고 싶은 거요?"

"결국……." 패치는 걱정스러운 듯이 말했다. "군데르센은 계산이 맞는 모험만 하는 사람이오. 그러나 만일 히긴스가 저 보트를 지휘하고 있다면……."

패치는 내가 이야기를 이해하는지 어떤지 살피듯 가만히 지켜보았다.

"히긴스라면 필사적일 거라는 말이오?"

"그렇소." 패치는 한참 나를 바라보고 있었다. "젊은 덩컨에게는 말하지 않는 게 좋소. 만일 해난구조선에 가닿기 전에 우리를 저지하지 못하면 히긴스로서는 파멸이오. 그가 체포되면 한패들이 동요하게 되겠지. 예를 들면 버로스가 공범증언(범인이 감형을 받을 목적으로 공범자에 대해 불리한 증언을 하는 것)을 하게 될 거요. 알겠소? 무엇이든 배를 채우고 오겠소."

패치는 몸을 돌렸다. 그는 문 앞에서 조금 머뭇거렸다. "안됐소, 당신을 이런 궁지에 빠뜨릴 생각은 없었는데……."

나는 항해일지를 다 쓰자 해도실 침대에 옷을 입은 채로 누웠다. 그러나 제대로 잠이 오지 않았다. 배가 흔들려 열린 문으로 밖을 내다볼 때마다 뒤쪽 어둠 속에 글리셀다 호의 등불이 바라보였다. 그리고 나는 밧줄이 조금이라도 늦춰질 기색이 없나 걱정스러워 밧줄을 울리는 바람 소리에 자주 귀를 기울였다. 마이크로부터 돛을 감아 붙이는 일을 도와달라는 무탁을 두 번 받았다. 2시에 키잡이 당직으로 교대했다.

조수는 이미 바뀌어 있었다. 파도가 용솟음쳐 올랐다가 무너져 내렸다. 우리 배는 남서쪽으로 침로를 바꾸어 바람을 안고 감에 따라 돛이 거의 팽팽해질 정도로 닻줄을 당겨 돛을 활짝 열었다. 이번에는 정면으로 바람을 받아 추웠다. 시 위치 호는 바람을 안고 비스듬히 돌아 파도와 맞서 물결을 헤치며 나아갔다. 바닷물이 폭포처럼 뱃머리에서 떨어질 때마다 물보라가 기름 먹인 무명옷에 뿌려졌다.

뒤쪽에서 글리셀다 호의 항해등이 우리 배의 침로를 따라 돌면서 선체가 우리 배의 항적을 타고 흔들렸다. 선체가 흔들릴 때마다 돛대 등불의 흰 빛이 미친 듯 뛰놀았다. 그러나 동력선은 파도의 장단에 잘 맞추지 못하기 때문에 빨강과 녹색 항해등이 파도 높이보다 아래로 숨는 일이 점점 많아졌다. 그리하여 마침내는 물마루에 도깨비불처럼 뛰노는 흰 등불밖에 보이지 않았다.

마이크의 목소리가 바람과 파도 소리를 뚫고 나 있는 곳까지 들렸다.

"어때, 항복했나?" 마이크는 흥분해 있었다. "이번에 배를 돌리면……."

그 다음말은 바람에 날려 뱃머리에 부딪치는 파도 소리에 묻혀 들리지 않았다. 그러나 그가 생각하고 있는 것을 알 수 있었다. 만일 우리 배가 남서에서 다시 북서로 침로를 바꾸어 돌더라도 이미 별빛으로 어둠이 엷어지긴 했으나 그들로서는 알아차리지 못할 것이며, 그리고 일단 그들을 따돌리고 나면 바람을 타고 그들의 동쪽으로 나아가 올더니 섬으로 향할 수 있다는 것이었다.

마이크의 생각이 옳은 것은 의심할 여지가 없었다. 만일 내가 그의 제안대로 했으면 우리가 가는 곳에 기다리고 있던 재난을 피할 수 있었을지도 모른다.

그러나 우리 배가 바람을 향했기 때문에 일어난 동요의 변화를 알아차리고 패치가 갑판으로 나왔다. 뒤쪽의 깜박이는 글리셀다 호를 노려보며 중앙 해치에 앉아 있는 그의 모습을 보고 나는 만일 우리 배가 왼쪽으로 크게 돌아 영국해협 쪽으로 되돌아간다면 그가 어떤 반응을 보일까 생각했다. 우리 배는 돛을 너무 펴두었기 때문에 배를 돌리려면 돛을 잘 다루어야 하며 뒷버팀줄을 잡아당겨야 한다. 한 번 잘못하면 돛대를 잃는 궁지에 빠지게 된다!

"마음이 내키지 않는데." 나는 마이크에게 말했다.

손이 모자란데다 밤이었다. 게다가 모두 지쳐 있었다. 찬비에 젖은 채 앉아서 꼼짝도 않았다. 아무것도 하고 싶지 않았다. 나는 우리 배가 그들을 떼어놓고 있다고 생각하고 있었다.

마이크도 같은 생각이었던지 자기주장을 밀고 나가려 하지 않았다. 그는 다만 어깨를 으쓱해 보이더니 해도실로 자러 갔다. 글리셀다 호의 불빛은 이제 바로 뒤가 아니라 왼쪽 뱃전 비스듬히 저 멀리 보였다. 그 의미를 알아차리지 못했다니, 지금 생각하면 그때 어떻게 되었었던 모양이다. 만일 알았다면 우리 배는 상대를 뒤쪽에 떼어놓은 것이 아니라 단순히 상대방 침로에서 벗어나 있을 뿐이라는 사실을 눈치챘을 것이다. 글리셀다 호는 우리 배보다 훨씬 남쪽 항로를 잡아 파도와 정면으로 충돌하는 것을 피해 속력을 유지하고 있었다. 그런데 나는——밤에 흔히 있는 일이지만——상대보다 우리 배의 속력이 빠른 줄로 생각했다.

내 당직이 끝날 무렵 하늘에 구름이 끼며 바람이 가라앉기 시작했다. 나는 패치를 불렀다. 그가 올라오자 둘이서 돛을 늦추고 침로를 남서로 바꾸었다. 그 뒤로는 파도를 헤치는 일 없이, 사나운 새가 날개를 펴고 덤벼드는 듯한 움직임으로 물결을 타고 그대로 달려갔다. 바람은 순풍이어서 시 위치 호는 신나게 달렸다.

나는 수프를 데웠다. 패치와 나는 먼동이 트는 것을 지켜보면서 조타실 안에서 수프를 마셨다. 새벽은 차갑고 쓸쓸한 빛을 띠고 찾아들었다. 패치는 뒤쪽을 노려보고 서 있었다. 그러나 용솟음치는 잿빛 물의 벌판 외에는 아무것도 없었다.

"문제없어요." 나는 말했다. "그들은 벌써 뒤쪽에 처진 거요."

패치는 아무 말도 하지 않고 고개를 끄덕였다. 그의 얼굴이 잿빛으로 보였다. "이대로라면 두 시간 안에 커스케트 섬이 보이게 될 거요."

나는 그를 남겨두고 한숨 자기 위해 아래로 내려갔다.

한 시간 뒤 마이크의 다급한 목소리가 갑판으로 나오라고 나를 깨웠다. 나는 해치에서 천천히 나갔다.

"저기 좀 보게, 존!" 마이크가 소리쳤다. 그는 왼쪽 뱃전 훨씬 저쪽을 가리키고 있었으나 나에게는 아무것도 보이지 않았다.

잠이 덜 깬 내 눈에 차가운 아침빛이, 그리고 바다와 하늘의 흐린 빛이 파고들었다. 그리고 나서 부풀어 오르는 물결 위로 뭔가 보이는 듯이 생각되었다. 한 개의 막대기인가? 아니면 밀려오는 파도들이 수평선에 이르는 언저리로 높이 밀려올라간 둥근 기둥 모양의 부표인가? 내가 눈을 가늘게 뜨고 초점을 맞추며 갑판의 흔들림에 몸의 균형을 잡는 순간 그것이 똑똑히 보였다. 소형선의 돛대였다. 물결을 타고 솟아오르며 아침빛을 받아 우중충한 흰 선체가 떠올랐다.

"글리셀다 호인가?"

마이크가 고개를 끄덕이며 쌍안경을 건넸다. 뒤뚱거리는 그 배가 눈에 들어왔다. 갈라지는 물결이 뱃전을 씻어내고, 이따금 파도가 뱃머리에 부딪쳐 부서지면서 뿌옇게 물보라가 뿜어 오르는 것이 보였다.

"만일 우리 배가 간밤에 돌고 있었다면……"

"그러나 돌지 않았네"라고 나는 말하며 패치가 우리에게서 빌린 기름 먹인 무명옷을 입고 키를 덮어 누르듯 앉아 있는 고물 쪽을 언뜻 바라보았다. "그는 알고 있나?"

"그가 맨 처음 발견했네."

"뭐라고 하던가?"

"아무 말도, 놀라는 기색도 없었네."

나는 상대 배의 속력을 측정하려고 다시 쌍안경을 들여다보았다. "어떻게 하지? 6시에 측정기를 보았나?"

"물론. 그 한 시간 동안 8노트더군."

8노트! 나는 흘끗 돛을 쳐다보았다. 돛은 바람을 잔뜩 안고 찢어질 듯이 부풀어 몇 톤이나 되는 무게가 돛대에 걸려 뱃머리를 바다로 내놓고 있었다. 어떻게 된 일일까? 밤새도록 달리고도 상대를 떼어놓지 못했다는 것은 말도 안 된다.

"계속 생각해 봤지만," 마이크가 말했다. "설령 그들이 우리 배를 따라온다 해도……."

"온다 해도?"

"대단한 일은 할 수 없을 걸세. 안 그런가? 즉……." 마이크는 우물쭈물하며 불안한 듯이 나를 흘끗 바라보았다.

"그렇다면 다행이겠는데……." 나는 해도실로 들어갔다. 나는 지쳐 있었다. 그 일은 생각하고 싶지 않았다. 측정기에 기록된 킬로미터 수와 돛으로 달린 항로와 조류를 바탕으로 위치를 추산해 보니 우리 배는 커스케트 섬 북북서 16킬로미터 지점에 있었다. 앞으로 두 시간만 있으면 조류는 동으로 흐르게 되어 우리 배를 올더니 섬과 코탕탱 반도 쪽으로 몰아갈 것이다. 그러나 저 보트가 우리 배와 육지 사이에 있어서는 모습을 감출 수 없다. 낮에는 헛일이다.

나는 해도실에서 계속 일기예보를 들었다. 바람은 곧 잔잔해지고 곳에 따라 약간 안개가 끼겠다는 보도였다. 대서양 위에 중심을 둔 저기압이 서서히 동쪽으로 이동중이었다.

아침을 먹고 조금 지나서 커스케트 바위가 보이기 시작했다. 해협 제도 북서쪽 한 모퉁이다. 조류가 바뀌어 역조가 되었으므로 우리 배는 오랫동안 커스케트 바위와 나란히 있었다. 그것은 끝이 뾰족한 회색의 외딴 바위로 파도가 밀려와 부서지곤 했다. 우리 배는 아샹트 섬에서 영국해협으로 가는 기선의 항로를 따라 역조와 싸우며 밀고나갔다. 그동안 두 척의 배를 보았을 뿐이었다. 그러나 그것도 멀리 수평선에 선체가 숨어 가려져 있었다. 이윽고 건지 섬이 보이기 시작했다. 기선의 항로를 오가는 배는 하늘과 바다가 맞닿은 근처에 얼룩처럼 연기를 뿜어내고 있었다.

오전 내내 패치는 갑판 위에서 키를 이리저리 돌려보기도 하고, 조타석에서 선잠을 자기도 하고, 글리셀다 호와 우리 배 사이의 잿빛 바다를 지켜보며 앉아 있기도 했다. 가끔 해도실로 달려가 평행자와 컴퍼스를 가지고 우리 배의 항로와, 밍키 암초 도착추정시각을 계산해 내기에 열심이었다. 한 번 아래로 내려가 좀 자도록 권해보았으나 패치는 메리디어 호를 보기 전까지는 잘 수 없다고 말했다. 그리고 심판정에서처럼 지쳐빠진 잿빛 얼굴로 신경을 곤두세우고 우뚝 지키고 앉아 있었다.

패치는 아래로 내려가는 것이 무서웠던 모양이다. 자기가 지켜보고 있지 않으면 글리셀다 호가 몰래 다가올 것만 같아 무서웠던 모양이다. 그는 몹시 피로해 보였다. 그는 자주 조류에 대해서도 물었다. 우리 배에 조류도가 없었으므로 그는 걱정이 이만저만 아니었다. 낮 무렵 조류가 바뀌어 다시 우리 배를 서쪽으로 밀기 시작했을 때도 그는 건지 섬의 울퉁불퉁한 섬 모양을 목표로 자주 각도를 재고 있었다.

내친 김에 설명해 두면, 6시간마다 만조와 간조를 되풀이하여 영국해협의 바닷물을 이동시키는 조류는, 해협제도를 안고 있는 프랑스 해안의 큰 물굽이에 굉장히 높은 조위(潮位)를 만든다. 봄철 '한사리' 때는 올더니 섬과 본토 사이의 좁은 물길을 시속 7노트로 조류가 드나든다. 해협제도의 중심 부분에서는 조류의 방향이 12시간마다 바뀐다. 그리고 간만의 차이도 6미터에서 12미터에 이른다.

지금 여기서 이런 설명을 하는 것은 우리가 조류를 걱정하고 있는 까닭을 이해시키기 위해서이며, 다음에 일어난 일과 관계가 있기 때문이다. 게다가 이 해역은 암초와 드러난 바위와 섬들이 뒤섞여 있기 때문에 이 부분을 지날 때면 늘 긴장해야 한다.

침로를 그대로 유지하여 우리 배는 건지 섬을 향해 똑바로 나아갔다. 나는 서쪽으로 흐르는 조류가 우리 배를 섬에서 멀리 떨어진 곳을 통과시켜 주리라고 믿었으므로, 흔히 레플라트라고 부르는 바다 밑 바위의 위치를 알려주는 파도의 와글거림에 접근했다. 우리는 모두 글리셀다 호가 어떻게 하는지 지켜보고 있었다. 그 배로서는 달리 방법이 없었기 때문에 왼쪽 뱃전이 섬의 바위벽에 가까이 오자 항로를 바꾸어 우리 배 뒤쪽으로 나왔다.

건지 섬 서쪽 끝 바위 위에는 레 아노아 등대가 세워져 있다. 우리 배는 그곳을 스칠 듯이 지났기 때문에 자세한 부분을 볼 수 있었다. 바위 꼭대기에 콘도르처럼 앉아 있는 가마우지떼와 바위 주위로 허옇게 부서지는 파도, 그리고 바로 뒤에서는 글리셀다 호가 우리 배의 항적을 따라 뱃머리에 물보라를 맞으며 뒤뚱뒤뚱 따라오고 있다. 400미터도 채 떨어져 있지 않았다. 패치는 해도실에 기대어 몸을 안정시키며 쌍안경으로 상대 배를 노려보고 있었다.

"히긴스요?" 나는 물었다. 글리셀다 호 갑판에서 사람 그림자가 움직이는 것이 보였다.

"예상대로 히긴스로군. 그리고 율스도 있소. 조타실에도 누가 있는데 누군지 모르겠소."

패치가 쌍안경을 건네주었다. 확실히 히긴스는 알아볼 수 있었다. 그는 난간에 기대어 배의 흔들림에 몸의 균형을 잡으면서 이쪽을 지켜보고 있었다. 히긴스와 율스와 패치, 일찍이 메리디어 호를 움직인 세 사람이다! 그리고 지금 우리는 여기, 메리디어 호가 좌초해 있는 지점에서 64킬로미터 떨어진 곳에 와 있다.

조타륜을 잡고 있던 마이크가 갑자기 소리쳤다.

"지금 침로를 바꾸면 놈들보다 먼저 세인트 피터 포트 섬에 닿을 수 있네, 존!"

섬 남쪽 기슭을 따라 바람을 받으며 달리면 세인트 피터 포트 섬으로는 일직선 거리다. 그들에게 쫓기지 않고 생마르탕 곶까지 갈 수 있으며, 거기서 엔진을 걸어 몇 킬로미터 더 가면 세인트 피터 포트 섬이다. 나는 흘끗 패치를 쳐다보았다. 그는 이미 조타석으로 내려가 있었다.

"교대요!"

패치는 소리쳤다. 그것은 부탁이 아니라 명령이었다.

"안되오!" 마이크가 눈에 노기를 불태우며 패치를 노려보았다.

"교대하겠다고 말하잖소!" 패치가 조타륜으로 손을 뻗으며 소리쳤다.

"듣고 있소!" 마이크가 돛을 늦추자고 나에게 소리치면서 얼른 조타륜을 돌렸다. 그러나 패치는 조타륜에 두손을 얹고 있었다. 서 있는 그가 더 힘이 세어 조금씩 조타륜을 본디대로 돌렸다. 마이크가 마구 욕을 퍼붓는 것도 아랑곳하지 않고 그는 조타륜을 그대로 잡고 있었다. 두 사람의 얼굴은 코가 맞부딪칠 정도로 가까웠다. 패치의 얼굴은 긴장으로 팽팽했고, 마이크의 얼굴은 분노로 시뻘게졌다. 두 사람은 힘이 비슷하여 두 개의 동상처럼 움직이지 않고 2분 동안이나 서로를 노려보았다.

이윽고 행동을 자유로이 선택할 기회는 지나갔다. 레 아노아 바위를 피한 글리셀다 호가 항로를 바꾸어 우리 배와 세인트 피터 포트 섬 사이를 비집고 들어온 것이다.

그것을 보고 있던 패치가 말했다.

"이제 골라잡을 수도 없게 되었군."

조타륜을 잡은 힘은 풀지 않았지만 긴장은 얼굴에서 사라졌다. 마이크도 욕설을 그만두었다. 사태를 알아차린 모양이었다. 그 증거로 마이크는 고개를 돌려 모터보트를 바라보았다. 그리고는 조타륜을 놓고 일어났다. "아무래도 당신이 이 배의 선장이니까 당신 마음대로 조타륜을 잡는 게 좋겠지. 하지만 잘 들어두시오! 만일 이 배에 무슨 일이 있으면……." 마이크는 아직도 분노로 몸을 떨며 차갑게 나를 바라보더니 아래로 내려갔다.

"안됐군." 패치가 이미 조타석 앞에 버티고 앉아 지친 목소리로 말했다.

"이건 당신 배가 아니오." 나는 다짐을 주었다.

그는 글리셀다 호로 눈길을 돌리며 어깨를 으쓱했다. "달리 내가 할 만한 일이 있었소?"

그것을 따져보아야 소용없었다. 우리는 이제 메리디어 호에 다다를 때까지 계속 나아가는 도리밖에 없는 궁지에 빠져 있었다. 그러나 만일 바람이 자게 되면……. "히긴스가 따라붙으면 어떻게 하겠소?"

패치는 얼른 나를 쳐다보았다. "그렇게 만들지는 않소! 우리가 먼저 도착해야 하오!"

"그렇기는 하지만, 만일 그가 따라붙으면?" 나는 결국 히긴스도 법의 테두리 안에서 행동할 수밖에 없으리라고 생각했다. "그로서도 대단한 짓은 할 수 없겠지."

"그럴까?" 패치는 약간 거친 웃음소리를 냈다. "그가 무슨 짓을 할지 어떻게 알겠소? 그는 지금 공포에 쫓기고 있소. 만일 당신이 히긴스라면 공포에 쫓기지 않겠소?" 그는 곁눈으로 나를 노려보았다.

그리고 흘끗 돛을 쳐다보더니 나에게 좀 늦추어 달라고 말했다. 그 목소리는 조용하고 실제적이었다. 그는 밍키 암초 북서쪽 끝에 있는 등불 부표로 항로를 잡았다.

그 뒤 우리는 아무 말이 없었다. 차츰 나는 모터보트의 엔진 소리를 의식하게 되었다. 처음에는 아주 희미하게 뱃전을 씻어가는 파도

소리 속에 계속 들리는 조용한 배음(背音)이었다. 그것은 바람이 누그러지기 시작했다는 예고였다. 하늘을 덮은 구름이 엷어지고 온 바다에 축축한 엷은 햇살이 퍼졌으나, 시야는 저지 섬의 윤곽이 간신히 보이는 정도였다. 나는 엔진을 걸었으나 그 순간부터 글리셀다 호에 붙들리게 됐다는 것을 깨달았다.

일기예보에 의하면 대서양 위에 있는 저기압이 발달하면서 차츰 속력을 올려 동쪽으로 퍼지고 있었다. 그러나 그것도 우리에게 도움이 되지는 않았다. 지금 바람은 자꾸 누그러지고 글리셀다 호는 우리 배와 저지 섬 사이에서 간격을 유지하며 바로 옆까지 따라와 있었다. 엷은 햇살이 차츰 빛을 잃고 이어서 차갑게 빛나는 회색 바다와 하늘이 남았다. 벌써 수평선은 보이지 않았다. 패치가 위에 껴입을 것을 가지러 아래로 내려갔다. 갑자기 추워지면서 바람이 변덕스럽게 가끔 생각난 듯이 불어댔다.

나는 조타석에 앉아 나란히 선 글리셀다 호가 파도에 몸부림치며 자꾸 앞으로 나아가는 것을 지켜보았다. 히긴스는 어떻게 할 생각일까? 내가 그라면 어떻게 할 것인지 생각해 보았다. 매정하게 줄거리를 세워 생각하려고 애썼다. 그러나 춥고 지친 몸으로 흐리고 텅 빈 바다에 고립된 채 외따로 있을 때 냉정하게 줄거리를 세워 생각한다는 건 무리이다. 고립감! 전에도 바다에서 그것을 느낀 일은 있었지만 이토록 강하게 느껴보기는 처음이었다. 그와 함께 불길한 예감이 떠올라 나를 으스스 추운 생각이 들게 만들었다. 큰 파도가 서쪽에서 둥글게 부풀어 올라 우리 배 밑으로 빠져나갈 때, 바다는 기름을 부은 듯이 너울거렸다.

처음 나는 안개를 미처 보지 못했다. 히긴스를 생각하고 있었기 때문이다. 문득 정신이 들어보니 뿌연 안개가 바다를 건너 몰려오며 주름진 바다를 덮어 감추려 하고 있었다. 마이크가 올라왔으므로 그에게 키를 맡기고, 패치에게 갑판으로 나오라고 소리쳤다. 글리셀다 호도 안개를 보고 항로를 바꾸어 우리 배를 향해 다가왔다. 나는 안개가 우리 배를 덮어 상대의 시야에서 감춰주기를 바라며 글리셀다 호가 다가오는 것을 바라보고 있었다.

"보이지 않게 되거든 곧 돕시다." 나는 해치에서 올라오는 패치에게 말했다.

글리셀다 호의 윤곽이 흐릿해졌다가 이윽고 모습이 사라졌을 때의 간격은 겨우 2케이블(370미터) 정도였다.

"바람 부는 쪽으로 회전!"

마이크가 소리치면서 조타륜을 힘껏 돌렸다.

시 위치 호는 내가 삼각돛의 돛줄을 늦춤에 따라 큰 삼각돛을 펄럭이며 바람을 안고 뱃머리를 돌려 내달았다. 이윽고 큰 돛의 활대가 배 옆에 와서 걸쳐지며 배가 왼쪽 뱃전 쪽으로 나아갔다. 그와 동시에 패치와 나는 삼각돛 오른쪽 돛줄을 감아 붙이고 있었다.

우리 배는 선체를 틀어 차갑고 축축한 죽음의 세계를 빠져 거꾸로 달리기 시작했다. 나는 몸을 뻗어 모터보트의 엔진 소리에 귀를 기울이며 상대의 위치를 추정하려고 애썼다.

그러면서 이 안개가 상대를 따돌릴 만큼 짙을까 생각했다.

그러나 히긴스는 우리의 움직임을 내다보았음에 틀림없다. 아니면 우리 배가 몸을 돌리는데 시간이 너무 많이 걸렸던 모양이다. 그 증거로써 글리셀다 호의 엔진 소리가 우리 배 바로 옆에 와 있었으며, 내가 그것을 깨닫자 곧 배 그림자가 나타났다. 뱃머리가 안개의 장막을 헤치자 갑자기 이쪽으로 나오는 배의 모습이 완전히 보였다.

글리셀다 호는 엔진을 전속력으로 하여 날카로운 뱃머리를 물결 속에 들이박은 채 파도의 물보라를 조타실 안에까지 맞으며 똑바로 달려왔다. 나는 다시 배를 돌리라고 마이크에게 소리쳤다. 우리 배는 빠른 속력으로 크게 기울어졌다. 나는 두 배가 이대로 침로를 유지하면 틀림없이 충돌하리라고 생각했다. 마이크가 가만히 있는 것을 보자 나는 갑자기 목이 탔다.

"배를 돌려!" 나는 다시 외쳤다.

"돌려! 이거, 뭘 하는 거야, 배를 돌리라구!" 패치도 동시에 소리쳤다.

마이크는 조타륜에 몸을 맡긴 채 우뚝 서서 딱딱한 표정으로 달려오는 배를 노려보았다.

"저놈에게 돌리라고 해!" 마이크는 이를 갈며 말했다. "나는 이대로 갈 테니까!"

패치가 조타석으로 달려갔다.

"놈은 충돌할 작정이야!"

"그런 배짱이 있을 리가 없어!" 마이크는 완강하게 항로를 바꾸지 않고 가늘게 뜬 눈으로 글리셀다 호를 노려보았다. 그의 얼굴이 갑자기 하얘졌다.

나는 곁눈으로 글리셀다 호 조타실에서 가슴까지 몸을 내밀고 있는 히긴스를 보았다. 그의 크고 힘찬 외침이 요란한 엔진 소리를 뚫고 이쪽까지 들렸다.

"준비하라! 옆에 가 붙는다!"

그리고 글리셀다 호는 머리를 돌렸다. 이쪽 뱃머리로 폭을 좁히고 들어와 우리 배를 바람에 거슬러 밀어 올렸다.

그리고 모든 일이 잇달아 일어났다. 돛줄을 늦추자 마이크가 우리에게 소리쳤다.

"저쪽 선미를 치고 간다!"

시 위치 호는 모터보트 쪽으로 뱃머리를 돌리기 시작했다. 글리셀다 호는 반쯤 머리를 돌리고 있었다. 만일 우리 배가 빨리 돌면 상대

방의 고물을 아슬아슬하게 빠져나갈 만한 여지는 있었다.

그러나 그것도 실패로 끝났다. 나는 삼각돛의 줄을 늦추었는데, 돛을 다루는 데 익숙지 못한 패치가 큰 돛줄을 잘못 늦추었다. 그와 동시에 바람이 한바탕 불어닥쳐 우리 배가 크게 기우뚱했다. 실패의 원인은 그 불운하게 불어닥친 바람이었다. 바람의 힘을 고스란히 큰 돛에 받자 시 위치 호는 충분한 속력으로 머리를 돌릴 수가 없었다. 게다가 히긴스는 그의 보트를 옆에 붙이기 위해 속도를 떨어뜨리고 있었다. 우리 배는 글리셀다 호의 뾰족이 내밀어진 고물 부분을 똑바로 들이받았다. 강력한 엔진의 힘과 바람에 불린 몇 톤의 돛 힘을 합쳐 바로 뒤에서 들이받은 것이다. 추돌 부분은 느린 속도로 돌아 바로 우리 배 쪽으로 밀려온 고물에서 겨우 60센티미터에서 90센티미터쯤 벗어난 왼쪽 뱃전이었다. 부서지고 찢어지는 소리가 났다. 우리 배의 뱃머리는 마치 상대를 타고 넘어가려는 듯 일어서며 부르르 무섭게 몸부림쳤다. 나는 율스가 멍하니 입을 벌리고 바라보는 것을 언뜻 보았으나 다음 순간 앞쪽으로 내던져져 해도실에 부딪쳤다. 돛 활죽이 돛대에서 무러져 내 쪽으로 떨어졌다. 손을 들어 막았으나 그것은 내 어깻죽지에 사나운 일격을 가하고 팔을 송두리째 꺾어버릴 듯한 기세로 나를 난간으로 몰아쳤다.

지금도 기억하고 있다. 나는 아픔으로 눈앞이 캄캄해지면서도 난간을 붙잡았으나 곧 갑판으로 나가떨어지며 삼각돛의 돛줄감개 근처에 얼굴을 처박았다. 아직도 물건 부서지는 소리가 계속되고 누군가가 새된 소리를 지르고 있다. 몸을 움직이자 아픔이 온 몸을 스치고 지나갔다. 얼굴은 바다 속을 들여다보고 있고, 눈 아래로 누군가의 몸뚱이가 흘러갔다. 율스였다. 겁에 질린 하얀 얼굴로 정신없이 바다 위를 두드리며, 한 가닥 곱슬머리가 눈 위를 덮고 있었다.

내 밑에서 갑판이 떨렸다. 마치 압착공기의 드릴이 뱃전에 걸려 있는 듯했다. 온 몸에 짧은 진동이 전해오는 것이 느껴졌다.

"괜찮나?" 마이크가 위에서 손을 뻗어 내 다리를 잡아끌었다. 나는 입술을 깨물었다.

"저놈의 자식!" 마이크는 앞쪽을 노려보고 있었다. 얼굴이 백지장처럼 하얗고, 온 얼굴의 주근깨가 통통하고 창백한 살결에 비쳐 희미한 오렌지색으로 보였다. 머리카락이 빨갛게 불타고 있었다. "죽여 버릴 테다!" 그는 분노로 몸을 떨었다.

돌아보니 히긴스가 글리셀다 호 조타실에서 뛰어나오고 있었다. 뭐라고 울부짖듯 외치는 소리가 엔진 소음과 아직도 계속되고 있는 나무 부서지는 소리를 누르고 들려왔다. 두 배는 꽉 마주 물려 있었다. 히긴스가 우리 배의 가로돛대를 붙잡고 있었다. 맹수처럼 이를 드러내고 돼지 목에 얼굴을 묻은 채 맨손으로 두 배를 떼어놓으려 힘을 주자 어깨의 근육이 불룩 솟아올랐다.

그때 마이크가 움직였다. 아끼는 물건이 눈앞에서 무참하게 부서졌다. 마이크는 사나이의 복수심에 불타는 처절한 표정을 짓고 있었다. 나는 그를 불러 세웠다. 어이없게도 히긴스에게 호통치고 욕을 퍼부으면서 뱃머리 쪽으로 비탈진 갑판을 달려갔기 때문이다. 마이크는 가로돛대에서 그대로 상대를 향해 몸을 날리더니 무서운 분노에 쫓겨 치고 들어갔다.

그때 두 배가 나무 부서지는 소리와 요란한 물소리를 내며 떨어졌기 때문에 그 이상은 보이지 않았다. 패치가 엔진을 뒤로 걸었던 것이다. 나는 멈추라고 외치면서 조타석으로 비틀비틀 들어갔다.

"마이크가 아직 저쪽에 있소! 버리고 가면 안되오!"

"이 배 아랫부분이 찢겨도 좋소?" 패치는 후퇴하기 시작한 시 위치 호의 조타륜을 돌리면서 물었다. "저 나선 추진기가 창자까지 도려내려 하고 있소."

어렴풋이 나는 그것이 글리셀다 호의 나선 추진기라는 것을 깨닫고, 내 밑에서 갑판 바닥이 진동하고 있는 원인을 알았다.

나는 뒤로 돌아서서 양쪽 배의 간격이 벌어져가는 것을 지켜보았다. 글리셀다 호는 성을 쳐부수는 쇠망치로 얻어맞기라도 한 듯 왼쪽 뱃전에 구멍이 뚫리고 고물이 물속에 깊이 잠겨 있었다. 히긴스가 조타실로 돌아가는 참이었다. 갑판에는 그밖에 아무도 없었다. 나는 갑자기 가슴이 메슥거리며 피로를 느꼈다.

"마이크는 어떻게 되었소?" 나는 말했다.

아까 깨문 입술에서 피가 나오며 달짝지근한 맛이 입 속에 번졌다. 한쪽 팔과 그쪽 전체가 둔한 통증으로 마비되어 있었다.

"어떻게 되었는지 보았소?"

"그는 걱정 없소." 패치가 말했다. "기절한 것뿐이니까."

그리고는 내 어깨에 대해 묻기 시작했으나, 나는 엔진을 전진으로 바꾸고 다시 돛으로 달리도록 하라고 시켰다.

"잘 보시오!"

글리셀다 호의 배 그림자가 이미 엷어지기 시작하더니 어느새 보이지 않게 되었다. 패치는 변속 기어의 레버를 중립으로 돌렸기 때문에 상대의 엔진이 모래를 씹는 것 같은 듣기 싫은 소음을 내며 도는 것이 들렸다. 펑하는 날카로운 소리가 나더니 잠시 뒤 또 울렸다. 그다음에는 아무 소리도 들리지 않았다.

"지금 소리를 낸 것은 프로펠러 샤프트요." 패치가 말했다.

돛과 돛대와 선체가 눈앞에서 빙글빙글 돌았다. 나는 주저앉았다. 조타륜을 잡고 서 있는 패치가 엄청나게 키가 큰 것처럼 생각되었고, 현기증이 났는지 그의 머리가 내 위에서 흔들흔들 어른거렸다. 내가 자리에 앉자 동시에 파도가 덮쳐 조타석을 내리쳤다. 나는 바닷물이 휘말려 들어와 비탈진 갑판을 씻어내는 것을 멍하니 바라보고 있었다. 그때 갑자기 엔진이 멎었다.

나는 머리를 내둘러 금방 쓰러질 것만 같은 현기증을 버티며 정신을 가다듬었다. 아무도 조타륜에 붙어 있지 않았다. 나는 패치에게 소리를 치고 기를 쓰며 일어났다. 패치가 바지에서 물방울을 떨어뜨리면서 중앙 해치로 올라왔다.

"벌써 조리실에까지 물이 들어와 있소."

그때 갑판의 경사가 눈으로 들어와 쭉 더듬어보니 가로돛대가 파도 봉우리에 묻혀 있었다. 앞갑판 전체가 파도에 씻기고 있었다. 그것을 바라보며 사태를 파악하는 데 시간이 걸리자 패치는 나를 밀어붙이고 해도실로 들어갔다. 그는 잭나이프를 쥐고 나왔다.

"이 배는 가라앉고 있소." 나는 말했다. 스스로가 듣기에도 내 목소리는 생기 없고 절망적인 느낌이었다.

"오래 못 가겠지."

패치는 보트의 밧줄을 끊기 시작했다. 그는 보트를 끌어올려 용골이 난간 위로 내려오게 했기 때문에 그대로 바다를 미끄러져나갈 수 있었다.

우리 배는 힘없이 파도를 헤치며 여전히 달리고 있었다. 보트의 붙들어 매는 밧줄을 매기 위해 꾸부리고 있는 패치의 등 너머로 글리셀다 호의 모습이 흘끗 보였다. 시야 끝에서 힘없이 뒤뚱거리고 있는 희미한 그림자였다.

"뭔가 먹을 것이 없소?" 패치는 해도실에서 여러 가지 물건들을 긁어모아 가지고 와서 보트 안에 집어던졌다. 담요, 더플코트, 손전등, 발연통(發煙筒), 그리고 휴대용 나침반까지 있었다.

"초콜릿이 조금." 나는 작은 초콜릿 세 개와 사탕과자 몇 개를 해도실 서랍에서 꺼냈다. 그리고 고물 쪽 로커에서 구명조끼도 꺼냈다. 그러나 내 동작은 느리고 둔했기 때문에 그것들을 모두 보트에 집어

던졌을 때는 이미 갑판 전체가 물결에 휩싸이고 돛대는 앞으로 기울어졌으며 큰 삼각돛자락이 물 속에 잠겨버렸다.
"빨리 올라타시오!" 패치가 외쳤다.
패치는 벌써 밧줄을 풀기 시작하였다. 나는 기어서 옮겨 탔다. 문제없었다. 보트는 갑판과 같은 높이로 파도에 실려 있었다. 패치가 나중에 올라타고 시 위치 호를 밀어 떨어뜨렸다.
배가 가라앉은 모습은 끝내 보이지 않았다. 노를 저어서 떨어져 나오자 배는 서서히 안개 속으로 희미해져갔다. 큰 삼각돛과 작은 돛을 단 채 고물을 약간 쳐들고, 해도실로부터 그 앞은 파도뿐이었다. 저주를 받아 영원히 바다를 헤매다니는 허깨비 배처럼 실로 기묘한 광경이었다. 배가 차츰 흐려져서 갑자기 사라지자 나는 울고 싶은 기분이 들었다.
이윽고 나는 몸을 돌려 글리셀다 호를 보았다. 배꼬리를 낮추어 긴 파도를 타고 천천히 흔들리면서 통나무처럼 떠 있었다. 엔진이 움직이지 않는 모터보트란 아무 쓸모없는 물건이다.
"오른쪽을 힘껏 저으시오!" 나는 패치에게 말했다.
패치는 노의 움직임에 맞추어 율동적으로 몸을 움직이면서 아무 말 없이 나를 바라보고 있었다.
"부탁이니 오른쪽을 힘껏 저어주오, 글리셀다 호로 향하지 않고 있군."
"글리셀다 호로 가는 게 아니오."
나는 갑자기 이해가 되지 않았다. "그럼, 어디로……." 나는 문득 말이 막히고 깊은 공포를 느꼈다. 패치는 휴대용 나침반을 발 앞에 놓고 뚜껑을 열었다. 노를 저으면서 그의 눈은 가만히 나침반에 쏠려 있었다. 패치는 나침반을 보며 항로를 잡고 있었다.
"이봐!" 나는 외쳤다. "설마 보트를 타고 그리로 가려는 건 아니겠지?"

"가면 안 되나?"

"마이크는 어떻게 하고?" 나는 갑자기 필사적이 되었다. 히긴스가 보트를 바다 위로 내리려고 애쓰는 모습이 보였다.

"그리로 가봐야 헛일이오."

패치가 앞으로 몸을 숙여 손을 잡고 한쪽 노를 잡아 누르자 아픔이 폭약처럼 몸속에서 터졌다. "그렇게는 못하게 하겠어. 알았소?"

패치는 얼굴을 바싹 다가붙이고 나를 노려보았다.

"헛일이오!" 그의 목소리가 고요 속에 엇갈리며 바다를 건너 어렴풋이 도움을 청하는 외침 소리가 들려왔다. 몸부림치는, 길게 잡아끄는 외침 소리였다. 그는 나에게서 노를 빼앗아 다시 젓기 시작했다.

"싫으면 여기서 내려 저 바보 녀석처럼 헤엄쳐 오는 게 어떻소?"

패치가 왼쪽 어깨 너머로 턱짓을 함과 동시에 또 외침 소리가 들렸다. 이번에는 파도에 밀려올라온 그를 찾아낼 수 있었다. 이쪽을 향해 물보라를 치고 있는 검은 머리와 두 개의 팔.

"살려줘!"

패치는 외침 소리를 무시하고 계속 노를 저었다.

"그를 못 본 체 빠져죽게 할 생각이오?"

나는 몸을 내밀어 목소리로 그의 마음속에 있는 한 가닥 인정을 불러일으키려고 했다.

"저건 율스요." 그가 대답했다. "히긴스가 건지게 내버려두오."

"그럼, 마이크는? 마이크는 어떻게 하지?"

"그는 문제없소. 저 배는 가라앉지 않을 테니까."

노가 파도를 뚫고 올라왔다가 다시 내려가며 그의 윗몸이 뒤로 흔들리고 있었다. 그리하여 나는 손을 마주잡고 그가 사나이로부터 노를 저어 멀어지는 걸 지켜볼 뿐이었다. 달리 무엇을 할 수 있을 것인가? 내 어깨뼈는 어깻죽지에서 어긋나 있었다. 통증으로 내 몸을 마비시킬 생각이라면 거기에 대기만 하면 되었다. 패치는 그것을 알고 있었다.

배에 대해서는 그의 말이 맞으리라고 생각했다. 망가진 건 꼬리뿐이다. 앞의 반쪽은 완전히 물이 스며들지 않을 것이다. 그리고 율스는 히긴스가 건져줄 것이다. 히긴스는 벌써 보트를 바다에 내려놓고 글리셀다 호로부터 노를 저어오고 있었다. 안개의 흐름을 비추어 내는 기분 나쁜 불빛을 띠고, 그는 워터보트맨으로 불리는 거대한 곤충처럼 보였다. 율스는 그가 오는 것을 보고 물 속에서 퍼덕이는 것을 그만두었다. 우리와 히긴스의 중간에서 가만히 누워 이제 소리도 지르지 않고 건져 올려지기만을 기다리고 있었다.

나는 왜 언제까지나 그런 식으로 몸을 비틀고 통증이 더해지는 자세를 취하고 있었는지 모른다. 그러나 그가 구조되는 것을 보지 않고는 견딜 수 없었다. 갑자기 나를 사로잡은 공포감이 전혀 쓸데없는 것임을 알 필요가 있었다.

히긴스가 재빨리 노를 젓고 있었다. 길고 폭이 큰 힘찬 손놀림으로 한 번 저을 때마다 보트의 동그스름한 뱃머리에 작은 흰 물결이 일었다. 가끔 그는 어깨 너머로 뒤돌아보았는데, 그가 보고 있는 건 물에 빠진 사나이가 아니라 우리라는 것을 알았다.

우리는 시시각각 율스로부터 멀어지고 있었으므로 히긴스가 그에게 어느 정도 가까워져 있는지 확실히 알 수 없었다. 그러나 율스가 "알프!" 하고 외치는 소리가 들렸다. 그는 한쪽 손을 들었다. "여기야!"

그 말은 똑똑하여 고요한 안개 속에서 아주 또렷하게 들렸다. 그런데 갑자기 그가 뭐라고 소리를 지르더니 두 팔로 도리깨처럼 물을 두들기고 발로 물을 차며 미친 듯이 헤엄치기 시작했다.

그러나 히긴스는 손을 멈추지 않고 그에게 한 마디 말도 걸지 않았다. 물에 빠져죽는 것도 아랑곳하지 않고 버려둔 채 노가 무섭도록 정확하게 물로 들어갔다가 올라오며 우리를 쫓아 한 번 저을 때마다 물의 흐름이 일고 있었다.

단말마의 외마디 소리가 들리더니 조용해졌다. 나는 가슴을 울렁거리며 패치를 돌아보았다.

"저쪽 보트가 더 크니까······." 패치는 말했다.

설명의 뜻으로 말한 것이었다. 히긴스는 한눈팔 여유가 없다. 우리를 뒤쫓으려 한다면 멈추고 있을 수 없다는 뜻이었다. 패치의 얼굴은 핏기가 하나도 없었다. 지금까지 보다 훨씬 힘을 주어 노를 저으면서 이마의 땀을 번쩍였다. 그의 말이 내 몸에 소름을 끼치게 만들었다. 나는 잠시 아픔을 잊고 막대기를 삼킨 듯이 앉아 있었다.

그 뒤로는 줄곧 등 뒤의 보트가 생각에서 떠나지 않았다. 그것은 지금도 눈에 선하다. 바다 위를 기어 우리를 쫓으며, 이 세상 물건이 아닌 안개의 독기 속을 헤치고 영원히 따라붙는 워터보트맨의 괴물. 그리고 노의 쇠고리가 삐걱거리는 소리와 노가 물로 들어가며 철퍽하는 소리가 들렸다. 패치의 모습도 눈에 선하다. 앞으로 내밀었다 뒤로 물러나는 무서운 얼굴, 앞으로 뒤로 끝없이 노를 저었다. 손바닥에 물집이 생겨 아픈데도 이를 악물고, 마침내는 그 물집이 터져 피가 뚝뚝 떨어지는, 참으로 몸서리쳐지는 시간의 연속이었다.

한 번은 히긴스가 45미터쯤까지 따라붙어서 보트가 자세히 보였다. 그것은 화려한 푸른빛 쇠붙이로 만든 보트로 조금 낡고 칠이 벗겨져 색깔이 우중충했으나, 뱃전 주위에는 두꺼운 캔버스로 된 완충물이 붙어 있었다. 대여섯 명을 태울 수 있게 만들어진 것이었다. 뱃머리가 수직으로 몽땅했기 때문에 노를 저어 앞으로 나올 때마다 바닻물이 부풀어 오르며 이를 드러낸 꼴사나운 웃음을 언뜻언뜻 보였다.

그러나 아무리 히긴스라도 괴수 같은 힘을 다 쓰고 나자 더 이상 가까이 따라잡지 못했다.

안개는 어둠이 짙어짐에 따라 엷어져서, 마침내 농담(濃淡)이 있는 베일에 지나지 않게 되어 여기저기 뻗어 있었다. 초승달이 이상한 빛을 던지고 있어 아직도 따라오는 히긴스가 보였다. 노가 바다에서 올라올 때마다 반딧불 빛을 던지는 작은 물방울이 노 젓는 모습을 돋보이게 했다.

우리는 한 번 배를 멈추었다. 패치가 내 어긋난 어깨뼈를 잘 맞춰주었기 때문에 나는 곧 중앙 좌판으로 가서 왼쪽 노를 잡고 한쪽 손으로 저었다. 상당히 힘들었지만 두 사람의 힘은 균형이 잘 잡혔다. 그때쯤에는 벌써 그도 상당히 지쳐 있었다.

하룻밤 내내 이처럼 계속 노를 저으며 발밑에 어렴풋이 빛나는 휴대용 나침반에 의지하여 항로를 유지했다. 달이 지고 밝은 빛이 사라졌다. 히긴스가 보이지 않았다. 바람이 불기 시작하여 물결 위로 파도가 무너지고 뱃전 너머로 바닷물이 튀어 올랐다.

그러나 4시쯤 바람이 다시 누그러졌다. 밝아오는 새벽빛 속에서 별이 빛을 잃었다. 구름의 얼룩무늬가 떠오르는 싸늘한 새벽으로, 마지못해 천천히 밝아오는 듯한 느낌이었다. 이윽고 여기저기 조수의 소용돌이가 있어 잔물결이 와글거리는 바다와, 우리와 프랑스 해안 사이를 가로막고 있는 두꺼운 안개장막이 보이기 시작했다.

우리는 아침 식사로 초콜릿을 세 쪽 먹었다. 그것은 가져온 것의 반이었다. 보트의 나무 부분에 이슬이 내리고, 우리 옷도 이슬에 흠뻑 젖었다. 배가 파도를 타고 앞뒤로 흔들릴 때마다 바닷물이 판자 위로 쳐들어왔다. 우리는 이미 지칠 대로 지쳐 항로를 따라 노를 젓는 것이 어렵게 되었다.

"앞으로 얼마나 남았소?" 나는 숨을 헐떡였다.

패치가 나를 바라보았다. 얼굴은 빛이 없고 눈이 움푹 들어가 있었다.

"모르오." 패치는 나직이 중얼거렸다.

패치의 입술은 완전히 갈라져 소금이 덮여 있었다. 그는 생각을 집중시키려는 듯 이마를 찌푸렸다.

"오래 걸리지는 않을 테지."

오래 걸리지 않는다! 나는 이를 악물었다. 눈도 입도 소금투성이였고, 살이 소금기로 따가웠다. 새벽의 찬 기운으로 몸이 오그라들었다. 지금 어깨를 나란히 하고 결사적으로 노를 젓는 이 낯선 사나이를 만나지 않았더라면 좋았을걸 하고 나는 속으로 생각했다. 그리고 어렴풋이 마이크의 모습과 우리 둘이 계획한 일을 생각했다. 이제는 시 위치 호가 없어져 장래의 꿈이 사라져 버렸다. 다만 노를 저을 때마다 닥치는 고민과 함께 밍키 암초를 떠올려보는 것 외에는 아무 생각도 할 수 없었다.

새벽 바다는 공허하고 넓었다. 글자 그대로 정말 공허했다. 나는 주의 깊게 더듬어 보았다. 눈 안으로 들어오는 파도의 소용돌이와 갑자기 부풀어오는 바닷물을. 그러나 아무것도 없었다. 정말 아무것도 없었다. 바로 그때 패치의 어깨 너머로 멀리 콩알 같은 것이 보였다. 태양이 큰 불덩어리가 되어 올라오는 곳에 길게 뻗은 구름이 오렌지색으로 빛나고 가장자리가 빨갛게 불타올랐다. 바다 위를 스쳐지나간 선명한 광채도 단지 그 콩알을 검은 실루엣으로 비춰주기 위해 만들어진 것처럼 생각되었다. 그것은 보트로서, 두 자루의 노와 한 사나이가 보였다.

10분 뒤 다시 안개가 그 묵직하고 두꺼운 장막을 우리 주위에 둘러쳤다. 검은 얼룩이 흐려지더니 사라졌다. 그 순간 동쪽에서 아주 어렴풋이 벨 소리 같은 소리가 들리는 듯했다. 그러나 노를 젓던 손을 멈추었을 때는 이미 사라지고 없었다. 파도 소리 말고는 아무 소리도 안 들렸다. 파도 소리는 닫힌 잿빛 세계 속에서 우리를 에워쌌다. 철썩철썩 뱃전을 씻는 소리. 그러나 곧이어 짐작이 가지 않는 벨 소리 속에 '와글와글 쏴' 하는 소리가 들리자마자 안개가 어두워지며 치솟은 군함의 상부구조 같은 모양이 바로 그곳을 스쳐지나갔다. 그것은 한순간 그곳에 희미하게 서 있었다. 그것은 파도가 조용히 갈라지는 검고 커다란 바위덩어리였는데, 이윽고 조수가 우리를 재빨리 밀어냈기 때문에 보이지 않게 되었다.

"아, 다 왔다!" 나는 숨찬 목소리로 말했다.

노 젓기를 멈추자 주위에 온통 파도 소리가 가득 찼다. 다시 바위 하나가 잿빛 안개장막 속에서 나타났다. 비틀린 손가락 같은 불길한 느낌을 주는 둥근 기둥 모양의 바위로, 아랫도리에 흰 파도를 두르고 미끄러지듯 엇갈리는 모습이 마치 돛을 달고 달리는 것 같았다. 한순간 나는 이 저주스러운 안개에 휘말려 바위투성이인 악몽의 세계로 들어온 게 아닌가 싶었다. 여기서는 바위들이 모두 제힘으로 바다를 달리는 모양이라고 생각되었다.

그때 파도가 밀어닥쳐 부풀어 오르며 갑자기 부서졌다. 바닷물이 뱃전을 치고 들어오며 보트가 물 속의 바위에 부딪치자 우리는 뒤쪽으로 나동그라졌다. 조류가 다시 배를 잡아 일으키더니 파도가 부서지기 전에 거기서 떼어냈다. 배는 반쯤 물에 잠겼고 우리는 흠뻑 젖어 있었다. 조류가 소용돌이치는 가운데 암초의 미로를 빠져나가는 것은 무리였다. 우리는 밍키 암초에 와 닿기는 했으나, 그 시각에는 사방 약 32킬로미터에 걸친 바위지대가 물위로 드러나 있어 우리의 위치를 확인해 볼 수가 전혀 없었다.

"안개가 걷힐 때까지 기다리는 수밖에 없겠군." 패치가 말했다. "지금은 너무 위험해. 거의 간조가 최고조에 이르렀으니까."

못생기고 괴상한 바위섬을 아래쪽으로 돌자 거울처럼 잔잔한 후미가 있었다. 우리는 물구나무선 넓적한 바위에 보트를 붙들어 매고 기어 올라갔다. 발을 구르기도 하고 돌아다니기도 해보았으나 차가운 얇은 막을 붙인 것처럼 땀이 달라붙어 있었으므로 우리는 흠뻑 젖은 더플코트 속에서 덜덜 떨었다. 마지막 초콜릿을 먹고 잠시 떠들었다. 차갑고 기분 나쁜 곳에서 자신들의 목소리를 들을 수 있는 것이 기뻤다.

패치가 메리디어 호를 화제에 올린 것은 어쩔 수 없는 일이었다고 생각된다. 우리는 라이스에 대해서 잠시 이야기를 나누었다. 그가 문득 태거트 선장의 죽음에 대해 이야기를 꺼냈다. 그 이야기를 하고 싶었던 모양이다.

"가엾은 사람이었지!" 그는 작은 목소리로 말했다. "그는 외동딸을 위해 동아시아의 항구를 돌아다니며 양심을 판 거요. 선장의 급료보다 많은 돈이 들어오는 것이라면 어떤 수상한 일이라도 해치웠지. 그 때문에 술로 완전히 건강을 해쳐 멍청해지고 말았소. 회사가 싱가포르에서 그를 배에 태운 것은 그 점을 노린 거였소."

"군데르센이 그를 고용했소?"

"그럴 거요. 확실히는 모르지만. 누가 고용했든 시기가 나빴소. 그는 본국의 딸에게 돌아가려 하고 있었으니까. 마지막 항해에서 배를 가라앉힐 생각은 없었소."

그는 어깨를 으쓱했다.

"그래서 군데르센이 그를 해치웠다는 말이오?"

패치는 고개를 내저었다.

"아니, 죽일 생각은 아니었던 것 같소. 다만 술을 뺏고 노인이 항복하여 시키는 말을 들을 때까지 기다리려는 거였겠지. 하룻밤 사이에 죽으리라고는 생각지 못했을 거요."

그의 입 언저리에 잠시 미소가 떠올랐다.

"그러나 결과는 역시 마찬가지가 아니었소?"

그날 밤 패치는 몇 시간이나 태거트의 베개맡에서 간호를 하며 헛소리처럼 토막토막 말하는 일신상의 이야기에 귀를 기울였다. 모험, 부정행위, 수상한 거래에 대한 것 등…… 그리고 두 부하가 물에 빠져 죽은 사고도 있었다. 태거트가 술을 마시기 시작한 것은 그때부터였다.

"누구나 그렇듯이 그도 잊고 싶었던 거요."

그리고 그는 다시 이야기를 계속했다. 꾸깃꾸깃해진 갈색 주름투성이의 더플코트를 두르고 몸을 떨며 수도승처럼 바위 끝에 서서 그 무서운 노인의 영혼을 불러들이며 비참한 이야기에 완전히 정신이 쏠려 있었다.

그의 이야기가 갑자기 선장의 딸에게로 옮겨갔다. 그 사진에 대해, 그것이 그에게 있어 어떤 의미를 가지고 있었는가를 말했다. 그녀의 얼굴은 비밀을 털어놓을 수 있는 마음의 벗이었고, 격려였으며, 필사적으로 찾던 희망을 상징하는 것이었다. 그리고 생말로에서 그녀를 만났을 때 그녀에게 털어놓을 수 없는 일이 여러 가지 있다고 생각되었을 때의 충격, 숨기는 일이 있다는 것을 그녀가 알아차렸을 때의 충격을 이야기했다.

"혹시 그녀를 사랑하고 있는 게 아니오?" 나는 물었다. 온통 바다에 둘러싸여 기분 나쁜 안개의 정적 속에 단둘이 있게 되자 이상하게 친근감이 느껴졌다.

"그렇소……."

이런 곳에 있어도 그녀를 생각하면 마음에 용기가 솟아나는지 갑자기 목소리에 힘이 담겼다.

"심판정에서 그녀로부터 그런 모욕을 당했는데도 말이오?"

"그렇소!"

그는 아무렇지도 않다는 듯이 고개를 끄덕였다. 사우샘턴에서의 마지막 밤에 그녀가 사과하러 왔을 때 비로소 그는 모든 것을 이야기했다. 그녀의 사진을 향해 고백해 온 모든 것을. 그는 조용히 말했다.

"누군가에게 이야기하지 않고서는 견딜 수가 없었소."

그는 갑자기 얼굴을 들더니 물방울이 듣는 허공에서 불어온 바람 냄새를 맡았다.

"아직 서풍이군."

우리는 언제쯤 안개가 걷힐까 서로 이야기했다.

패치가 중얼거렸다.

"저기압이니까 바람이 심해지기 전에 구조선까지 가야 하오."

불길한 말이었다.

우리는 곧 보트로 돌아가야 했다. 이제 밀물이어서 후미의 바위에 바닷물이 덮여 언제라도 떠날 수 있었다. 우리는 이상한 세계에 있었다. 모든 것이 물방울을 떨어지게 하고, 바다가 시시각각 불어나 솟아 있는 바위가 그 속에 잠겨 바다에서 60센티미터도 안 되는 보잘것없는 작은 섬으로 변했다. 정각 2시였다. 이미 물결이 높아져 보트에 몸을 맞대고 앉아 있는 두 사람 위로 파도의 물보라가 비를 뿌렸다.

나는 시간을 생각지 않았다. 안개가 아직 두껍게 주위를 둘러싸고 있었으므로 초라한 바위들과 밀려오는 무서운 파도 말고는 세상에 아무것도 없는 듯이 생각되었다.

두 사람 다 그다지 말이 없었다. 너무도 추웠다. 교대로 쉬었는데, 그때마다 일종의 혼수상태에 빠졌다. 조수가 다시 빠지기 시작하고 바위가 마치 바다 속에서 물방울을 뚝뚝 떨어뜨리며 떠오르는 괴물처럼 나타났다.

안개가 개기 시작한 것은 5시 조금 지나서부터였다. 바람이 갑자기 불어오며 주위의 회색이 차츰 엷어져 눈부신 진주빛으로 바뀌었다. 사물의 형체가 보이기 시작하며 바위들이 나타났다. 그리고 바다가 점점 멀리까지 펼쳐져갔다. 머리 위로 간신히 하늘이 열리고 깜짝 놀랄 만한 푸른색으로 변하자 갑자기 안개가 사라지고 해가 비쳤다. 우리는 주위에 온통 바위가 머리를 내밀고 있는 청록색 물세계에 떠 있었다.

우리는 보트를 단단히 붙들어 맨 다음 따개비가 달라붙고 해초가 무성한 바위의 보루(堡壘)로 기어 올라갔다. 기온이 갑자기 높아졌다. 바로 2, 3시간 전에는 파도로 마멸된 벌거숭이 작은 섬에 지나지 않았던 꼭대기에 올라서자 이상한 광경들이 눈을 끌었다. 주위 바다에 바위가 섬처럼 널려 있었다. 몇 킬로미터에 걸쳐 험악한 암초와 돌출된 바위들이 이어져 있었는데, 그것이 바로 조수가 빠지기 1시간 전의 밍키 암초였다. 바위섬 저쪽——남서쪽을 제외하고——에는 활짝 열린 바다가 번쩍번쩍 빛났다. 그리고 남서쪽은 섬이 무척 많았기 때문에 이미 섬이라기보다 한 줄로 이어진 견고한 장벽으로 보였다.

매틀레 섬의 표지는 만조 때의 높이가 9.4미터였으므로 곧 알아볼 수 있었고, 패치는 그것을 기준으로 우리의 위치를 확인했다. 우리가 서 있는 바위는 밍키 암초 북쪽——피페트 암초의 바깥둘레를 약 2킬로미터 안으로 들어간 곳——에 있으므로 메리디어 호는 여기서 거의 정남쪽에 있으리라고 그는 추정했다. 나중에 내가 확대도에서 확인해 본 바에 따르면 그의 추측은 대충 옳았다. 그러나 목표까지의 4.8킬로미터는 이 암초의 중심 부분이었다. 우리는 이 점을 고려하지 않았다. 그리고 간조의 마지막 단계에서 드러나는 암초의 지형에 이상한 변화가 생기는 위험성이 있다는 것도 잘 몰랐다.

바람이 상당히 강하게 불어 암초지대를 누비고 동쪽으로 밀어닥치는 긴 물결 위에 야단스러운 작은 세모꼴 물결이 솟아올랐다. 주위에도 벌써 흰 물결이 일었다. 그것은 특히 암초 위 바다에 많았기 때문에, 만일 그때 갑자기 히긴스의 모습을 보지 않았다면 우리는 좀더 조심했을 터이지만…….

히긴스는 1킬로미터가 못되는 동쪽 큰 바위 위에 서 있었다. 거기에는 검은색과 흰 표지가 세워져 있었는데, 아마 글랑 바슬링 바위였을 것이다. 패치가 그쪽을 가리키기 전에 이미 나는 히긴스가 바위를 타고 보트로 내려가는 것을 보고 있었다. 보트는 그 바위 기슭에서 흔들거리며 파란 칠이 햇빛을 받아 밝게 빛났다.

우리는 재빨리 행동했다. 미끄러지고 넘어지면서 보트로 내려와 기어 올라가자 암초지대의 횡단 항로를 검토할 겨를도 없이 배를 밀어냈다. 머릿속에는 다만 조류가 서쪽으로 흐르므로 히긴스에게 유리하다는 것, 그에게 붙들리기 전에 구조선의 보호 아래로 도망쳐야 한다는 생각뿐이었다.

말할 필요도 없겠지만, 그 바위 꼭대기에 서서 스카이라인에 모습을 드러내지 말았어야 했다. 만일 조금이나마 생각을 했더라면 안개가 걷힌 순간 그가 어딘지 전망이 좋은 곳에 서서 우리를 찾을 게 틀림없다는 걸 예측했을 것이다. 물론 그를 잊고 있었던 것은 아니다. 마음 속에 살의를 지니고서 위험스럽고 의지할 것 없는 바다 위를 밤새도록 뒤쫓아 온 상대를 잊어버릴 리가 없다. 그러나 안개 때문에 정신적으로 완전히 고립되어 있었으므로 안개가 걷히자 오랫동안 우리 눈에서 숨겨져 있던 세상을 한번 보려고 무심히 가장 높은 곳으로 달려 올라갔던 것이다. 그것은 본능적인 반응이었다. 또 어찌되었든 추위와 피로로 머리가 둔해져 있었다.
 한 가지 현명했던 것은 구명조끼를 입고 있었던 일이었다. 이윽고 12시간 가까이 우리의 쉴 곳이었던 바위에서 보트를 밀어내자 패치가 조류를 가로지르며 남서로 항로를 잡아 노를 젓기 시작했다. 바위 밑을 떠나자 갑자기 센 풍압과 파도를 느꼈다. 서풍이 조류를 거슬러 불고 있었으므로 파도머리가 모조리 무너지기 시작했다. 이것은 저기압의 시초일지도 모른다는 생각이 마음을 스쳐지나갔다. 햇살은 어딘지 미덥지 못했다. 긴 혓바닥 같은 엷은 구름이 몇 조각 말꼬리처럼 바람에 나부끼며 하늘을 핥고 있었다.
 조류가 거세지는 않았으나 우리를 돌출된 가장 큰 바위무리 쪽으로 사정없이 끌고 갔다. 이 바위들은 사실 두 개의 수로로 갈라져 있었는데, 우리에게는 그것이 보이지 않아 한참 동안 패치는 열린 바다가 있으리라고 생각한 동쪽으로 나가기 위해 조류를 거스르며 애를 썼다. 그러나 이윽고 갑자기 항로를 바꾸었다. 나는 폭풍우용 모자로 물을 퍼내고 있다가 깜짝 놀라 그를 쳐다보았다. 아마 조류가 굉장히 세었거나, 이대로 가면 파도를 흠뻑 뒤집어쓴다고 느꼈기 때문인 줄로 짐작했다.
 그러나 그는 고물 저쪽으로 턱짓을 했다.
 "히긴스요!"
 돌아보니 울퉁불퉁한 바위들로 가득 찬 그늘에서 커다란 푸른 보트가 불쑥 나오는 참이었다. 우리에게서 겨우 2케이블 정도 뒤쳐져 있었다.
 우리는 그때 열린 바다로 나왔다. 보루처럼 생긴 바위 중심부와 바깥쪽 암벽 사이에 뚫린 폭넓은 수로였다. 숨어들어갈 만한 바위도 없었고, 덮치는 파도가 계속 뱃전을 내리쳐 나는 잠시도 물을 퍼내는 손을 멈출 수가 없었다. 그러나 배 밑바닥에 괸 물은 자꾸만 불어갔다. 잇새로 흘러나오는 패치의 숨소리가 들리고, 뒤돌아볼 때마다 히긴스의 큰 금속제 보트가 우리보다 힘 안 들이고 파도를 타며 점점 가까워지는 것 같았다. 그는 우리보다 좀 동쪽으로 항로를 잡아 계속 우리 쪽으로 다가붙고 있었으므로 그동안 줄곧 암초의 중심부 바깥쪽 바위터가 서서히 이쪽으로 다가왔다. 그 바위터 가장자리를 따라 계속 파도가 부서지며 흰 물결이 바깥 테두리의 검은 이처럼 울퉁불퉁한 곳을 넘어 밀려들어왔다.

"배를 돌려세워야 돼." 나는 소리쳤다.

패치는 여전히 노를 저으며 흘끗 어깨 너머로 돌아보고 나서 고개를 끄덕였다. 높이 6미터 남짓 되는 암벽이 바로 옆에 다가와 있었다. 그러나 그가 방향을 바꿀 때마다 오른쪽 뱃전에 부서지는 파도의 힘을 모조리 받아 바닷물이 왈칵 쳐들어오며 금방이라도 보트가 뒤집힐 것만 같았다. 조난을 피하려면 뱃머리를 암벽으로 돌려 운을 바라고 본디의 항로를 유지하는 길밖에 없었다. 이때 조류가 우리를 도왔다. 보트를 서쪽으로 흘려 암벽을 따라 만으로 끌고 갔다. 그곳에서는 높이 1미터가 훨씬 넘는 파도가 치고 거품 이는 폭포가 바깥쪽 바위에 부서지고 있었다. 노를 저을 때마다 우리는 점점 만 중심으로 나아가게 되었으며 차츰 물러설 수 없는 궁지에 빠져들었다.

"이렇게 되면 독 안에 든 쥐다!" 나는 패치에게 소리쳤다.

그는 아무 말도 하지 않았다. 말을 할 수 없을 정도로 숨이 찼다. 고물 너머로 돌아보니 히긴스는 벌써 180미터 남짓한 거리 이내로 좁혀왔다. 패치는 계속 노를 저어야 했다. 바로 그때 그의 어깨 너머로 만을 안은 해안선의 한 점이 끊어지며, 믿어지지 않는 일이지만 수로가 열렸다.

"저길 보오!"

나는 손으로 가리켰다. 패치는 오른쪽 어깨 너머로 재빨리 돌아보고 수로를 발견하자 그쪽으로 보트를 돌렸다. 우리는 바람을 등에 업고 수로로 들어갔다. 보트는 절벽 같은 파도를 타고 올라가 미끄러져 내렸다. 이번에는 물결을 조금 뒤집어썼기 때문에 재빨리 퍼낼 수가 있었다. 덕택에 보트는 경쾌하고 편안하게 파도를 탔다.

"이제는 갈 수 있어!"

패치의 목소리가 바람과 수로 양쪽에서 부서지는 시끄러운 파도 소리를 뚫고 들려왔다. 그는 이를 드러내 보이며 싱긋 웃었다. 그리고는 재빨리 힘껏 노를 잡아당겨 저으며 무서운 체력소모도 아랑곳하지 않았다.

나는 물을 다 퍼내자 곧 패치와 나란히 노 젓는 자리에 앉았다. 우리는 묵묵히 노를 저었다. 물웅덩이로 떨어졌다가 곧 물마루로 떠오르는 끝없는 히긴스의 동작을 지켜보면서 호흡을 맞추어 저었다.

바다는 하얗게 웃으며 사라지는 흰 파도의 반사로 밝고 상쾌했다. 그러나 바위는 모두 추하고 괴상했으며, 햇빛의 명암으로 그 위협적인 모습이 한층 더 강조돼 보였다.

우리는 단 한 개 머리를 드러낸 바위가 보초처럼 서 있는 수로의 가장 좁은 지점에 이르렀다. 거기서부터 앞쪽은 갑자기 훤히 열려, 정면에 바위가 한 덩이 떠 있기는 했지만 그 주위로 물이 가득 담긴 넓은 바다로 나갔다. 어찌된 셈인지 그곳에는 바람이 불지 않았으므로 파도가 밀려가는데도 하얗게 무너져 내리는 파도머리는 거의 없었다. 다만 여기저기 누더기 같은 잔물결이 일 뿐이었다.

그러나 우리가 그 넓은 호수 같은 바다로 노를 저어 나가자마자 기묘하고 무서운 변화가 일어났다. 기묘한 변화의 첫 조짐은 파도였다. 고물 뒤쪽에서 갑자기 파도가 일어났는가 싶자 금방 왈칵 무너져 내렸다. 밀려오는 파도에 보트가 옆으로 와락 밀어붙여져 하마터면 뒤집힐 뻔했다. 패치가 소리쳤다.

"이 밑은 암초요, 이 위험한 바다를 빨리 벗어나야 하오!"

파도는 계속 부풀어 올랐다가 무너졌다. 주위를 둘러보고 그밖에도 파도가 부서지는 곳이 많이 있음을 알았다. 바로 몇 분 전에는 아무것도 없던 곳에.

"썰물이다!" 패치가 귀 옆에서 울부짖었다. "빨리 노를 저어! 빨리! 썰물이다!"

재촉할 필요도 없었다. 그 무서운 곳에서 탈출하기 위해서라면 두 팔이 빠져나가도 아랑곳하지 않았을 것이다. 우리 주위는 이제 온통 흰 파도의 소용돌이였다. 그것들이 여기저기서 합쳐져 마침 일정하지 못하게 무너져 밀려드는 파도가 되어 부서졌다. 바로 몇 분 전까지 열려 있던 바다가 지금 갑자기 끓어오르며 요란하게 울려퍼지는 파도의 도가니가 된 것이다. 그것은 조수의 위치가 갑자기 낮아지며 주요 바위들의 벽에 둘러싸인 바다 밑 바위와 자갈이 드러나는 순간의 변화였다.

무슨 일이 일어나고 있는지 깨달을 사이도 없이 파도가 우리를 밀어 올려 바위에 내동댕이쳤다. 그 충격이 머리에 일격을 받은 것처럼 찡하니 척추를 달렸다. 주위에 온통 물이 끓어오르며 햇살에 하얗게 비쳐 거품 이는 비눗물처럼 번쩍였다. 바위와 전석(암반에서 떨어져 굴러 내려온 돌)이 한순간 나타나더니 이윽고 푸른 파도가 다가와 우리를 밀어 올렸다가 다시 바위에 내동댕이치고 금방 사라졌다.

나는 지금도 파도에 밀려올라가던 그 순간을 생생하게 떠올릴 수가 있다. 투기장(鬪技場) 같은 무대를 둘러싸고 겹겹이 포개진 바위, 허옇게 끓어오르며 미쳐 날뛰는 바다, 흘끗 들여다본 바다 밑……. 이 모든 것들이 보트가 무섭게 내둘리며 회색 자갈더미로 내동댕이쳐지는 한순간에 내 눈앞을 스쳐지나갔다. 그것은 밀려오는 파도가 휘감고 지나감에 따라 오가는 소란 속의 한 작은 오아시스였다.

우리는 구르듯이 하여 나와 파도의 세차고 빠른 흐름 속에 무릎까지 적시며 파도가 물러가기 시작하자 보트를 기울여 물을 쏟았다. 그러나 보트의 파손이 심해서 당장 그 자리에서의 긴급수리로는 소용이 없다는 것을 한눈에 알았다. 외판 두 장이 거의 보트 전체에 걸쳐 쭈그러져 있었다.

"이까짓 건 괜찮소!" 패치가 소리쳤다. "아무튼 보트를 버려야겠소. 자, 빨리!"

패치는 몸을 굽혀 휴대용 나침반을 상자에서 떼었다. 가진 것은 그것뿐이었다.

"자, 빨리! 지금부터는 걷고 헤엄쳐서 가는 거요."

나는 우두커니 서서 패치를 지켜보았다. 한순간 그가 미친 줄 알았다. 예수님도 아니면서 밀려왔다가 부서지는 파도 위를 걸을 수 있을까 생각했다. 그러나 패치는 미치지 않았다. 과연 뱃사람으로서 나보다 머리가 빨리 돌아갔다. 이미 한 가지 변화가 그 자리에 나타나 있었다. 흰 파도는 아까보다 줄어들고 조수가 물러감에 따라 바위와 전석과 누더기 같은 자갈들이 나타나기 시작했다. 그리고 180미터 남짓 떨어진 저쪽에서는 히긴스가 보트를 끌고 무릎까지 차는 물을 헤치며 걸어오고 있었다.

나도 우리 보트의 줄을 잡으려고 몸을 숙였으나 소용없다는 것을 알았다.

"어서 오시오!" 패치가 또 말했다. "바닷물이 다시 들어오기 전에 여기서 빠져나가야 하오!"

패치는 벌써 남쪽으로 걷기 시작했다. 나는 숨은 전석에 채어 넘어지고 구멍에 발이 빠져 몸부림쳤다. 흠뻑 젖어 멍해진 채 헐떡이며 그를 따랐다.

파도가 끊임없이 밀려왔으나 이윽고 파도 소리도 멀어지고 한순간 주위가, 지금까지 소란스럽고 요란하던 바닷물의 도가니가 갑자기 쓸쓸하고 조용해진 것 같았다. 부서지는 파도도 없었다. 전석이 흩어져 있는 자갈밭이 약간 높아졌으며, 그 물가가 햇빛을 받아 반짝반짝 빛났다. 여기저기 바람으로 잔물결을 일으키는 물웅덩이가 있을 뿐, 주위는 모두 드러난 검은 바위뿐이었다.

고립감, 고독감, 격절감은 처참했다. 그리고 이것은 뒤쫓아 오는 히긴스의 행동에 의해 더욱 강해졌다. 히긴스는 우리 보트가 있는 곳까지 와 있었는데, 돌아보니 두 손으로 보트를 들어올려 내민 바위에 내동댕이치는 참이었다. 나무가 부서져 깨지는 소리가 날카롭고 요란했다. 고물 부분이 완전히 부서져나가 시 위치 호와의 마지막 연결은 이렇게 해서 무참히도 끊어졌다.

이윽고 히긴스도 보트를 잡아끌면서 계속 따라왔다. 우리는 드러난 물가를 따라서 비틀거리며 걷기도 하고 때로는 헤엄을 쳐야 하는 깊은 바다 속을 비틀거리며 건너기도 했는데, 그동안 계속 히긴스의 보트가 전석에 부딪는 작은 소리가 들려왔다. 그때 문득 우리는 프랑스 해안에서 32킬로미터 넘게 떨어진 곳, 고기잡이들도 찾아오는 일이 드문 곳에 있다는 생각이 들었다. 그리고 6시간 뒤면 이 바위투성이 지대는 깊이 9미터가 넘는 바다 속에 완전히 잠기고, 몇백만 톤이 될지 모르는 바닷물에 휩싸이는 것이다. 그래도 나를 계속 앞으로 나아가게 하는 유일한 것은 목표하는 구조선이 이제 곧 나오리라는 생각이었다. 앞으로 3킬로미터 남짓, 길어야 5킬로미터 더 나아가면 침대와 마른 옷과 따끈한 수프가 있다.

패치가 비틀거리다 넘어지는 것이 보였다. 그는 다시 일어나 계속 걸었다. 우리는 울퉁불퉁한 바위들이 한참 계속되는 곳을 허우적거리며 나아가 암초 남쪽으로 향하는 중이었다. 패치는 그 뒤에도 대여섯 번 넘어졌다. 아니, 나도 마찬가지였다. 이미 기운이 다해 한쪽 발만 미끄러져도 온 몸이 맥없이 무너졌다. 흠뻑 젖은 옷이 무겁게 축 매달려 우리를 넘어지게 했다. 해가 말꼬리구름(길게 곧추 뻗은 구름. 비가 올 전조임) 속에서 차츰 빛을 잃어갔다. 그리고 더 두꺼운 구름이 몰려왔다. 완전히 덮일 때까지 알지 못했다. 땀이 눈으로 들어왔다. 발 앞의 것밖에 보이지 않았다. 바위와 자갈이 흐려져 어두운 빛으로 변했다. 그리고 훨씬 지난 뒤 얼굴을 적시는 가랑비가 한참 계속되었다. 바닷물 소리가 다시 되살아나기 시작했다. 그 무렵에 우리는 이미 특히 눈에 띄는 바위 주위에 흩어져 있는 커다란 암반 사이를 기어서 지나가고 있었다.

나는 오랫동안 뒤를 돌아보지 않았다. 히긴스가 어디쯤 있는지 알 수 없었다. 그의 보트가 내는 소리도 이제 들리지 않았다. 바닷물 소리와 귓속에서 피가 계속 뛰는 북소리에 묻혀 들리지 않았다. 이윽고 우리는 해초가 무성한 바위산의 마지막 비탈을 기어 올라갔다. 나는 한숨 돌리고 나서 꼭대기의 패치를 쳐다보았다. 패치는 바위 모서리에 기대서서 남쪽을 바라보고 있었다.

"배가 보이오?" 나는 숨을 헐떡이며 말했다.

"아니." 그는 고개를 저었다.

나도 올라가 그와 나란히 서서 남쪽으로 눈길을 보냈다. 여전히 밍키 암초가 계속되었으나 상태는 달라져 있었다. 수면이 높아져 있었다. 여전히 바위는 있었지만 수가 적었으며, 하나하나가 모두 고립되어 있었다. 우리 눈앞은 툭 터진 바다였다. 바다는 가랑비를 맞으며 희미하게 빛났다.

"배가 안 보이는군." 나는 숨을 헐떡였다.

"어딘가 저 근처에 있을 텐데……." 그의 목소리는 억양이 없고 귀찮은 듯했다.

검은 머리카락이 아래로 찰싹 붙어 눈을 덮었으며, 두 손과 얼굴은 넘어졌을 때의 상처로 피가 번져 나와 피와 진흙과 소금물로 흠뻑 젖은 모습이었다. 그가 내 팔을 잡았다.
"괜찮소?"
"물론 나는 괜찮소."
나를 바라보는 눈에 처음으로 정다운 표정이 담겨 있었다. 그는 뭔가 말을 하려고 입을 열다가 생각을 바꾸었는지 얼굴을 돌리고 중얼거렸다.
"미안하오."
"앞으로 얼마쯤 가야겠소?"
"2킬로미터쯤."
2킬로미터. 그 거리를 헤엄쳐 닿을 수 있을까 나는 염려스러웠다. 그가 다시 내 팔을 잡고 흩어져 있는 바위 저쪽에 높이 솟아나온 바위를 가리켰다.
"저것이 그린 아 클로인 것 같소."
그것은 시야 끝머리에 가랑비로 반쯤 가려져 있었는데, 이름을 말하는 순간 비가 많이 내리기 시작하며 양쪽 기슭의 줄무늬가 가려져 보이지 않게 되었다. 그 바위 저쪽 어딘가에 메리디어 호가 있다.
등 뒤에서는 바람과 남쪽으로 방향을 돌린 조류에 쫓겨 북서쪽에서 밀려드는 조수가 물결을 타고 넘실넘실 혀로 핥듯이 다가오고 있었다. 히긴스는 벌써 조류를 벗어나 있었다. 그는 천천히 노를 저어 손쉽게 가장 가까운 바위에 닿아 거기에 보트를 붙들어 매고 주저앉더니 끝까지 먹이를 뒤쫓아 온 짐승처럼 우리를 지켜보았다. 그는 여유를 가지고 기다릴 수가 있었다. 왜냐하면 바닷물이 차오르면서 우리가 앉은 바위가 조금씩 잠기고 있었기 때문이다.
우리는 바람과 비를 피하며 그를 감시할 수 있는 차양처럼 생긴 넓적한 바위를 발견하여 그 밑에 꼭 붙어 앉아 추위로 떨고 있었다. 그동안에도 물이 불어나며 저녁의 어둠이 밀려왔다. 만일 시야만 좋다면…… 만일 메리디어 호가 보이고 구조선 사람의 눈에 띌 수만 있다면…… 그러나 아무것도 보이지 않았고, 그들이 내는 소리도 들리지 않았다. 들리는 것은 다만 바위 반대쪽에 부딪치는 파도 소리뿐, 나는 만조가 되면 어떻게 될까 걱정스러웠다. 파도는 이 근처 바위 바로 위에서 부서지는 걸까? 그러나 그전에 우리는 여기를 떠날 수 있겠지. 우리의 계획은 만조 1시간 전에 가만히 헤엄쳐 나가 그린 아클로로 건너가는 것이었다. 그러면 암초 사이를 빠져나오는 조류가 우리를 남쪽으로 밀고가 목표의 바위 쪽으로 데려가리라 기대하고 있었다. 그리고 패치가 휴대용 나침반을 잃어버려 더 이상 방향을 알 수는 없었지만, 만조 때 남쪽바다 일대에서 드러나 있는 것은 그 바위뿐이기 때문에 목표로 삼기에 꼭 좋다고 생각했다.

일단 계획을 정하자 우리 마음을 사로잡는 것이 다 사라졌다. 내가 처음으로 배고픈 고통을 알게 된 것은 그때였다. 나를 괴롭힌 것은 배고픈 고통만이 아니었다. 체온을 완전히 잃은 느낌도 합세했다. 그것은 마치 이 비와 무서운 추위가 명맥을 유지하고 있는 내 몸 속의 발열원까지 파고들어 불을 꺼버릴 것 같은 느낌이었다. 나는 비참한 기분으로 넋을 잃고 흐릿한 눈으로 히긴스가 보트를 붙들어 맨 바위가 천천히 물 속에 잠겨가는 것을 바라보았다.

이윽고 히긴스는 다시 노를 젓기 시작했는데, 조류가 점점 배를 거스르기 시작했다. 이상한 일이지만 나는 그것을 보아도 전혀 유쾌한 기분이 들지 않았다. 조류가 점점 빨라졌기 때문에 히긴스는 우리와 위치를 나란히 유지하기 위해 더욱 힘을 주어 저어야 했다. 마침내 그의 노 젓는 힘이 차츰 약해져서 그는 다른 바위로 방향을 바꾸어 거기에 매달려야 했다. 그러나 물이 불어서 그곳도 곧 바다에 잠기고 말았기 때문에 히긴스는 다시 노를 젓기 시작했다.

조류가 히긴스를 우리에게서 점점 멀리로 끌고 갔다. 그 무렵에는 밤의 어둠이 주위를 덮었으므로 나는 깊어가는 어둠 속에서 그를 볼 수가 없었다.

우리가 바위 밑 피난처를 버리고 물로 들어갔을 때 물론 히긴스가 어디 있는지를 염려하고 있을 수는 없었다. 먼 길을 헤엄쳐 가야 하는데 해낼 만한 체력이 없을 것 같은 경우, 도중에 방해할 보트가 있고 없는 것이 그다지 중대한 문제가 될 수는 없지 않겠는가? 아무튼 나는 의식불명의 상태로 빠져 들어가고 있었다. 추워서 체온을 완전히 다 빼앗기고, 촉각마저도 남아 있지 않았다.

나를 잠에서 깨어나게 한 것은 바닷물이었다. 물은 나보다 따뜻해서 미지근한 목욕물처럼 다리를 감쌌다. 그러고 나서 얼굴에 와 닿았다. 의식이 되돌아온 것은 그때로서, 나는 패치의 움직임을 느꼈다.

"빌어먹을!" 패치가 낮은 목소리로 중얼거렸다. "그럭저럭 만조로군."

우리는 뼈마디가 굳어버린 몸을 억지로 일으켜 세웠다. 만조인가? 벌써 조류가 바뀌고 있는 건가? 내 둔한 머리가 대답을 찾아보았으나, 중요한 문제인 줄은 알고 있었지만, 그 까닭을 몰랐다. 비는 그쳐 있었다. 별이 여기저기 반짝이고 구름이 낮게 떠 있었다. 달빛이 잉크처럼 검은 바다에 창백하게 반사되었다.

"어때, 가겠소? 지금 몇 시오?" 패치의 목소리는 그의 입술 틈에서 새어나오는 소리에 지나지 않았다. "대체 몇 시나 됐을까. 내 시계는 멎어버렸군."

내 시계도 멎어 있었다. 새삼스럽게 시간을 알아보아야, 바닷물이 어느 쪽으로 흐르는지 알아봐야 소용없었다. 갑자기 공포에 뒤흔들려 졸음도 머리에서 싹 달아났다. 달리 취할 길이 없다는 것을 나는 분명히 깨달았다. 만일 이 바위에 계속 머물러 있으면 둘 다 죽고 만다. 내일일지 모레일지는 모르지만 결국 죽는다. 오늘 밤이 지나면 두 번 다시 이만한 거리를 헤엄칠 체력을 가질 수 없다. 그리고 물이 따뜻하다. 우리 몸에 축 매달려 있는 흠뻑 젖은 얼음 같은 옷보다 따뜻하고, 바람과 또 만나게 될 찬비보다도 따뜻하다. 게다가 우리는 구명조끼를 입고 있으며, 혹시 조류가 좋지 못하더라도 매달려 죽음의 침대로 삼을 바위는 이밖에도 얼마든지 있다.

"준비됐소?" 내가 물었다.

패치는 망설였다. 나는 문득 그가 이제 자기 스스로는 자신을 가질 수 없게 되었음을 알아차렸다. 패치는 뱃사람이다. 배에는 익숙하다. 그러나 직접 몸에 부력을 받아 살아야 하는 바다 그 자체에는 익숙하지 못하다.

"자, 가려면 지금 나서야 하오. 내 옆을 떠나지 않도록 하고, 말을 하지 마오."

우리는 구명조끼에 바람을 잔뜩 넣자 몸을 맞대고 있던 바위에서 함께 내렸다. 처음 이 바위로 올라왔을 때는 아래까지 9미터나 되었는데, 지금 우리는 곧장 바다 속으로 내려갔다. 따뜻한 물 속에서 우리는 위를 보며 닳아끊어진 듯한 구름의 갈라진 틈으로 깜박이는 북극성을 뒤로 하고 천천히 남쪽으로 헤엄쳤다.

우리는 꼭 두 사람의 팔 길이만큼 간격을 두고 나란히 누워 서두르지 않고 차분히 계속 나아갔다. 암초 위를 구르듯이 하며 지나가는 큰 파도에 천천히 떠올랐다 가라앉았다 하며 곧 바위터에서 멀어졌다. 파도가 멀리 바위에 부딪치는 소리가 들렸다. 파도의 습격을 정면으로 받고 있는 것은 서쪽에 있는 바위들이었다.

"폭풍우가 오는군." 패치가 나직한 목소리로 말했다.

바람이 잔잔해졌다. 물결은 컸지만 기복이 낮아 표면이 매끄러웠다. 바다는 잠이 들어 고요한 숨결을 되풀이하고 있었다. 그러나 나는 패치의 말이 틀림없다고 생각했다. 바람이 조용하고, 구름은 걸음이 빨라 작게 끊어져나갔으며, 서쪽에서 밀려오는 파도 소리가 대포 소리처럼 기분 나빴다.

갑자기 어디선지 파도가 높이 솟아올랐다가 무너지며 우리 머리 위로 덮쳐 멀리 밀어붙였다. 내 발이 한순간 바위에 닿았다. 그리고 다시 모든 것이 전처럼 조용해졌다. 우리는 파도를 타고 내려갔다 올라갔다 했다. 간조 때 보인 그 보초같이 서 있던 기둥 모양의 바위 하나를 벌써 지나버렸다.

우리가 한밤중에 지나온 바위가 지금 모습을 감추려 하고 있었다. 그것이 바로 뒤쪽이었으므로 대체로 흘러가고 있음을 알았다. 조류를 잘못 타지 않고 무사했던 것이다. 패치가 나아가지 않고 멈춘 채 헤엄을 치고 있었다.

"그린 아 클로가 보이지 않아…… 좀더 서쪽으로 가야 할 것 같군."

그의 이가 딱딱 울렸다.

거기서 북극성과 북두칠성을 왼쪽으로 보고 다시 헤엄을 계속했으나 언제까지 계속할 수 있을지 의문이었다. 내 이도 딱딱 마주쳐 소리를 냈다. 바다가 처음에는 그처럼 따뜻하게 느껴졌었는데, 지금은 차가운 압력으로 변해 배 주위를 온통 얼어붙게 만들었다. 우리는 체온을 내게 할 음식을 전혀 먹지 못하고 있었다. 머지않아 어느 쪽인가가 경련을 일으킬 것이며, 그것으로 끝장이 날 것이다.

물을 흠뻑 빨아들인 옷이 무거워졌다. 팽팽한 구명조끼 때문에 동작이 둔했다. 파도를 헤치고 앞으로 나아가고자 한다면 매번 침착하게 팔을 놀려야 한다. 힘이란 스태미나를 말한다. 스태미나의 귀중한 마지막 저축이 언제까지 갈 것인가……

그날 밤 우리가 몇 시간이나 헤엄을 쳤는지는 하느님만이 아신다. 우리는 영원히 헤엄치고 있는 듯이 생각되었다. 그리고 한 번 손을 내저을 때마다 느끼지 못할 정도로 조금씩이긴 했으나 전보다 약해져 가고 있었다. 그리고 그동안 줄곧 나는 발포 고무옷이 아쉬운 대로나 또는 헤엄칠 때 쓰는 오리발이라도 신고 있었으면 좋겠다고 계속 생각했다.

이렇게 둔한 동작으로 헤엄쳐 보기는 몇 해 만에 처음이었다.

내 마음은 혼수상태——고통과 깊은 피로의 진수렁——에 빠져들어 흰 모래와 은빛 고기들이 비쳐 보이는 지중해의 맑고 밝은 바다 속에서 낡고 썩은 탱커를 향해 헤엄쳐 가는 자신의 모습을 보았다. 그리고 파도에 내맡겨 둥둥 떠오르며 균형이 잡히고 몸이 따뜻해져 스쿠버의 마우스피스로 편안히 숨쉬는 것을 보았다.

"존! 존!"

나는 눈을 떴다. 깜깜한 밤이 나를 둘러싸고 있었다. 한순간 나는 곧 밑도 끝도 없는 깊은 바다 속으로 빠져드는 듯이 생각되었다. 그 때 별이 하나 보이고, 밀려오는 파도의 부서지는 소리가 들렸다.

"존!" 다시 어둠 속에서 소리가 들렸다.

"으음, 뭐요?"

"바위가 있소, 저기!"

그것은 패치의 목소리였다. 이상하다고 나는 생각했다. 그때까지 그는 한번도 나를 '존'이라고 부른 적이 없었기 때문이다. 그가 다시 말했다.

"깜짝 놀랐소, 불러도 대답이 없길래…… 정말로 당신을 놓친 줄 알았소."

그 목소리에 담겨진 염려를 느끼고 나는 사나이에 대한 따뜻한 생각으로 가득 찼다.

"미안하오, 꿈을 꾸고 있었소, 그뿐이오, 바위라니, 어디요?"

나는 선헤엄을 치며 돌아보았다. 그러자 오른쪽으로 90미터도 채

안 되는 곳에 부서지는 파도의 흰 반사에 비쳐 한순간 검은 바위의 형체가 하나 쑥 나타났다. 나는 저쪽의 암흑을 더듬었다. 그곳에서는 보다 많은 파도가 부서지고 뭔가 시커먼 덩어리가 보이는 듯했다.

그때 문득 메리디어 호에는 등불이 켜져 있으리라는 생각이 들었다. 배 위에서 구조회사 사람들이 작업하고 있는 이상 불이 켜져 있을 게 틀림없다. 나는 파도에 떠밀려 올라갈 때마다 주위의 어둠 속을 더듬었으나 아무것도 없었다. 어렴풋이 빛나는 불빛도 없었다. 아마 아주 비밀리에 구조작업을 진행하고 있어 불빛도 새어나가지 않도록 조심하는 모양이다. 아니, 어쩌면 벌써 선체를 암초에서 끌어내어 끌고 가버린 게 아닐까 하는 생각이 뒤따랐다. 추위가 다시 몰아닥쳤다. 이번에는 아까보다 한층 더 무섭고 보다 파괴적이어서 나는 왼쪽 발의 근육이 저절로 뒤틀리고 오그라드는 것을 느꼈다.

패치가 억눌린 목소리로 말했다.

"바위 저쪽에 뭔가 있소! 거기로 가볼까?"

"좋겠지."

대단한 일로는 생각되지 않았다. 신에게조차 버림받은 어느 바위에서 죽기보다는 바닷속에서 죽는 편이 낫다. 나는 반듯이 누워 두 발로 물을 살짝살짝 차며 이제 따뜻하기는커녕 얼음처럼 차가운 물 속에서 등불에 마음을 빼앗긴 채 기계적으로 헤엄쳤다. 등불이 있을 것이다. 만일 우리가 암초지대의 중심부로 도로 밀려가 있는 것이 아니라면 등불은 처음부터 보였을 텐데.

"등불이 있을 텐데……." 나는 중얼거렸다.

"등불? 그렇지, 등불이 없으면 안 되지."

패치의 목소리는 힘이 없고 약간 겁먹고 있었다. 그는 잠시 뒤 덧붙였다. "그들에게 불을 켜라고 말해야겠군."

패치의 마음은 이미 배 위의 사람에게로 날아가 있었다.

"불을 켜, 듣고 있나?" 그리고 갑자기 "존!" 하고 불렀다. 그 목소리는 가늘었다.

"왜 그러오?"

"당신에게 이런 꼴을 당하게 해서 미안하오." 패치는 내 배에 대해 뭐라고 중얼거렸다. "놈들은 비웃고 있었어. 맨 처음 심판정 밖에서."

부서진 파도가 내 얼굴을 때리고 그 다음에 들린 것은 "……소용없는 저항을 해서 상처를 입었소. 그때 내가 그만두었더라면 좋았을 텐데"라는 말이었다.

파도가 부서지며 패치를 침묵하게 만들었다. 그 뒤에는 두 번 다시 입을 열지 않았다. 그의 팔이 움직이지 않았다. 가만히 있는 그의 머리 윤곽만이 보였다.

"괜찮소?" 나는 큰 소리로 외쳤으나 대답이 없어 헤엄쳐 다가갔다. "괜찮소?"

"봐, 보이오?" 내가 또 소리쳤다.

정신을 잃었구나 하고 생각했다. "일어나!" 나는 곧 크게 호통쳤다. "저 바위까지 헤엄쳐 가야 해! 들리나?"

패치는 바다 속으로 빠져 들어가기 시작한 사람처럼 무서운 힘으로 내 팔을 움켜잡았다. 내가 뿌리치자 새된 목소리로 외쳤다. "저기, 저길 봐! 설마 내가 꿈을 꾸고 있는 건 아니겠지!"

패치는 팔을 들어 가리켜보였다. 고개를 돌리자 별이 있는 하늘 아래 높고 가는 돛대가 보이고, 그 밑에 부서지는 파도의 하얀 반딧불 같은 반사 속에서 한순간 배의 상부구조가 거무스름하게 보였다.

우리는 추위도 피로도 모두 잊고 생각대로 움직여주지 않는 몸을 물 속에서 잡아끌며 헤엄쳤다. 뱃머리 부분으로 가까이 다가가자 그것은 파도에 씻기는 암초 같았다. 파도가 계속 타고 넘나들었다. 파도웅덩이로 들어가자 뱃머리 모양이 양쪽으로 폭포를 쏟으면서 불쑥 나타났다. 이윽고 뱃머리 저쪽에, 기다란 돛대 저쪽에 브리지 갑판이 나타나고, 굴뚝과 쳐들린 고물 쪽으로 비스듬히 올라간 갑판의 선이 완전히 드러나 보였다.

 파도웅덩이로 들어갔을 때 딱딱한 밧줄이 갑자기 왼쪽 팔에 걸렸기 때문에 나는 아파서 비명을 지르며 벌컥 소금물을 삼켰다. 그 순간 밧줄이 나를 빙글 회전시키고 파도가 덮쳐들어왔다. 그리하여 나는 뱃머리를 멀리 피해 기를 쓰고 헤엄쳐 뱃머리 옆면과 나란히 나아가 배수가 계속되는 블루워크를 피하자 곧 뱃머리 망루가 오목갑판과 1번 창고의 해치로 내려가 있는 곳으로 나갔다. 나는 파도를 타고 있었는데, 그 파도가 블루워크를 넘어 치고 들어가는 순간 무너졌으므로 나는 옆으로 밀리며 창고 입구 손잡이에 가 부딪쳤다. 그리고 파도가 흰 소용돌이를 이루며 물러가는 동안 발은 해초가 난 미끈미끈한 철판 위를 더듬고 있었다.

 나는 블루워크의 난간을 한쪽 손으로 잡고 배수구에서 몸을 멈추었다. 그리고 다음 파도가 밀려오는 순간 필사적으로 뒤로 물러나 파도를 멀리 피하였다. 이런 식으로 하여 마침내 돛대까지 가닿을 수 있었다. 나는 돛대에 매달려 날카롭게 갈라진 목소리로 패치를 불렀다. 그가 보이지 않아 너무도 놀랐기 때문이다. 그 당황했던 순간은 끝없이 생각되었다.

 헤엄에는 내가 더 능숙했다. 훈련을 쌓았으니까. 나는 그 곁을 떠나지 말고 그가 무사히 배에 오르는 것을 지켜보았어야 했다. 그러나 지금부터 되돌아가 어둠 속을 더듬어 찾을 생각은 도저히 나지 않았다. 나는 지쳐 있었다. 말할 수 없이 지쳐 있었다. 온 몸의 근육이 당장이라도 경련을 일으킬 듯이 죄어들었다.

 그보다도 이 배에 혼자 있고 싶지 않았다. 이것은 죽은 배다. 밍키 암초의 바위와 마찬가지로 죽어 있다. 나는 본능적으로 그것을 느꼈다. 죽어 있다는 것이 온 몸으로 뼈저리게 느껴지며, 무슨 일이 있어도 그가 필요하다는 생각이 들었다. 그리하여 나는 돛대에 달라붙어 목소리를 가다듬어 그의 이름을 불렀다.

파도가 계속 소리를 지르며 뱃머리로 치고 들어와 소용돌이쳐 파도 웅덩이로 와락 쏟아져 들어가며 심술궂게 허연 빛으로 빛났다.

패치가 배로 올라오는 모습은 보이지 않았다. 계속 그의 이름을 부르는데 갑자기 내 옆에 그가 보였다. 부서지는 파도의 흰 빛에 비쳐 구명조끼를 입은 어울리지 않게 머리만 큰 그림자였다. 그는 숨을 몰아쉬고 있었다.

"괜찮소, 여기 있소!"

패치가 손을 뻗어 내 손을 잡았다. 두 사람은 뜻하지 않은 그 감촉의 유쾌함에 만족해서 헉헉 숨을 몰아쉬며 거기에 매달려 있었다.

"불이 켜져 있음직한데……."

이윽고 그가 말했다.

기대하고 있던 기쁨을 구조회사가 앗아버리기라도 한 듯 그 목소리에는 어린아이 같은 실망이 깃들어 있었다.

"밤이 되어 작업을 끝마친 거겠지." 내가 말했으나 자신은 없었다. 이 배는 죽어 있음을 알고 있었다.

"그래도 등불은 있을 텐데……." 패치가 다시 말했다.

우리는 다시 비틀거리며 걷기 시작하여 2번 창고를 지나 쇠사다리를 타고 윗갑판으로 올라갔다. 거주 구역의 문이 경첩에서 떨어져 나와 쓰러질 듯한 모양으로 열려 있었다. 우리는 손으로 더듬어 통로로 나가자 패치와 델리메어의 방이었던 곳을 지나 맨 끝의 아무것도 보이지 않는 문을 빠져나와 윗갑판으로 나갔다. 거기에는 보트가 없는 대빗의 뒤틀린 모양이, 여기저기 구름 사이로 별이 빛나고 있는 밤하늘을 배경으로 비꼬인 손가락처럼 시커먼 굴뚝 옆에 쭉 늘어서 있었다.

차가운 밤바람이 부는 철판 위를 부시럭 소리를 내며 종이처럼 얄팍해진 몸으로 어슬렁어슬렁 걸었다. 배꼬리 갑판실까지 가자 다시 오른쪽 뱃전 옆으로 오면서 가끔 큰 소리로 "여어! 누가 있나! 여어!" 하고 외쳤다. 메아리도 돌아오지 않았다. 길게 잡아 늘인 말꼬리가 어둡고 추운 밤 저쪽으로 사라지며 뱃머리를 씻는 파도 소리에 묻혀버렸다.

옆에 와 멈춰 있는 구조선은 없었다. 빛을 깜박이며 우리를 따뜻한 선실로 안내해 주는 등불도 없었다. 계속 불러보았으나 아무도 대답하지 않았다. 배는 죽어 있었다. 생명이 없어졌다. 우리가 거기에 버려둔 그 날로 죽어버린 것이다.

"놀랍군!" 패치가 작은 목소리로 말했다. "우리가 처음이오, 아무도 온 흔적이 없어."

그 목소리에는 안도의 마음이, 거의 미칠 듯한 기쁨에 가까운 느낌이 담겨 있었다. 나는 그가 왼쪽 뱃전 연료창고 석탄 속에 묻어둔 '물건'을 생각하고 있음을 알았다. 그러나 당장 내 마음을 애타게 한 일은 춥고 흠뻑 젖은데다 상처투성이라는 것, 내가 기대하고 있는 침대와 마른 옷가지와 따뜻한 음식물과 사람이 전혀 없다는 것, 6주일 동안 파도에 두들겨 맞은 난파선이 축축하게 따개비와 굴 조개가 다닥다닥 붙은 허물이 되어 있다는 것뿐이었다.

패치가 말했다.

"마른 옷가지를 찾아 입고 한숨 잡시다. 그러면 기분이 좋아지겠지."

패치는 내 기분을 알고 있었다. 그러나 우리가 비틀비틀 브리지까지 되돌아와 어두운 쇠통로를 손으로 더듬으며 나아가서 본디 그의 방이었던 곳까지 가자 거기도 파도에 짓밟혀 있었다. 문을 억지로 열자 모래로 삐걱거리는 소리가 났으며, 두 개의 눈알처럼 노려보고 있는 둥근창의 유리가 없어져 얼어붙을 듯한 찬바람이 확 불어들었다. 책상은 고정시킨 바닥쇠에서 떨어져 나와 방 한쪽 구석에 쓰러져 있고, 패치와 태거트의 옷이 들어 있는 침대 밑 서랍은 모두 물에 잠겼으며, 벽의 붙박이장 속에는 담요와 코트와 헌 신문지가 흠뻑 젖어 모래투성이의 산더미가 되어 있었다.

그리하여 우리는 식당과 조리장이 있는 제2갑판으로 가보았다. 그곳은 더욱 심했다. 통로 안까지 모조리 파도에 씻겼다. 파도는 하급 승무원 거실에도, 그 바로 뒤인 일반승무원들의 거주 구역 안에도 침입해 들어왔다. 캄캄한 속에서 손에 만져지는 것은 모두 흠뻑 젖은 채 엷은 막으로 덮여 있었다. 파도가 손대지 않은 곳은 한 군데도 없었다.

"어쩌면 고물 쪽은 아직 말라 있을지도 모르겠군." 패치가 힘겨운 듯이 말했다. 기대도 하지 않는 목소리였다.

아무튼 우리는 왼쪽 뱃전의 통로를 손으로 더듬어 되돌아가기 시작했다. 몸은 이미 추위로 얼어붙어 감각이 없었으며, 누를 수 없이 떨려왔다. 아, 제발 그곳만은 말라 있어다오!

바로 그때 나는 비틀거리며 젖은 강철판 벽에 어깨를 부딪쳤다. 갑작스러운 선체의 움직임에 나가떨어진 것이다. 그 움직임을 나는 온몸에 느꼈다. 지진의 전조인 어렴풋한 진동 비슷한 흔들림이었다. 뒤이어 또 선체가 움직였다.

"아!"

패치의 목소리가 어둠 속에서 절박하게 울렸다. 그러나 나에게는 선체를 두들기는 파도소리 외에 아무것도 들리지 않았다. 패치가 나직이 말했다.

"이 배는 떠 있소, 만조라 떠 있는 거요."
"어떻게 뜰 수가 있지?"
"글쎄…… 그러나 떠 있소, 느껴지오?"

과연 선체가 떨며 움직이는 것이 느껴졌다. 그러나 곧 다시 바다 밑 자갈밭으로 쿵 하고 내려갔다. 선체는 여전히 계속 떨렸다. 훨씬 아래 배 밑 쪽에서 천천히 긁히는 소리가 들려왔다. 배는 자리잡고 있는 이 무서운 암초에서 벗어나려고 몸부림치며 잠이 든 채 몸을 놀리고 있는 것처럼 쉴 새 없이 떨고 있었다.

"그런 바보 같은……." 나는 중얼거렸다.

뱃머리가 암초처럼 수면 아래로 잠기고 그 위로 파도가 넘나드는 상태인데 뜰 리가 없다. 이건 틀림없이 꿈이다. 이때 문득 나는 우리가 이미 빠져죽은 게 아닌가 하고 생각했다. 암초의 쇠사슬을 끊고 어두운 초자연의 바다를 유령처럼 항해하는 꿈을 꾸는 게 아닐까? 내 마음은 벌써 상식을 잃고 있었다. 이 배는 죽어 있다. 그것은 알고 있었다. 그러나 그보다 더 절실한 것은 추위와 아픔을 없애고 누워서 자고 싶다는 것이었다.

손이 뻗어와 나를 잡아끌었으므로 내 발은 통로의 쇠바닥을 걸으며 생각과는 상관없이 쇠사다리를 올라가 싸늘한 밤공기 속으로 나갔다. 밖에서는 별과 흔들거리는 굴뚝과 끝없이 계속되는 바닷물 소리가 우리를 맞았다. 뒤쪽 오목갑판으로 내려가다 평평히 누워 있는 쇠줄에 걸려 넘어졌다. 쇠줄은 손톱으로 퉁기는 것처럼 울리며 파도 소리에 맞춰 노래했다. 그리고 우리가 쇠사다리를 타고 배꼬리 갑판으로 올라가 작은 갑판실의 어두운 광 안으로 들어갔을 때 배는 술 취한 사람처럼 움직이며 돛대가 공중을 배경으로 흔들리고 있었다.

갑판장 방에 옷이 있었다. 지금 생각하면 그것은 젖지도 마르지도 않은 상태였으나 내가 입은 흠뻑 젖은 옷보다는 따뜻한 느낌이 있었다. 그리고 포근한 침대가 있고, 개가죽 같은 냄새가 나긴 했으나 담요도 있었다. 잠은――잠이 가져다주는 완전한 망각은――배부른 사람이 난롯가에 앉아 몽상하는 어떤 천국보다도 나은 것이었다.

오랜 시간이 지난 것처럼 생각되었다. 아마 몇 해가 지났는지도 모른다. 누군가의 발소리가 그 천국 같은 망각의 세계로 들어왔다. 그 때문에 잠이 깨었다고 말할 수는 없다. 스스로 노력하여 의식을 되찾은 것도 아니었다. 그리고 금방 눈이 뜨여진 것도 아니었다. 다만 그의 발소리가 근처에서 들리고 있었던 것뿐이다. 묵직한 금속성의 소리, 강철판에 울리는 구두 소리. 잘 들리는, 귀에 익은 소리였다. 그것은 내 머리 위에서 들렸다가 침대 옆으로 오더니 반대쪽으로 돌아가 차츰 멀어졌다. 천천히 울리는 침착하고 목적이 있는 발소리. 망각을 향해 천천히 잠 속을 걷는 죽은 사람의 행진. 이윽고 그 소리가 들리지 않게 되었을 때 눈이 뜨여졌다.

낮의 밝은 빛이 잠에 취한 눈을 쿡 찔렀다. 축축한 쇠감방 한쪽 구석에서 젖은 담요 덩어리가 꿈틀꿈틀 움직였다. 패치였다. 얼굴이 깊은 피로로 잿빛이 되어 있었다.

"발소리가 난 것 같은데······."

패치의 눈은 이상했다. 상아빛 눈구멍에 깊숙이 들어박힌 검은 유리구슬.

"틀림없이 누군가의 발소리가 났는데······."

나는 침대에서 기어 나왔다. 물에 젖어 부푼 담요의 소금기에 뜸이 들어 나는 땀을 흘리고 있었다. 그런데도 춥고 아랫배가 아팠으며 어깨가 몹시 쑤셨다. 그때 갑자기 세게 한 방 얻어맞은 것처럼 깜짝 놀라 완전히 제정신으로 돌아왔다. 나는 비틀거리며 문 쪽으로 가서 밖을 내다보았다. 현실이었다. 꿈은 아니었다. 다시 메리디어 호로 돌아온 것이다. 그리고 이것은 난파선이다! 빨갛게 녹슨 배, 녹색의 축축한 엷은 막에 덮여 더덕더덕 따개비며 굴 같은 것들이 붙은 더러워진 배. 굴뚝은 이상한 각도로 쓰러져가고, 브리지 전체가 뒤틀리고 부서져 있었다.

썰물 때여서 폐허 같은 선체 저쪽의 밍키 암초가 군데군데 검은 이를 드러내보였다. 그 둘레의 바다에 허연 거품이 일어났다. 구조선은 어디에도 보이지 않았다. 예인선도, 어선도 보이지 않았다. 시야에는 아무것도 없었다. 다만 그린 아 클로 암초와 그 저쪽의 눈에 익은 기괴한 바위들이 있을 뿐…… 사람 그림자 하나 없었다. 하늘은 험악한 잿빛이었다. 여기저기 기분 나쁜 푸르스름한 기운이 떠돌며 구름을 검고 차갑게 보여주고 있었다.

"이건 좋지 않은데!" 나는 메마른 목소리로 입을 열었다.

아마 본능적으로 느낀 것이겠지만, 우리가 또 싸워야 한다는 것을 알았다. 이 새벽의 푸르스름한 기운과 하늘의 험악한 잿빛이 무엇을 뜻하는지 알았던 것이다.

그때 패치가 내 어깨 너머로 바람 냄새를 맡고 투덜거렸다.

"못마땅한 녀석이 찾아오는군."

서쪽 하늘은 어둠침침했다. 하늘과 바다 사이의 평행한 틈을 벌이고 수평선에 불쑥 튀어나온 쐐기 모양의 검은 구름. 바람은 그다지 없었으나 드러난 바위와 거기에 부서지는 파도 소리에 불길한 느낌이 있었다. 암초로 뒤덮인 이곳에서 메리디어 호를 두들기는 파도의 위력은 굉장한 것이었다.

"아까 발소리 말인데," 나는 다시 말했다. "그건 뭐였소?"

패치는 대답하지 않고 고개를 가로저으며 내 시선을 피했다. 무엇을 생각하고 있었는지 모르지만, 그는 부르르 몸을 크게 떨었다. 그때 많은 사람이 이 배 때문에 죽었다는 생각이 내 마음을 스쳐갔다. 그러자 그때 이상한 일이 일어났다. 오목갑판의 블루워크에서 붉은 물줄기처럼 팍 하고 작은 녹연기가 올랐는가 싶자 굵은 쇠줄이 하나 뱃전 너머로 끌려 나갔다. 줄 중간 부분이 보였는데 난간 위에서 여러 가지로 변화를 일으키더니 작은 물보라를 올리며 바닷속으로 떨어졌다. 그것이 보이지 않게 되자 배는 다시 정지했다. 그리고 아무 움직임도 없었다. 정신을 차리자 패치가 내 팔을 잡고 있었다.

"이상한데." 패치의 목소리에는 공허한 울림이 있었다.

우리는 오랫동안 그 자리에 못 박힌 듯 우두커니 서서 배 앞뒤를 둘러보았다. 그러나 모든 것은 정지되어 있고, 바다 말고는 아무것도 움직이지 않았다.

패치가 말했다.

"배에 누군가가 있소."

불안한 그 얼굴은 처음 만났을 때와 똑같이 소름끼칠 정도로 여위어 있었다.

"잘 들어보오!"

그러나 나에게는 아무 소리도 들리지 않았다. 다만 뱃전을 씻는 물결 소리와 암초에 밀려오는 파도 소리뿐이었다. 난파선은 무덤처럼 쓸쓸하고 조용했다. 바닷새 한 마리가 바람을 타고 소리 없이 구름을 배경으로 한 장의 종이처럼 하얗게 흘러갔다.

이윽고 패치가 오목갑판으로 내려가 멈춰 서서 4번 창고의 커버를 노려보았다. 나도 그 옆으로 가보았다. 그것은 나무쐐기로 고정시킨 여느 타폴린(타르를 칠한 방수범포) 커버가 아니라 창고 가장자리에 용접된 강철 뚜껑이었다. 그가 윈치를 살펴보고 나서 우리는 3번 창고 옆을 지났는데, 그것도 강철판으로 덮여 있었다. 쇠사다리를 타고 윗갑판으로 올라갔다. 이곳은 통풍통이 모두 떨어져나가 끝이 잘린 팔다리처럼 갑판 이곳저곳에 넘어져 있었으며, 그 아가리도 녹슨 강철판으로 덮여 있었다. 굴뚝은 뿌리에서부터 잘려나가 한쪽 뱃전으로 밀려갔고, 연기 구멍도 강철판으로 막혀 있었다. 기관실 천장의 채광창은 단단히 닫혀 있고, 제2갑판의 양쪽 뱃전 통로로 이어지는 물막이문은 떨어져 나갔으며, 문 아가리는 강철판으로 막혀 있었다.

생 엘리에르의 어부들이 보낸 보고가 옳았던 것은 의심할 여지가 없었다. 구조회사가 이 난파선에서 작업하고 있었던 것은 확실하다. 그들은 메리디어 호를 돌아보며 물새는 틈을 막고 어쩌면 앞창고의 침수된 곳도 수리해 두었을 것이다. 선체가 만조 때 떠오른 것도, 쳐들린 배꼬리까지 갑판이 경사져 있는 것도 이제 이해가 갔다. 배는 물이 새지 않도록 수선되어 암초를 떠날 정도로 손질되어 있었다.

정신을 차리니 패치가 왼쪽 뱃전 쪽 연료탄 구멍 옆에 서서 그 뚜껑을 삼킬 듯이 노려보고 있었다. 뚜껑은 경첩에서 떨어져 나와 갑판에 버려진 채였다. 그 뚜껑 대신 강철판이 구멍에 용접되어 연료창고를 밀폐시켜 놓았다. 즉 델리메어의 시체는 선체가 항구로 끌려가서 검사관이 도구를 가지고 와 열 때까지 이 쇠널 속에 들어 있게 된 셈이다. 이것은 즉 그가 앞으로 며칠, 어쩌면 몇 주일 동안 불안한 나날을 보내야 한다는 뜻이었다.

"뭐, 그렇게 된 거요" 하고 말하는 그의 얼굴에 절망의 빛이 감돌았다.

패치는 몸을 돌려 배꼬리 쪽을 훑어보았다.

"배꼬리의 밧줄이라도 한 개 남겨두고 가지."

나는 그가 무슨 생각을 하고 있는지 알 수 없었다. 나는 작업이 끝났기 때문에 구조선이 보이지 않는다는 정도로 생각했었다.

"왜 떠나버렸을까?" 나는 물었다.

패치는 흘끗 하늘을 올려다보더니 서쪽에서 불어오는 산들바람에 코를 벌름거렸다. 바람은 지금 불규칙한 간격을 두고 불어왔다.

"아마 일기예보가 나빴던 거겠지. 강풍주의보가 내렸는지도 모르겠군."

나는 앞서의 폭풍우를 회상하며 울퉁불퉁한 암초를 바라보았다. 이번에는 틀림없이…….

"저게 뭐지?"

날카롭게 잘 울리는 패치의 목소리가 들렸다.

그와 동시에 앞을 가로막은 브리지 저쪽에서 숨 가쁜 기침 소리 같은 엔진 소리가 들리더니 안정된 울림소리로 바뀌었다. 발밑에서 갑판의 잔주름진 진동이 느껴지고 한순간 우리는 꼼짝도 않고 우뚝 서서 그 리듬 있는 소리에 귀를 기울였다. 그러나 다음 순간 우리는 브리지 통로를 달리고 있었다. 앞갑판으로 내려가는 쇠사다리 해치로 나가자 뜻밖에도 2번 창고의 해치 바로 뒤에 커다란 빨아올리는 펌프가 한 대 갑판에 고정되어 있었다. 엔진은 전속력으로 돌아갔으며, 굵은 파이프는 검사용 해치에 열려진 구멍을 지나 사라지는 곳에서 물이 흐르는 힘에 크게 꿈틀거리고 있었다. 물이 펌프 저쪽에서 뿜어져 나와 갑판에 넘치며 뱃전 배수구를 통해 사라졌다. 그러나 거기에는 아무도 없었다. 오목갑판은 텅 비었으며 배 앞쪽은 어디를 보나 사람 그림자 하나 없었다.

섬뜩한 기분이었다.

"브리지를 들여다보오." 패치가 말했다. "누군가가 펌프를 걸었군."

우리는 다시 통로로 뛰어 들어가 쇠사다리를 타고 브리지로 올라갔다. 모두 눈에 익은 것이었으나 모양이 완전히 달라져 있었다. 유리는 없어지고, 문은 부서지고, 틈새로 바람이 윙윙 울리며 모래투성이 갑판의 괸 물에 잔물결을 일구었다. 거기에도, 해도실에도 아무도 없었다. 거기서 다시 브리지로 나갔을 때 패치가 내 팔을 잡고 가리켰다. 뱃머리 저쪽에 감아 붙인 굵은 쇠줄 일부가 보이는 기둥 모양의 바위가 줄 매는 기둥처럼 서 있었다. 굵은 줄은 바위에서 배로 팽팽하게 뻗쳐 있고, 닻이 하나 조류를 거슬러 들어가 있었다. 어젯밤 내가 뱃머리 너머로 헤엄쳐 들어갔을 때 걸려 넘어진 것은 그 줄이었다.

그러나 패치가 가리키고 있는 건, 메리디어 호 뱃머리 밑으로 노저어가는 작고 파란 보트였다. 히긴스가 바위로 향해 저어가려 하고 있었다. 큰 머리에 쓴 뾰족모자, 두툼한 양어깨, 파란 저지 스웨터, 그것들이 차가운 잿빛 속에 아주 뚜렷이 나타나보였다. 그가 무엇을 꾀하고 있는지도 분명했다. 나는 그에게 소리쳤다. 그러나 브리지에서는 들리지 않았다. 나는 얼른 쇠사다리를 뛰어내려 오목갑판으로 가서 뱃머리 위로 올라갔다.

"히긴스!"

나는 목소리를 쥐어짜냈다. "히긴스!"

그러나 이미 바람이 상당히 강해졌으므로 히긴스에게는 들리지 않았다. 히긴스는 재빨리 바위로 가닿아 보트를 거기에 붙들어 맸다. 이윽고 바위를 기어오르기 시작했다. 큰 줄이 보이는 곳에 올라가 닿자 그는 가지고 갔던 철봉을 지렛대로 삼아 큰 줄을 바위 위로 밀어올리기 시작했다. 그 사이에도 나는 바람을 받으며 메리디어 호 뱃머리의 미끈거리는 갑판에서 몸의 균형을 잡으며 계속 외쳤다.

히긴스는 줄곧 나에게 등을 돌린 채 큰 줄 고리를 다 벗기고 나서 밀어 올려 울퉁불퉁한 바위 꼭대기를 빠져나가게 했다. 배를 붙들어 매고 있던 그 쇠줄 전체가 닻 자물쇠 구멍을 빠져나가 바로 밑뿌리에서 축 늘어지며 물보라를 올리고 바다 속으로 떨어졌다. 그러고 나서 그는 기어내려와 보트에 올라탔다.

히긴스는 붙들어 맨 밧줄을 확 잡아 벗기는 순간 나를 발견하고 한순간 이쪽을 바라보며 앉아 있었다. 얼굴에는 아무 표정이 없고, 늘름한 어깨가 방금 한 힘든 일로 하여 파도치고 있었다. 그 동안 나는 쉴 새 없이 목소리를 높여 큰 줄을 다시 바위에 걸쳐달라고 외쳤다.

"폭풍우가 온다! 폭풍우다!" 나는 오직 이 말만을 되풀이해 소리쳐 히긴스의 큰 머릿속에 파고들게 만들려고 했다.

그것이 성공했는지도 모른다. 히긴스가 갑자기 바위에서 떨어져 한쪽 노로 빙글 보트를 돌리더니 메리디어 호를 향해 되돌아오기 시작했다. 히긴스는 허겁지겁 배로 돌아오려고 필사적인 노력을 하고 있었는지 아니면 그 자리의 황량한 광경에 마음이 움직여 뜻하지 않은 자비심이 일어나 우리를 데려가려고 했던 것인지 나로서는 영원히 알 수 없다. 왜냐하면 조류가 북쪽으로 흐르며 약 3노트의 속력을 지니고 있었으므로 그는 신들린 사람처럼 악을 쓰며 무거운 보트를 조류보다 빨리 저어가려고 했지만, 고작 18미터밖에 전진하지 못했기 때문이다. 히긴스는 금방 지쳐 최초의 돌진이 끝나자 더 이상 보트를 저어 오지 못했다. 이윽고 조류가 우세해졌다. 히긴스는 여전히 필사적으로 노를 저었지만, 점점 큰 배로부터 멀어져갔다.

마침내 그도 단념했는지 보트의 방향을 돌려 조류를 가로지르더니 그린 아 클로 암초로 바람을 피해 들어갔다. 그 바위에 붙어 앉아 무릎에 머리를 떨어뜨리고 기진맥진하여 온몸을 축 늘어뜨린 채 우리 배를 바라보았다.

펌프의 소음이 갑자기 줄어들다가 딱 멎었기 때문에 나는 부서진 배의 구조물을 스쳐지나가는 비명 같은 바람 소리를 문득 깨달았다. 패치가 엔진을 끈 것이다. 내가 뱃머리에서 내려오는 것을 보자 패치가 다가왔다.

"이 배를 물에 잠기게 해야 하오!" 패치가 소리쳤다. 크고 또렷한 목소리였다. "그것이 우리들이 살아날 유일한 길이오!"

그러나 지금으로서는 온 배를 물로 채울 수가 없었다. 열려 있는 부분은 모두 밀폐되어 있고, 배 밑의 해수 밸브까지 내려갈 수도 없다. 기관실 문까지 모두 파도의 침입을 막기 위해 용접되어 있었다. 구조회사는 선체를 잠수함처럼 엄중하게 밀폐시킨 것이다.

"요행을 바라는 수밖에 없겠군." 나는 말했다.

패치는 웃었다. 그 웃음소리가 통로의 쇠터널에 공허하게 울렸다.

"서쪽에서 오는 강풍은 큰 바닷물을 몰고 올 거요. 이 배는 만조 때 떠올라 암초를 떠나겠지. 아무것도 붙드는 것이 없으니 싫든 좋든 그렇게 될 거요. 벌써 펌프 배수로 속이 텅 비어 있더군. 앞쪽 두 개의 창고 외에는 온 배가 다." 그의 목소리는 쉬어 있었다. "나 혼자라면 상관없겠는데…… 당신에겐 너무 가혹해."

패치는 나를 바라보더니 어깨를 으쓱하며 말을 이었다. "뭔가 먹을 것이 있는지 찾아봐야겠군."

나는 이런 사태를 받아들이는 그의 태도에 기가 질려, 그 뒤를 따라 조리장으로 돌아가면서 그때 바로 눈을 떴더라면 하고 생각했다. 프랑스의 구조선이 이 배의 뱃머리와 꼬리를 단단히 붙들어 매둔 것을 히긴스가 풀어놓은 것이다. 그러나 그 녀석을 미워할 수도 없었다. 이제 미워할 기운도 없었다. 그러나 내가 그 발소리를 듣는 순간 일어나기만 했더라면…….

그러자 내 마음을 꿰뚫어본 듯이 패치가 말했다.

"히긴스 녀석, 저 보트로 저런 곳에 있다가 호된 꼴을 당할 거요."

조리장은 어둡고 퀴퀴한 냄새가 났다. 우리보다 먼저 바닷물이 침입해 들어와 있었다. 그리고 프랑스 사람들도……. 통조림 같은 건 그림자도 없었다. 하얗게 곰팡이가 슨 빵이 가득 든 벽장이 있고, 구더기가 생긴 고기와 모래로 두꺼워진 버터가 있었다. 유일한 수확은 속만 먹을 수 있는 치즈 조금과 마르기 시작한 겨자 한 병, 절인 음식 조금, 그리고 깨진 마멀레이드 병 하나뿐이었다.

우리는 그것을 허겁지겁 먹어 허기를 채우자 식당과 하급승무원 거실과 일반승무원 거주구역을 이 잡듯이 뒤지고 다녔다. 끈적끈적하게 한 덩어리가 된 캔디, 생강 한 병, 그리고 가장 큰 수확은 화부 누군가가 훔쳐다가 침실에 감춰둔 콘비프 두 통이었다. 우리는 이 보잘것 없는 먹이를 고물다락 갑판실로 가지고 돌아와 그곳에 앉아 높아가는 바람 소리를 들으며 부들부들 떨리는 몸으로 먹었다.

  폭풍은 바닷물의 흐름이 바뀌자 곧 찾아왔다. 얼마 지나지 않아 난파선 뱃전에 부딪쳐 부서지는 파도가 브리지 위까지 이르렀다. 우리 아래에서 고물이 움직이기 시작하는 것이 느껴졌다. 한번 문 밖을 내다보러 갔을 때 나는 그 파란 보트가 그린 아 클로 암초의 한 바위 아래에서 여전히 흔들리고 있는 것을 보았다.

  낮이 되자 바람은 노대바람으로 바뀌었다. 메리디어 호의 앞쪽 절반이 큰 파도에 얻어맞고 마구 뒤흔들렸으며, 이따금 브리지가 흰 파도의 연막 속에 가려졌다. 온 배가 이 무서운 습격으로 부들부들 떨고 있었다. 눈 아래에서는 바닷물이 오목갑판에 소용돌이치며 흐르고, 뱃전 외판을 두들기는 파도 소리가 너무도 처절했다. 나는 마치 그 타격이 내 몸에 더해지기라도 하듯 숨을 죽이고 버티고 있는 자신을 발견했다. 소음은 언제까지나 계속되었다. 그것은 내 머리를 가득 채워 바다의 무서움과 영원한 생명력 이외에는 아무 생각도 들어올 틈이 없었다. 메리디어 호가 파도에 씻기고 있는 폐허 저 멀리에서는 밀려오는 파도의 소란 속에 밍키 암초가 바다 속에 가라앉으면서 그루터기 모양의 바위들도 차츰 물 속으로 잠기고 있었다.

  다시 한 번 히긴스가 보였다. 만조가 되기 2시간쯤 전이었다. 메리디어 호는 배 밑을 들고 자갈깔린 바다 밑을 긁었다. 그린 아 클로 바위는 거품 이는 바다에 쑥 내민 회색 이빨이 되어 그 양쪽에서 허연 바닷물이 흘러나오고, 물보라가 바람에 날려 솟아오르며 땅을 기는 구름이 되어 흐르고 있었다. 히긴스는 바위 등줄기를 타고 보트 쪽으로 내려오는 참이었다. 이윽고 보트에 옮겨가 노를 잡는 것이 보였다. 바로 그때 한바탕 비가 쏟아져 바위 모양을 흐리게 하여 우리는 비의 장막 속에서 그를 놓치고 말았다.

그때 히긴스를 본 것이 마지막이었다. 그 뒤 그의 모습을 본 사람은 아무도 없다. 히긴스는 메리디어 호로 오려고 했던 것이라고 생각한다. 아니면 그 보트로 다시 육지까지 가닿을 생각이었을까? 아무튼 달리 방법이 없었을 것이다. 만조 때에도 그린 아 클로에 있을 수는 없었을 테니까.

나는 비와 불어치는 물보라에 눈을 찡그리며 오랫동안 갑판실 문 앞에 우뚝서서 내리퍼붓는 비를 뚫고 잠시라도 그의 모습이 보이지 않을까 하고 지켜보았다. 그러나 끝내는 파도에 쫓기어 안으로 들어와 패치에게 히긴스가 없어졌다고 이야기했다.

패치는 어깨를 으쓱하며 말했다.

"운이 좋은 놈이야! 지금쯤은 아마 죽었겠지."

그 목소리에는 노기도 없고 다만 귀찮은 듯한 느낌이 깃들어 있을 뿐이었다.

그 갑판실은 세로 3미터 남짓, 가로 1미터 80센티미터 남짓한 넓이의 쇠벽이 둘러쳐져 있었다. 침대가 하나, 부서진 가구가 몇 개, 유리 없는 창문이 하나, 그리고 바닥은 모래투성이였다. 방 안은 축축하고 추웠으며, 바람에 날려 들어오는 물보라로 흐릿하고, 배의 온갖 소리에 대해 양철 상자처럼 함께 울었다. 이곳을 피난처로 고른 까닭은 고물다락 위의 높은 위치에서 떠 있는 것은 이 배꼬리부분뿐이었기 때문이다.

오랫동안 우리는 움직임을 의식하고 있었다. 우리 밑에서 선체에 부딪치는 파도의 포화 같은 작렬에 맞추어 오르내리는 쇠벽의 움직임을. 그러자 이번에는 용골이 미끄러지는 소리와 비벼대는 소리가 났다. 아니, 들렸다기보다 느꼈다. 바다의 엄청난 소음 외에 실제로 알아들을 수 있는 소리가 있을 리 없었다.

이윽고 용골이 내는 소리는 차츰 줄어들었다. 물보라도 창문으로 들어오지 않았다. 바람에 문이 요란하게 열렸다. 메리디어 호는 몸부림치며 암초에서 벗어나 뱃머리를 바람 쪽으로 돌리고 있었다.

밖을 내다보니 그린 아 클로 바위는 이미 왼쪽 뱃머리 방향이 아니라 오른쪽 뱃전 저 멀리에 있었다. 메리디어 호는 바다에 떠 있는 것이다. 움직임이 아까보다 부드러웠으며 파도소리도 전처럼 처절하지 않았다. 높은 고물이 침로를 유지하는 돛의 역할을 했다. 배는 부서지는 파도에 뱃머리를 세우고 있었다. 정면에서 치고 들어오는 파도가 브리지에 부딪쳐 울리는 소리가 들렸다. 물보라를 자욱이 올리며 무너진 물머리가 양쪽 뱃전을 스치고 지나감에 따라 브리지의 모든 열려진 곳으로 바닷물이 지나가는 것이 보였다. 그 사이에도 그린 아 클로 바위는 자꾸만 멀어지고 있었다.

"암초를 벗어났다!" 나는 큰 소리로 외쳤다.

패치가 선실에서 나와 그 믿기 어려운 광경을 바라보았다. 모든 갑판에 바닷물의 분류가 생기고 앞쪽 반이 완전히 파도 사이에 잠겨 고개를 숙인 채 떠 있는 난파선.

"벗어났다!" 나는 다시 외쳤다. "레 새버지를 떠나면 이제 문제 없소!"

패치가 나를 바라보았다. 지금 돌이켜보니 모르는 것이 편하도록 나를 내버려두려는 생각이었던 모양이다. 이윽고 패치는 말했다.

"이제 그럭저럭 만조가 되었군."

나는 고개를 끄덕였다. "그럭저럭."

그리고 나서 생각이 났다. 만조에서 6시간이 지나면 조류는 다시 북쪽 내지 서쪽으로 바뀌어 우리를 밍키 암초로——간조 때라 암초가 모조리 드러난 밍키 암초로——도로 밀어붙이게 된다는 것을.
"빌어먹을!" 나는 나직이 말하고 선실로 들어가 침대에 벌렁 드러누웠다.
안타깝지만 우리가 할 수 있는 일은 아무것도 없었다. 스스로를 돕기 위해 할 수 있는 일은 아무것도 없었다.
저녁 무렵 흰 파도가 크게 소용돌이치기 시작했다. 거기에는 바위라곤 하나도 보이지 않았다. 나는 잠이 들어 있었는지, 아니면 멍한 상태로 누워 있었는지 모르지만, 파도 소용돌이의 충격으로 바닥에 나가떨어졌다. 철갑을 낀 주먹으로 얻어맞은 것 같았다. 배가 무서운 소리를 내며 앞쪽으로 달려가는가 싶더니 이번에는 외판이 찌그러들고 암초가 선체를 토막토막 물어뜯는 듯한 소리가 천천히 계속되었다. 그리고 천둥 같은 소리가 전보다 더 커지며 무시무시해져 갔다.
나는 암초의 톱니가 온 몸을 물어뜯어 선체가 잠기고 파도가 우리를 삼키기를 이제나저제나 기다리면서 내던져진 장소에 가만히 누워 있었다. 그러나 아무 일도 일어나지 않았다. 다만 엷은 안개 같은 물보라가 선체를 덮고 흘러가며 내 얼굴에 와 닿았고, 으드득으드득 창자를 잡아 찢는 듯한 소리가 끊임없이 계속되어 바다의 울부짖는 소리에 가세했을 뿐이었다.
선실바닥이 크게 기울어졌다. 바닥에서 일어나는 순간 선체가 갑자기 수평으로 움직이는 바람에 문 밖으로 내던져져 블루워크에 쾅 부딪치면서 멈추었다. 그 충격에 팔이 비틀려 숨이 콱 막혔다. 그때 배 모양이 눈에 들어와 아픔 따위는 아무것도 아닌 것처럼 생각되었다. 선체는 용솟음치며 밀려오는 파도를 배경으로 전체의 모습이 길고 뚜렷하게 떠올라 있었다. 브리지는 뒤틀리고 망가진 물건들의 산더미였으며, 굴뚝은 달아나고 앞돛대는 중간쯤에서 부러져 뒤얽힌 데릭 기중기의 움직이는 줄에 매달려 축 늘어져 있었다. 그리고 선체의 앞쪽 절반에는 파도가 부딪쳐왔다가 되말려 올라갔으며 요란한 소리로 용솟음치고 있었다.

 패치가 갑판실 강철판에 반쯤 기댄 자세로 누워 있었다. 나는 큰소리로 얼마쯤 걸리겠느냐 물어보았으나 말이 목구멍에 걸린 것 같았다.

 "이 배가 가라앉기까지 말이오?"
 "그렇소, 얼마쯤 걸리겠소?"
 "하느님만이 아시겠지."

 그 뒤 두 사람은 말없이 그 자리에 가만히 있었다. 너무도 춥고 지치고 어이가 없어 움직일 수도 없었다. 우리는 최초의 울퉁불퉁한 암초가 물보라 속에 쑥 내밀어져 나오는 것을 지켜보고 있었다.

 음산한 초저녁에 땅거미가 조금씩 어둠을 더해가고 있었다. 뱃머리가 부러져 달아나는 소리가 들렸다. 얻어맞은 쇠붙이가 고민하는 소리를 길게 끌며 브리지의 폐허 저쪽에서 산산조각으로 부서졌다. 이윽고 뱃머리의 무게를 벗어나는 순간 선체의 남은 부분이 약간 떠오르며 무서운 진동과 울부짖는 소리를 내며 톱니 같은 바위 위로 움직여갔다.

 그때 뱃머리부분이 보였다. 왼쪽 뱃전이 부서지는 파도 속에 검은 쐐기 모양으로 떠올랐다. 외판이 찢어져 뻥 뚫린 동굴 같은 아가리로 화물이 쏟아져 나오고 있었다. 원면 고리짝이 흰 물결 속에 흔들흔들 떠다니고 항공기용 엔진이 들어 있다는 큰 네모진 나무 상자가 파도에 밀리다 바위에 부딪쳐 산산조각이 났다.

 패치가 내 팔을 잡고 소리쳤다.
 "보오!"
 나무상자가 한 개 우리 쪽으로 다가와 딱 벌어지는 참이었다. 그 속의 것이 왈칵 바다로 쏟아졌다. 그 정체는 하느님만이 아실 것이다. 주위는 이미 상당히 어두웠다. 그러나 그것이 항공기용 엔진이 아니라는 것은 확실했다.

"보았소?" 패치는 내 팔을 잡은 채 가리켰다.

그러나 그때 우리가 서 있는 선체의 잔해가 윗갑판 뒤 끝에서 옆으로 벌어지는 바람에 그의 흥분은 사라졌다. 커다란 틈이 배 너비 전체에 입을 벌려가고 있었다. 그러자 오목갑판으로 내려가는 왼쪽 뱃전의 쇠사다리가 바닥의 쇠에서 떨어져나가며 마치 눈에 보이지 않는 손이 잡아 비틀기라도 하는 듯 천천히 뒤틀렸다. 못을 친 접합부분이 기관총 같은 소리를 내며 떨어져 나가자, 강철판이 헝겊 조각처럼 찢어졌다.

벌어진 틈이 넓어졌다. 1미터, 2미터……. 이윽고 해가 지고 밤이 메리디어 호를 내리덮었다. 그 무렵에는 썰물로 암초가 완전히 드러나 있었으며, 파도가 멀리 물러가 난파선은 바다에 멈춰서 있었다.

우리는 선실 안으로 돌아와 흠뻑 젖은 담요 밑에 누웠다. 말은 하지 않았다. 아마 잠이 들어 있었던 것 같다. 나는 기억하고 있지 않다. 그날 밤에 대해서는 아무것도 기억할 수 없다. 그것은 마음 속의 공백이었다. 바다는 쉴 새 없이 울부짖고, 바람은 비틀려진 쇠붙이 사이를 지나며 윙윙 기분 나쁜 소리를 내었으며, 가끔 헐렁해진 철판이 쾅 하고 울렸다……. 내 기억은 그것이 전부이다. 공포감은 조금도 없었다. 이미 추위도 느끼지 않았던 것 같다. 나는 육체적으로도 정신적으로도 이미 너무나 지쳐 있었으므로 더 이상 아무것도 느낄 수 없었다.

그러나 나는 새벽을 기억하고 있다. 새벽빛이 내 마음의 어두운 구석으로 비쳐 들어와 뭔가 이상한 감각을 불러 일깨웠다. 나는 자신이 움직이고 있음을 깨달았다. 크고 깊숙한 배의 흔들림에 따라 처음에는 이쪽으로, 그 다음에는 반대쪽으로 흔들려 돌아갔다. 바다 소리는 여전히 들려왔으나 중량감이 없었다. 산더미 같은 파도가 바위에 부서지며 요란하게 소리를 내지도 않았다. 누군가가 나를 부르고 있었다.

눈부신 햇살이 눈을 비추고 한 얼굴이 나를 들여다보고 있었다. 백발이 섞인 텁석나룻에 땀이 번쩍이는 얼굴로, 두 눈이 깊숙이 패고 이마와 뺨의 피부가 긴장으로 당겨 붙어 있었다.

"아직 떠 있소!"

패치가 말했다. 터서 갈라진 입술이 양옆으로 당겨 붙어 이를 드러내 보이며 미소짓는 모양이 되었다. "와서 보오!"

나는 힘없이 비틀거리며 입구로 가서 이상한 광경을 내다보았다. 바위는 사라지고 없었다. 태양이 꿈틀거리며 숨쉬는 바다를 비추었으나 바위는 그림자도 없었다. 그리고 메리디어 호의 오목갑판 앞부분은 완전히 사라지고 없었다. 오목갑판은 바다 밑에 잠겼지만 패치의 말대로 우리는 떠 있었다. 아직 떠 있는 곳은 고물 부분뿐 나머지는 모두 잠겨버렸다. 햇살이 쏟아져 내리고 강풍이 누그러져 잔잔했다. 나에게 기대어 서 있는 패치가 떨고 있는 것이 느껴졌다. 나는 흥분 때문인 줄 알았다. 그러나 그렇지 않았다. 열 때문이었다.

낮이 되자 패치는 이제 완전히 약해져 움직일 수도 없게 되었다. 눈이 착 가라앉고, 얼굴은 부자연스러운 빛으로 붉게 달아올랐으며, 땀이 줄줄 흘러 떨어졌다. 그는 너무 오랫동안 머물러 있었기 때문에 먹지도 마시지도 않고 흠뻑 젖은 옷을 입은 채 며칠 밤이나 바깥공기에 몸을 드러내놓고 견딜 만한 체력이 못되었다. 저녁때쯤에는 의식이 흐릿해지기 시작했다. 헛소리는 거의 알아들을 수 없었지만 이따금 또렷하게 들리기도 했다. 그는 비스케 만을 가로지를 때의 그 항해로 돌아가 명령을 내리기도 하고 라이스에게 이야기를 하기도 했다. 단편적으로 한 마디씩 흘려보내는 말이 그때까지 그를 지배해 온 긴장이 얼마나 처절했던가를 나타내주고 있었다.

저녁 무렵 작은 비행기가 날아왔다. 나는 그것이 북서쪽 하늘을 낮게 돌며 지는 햇살을 받아 날개가 번쩍번쩍 빛나는 것을 지켜보았다. 우리를 찾아 밍키 암초 위를 수색하고 있었다. 이윽고 밤의 어둠이 내리고 우리는 여전히 바다 위에 떠 있었다. 별이 총총한 밤하늘에 초승달이 걸리고, 바람은 이제 완전히 자고 있었으므로 거인이 숨을 쉬고 있는 듯 천천히 고동치는 고요하고 상냥한 바다에 달그림자가 가느다란 작은 은빛을 던져주었다.

그날 밤 나는 완전히 약해져 움직일 수가 없었다. 패치는 이미 죽은 사람처럼 누워 가끔 몸을 떨었다. 얼굴이 여전히 열로 달아올랐고, 눈은 희미한 달빛을 받아 크게 뜨고 있었다. 한 번 패치가 벌떡 일어나 내 손을 잡고 온 몸을 떨며 더듬더듬 뭐라고 말했으나, 뜻이 없는 단어들이었다. 그러나 그 갑작스러운 생기의 되살아남도, 그 헛소리도 겨우 잠깐 동안밖에 계속되지 않았다. 오래 계속할 체력이 이미 없었으므로 패치는 힘이 다해 털썩 쓰러졌다. 그 뒤 하룻밤 내내 나는 그에게 몸을 붙이고 누워 있었으나 내게도 그를 따뜻하게 해줄 체온이 없었다. 밤이 밝을 무렵 패치는 이미 유령처럼 되어 악취가 나는 담요 아래 꼬부리고 누워 있었다.

태양이 뜨자 곧 다시 밍키 암초가 보였다. 그것은 서쪽 수평선 위에 작고 울퉁불퉁한 톱니를 드러내놓고 있었는데, 하늘에 비쳐 검고 날카로웠으며, 도드라지게 보였다. 그리고 시간이 상당히 지나자 비행기의 폭음이 들렸다. 나는 따뜻한 햇살을 받도록 패치를 갑판으로 끌어내고 있었는데, 그때 그는 의식이 없었다. 비행기가 지나갔다. 그 그림자가 바다를 가로지르는 것을 보고 나는 있는 힘을 다해 일어나 침침하고 뻑뻑한 눈으로 비행기 그림자를 찾았다. 그러자 비행기가 돌아 해를 살짝 스치고 날개를 기울이며 바다에 닿을 듯이 되돌아오는 것이 보였다. 나는 난간을 붙잡고 몸을 버티며 비행기가 폭음을 내고 머리 위를 스쳐지나가는 순간 담요를 흔들었다. 비행기는 밍키 암초 쪽으로 날아갔다. 얼마쯤 지나 내가 반의식불명의 상태에서 갑판의 따뜻한 곳에 몸을 누이려고 했을 때 엔진 소리와 사람의 말소리가 들렸다.

그것은 세인트 피터 포트에서 온 구조정이었다. 그들이 구조정을 붙이고 반가운 사람의 목소리가 들리자 다시 생기가 되살아났다. 억센 손이 나를 부축하여 난간을 넘게 했다. 담배가 입에 물려졌다. 소금기로 뻣뻣해지고 흠뻑 젖은 우리의 옷을 벗기고 담요를 둘러주자 졸음, 그것도 기막히게 포근한 졸음이 찾아왔다. 그러나 의식을 잃기 직전에 누군가가 "마지막으로 배를 보고 싶소?"라고 말한 것을 기억하고 있다.

그리고 누군가의 손이 나를 일으켜 세워주었다. 나는 언뜻 본 메리디어 호의 마지막 모습을 영원히 잊지 못할 것이다. 고물을 이쪽으로 돌리고 있었는데, 그것이 수면에 닿을 듯 말 듯 했으므로 우리가 이틀 밤을 지낸 갑판실은 마치 물 위에 뜬 닭장처럼 보였다. 그리고 그때 파도 골짜기 사이로 녹으로 얼룩진 배꼬리 글자가 보였다. '메리디어 호──사우샘프턴'.

나에 관한 한 메리디어 호 조난사건은 밍키 암초를 벗어나자 곧 끝났다. 그러나 패치는 사정이 달랐다. 그는 직접적인 당사자였다. 나는 세인트 피터 포트 병원에서 잠을 깬 순간 그런 생각을 해냈다. 그때는 몰랐는데 20시간 이상이나 자고 있었다. 말할 수 없이 배가 고팠으나, 간호사가 가져다준 것은 작은 접시에 담은 찐 생선뿐이었다. 그리고 간호사는 나를 꼭 만나고 싶다는 사람이 기다리고 있다고 일러주었다. 분명 마이크려니 생각했는데, 거기에 서 있는 사람은 젊은 여자였다.

"누구지요?"

커튼이 쳐져 있어 방 안이 컴컴했다.

"재니트예요."

침대 옆으로 다가온 그녀를 보고서야 비로소 알아보았다. 그녀는 몹시 피로한 얼굴이었으며, 눈 밑에 검은 그늘이 져 있었다.

"잠이 깨는 대로 곧 뵙고 싶었기 때문에……."

어떻게 이곳을 알았느냐고 나는 물었다.

"신문에 나 있었어요. 그래서 달려왔어요."

재니트는 내 위로 몸을 굽혔다.

"샌스 씨, 제발 내 이야기를 들어주세요. 잠깐밖에 면회할 수가 없어요." 그녀의 목소리는 절박하게 떨렸다. "당신이 다른 사람에게 말하기 전에 꼭 만나야 했어요."

재니트가 우물쭈물했으므로 나는 무슨 일이냐고 물었다. 생각을 집중시키기가 어려웠다. 알고 싶은 것은 산더미 같았으나 내 머리는 여전히 몽롱한 상태였다.

"이제 곧 경찰이 조서를 받으러 올 거예요."

재니트는 또 망설였다. 무언가 말하고 싶은 듯한데 그것을 표현하기가 매우 힘든 모양이었다.

"기디언이 당신의 목숨을 구해준 일이 있었지요?"

"기디언?"

물론 기디언 패치를 말하는 것이었다.

"네, 그렇습니다. 그런 일이 있었지요." 이어서 나는 그의 상태를 물었다. "폐렴에 걸렸다는 말을 해주지 않았습니까?"

틀림없이 의사가 내 어깨 상처를 진찰할 때 그런 말을 한 것 같은 희미한 기억이 있었다.
"네, 중태예요. 그러나 지난밤에 고비를 넘겼어요. 이제 괜찮을 것으로 생각해요."
"계속 그를 간호하고 있었습니까?"
"네, 무리하게 부탁을 했지요. 아무래도 그래야 할 것 같았어요. 만일 그가 말을 할 수 있게 될 때를 위해서."
그러고 나서 재니트는 재빨리 말을 이었다. "샌스 씨, 그 델리메어라는 사람…… 그 일을 알고 계시지요?"
나는 고개를 끄덕였다. 그는 그 일을 그녀에게도 말한 모양이었다.
"이제는 아무도 알 필요가 없는 일입니다." 나는 중얼거렸다. 나는 지치고 완전히 쇠약해진 느낌이었다. "그 암초에서 배의 앞 절반은 완전히 부서졌습니다."
"네, 알고 있어요. 그래서 당신이 증언하기 전에 만나고 싶었던 거예요. 그 일을 아무에게도 말하지 말아주세요. 부탁이에요, 그이를 더 이상 괴롭힐 수는 없어요!"
나는 고개를 끄덕였다.
"네, 아무에게도 말하지 않겠습니다. 그러나 마이크가 있습니다. 그도 알고 있지요."
"마이크 덩컨 씨? 만났어요. 그는 아직 아무것도 말하지 않았어요. 신문에도, 경찰에도. 그는 당신을 만날 때까지 그 일에 대해서는 일절 말할 수 없다고 했어요. 당신 의견에 따를 거예요."
나는 몸을 끌어 일으켰다.
"마이크를 만났다고요? 어떻습니까? 무사하던가요?"
재니트는 또 내 위로 몸을 굽혔다.
"네, 지금 세인트 피터 포트 섬에 와 있어요. 당신이 기디언에게서 들은 이야기는 잊어버릴 생각이라고, 그 일에 대해서는 말하고 싶지 않다고 말했다고 그분께 전해도 괜찮겠지요?"

"물론입니다. 이제 와서 그 일을 새삼 이러니저러니 해 보아야 무의미합니다. 벌써 지나버린 일이고, 이미 끝난 일입니다."

그리고 나는 마이크가 구조된 과정을 물었다.

"생 엘리에르 어부들 덕분이었어요. 그 어부가 폭풍우 직전에 모터보트를 발견한 거예요. 보트에는 버로스라는 사람도 타고 있었어요. 중상을 입었는데 그가 경찰에 진상을 털어 놓았어요, 히긴스의 일을. 그만 가봐야 해요. 덩컨 씨를 만나보고, 그리고 기디언이 잠이 깼을 때 옆에 있어야 하니까요. 그에게 말하지 않겠다고 확인받아야 해요. 그라면 그런 바보스러운 짓을 하고도 남을 사람이니까요."

재니트는 공허한 미소를 지어보였다.

"당신에게 정말 감사해요."

"마이크에게 와달라고 말해 주시겠습니까?"

그리고 그녀가 문 앞까지 갔을 때 나는 덧붙였다.

"그리고 기디언이 잠이 깨거든 이제 아무것도 걱정할 게 없다고 전해주시오……. 전혀 걱정할 필요 없다고."

재니트가 방긋 웃었다. 갑자기 따뜻한 기운이 돌며 얼굴이 밝아졌다. 한순간 재니트는 다시 그 사진의 소녀가 되었다. 그리고 문이 닫혔다. 나는 다시 잠이 들었다. 그 다음에 눈을 떴을 때는 아침이 되어 열어젖혀진 커튼으로 햇살이 비쳐들고 있었다. 경관이 와 있어서 나는 진술을 했다. 한 경관은 사우샘프턴에서 온 사복형사였는데, 좀 거북한 느낌을 주었다. 그가 패치에 대해 말한 것은 다만 지금 곧 누군가를 체포하라는 지시는 받지 않았다는 것뿐이었다. 그 뒤 신문 기자들이 모여들었다. 그러고 나서 마이크가 찾아왔다. 경찰은 내가 진술을 마칠 때까지 그에게 면회를 허락하지 않았다.

마이크는 여러 가지 소식을 전해주었다. 메리디어 호의 고물 부분이 저지 섬 바닷가로 밀려올라왔다고 한다. 간조 때 바위에 올라와 있는 모습을 담은 신문의 사진도 보여주었다. 그리고 스네터튼이 세인트 피터 포트 섬에 들렀는데, 해난구조대원들과 함께 고깃배를 타고 저지 섬으로 떠났다는 것이었다.
 "그리고 우리 쪽 보험회사 사람들과 이야기를 끝내고 왔네. 우리 요구조건에 전적으로 응해줄 모양이더군. 우리가 희망하면 바라는 대로 배를 만들 만한 보험금이 들어올 것 같네."
 "결국 한 철을 완전히 날려 보낸 셈이군."
 마이크가 싱긋 웃으며 고개를 끄덕였다.
 "공교롭게도 바로 이 세인트 피터 포트 섬에 우리에게 안성맞춤인, 팔려고 내놓은 요트가 있네. 어제 저녁 둘러보고 왔지. 물론 시 위치 호만큼 좋은 배는 아니지만……."
 마이크는 갖가지 계획을 세우고 있었다. 정말 마이크는 쓰러져도 금방 일어나는 오뚝이 같은 사나이였다. 그러한 그가 나에게는 다시없는 좋은 회복제였다. 이때도 마이크의 턱 옆에 난 상처에 아직 반창고가 붙어 있었지만, 물에 잠긴 모터보트 위에서 30시간이나 지낸 사람으로는 도저히 생각되지 않았다.
 나는 이튿날 그 병원에서 퇴원했는데, 마이크가 나를 데리러 오는 길에 런던의 각 신문들을 가지고 왔다.
 "전체적으로 신문의 평이 대단히 좋네." 마이크는 신문들을 내 침대에 던지며 말했다. "그리고 오늘 아침 비행기 편으로 온 기자가 있는데, 사건 제1보를 기고해 주면 상당한 사례를 내겠다고 했네. 지금 호텔에 와 있어."
 나중에 우리는 마이크가 발견한 배를 보러 갔다. 값싸고 튼튼한 배였으므로 그 자리에서 샀다. 그날 밤 스네터튼이 우리 호텔에 나타났다. 저지 섬에서 이틀을 보내고 왔는데도 줄이 선 선원복이 여전히 깨끗하고 말쑥했다. 그들은 간조 때 4번 창고를 뚫고 들어가 항공기용 엔진을 넣었다는 나무상자 세 개를 열어보았는데, 그 속이 시멘트 블록으로 가득 차 있었다고 한다.

"만족할 만한 결과였습니다, 샌스 씨. 대단히 만족스러웠습니다. 지금 막 자세한 보고를 런던 경시청에 보내고 오는 길입니다."

"그러나 샌프란시스코에 있는 당신 본사에서는 역시 보험금을 치러야 하겠지요?" 나는 물었다.

"물론 그렇지요. 그러나 그것은 델리메어 회사에서 보충해야 합니다. 정말 다행히도 그 회사는 싱가포르 은행에 회사의 신용을 보증할 만한 막대한 예금이 있더군요. 트레 아눈지아타 호와 그 짐을 판 이익금입니다. 우리 회사는 그것을 계속 자본으로서 동결시킬 수가 있었습니다. 나에게 말하라고 한다면……"

그는 신중한 태도로 덧붙였다. "군데르센 씨는 다른 회사를 통해 그 항공기용 엔진을 팔았더라면 좋았을 거라는 생각이 듭니다. 아니지, 그러나 아무리 교묘하게 꾸며진 계획이라도……"

그는 셰리주를 조금 마셨다.

"하기야 그것도 교활한 계획이긴 했지요. 실로 교활했습니다. 그것이 실패로 돌아간 것은 오직 패치 선장이 있었기 때문입니다. 그리고 당신도."

그는 안경 너머로 나를 쳐다보며 덧붙였다. "나는 HB & KM 본사에 신청해서…… 아니, 곧 알게 될 겁니다."

나는 세인트 피터 포트 섬을 떠나기 전에 패치를 만날 수가 없었다. 그러나 3주일 뒤 다시 열린 심판법정에서 증언할 때 만났다. 그는 아직도 몹시 약해보였다. 그에 대한 기소는 이미 각하되었다. 군데르센은 국외로 도망치고, 버로스와 다른 승무원들은 아주 쉽게 진상을 말하며 히긴스가 무서워 그의 말을 지지했다고 호소했다.

심판법정이 '메리디어 호 조난사건은 보험금 사취를 목적으로 한 선주측 공모에 의한 것'이라는 판결을 내리고, 패치는 모든 억울한 혐의에서 벗어났다. 사건은 이제 경찰 손으로 넘어가게 되었다.

그 무렵 사건은 널리 세상에 알려졌다. 그 덕분에 패치는 와코모 호라는 1만 톤 급 화물선 선장 자리를 얻었다. 그와 재니트는 그때 이미 결혼을 한 뒤였는데, 우리는 잠수 작업을 앞두고 있어서 두 사람의 결혼식에 참석할 수가 없었다. 패치와 다시 만난 것은 이듬해 9월이었다. 그때 마이크와 나는 에이번머스에서 브리스틀 해협의 침몰선을 수색하기 위한 잠수 준비를 하고 있었다. 마침 와코모 호가 싱가포르에서 돌아와 우리 반대쪽 해안에 머물러 있었다. 그날 밤 우리는 배에서 패치와 저녁을 같이했다.

그는 몰라볼 정도였다. 얼굴의 주름이 완전히 사라졌다. 고양이등은 여전하고 양쪽 귀 위의 머리털이 희끗했으나 훨씬 젊어보였다. 그는 금줄을 넣은 제복을 입고 자신만만한 모습이었다. 패치의 책상 위에는 옛날의 그 사진이 은액자에 들어 세워져 있었는데, 사진 아래쪽에 재니트가 '지금은 당신을 위해, 본 보와즈 (안전항해를 빈다는 뜻)'라고 덧붙여 써두었다. 그리고 벽에는 샌프란시스코의 HB & KM 보험회사가 준 감사장이 액자에 넣어 걸려 있었다.

그 감사장은 결혼식 피로연 자리에서 스네터튼이 재니트에게 주었는데, 그것과 함께 5,000파운드의 수표──이상하게도 거절했던 액수와 똑같았다──가 보험금 사취를 미리 막아준데 대한 감사의 표시로 그녀의 남편에게 주어졌다.

그때 마이크와 나는 후크 판 홀랜드 (네덜란드 남서부에 있는 곳. 항구) 앞바다에서 침몰선과 씨름하고 있었는데, 귀국해 보니 비슷한 편지가 나를 기다리고 있었다. '당신 배를 잃은 보상의 일부로서'라는 쪽지와 함께 2,500파운드의 수표가 함께 들어 있었다.

알프레드 히긴스의 시체는 끝내 발견되지 않았으나, 그해 8월 한 척의 쇠로 만든 보트가 아직 곳곳에 푸른 칠이 붙은 채 올더니 남쪽 바위터 틈에 쐐기처럼 박혀 있는 것이 발견되었다. 보트는 파도에 두들겨 맞아 거의 납작해진 모습이었다.

마지막으로 한 가지, 우리가 브리스틀 해협에서 침몰선의 위치를 확인하고 부표를 세운 직후인 9월 8일 '시 위치 2세'호 항해일지에는 다음과 같이 씌어졌다.

"11시 48분. 화물선 와코모 호는 싱가포르, 홍콩을 향해하던 중 우리 배 옆을 지나갔음. 신호통신이 있었음. '패치 선장으로부터 : 경의를 표하며, 이번에는 당신 배를 향해 도망칠 생각 없음──되풀이함──그럴 생각 없음! 해난구조에 정진하기 바람'. 이어서 와코모 호로부터 길다란 기적 소리가 세 번 울리는 인사가 있었음. 그것에 대해 우리 배는 포그혼[霧笛]으로 답례했음."

한 달 뒤 시 위치 2세 호가 겨울 휴항에 들어갔을 때 나는 지금까지 이야기해 온 메리디어 호 조난사건 이야기를 쓰기 시작했다.

청춘을 위한 멋진 해양모험미스터리

 난파선 메리디어 호 영국의 전형적인 해양모험미스터리이다. 모험소설이라면 흔히 어린이들을 위한 이야기로 잘못 생각하는 경우가 있다. 이것은 아이들을 위한 모험소설과는 전혀 차원이 다른 어른들을 위한 모험소설이다.
 영국에는 어른들을 위한 모험소설이라는 문학 장르가 확립되어 있다. 오랜 전통을 가진 이 소설형식은 오늘날에도 대단히 인기를 모으고 있다. 전통적인 소설의 형식인 이 장르에서는 뛰어난 작가와 작품이 많이 나왔다. 윈스턴 처칠 수상은 영국의 대표적 해양소설작가의 한 사람인 E.S. 폴레스터가 쓴 《홈블로어 이야기》라는, 범선 시대의 군함과 대서양을 무대로 홈블로어라는 주인공이 크게 활약하는 해양소설을 늘 옆에 두고 즐겨 읽었다 한다.
 우리나라에도 신라 말 장보고가 있어 청해진을 두고 황해와 남해를 주름잡으며 당나라 해적들을 소탕한 일이 있었고, 충무공 이순신은 왜적을 무찔러 나라를 구할 수가 있었다. 어디 그뿐이랴. 엄연한 우리 땅인 울릉도가 일본 해적의 손아귀에 넘어가 자기네 땅이라고 주장할 수 있을 뻔했던 것을 안용복이라는 충실하고 용감한 바다의 용사가 있어 막을 수 있었고, 우리 해안에 빈번히 나타나 약탈을 자행하던 왜구들의 소굴 쓰시마〔對馬島〕를 정벌한 세종대왕과 이종무의 뛰어난 기상이 있었다. 그러나 그 후의 역사적 사실을 보면 우리나라는 바다로 진출하려는 기백을 잃고 언제나 소극적인 자세를 취해왔기 때문에 늘 외국의 해적들에 의해 선량한 백성들이 생명과 재산을 잃고, 엄연한 우리 땅인 쓰시마가 일본 영토가 되어버렸는가 하면, 조선조 말기에는 외양선 침입이라는 수모를 겪기도 했다.

바다는 자연 가운데 가장 거대한 존재이다. 바다를 지배하는 민족이 세계를 지배해 왔다는 것은 역사가 증명하고 있다. 우리는 지금까지 삼면에 바다를 끼고 있으면서도 바다를 두려워하며 멀리해왔다. 바다의 지배는 곧 바다의 모험과 통한다. 해양문학은 우리가 생각하고 있는 것보다 바다가 얼마나 무서운가를 바로 인식하게 하고, 그것을 어떻게 정복해야 하는가를 터득하게 하며, 정신적 밑거름이 되기도 하다.

《난파선 메리디어 호》를 번역해 내놓는 것은 단순한 독자들의 일시적인 흥미를 위해서가 아니다. 우리 국민이 바다를 올바르게 인식하고, 또 이를 정복할 수 있는 모험심과 용기와 진출욕을 북돋워 주려는 데 의도가 있다. 바다는 무한량의 영양공급원이다. 그리고 동서남북 세계로 뻗을 수 있는 무한정의 활동무대다. 장보고의 해양정신을 되살려 21세기의 대한민국은 초일류 해양국가로 발돋움해야 한다.

이 작품은 단순한 어드벤처 미스터리이기 이전에 영국적인 장중하고 무게 있는 문장을 감상할 수 있는 문학작품이다. 순간순간 변하는 밤의 무서운 변화가 장엄하게 묘사되고 있다. 다만 원문으로서 읽는 독특한 맛을 우리말로 그대로 옮기기 어려운 것이 안타까울 뿐이다.

이 작품은 3부로 되어 있다. 1부는 '메리디어 호'라는 6,000톤 급

낡은 화물선이 선박회사의 음모에 의해 침몰될 운명에 놓여 있는데, 마침 그곳을 지나던 요트 시 위치 호 선장 존 샌스가 발견하여 난파선에 혼자 남은 기디언 패치 선장과 함께 침몰 직전의 배를 이끌고 용기와 기술과 치밀한 계획으로 밍키 암초에 좌초시키고 그 둘은 고무보트를 타고 표류하다 지나가던 우편선에 의해 구출된다는 내용이다.

2부는 배를 침몰시키려는 선박회사와 그 앞잡이였던 선원들이 불의와 타협할 줄 모르는 '메리디어 호' 선장 기디언 패치에게 모든 누명과 책임을 뒤집어씌워 그들의 목적이었던 보험금을 사취하려고 하는 심판과정을 그린 것이다. 그러나 이들 선박회사의 음모를 눈치챈 보험회사들은 배에 실은 항공기용 엔진을 선박회사가 중국으로 몰래 팔고 엔진 대신 다른 물건을 실어 바다에 처넣음으로써 이중의 이익을 얻으려 하고 있다는 정보를 입수하고 그것을 밝히려고 애쓴다.

한편 선장 기디언 패치는 같은 배에 탄 그 배의 선주 델리메어가 그에게 5,000파운드를 줄 테니 배를 침몰시켜 달라는 부탁을 거절한 다음 델리메어가 폭약으로 배를 폭파시키려는 현장에서 그를 죽여 버린다. 패치는 엉겁결에 그를 석탄창고 속에 처넣고 비밀을 간직한 채 혼자 고민한다. 그리하여 그는 시 위치 호의 샌스 선장을 설득하여 다시 그 암초에 있는 메리디어 호로 가서 석탄 속에 묻힌 시체를 꺼내 바다에 던지고 창고로 들어가 엔진을 넣었다는 나무상자에 다른 물건이 들어 있음을 확인하려고 한다. 그렇게 한 다음 회사의 음모를 폭로하고 자신의 무죄를 주장하려는 것이다. 그러나 샌스 선장이 이에 응하지 않으므로 그는 끝내 사실을 폭로하지 못하고 반대쪽의 모함에서 벗어나지 못하게 된다.

옆에서 보다 못한 샌스 선장이 그의 부탁을 들어주겠다고 제의했으나 그는 이미 늦었다며 이를 거절한다. 이리하여 그는 마침내 선원들에게 퇴선명령을 내림으로써 열두 명의 선원을 죽게 만들었다는 엉뚱한 죄명으로 체포될 위험에 놓이게 된다.

3부는 체포되기 직전 행방을 감춘 패치 선장이 샌스 선장과 함께 암초로 다시 찾아가는 데서부터 시작된다. 그러나 회사의 앞잡이인 일등항해사 히긴스가 이 사실을 알고 모터보트로 그들을 추적한다. 이리하여 쫓고 쫓기던 두 배는 파도에 부딪쳐 모두 파선이 되고, 다시 보트로 쫓고 쫓기는 항해를 계속한다. 이리하여 결국 모든 어려움을 이기고 두 사람은 좌초된 배에 오르게 되며, 뒤를 쫓던 히긴스는 파도에 휩쓸려 죽는다.

그러나 메리디어 호는 다시 파도에 휩쓸려 결국 앞부분이 떨어져 나가고, 두 사람은 구조정에 의해 구출된다. 이때 배는 침몰되고 석탄 속에 묻힌 시체도 바다에 잠겨버린다. 그러나 배의 뒷부분인 4번 창고는 섬으로 떠올라 나무 상자 속에 엔진 대신 시멘트 블록이 들어 있음을 확인하게 된다.

이리하여 음모의 또 다른 주역이자 회사 중역인 군데르센은 외국으로 도망치고, 패치 선장은 모든 누명을 벗는 한편 불의에 맞서 싸운 용감한 사람이 된다. 그 결과 1만 톤 급 화물선 선장이 되고 '메리디어 호' 전임 선장 태거트의 딸과 결혼하여 행복하게 된다.